À mes enfants, Frédéric, Virginia et Sébastien, ce livre pour les conforter dans l'idée que la vérité se loge rarement dans les certitudes de la « pensée unique » du moment.

Pour leur aide précieuse et leurs conseils éclairés, tous mes remerciements à :

Claudie Lepage
Irsane de Scitivaux
Jean-Pierre Souviron
Lili Hsueh

Et mes remerciements anticipés aux lecteurs qui voudront bien me faire part de leurs opinions, critiques, remarques ou suggestions via **Amazon.fr** ou **Facebook** (Rechercher :**Fiordalisa**).

TABLE DES MATIÈRES

TOME 1 - L'OCCIDENT

AVERTISSEMENT

Ce roman aurait pu s'appeler *Le siècle où l'Europe découvrit la Chine.* Au XIIIe siècle, en effet, se produisit un évènement considérable dont on ne parle quasiment pas : le contact de l'Occident avec le Cathay, pays encore mythique, et la révélation de la civilisation chinoise, alors inconnue.

Nos livres d'histoire s'étendent à foison sur la découverte, quelques siècles plus tard, du continent américain. Certes, l'Europe en tira un joli pactole. Mais l'Amérique ne procura que des richesses matérielles et les Incas, les Aztèques ou les Mohicans n'eurent guère d'influence intellectuelle. La Chine, au contraire, offrit à l'Occident un trésor infiniment plus important quant à l'évolution de notre civilisation : une avalanche fulgurante de nouvelles techniques qui, de la poudre à l'imprimerie en passant par les écluses ou le forage à grande profondeur, sont à l'origine du fabuleux progrès qui a marqué la fin de l'époque médiévale. Plus subtilement encore, les Chinois nous ont apporté une nouvelle façon de penser. La découverte de Confucius et la redécouverte d'Aristote réussiront, avec la Renaissance, à miner le mur des préjugés qui avaient obscurci la raison des hommes du Moyen Âge, victimes d'une régression d'une étonnante ampleur que seul – on l'oublie trop souvent – l'Occident a connue !

Cette influence incontestable d'une Chine qui était parfaitement éveillée alors que l'Europe somnolait, on imaginerait volontiers que notre ministère de l'Éducation nationale ait décidé de lui consacrer une juste place. Eh bien non ! Pas une ligne dans les manuels de la République. Et pourtant, comment comprendre cette Chine et ces Chinois dont on parle tant aujourd'hui en ignorant l'histoire des quelque trente siècles de l'Empire du Milieu ?

Ce roman a la prétention de réduire quelque peu cette méconnaissance historique en racontant, à travers les yeux d'une princesse imaginaire, le choc de la soudaine révélation de la civilisation chinoise. Un choc intense pour tout Occidental, même pour cette princesse, Fiordalisa, pourtant issue d'un pays – la Sicile – et d'une famille – les Hohenstaufen – parmi les plus éclairés dans cette Europe du XIIIe siècle.

Ce livre a aussi l'ambition de faire revivre des personnages parmi les plus fascinants de ce siècle mais peu connus : le fougueux Charles d'Anjou, conquérant du royaume de Naples et de Sicile ; le cruel Baybars, figure de proue de l'étonnante épopée des Mamelouks, qui infligea à Saint Louis et ses croisés une humiliante défaite et, surtout, brisa net les visées sur l'Occident des descendants de Gengis Khan ; l'inflexible Wen Tianxiang, héros malheureux de la résistance chinoise à l'invasion des Mongols ; Khubilaï, enfin, le Grand khan devenu le maître du plus vaste empire de l'histoire du monde.

Bien sûr, *Fiordalisa* est avant tout un roman et j'espère que sa lecture vous divertira. Tant mieux si les aventures de cette vive et audacieuse « marquise des anges » du XIIIe siècle vous font mieux connaître cette période charnière – en Occident comme en Orient – donc confuse et parfaite illustration d'un état de crise qui, comme le disait Gramsci, se produit « quand le vieux met du temps à mourir et que le neuf hésite à naître ».

Roman donc, et « historique ». J'ai oublié qui disait : « Je déteste les romans historiques car on ne sait pas, en les lisant, distinguer le vrai du faux. » J'ai trouvé cette remarque pertinente. C'est pourquoi j'ai accompagné chacun des chapitres d'une note intitulée « Un peu d'histoire » à l'usage des aficionados de la vérité – si tant est qu'elle existe. On peut s'affranchir de leur lecture si on privilégie la continuité de la trame romanesque.

En ce qui concerne les personnages, ils ont tous une réalité historique. Évidemment, lorsqu'il s'agit des caractères, on ne peut s'empêcher d'interpréter les textes : il faut bien trancher entre les médisances des ennemis et la flagornerie des courtisans. Et si certains traits semblent peu conformes aux descriptions classiques de nos « grandes figures » de l'histoire, c'est que je partage totalement le sentiment attribué par Jean-Marie Rouart à l'immense historien Georges Duby : « Les saints, les héros, les grands hommes, magnifiques fruits hybrides de la réalité et de l'imagination, lui ont toujours été suspects. »

Enfin, à propos du langage : les personnages parlent le français d'aujourd'hui et non le latin, le francien ou l'occitan du XIIIe siècle. Tellement contemporain que j'utilise des mots inconnus alors. J'assume ce choix au risque de faire hurler devant l'emploi d'expressions ou termes, manifestement anachroniques, comme : boutique de luxe, propagande politique, audience internationale, psychologue ou technologie.

Par ailleurs, je me refuse absolument à utiliser le jargon, réputé médiéval, mais ridicule à mon sens, utilisé dans nombre de films ou romans dont l'action se déroule au Moyen Âge.

1 - LA MÉLANCOLIE DU SAINT ROI

Louis, le roi de France, neuvième du nom, que l'Église et nos manuels d'histoire appellent Saint Louis, sortait de la Salle de justice de fort méchante humeur. Il avait passé une bien morne matinée à subir les péroraisons d'avocats toujours bavards et trop souvent suffisants. Une fois de plus, il avait pu constater que, malgré les enseignements du Christ, la veuve et l'orphelin avaient rarement gain de cause face au riche et au puissant. Au début de son règne, il aimait passionnément rendre la justice mais, depuis bien longtemps, il ne prenait plus part aux débats du Parlement. Il s'était, en effet, vite aperçu que la vérité et la morale ne résistaient pas aux arguties des hommes de loi – surtout lorsqu'ils étaient diplômés des prestigieuses universités de Bologne ou d'Orléans.

Fort opportunément, la sérénité des traits et le port altier du prince le plus puissant du monde[1] masquaient assez bien son indicible ennui. Dieu merci, ces interminables joutes juridiques qu'il détestait, il les subissait dans le palais de la Cité, bien à l'abri, et non pas en plein vent sous un chêne, comme allait réussir à le faire croire son très fidèle Joinville. Lorsqu'on écrit

---

[1] Ce n'était pas exact : l'empereur de Chine était incontestablement plus puissant, mais Louis ne connaissait rien de la Chine, ce qui lui permettait de croire à sa primauté – pour l'ego, c'est ce qui importe.

quarante ans après les faits, on peut enjoliver le trait sans craindre la contradiction – technique très utilisée dans la propagande religieuse ou politique[2].

Dehors, en ce matin de février 1263, la bise était mordante mais le soleil brillait d'un vif éclat. Louis souriait, insensible au froid et visiblement heureux d'échapper à l'obscurité du Palais de la Cité. Comme toujours, le visage de Louis s'illumina à la vue de sa chère Sainte-Chapelle qui resplendissait comme un diamant dans le ciel purifié par le vent d'est. La séquence se déroulait selon un rite immuable : le roi, les paumes vers le ciel, entonnait un cantique tout en se dirigeant d'un pas décidé vers sa création bien-aimée. Autour de lui, mais à la distance qui convient au respect, les grands de la Cour et les familiers, tout comme le petit peuple du palais, regardaient avec inquiétude cette scène trop souvent renouvelée : si certains y voyaient le signe de la sainteté, beaucoup pensaient que le roi en faisait trop. Certains craignaient même de percevoir dans ces excès de dévotion – de plus en plus fréquents – les prémices de quelque dérèglement de l'esprit.

Le cérémonial habituel fut, ce jour-là, perturbé par un évènement qui marqua pour longtemps tous les témoins. Une vieille femme trompa la vigilance des gardes qui, fidèles aux ordres, se tenaient un peu à l'écart. Elle se planta devant Louis en braillant d'une voix aigre : « Il n'y a que Dieu qui t'intéresse et tu ne t'occupes que des moines et des curés. Pendant ce temps-là, ton peuple crie misère et Paris est devenu un

---

[2] Pour ceux qui pourraient trouver quelque peu léger de comparer religion et politique, rappelons que la très sainte congrégation de la Propagation de la foi était connue sous le nom de « la Propagande ».

vrai coupe-gorge. Il vaudrait mieux s'employer à occire les malfrats de chez nous plutôt que les Sarrasins d'Afrique, et ça coûterait moins cher au pays. »

Il avait fallu une vieille folle, venue d'on ne savait où, pour oser rappeler des malheurs auxquels nul conseiller ou courtisan ne se serait permis de faire la moindre allusion : la déroute de la croisade en Égypte et la monstrueuse rançon exigée du roi de France alors qu'il était prisonnier des ignobles Mamelouks.

Pour Louis, soudain plus pâle encore qu'à l'accoutumée, l'évocation de cette funeste croisade réveillait une blessure jamais cicatrisée. Chaque image du désastre de la bataille de Mansourah était source de souffrance. Il revoyait, encore et toujours, ce lieu de désolation où il avait perdu son valeureux frère Robert et des milliers de preux chevaliers qui avaient donné leur sang pour défendre la « vraie foi ».

Quant au sous-entendu de la rançon qu'il avait dû payer, il ravivait une immense honte. Une brusque envie de faire jeter en prison cette vieille insolente traversa fugitivement son esprit. Fugitivement seulement, non pas tant par charité ou vœu de sainteté, mais tout simplement parce que Louis n'ignorait pas qu'un tel acte desservirait l'image de saint roi que son proche entourage cultivait avec persévérance – pour la plus grande gloire du royaume. Il se contenta donc de faire signe à ses sergents de chasser cette femme, ce qu'ils firent prestement, avec toute la brutalité nécessaire à la bonne rééducation des fauteurs de troubles. Ce ne fut, hélas, pas suffisant pour empêcher l'impudente d'ajouter, suprême outrage : « Il vaudrait mieux qu'un autre fût roi de France. »

Encore tout tremblant de fureur et quasiment suffocant, Louis s'engouffra dans la Sainte-Chapelle, plus que jamais avide de s'y recueillir dans une solitude apaisante. Sa mère, la très possessive Blanche de Castille, connaissait bien les vertus thérapeutiques de la dévotion. La prière, selon elle, restait le meilleur remède aux accès de colère aussi étonnants qu'excessifs qui obscurcissaient parfois, depuis sa plus tendre jeunesse, la lucidité de son fils aîné. Était-ce pour cette raison, ou tout simplement par soif de pouvoir, que Blanche avait tant tardé à reconnaître l'aptitude de Louis à régner ? Ces crises étaient aussi soudaines que fugaces mais, depuis quelques années, Louis avait constaté une nette augmentation de leur fréquence sans en saisir l'origine : effet de l'âge sur sa nervosité congénitale ou bien conséquence du choc de l'humiliante croisade ?

Après tout, la cause importait peu : il existait au moins un lieu, « sa » Sainte-Chapelle, où il était certain de retrouver la paix de l'esprit. Dans le calme de cette nef dont l'architecture arachnéenne le projetait corps et âme vers les cieux, il allait, comme toujours, réussir à atteindre une béatitude apaisante.

Entre deux prières, le roi repensa à la fabuleuse prouesse qui avait permis, en trois ans seulement, de réaliser ce chef d'œuvre de légèreté, site magique où l'intense lumière des vitraux ressemblait à Dieu et où la pénombre se parait d'une clarté suffisante pour favoriser le recueillement sans générer l'angoisse. Il se félicita, une fois de plus, d'avoir eu l'audace de faire appel, contre l'avis de tous, à ce jeune architecte de Beauvais quasi inconnu. Les caciques pontifiants qui achevaient la déjà vieille Notre-Dame n'auraient jamais osé cet audacieux pari architectural. Il ne pouvait y avoir de plus bel écrin pour abriter la couronne d'épines et le morceau de la Croix de Jésus !

Louis se prit à sourire en pensant aux grincheux qui décrétaient qu'il avait acheté ces reliques bien trop cher et aux envieux qui laissaient entendre qu'elles étaient fausses. Tous les princes de la Chrétienté, fervents collectionneurs, persuadés – comme les prétendus grands de ce monde – qu'ils se bonifiaient en proportion de la valeur de leur collection, crevaient de jalousie ! Ils n'avaient pu mettre la main sur les plus précieuses merveilles du monde, car ils s'étaient crus assez malins pour tenter de marchander avec les vils banquiers vénitiens qui les détenaient.

Grâce au Ciel, un roi de France, ça ne marchande pas ! Trop cher payées sans doute, mais leur prix démontrait bien leur authenticité. Il est vrai qu'il fallait se méfier, car il y avait à cette époque autant de collectionneurs infatués qu'aujourd'hui, mais encore plus de faussaires de talent – des Grecs, essentiellement. Cela, évidemment, faisait sourire les mécréants et les raisonneurs qui, rappelant qu'elles venaient de Byzance, osaient douter de l'antique origine de ces reliques. Sans compter les inévitables râleurs qui soulignaient avec perfidie que la basilique de Saint-Denis abritait déjà une « vraie » couronne du Christ.

Pures médisances, bien sûr, car le pape lui-même, fin connaisseur de reliques, avait tenté de les récupérer pour la collection du Saint-Siège. Les efforts de cet éminent et infaillible spécialiste prouvaient bien qu'il ne s'agissait pas de faux. Malheureusement pour lui, ses finances souffraient de l'anticléricalisme croissant de la bourgeoisie qui tarissait l'afflux des donations à l'Église. Le Saint-Père avait tenté de faire valoir un prétendu droit de préemption. Mais les banquiers lui avaient expliqué que, eux aussi, avaient leurs œuvres de bienfaisance et qu'ils ne pouvaient brader de telles pièces ! Le pape avait renoncé. Pas Louis. En digne Capétien, il avait refusé de marchander – comme il sied à un très puissant et très pieux roi de France.

Louis se rendit compte que, tout à la joie de penser à ses chères reliques et à l'immense ferveur que leur apparition en France avait engendrée, il en négligeait ses devoirs religieux. Il se mit à faire ses dévotions. Sans grande conviction, car il n'arrivait pas à se concentrer.

Soudain, comme cela se produisait trop souvent, les souvenirs lancinants de la débâcle égyptienne envahirent son esprit.

Certes, il était puissant et ne marchandait pas mais il ne réussissait pas à occulter les images abominables : sa capture par les terribles Mamelouks et la douloureuse entrevue avec le sultan du Caire. Le maître de l'Égypte avait été fort étonné que le roi de France fût si riche qu'il ne daigne un seul instant discuter le montant pourtant exorbitant de la rançon exigée pour sa libération. En fait, Louis ne connaissait pas les usages en Orient – les joies du marchandage en particulier – car c'était la première fois qu'il foulait la terre d'Islam. Le sultan en avait été à tel point stupéfié qu'il avait proposé, de lui même, un rabais de vingt pour cent[3] !

Louis tenta de se réfugier de nouveau dans ses prières, mais sans succès. Comme il aimait le faire, il se coucha sur le sol, face contre terre, la chevelure défaite. La démonstration de piété plaisait beaucoup au bas clergé et au petit peuple qui l'imaginaient en prière – ce qui était une bonne chose – et la posture peu digne d'un roi surprenait les bourgeois et faisait jaser la Cour – ce qu'il trouvait très amusant. Ce comportement, joint à

---

[3] Malgré ce « rabais », la rançon représentait une bien coquette somme : deux ans du budget du royaume !

d'autres habitudes, comme laver les pieds des pauvres, embrasser les lépreux ou prendre un évident plaisir à marcher pieds nus dans la boue à chaque procession, ne manquait pas d'inquiéter son entourage immédiat. Familiers et proches conseillers estimaient que Louis avait des manières de plus en plus surprenantes depuis le retour de cette désastreuse croisade. Ils s'alarmaient ouvertement de ce mysticisme dévorant que certains commençaient à oser appeler folie.

Folie ou non, Louis aimait le contact glacé du sol qui apaisait ses angoisses et lui donnait une plus grande concentration de l'esprit. Hélas, à chaque fois qu'il cherchait une explication à la tragique issue de la croisade, il sentait son esprit s'obscurcir, sa raison vaciller.

Ses collaborateurs – légistes[4], confesseurs ou chapelains – lui répétaient que sa gloire n'en avait pas été affectée mais il ne lui échappait pas que ce n'était que basse flatterie. Il avait lu, mortifié, le jugement proféré par un moine franciscain : « C'est toute la Chrétienté que ce roi sans gloire a plongée dans la confusion. En extorquant de l'argent à son royaume pour payer sa rançon, il a engraissé nos ennemis les Sarrasins. » Certes, ce moine irrévérencieux était anglais et, à ce titre, détestait les Français – critiquant leur « jactance de matamore » et leur « orgueil indécent ». Son origine britannique relativisait l'objectivité du jugement, mais les écrits de ce Matthew Paris avaient, hélas, une bien regrettable audience. Fort heureusement

---

[4] Les légistes, juristes diplômés des grandes universités de Bologne ou d'Orléans et experts en droit romain, s'étaient faits, au détriment du clergé en perte de vitesse, une spécialité de conseillers des grands de ce monde. Des énarques avant la lettre, en quelque sorte.

pour Louis, ses collègues en majesté ne lui disputaient guère la suprématie : le brave beau-frère Henri Plantagenêt, trop faible roi d'Angleterre, incapable de dompter ses barons indisciplinés, avait reconnu être son vassal ; l'empereur Frédéric de Hohenstaufen disparu, aucun prétendant n'avait réussi à lui succéder ; Alphonse de Castille, depuis qu'il avait à peu près réussi à chasser les Arabes de son royaume, ne s'intéressait plus qu'à l'astronomie – comment peut-on avoir le temps de s'occuper d'astronomie, quand on est roi ? Bref, la France restait la puissance dominante, respectée comme telle. Quel chemin parcouru par la famille capétienne depuis Philippe Auguste, le grand-père de Louis, qui, à son avènement, ne régnait guère que sur l'Île-de-France !

Il n'y avait qu'une seule ombre au tableau : l'incompréhensible désastre de la croisade. Et cette ombre était terrifiante ! Les images, cauchemar toujours recommencé, se bousculaient dans la mémoire de Louis comme des vagues d'atroce souffrance : sa resplendissante armée, la plus fantastique jamais lancée contre les infidèles, misérablement livrée à la dysenterie ; toute cette fière noblesse réduite à l'état de cadavres boursouflés qui, par milliers, empuantissaient le Nil ; le doute affreux de ces pieux chevaliers découvrant avec stupeur que Dieu avait changé de camp – ce qu'il faisait, hélas, bien souvent en ce temps-là, hésitant apparemment entre la Bible et le Coran ; puis l'insoutenable horreur de la retraite avec les blessés et les mourants achevés par les sataniques Mamelouks ; les prisonniers, le regard incrédule ou résigné, passés au fil de l'épée lorsque leur modeste rang ne leur permettait pas de monnayer leur liberté ; la honte indélébile pour un Capétien placé soudain à la merci d'un sultan prétentieux qui osait préférer collectionner des livres plutôt que des reliques ; et l'insoutenable tristesse dans le regard de ses frères Alphonse et Charles qu'il avait dû laisser comme otages en garantie du paiement de la rançon. Comme si la promesse d'un roi de France ne suffisait pas !

Quelle immense faute, quel terrible péché avait-il commis pour que Dieu l'abandonne, lui qui était, sur la terre, son meilleur et son plus dévoué serviteur ? Pourquoi Dieu avait-il refusé d'entendre ses prières ? Il ne lui échappait pas que cette question était dans toutes les têtes, modestes ou couronnées. Quelques troubadours impertinents, comme cet ignoble Rutebeuf, se croyaient obligés de ne rien respecter au nom de la liberté de blâmer, mais les courtisans lui disaient que Dieu avait bien abandonné Jésus et que ses voies étaient impénétrables. Les autres, ceux qui gardaient quelque dignité, infime minorité comme toujours, avaient le courage de préférer ne rien dire plutôt que de mentir.

Mais lui savait ! Il savait pourquoi Dieu l'avait puni ! Non, ce n'était pas à cause de la petite et brève inclination pour cette trop belle odalisque qui faisait les beaux jours du bordel de campagne même si Blanche, avec son excessive raideur hispanique, lui avait enseigné que l'adultère constituait le pire des péchés mortels. D'ailleurs, il avait rapidement exigé que la tente qui abritait ce lieu de perdition au camp de Bahr-el-Seghir fût suffisamment éloignée de la sienne pour que la tentation soit moins aiguë. Dieu n'avait sûrement pas apprécié ce péché d'intention mais de là à laisser massacrer une belle armée chrétienne pour une si éphémère peccadille, c'était totalement invraisemblable ! Après tout, puisque Dieu avait créé le plaisir, au nom de quoi devait-on s'en priver ?

La véritable raison du châtiment – il ne pouvait l'ignorer – était que Dieu avait voulu le punir de son orgueil. Dieu savait qu'il n'avait pas pris la croix pour délivrer les Lieux saints. Ses prédécesseurs non plus, c'est vrai, mais eux ne prétendaient pas rechercher la sainteté. Dieu avait bien vu que c'était l'Égypte que Louis convoitait ! Jérusalem, il aurait pu la recouvrer tout de suite, en échange de la riche ville de Damiette, conquise dès les premiers jours. Le sultan du Caire, ce couard bouffi, terrorisé par la supériorité militaire et la fougue des Francs – ces barbares très sales, selon lui – aurait été ravi de s'en tirer à si bon compte, lui qui n'aspirait qu'à retrouver le plus vite possible les délices de son harem et la paix de sa riche bibliothèque. À sa décharge, Louis avait hésité à se lancer dans cette aventure, mais son tumultueux frère Robert, qui s'imaginait déjà régner sur les terres de l'Islam, l'avait persuadé que l'Égypte était le plus beau joyau qu'un Capétien pouvait ajouter au patrimoine de la famille. Sa conquête aurait permis de s'approprier le très lucratif monopole du commerce des épices dont les infidèles profitaient injustement – non pas grâce à un talent particulier, mais tout simplement par les hasards de la géographie.

Un enrichissement sans cause, en quelque sorte, selon la jolie formule du droit romain.

Jérusalem était un beau prétexte mais, tout compte fait, sa conquête n'avait pas un immense intérêt. Jérusalem n'abritait, comme chacun sait, qu'un tombeau vide. Ainsi que l'avait judicieusement proposé son chapelain, venir adorer les inestimables reliques de la Sainte-Chapelle à Paris plutôt que faire le périlleux voyage à Jérusalem, c'était probablement plus émouvant et incontestablement plus pratique pour les chrétiens.

Mettre à la mode ce nouveau pèlerinage aurait eu de fort belles retombées économiques pour la France et aurait rabattu le caquet des Vénitiens, ces mercantiles spécialistes du transport maritime et du tourisme religieux qui savaient parfaitement, depuis des générations, transformer en or la généreuse foi des pèlerins – pieux et gentils pigeons prêts à tout perdre pour gagner le paradis en effectuant la longue et dangereuse traversée vers la Terre sainte.

Dieu, c'est bien connu, peut pardonner l'adultère, surtout avec une Sarrasine, mais comment laisser impuni cet orgueil mâtiné de cupidité qui avait inspiré l'idée d'une conquête de l'Égypte pour mettre la main sur son fabuleux commerce avec l'Orient ?

Son courroux avait été terrible : Robert avait été massacré par les Mamelouks, et Louis humilié par leur bouffon de sultan. Ses autres frères, Alphonse et Charles avaient apparemment échappé à la colère divine, sans doute parce qu'ils étaient encore bien tendres lorsque Dieu foudroya la Chrétienté. Dieu pardonne volontiers à la jeunesse qui peut ainsi pécher sans trop de risques au nom du nécessaire apprentissage de la vie.

Louis, encore plongé dans ses réflexions sur la meilleure façon d'obtenir le pardon de sa faute, quitta la Sainte-Chapelle par la galerie qu'il avait fait construire pour aller directement des appartements royaux à son lieu de méditation préféré.

Il avait autorisé l'installation dans cette galerie de boutiques de luxe qui rapportaient beaucoup au Trésor royal. Elles étaient très prisées des courtisans et des familiers du palais avides de paraître, mais, plus intéressant, elles jouissaient d'un immense succès auprès des visiteurs étrangers, princes nantis, commerçants opulents, banquiers parvenus ou escrocs notoires qui, éblouis par la mode et la joaillerie parisiennes, dépensaient des fortunes à seule fin que leur richesse fût visible[5].

Soudain, devant cet étalage provoquant de luxe inutile, devant cette profusion agressive de biens matériels, injure à la pauvreté du Christ comme à celle du monde, la lumière devint éclatante. Louis comprit que la rédemption de son péché passait par une singulière évidence : il devait consacrer sa vie à Dieu, renoncer à la vanité du pouvoir et abandonner les inutiles biens de ce monde. Oui, en vérité, seule la vie monastique pourrait lui apporter le pardon, le repos de l'esprit et le salut de l'âme. Sa décision était prise : il irait finir ses jours dans sa belle abbaye de Royaumont. La vieille femme et le moine anglais avaient raison : il valait mieux qu'un autre fût roi de France. Son fils Philippe était bien jeune et quelque peu irréfléchi, mais son frère Charles assurerait parfaitement la régence.

Louis, dont les traits épanouis révélaient son immense et soudain soulagement, pressa le pas car il lui parut très urgent d'avertir Marguerite de son irrévocable résolution et de lui faire partager l'infini bonheur qui, d'un seul coup, comme un vent divin, avait chassé de son cœur les doutes et les tourments.

---

[5] Évidemment, en ce temps-là, il y avait encore peu d'émirs et pas du tout de touristes chinois, mais déjà quelques princes russes.

Un peu d'histoire

Tous les faits relatés dans ce chapitre sont avérés, sauf deux. L'anecdote de la belle Égyptienne n'a aucune consistance historique. Cependant, Louis avait bel et bien donné l'ordre d'éloigner de sa tente le bordel de campagne. Pourquoi diable avait-elle été installée là ? Les bordels de campagne sont toujours placés à la périphérie – loin de l'état-major, morale oblige ! Par ailleurs, sa libido était bien affirmée, comme en attestent les reproches de sa mère, Blanche de Castille, pour la fréquence excessive de ses rapports avec Marguerite de Provence – sa femme il est vrai. Alors, tentation seulement ? Dans l'incertitude, je m'en tiens au péché d'intention. De toute manière, si Louis était allé plus loin que l'intention, ce n'eût pas été trop grave : un moine cistercien, savant universitaire parisien, avait décrété, avec une sagesse toute politique, que la pénitence devait être moins rigoureuse pour un homme qui aurait péché avec une « jolie » femme.

En ce qui concerne les reliques de la Passion, elles furent certainement proposées au Saint-Siège par les banquiers vénitiens qui les tenaient en gage de prêts consentis à l'empereur latin de Constantinople. L'intérêt éventuel de la papauté pour leur acquisition n'est cependant pas prouvé : trop chères ou trop fausses ? De toute manière, il existait déjà un morceau de la « vraie » croix et une couronne d'épines dans la collection de reliques du palais du Latran, résidence des papes à Rome.

Le reste est, en revanche, incontestable. En particulier, le changement de caractère de Louis après la débâcle de la croisade, évènement incompréhensible pour un si fidèle serviteur de Dieu. Comme il apparaît dans sa réplique au moine anglais qui l'avait durement critiqué : « Soudain, selon un décret de Dieu dont nous ne connaissons pas le sens, tout commença à tourner mal pour nous. » On peut volontiers imaginer que cette incompréhension fut à l'origine d'une dérive mystique dont les excès n'échappaient pas aux papes qui s'en inquiétaient. Urbain IV avait même donné raison à Blanche, fille de Louis, qui s'opposait à la volonté de son père de la voir entrer dans les ordres.

Par ailleurs, à ceux qui pensent que ce « grand roi de France », ce « très saint roi », est traité ici avec quelque légèreté, il est utile de rappeler que la sanctification de Louis IX doit beaucoup plus aux efforts de la tribu capétienne pour avoir enfin un saint dans la famille – image oblige – et à l'aide résolue de Simon de Brie, ancien chancelier du royaume, défenseur acharné des intérêts français à la Curie romaine et devenu fort opportunément le pape Martin IV . Il est vrai que Louis fut le premier roi de France à envoyer au bûcher[6] ceux que l'Inquisition avait jugés hérétiques – point sûrement très positif dans son procès en canonisation. De la même façon, sa réplique célèbre, rapportée par Joinville, son sénéchal, « face à celui qui ne croit pas en la religion du Christ, il n'y a qu'une seule réponse : lui enfoncer dans le corps l'épée jusqu'où elle peut aller » était manifestement celle d'un saint – selon les critères de l'époque, du moins.

Ensuite, « Saint Louis » tomba dans un relatif oubli avant d'être « réinventé » au XVIIe siècle comme symbole de la royauté glorifiée (d'où l'incroyable succession

[6] Châtiment que l'Église ne pouvait exercer en son nom.

ininterrompue de Louis – de Louis XIII à Louis XVIII – dans la monarchie française), puis au XIXe siècle comme idole de la bourgeoisie bien-pensante en réaction à une laïcité réputée gauchisante. Nos manuels scolaires ont poursuivi une tradition plus politique qu'historique, sans se poser beaucoup de questions – comme souvent.

En fait, le bilan objectif de son règne n'est pas particulièrement brillant malgré la qualité incontestable de la plupart de ses conseillers. Mais n'est-ce pas une règle de l'histoire que la stature des grands commis de l'État s'impose d'autant plus que le roi règne peu ? On ne sait jamais si c'est le roi qui s'efforce d'attirer les meilleurs talents, ou les grands ambitieux qui tirent avantage d'un pouvoir faible jusqu'à le confisquer à leur profit.

A contrario, il faut reconnaître à Louis une honnêteté et une rigueur morale qui lui ont permis de combattre la corruption avec une énergie qu'on aimerait retrouver de nos jours chez nos dirigeants – pour le plus grand bien de notre société.

2 - LES GRANDES MANŒUVRES DE L'ARCHEVÊQUE

Marguerite aimait Louis très sincèrement ; mais pas au point d'accepter de perdre son statut de reine de France pour la simple raison que son cher époux avait soudain décidé, dans un excès de fièvre mystique, que Dieu exigeait de lui l'abandon des gloires éphémères et l'immersion dans la douce quiétude de la vie monacale.

Lorsque Louis, le visage resplendissant de ce bonheur parfait que seul le sage peut atteindre, lui avait appris son intention de se retirer de la vie séculière, elle n'avait rien laissé paraître de ses sentiments – comme il sied à une reine. Le choc avait été intense mais, cachant son émotion, elle avait réussi à répondre d'une voix forte et claire :

– Mon très cher Sire, qu'il soit fait selon votre volonté et celle de Dieu !

En vérité, elle était bien décidée à tout tenter pour que la volonté de Dieu ne soit pas incompatible avec la sienne : rester, envers et contre tout, la première dame de France. La belle et intelligente Marguerite détestait le sinistre palais de la Cité et elle avait souvent pleuré au souvenir des joyeuses soirées et des fastes de la brillante cour de son père, le regretté Raimond-Bérenger, comte de Provence. Mais elle avait pris goût au pouvoir – celui d'influence, le plus délectable – et entendait bien le conserver. Elle n'osait imaginer sa vie en simple reine mère, alors que ses sœurs, jusqu'alors jalouses de son destin de souveraine du royaume le plus riche du monde, continueraient à se pavaner aux bras de seigneurs parmi les plus puissants de la Chrétienté : du roi d'Angleterre pour Éléonore, du roi des Romains pour Sancia et du comte d'Anjou pour Béatrice, qui, à défaut d'avoir épousé un roi, avait hérité de leur belle et riche Provence. Pire, c'était sûrement à son beau-frère détesté qui pillait « sa » Provence, ce maudit Charles d'Anjou, que Louis allait confier la régence ! Comme il l'avait déjà décidé, douze ans auparavant lorsqu'il avait choisi – à l'étonnement général compte tenu de l'onde de choc que le royaume avait subie – de rester en Orient après cette si dramatique croisade ! Charles sur le trône, sa petite sœur Béatrice presque reine de France et elle, Marguerite, soudain, plus rien du tout ? Comment Dieu pourrait-il permettre un tel outrage ? Elle n'aurait même pas d'emprise sur le futur jeune roi : son fils Philippe avait en effet, dès son plus jeune âge, montré une admiration aveugle pour son oncle Charles. Ce soi-disant comte de Provence n'aurait de cesse – elle en était convaincue – d'utiliser son irrésistible ascendant sur l'héritier du trône de France pour le seul profit de ses immenses ambitions personnelles.

Louis, égaré de mysticisme mais pas au point de ne pas sentir le désarroi de Marguerite, tenta d'expliquer qu'il avait tout essayé pour se libérer du fardeau qui pesait sur sa conscience depuis que Dieu lui avait infligé l'effroyable défaite de la Mansourah. Il lui rappela quelques-uns des remèdes que les familiers de la Cour, parmi les plus autorisés, lui avaient recommandés ou prescrits mais qui n'avaient pas eu l'effet escompté sur sa persistante mélancolie.

Des remèdes prétendument infaillibles, il n'en avait pas manqué !

Louis mentionna d'abord le conseil que lui avaient prodigué les franciscains et les dominicains auxquels il portait une égale affection – trop égale sans doute car ils se livraient une concurrence sans merci dans leur quête des faveurs royales. Pour une fois du même avis, les braves moines avaient commis de longues théories qui concluaient à la nécessité d'accroître sensiblement les dons du Trésor royal à leurs ordres respectifs. Marguerite fit remarquer que les ordres « mendiants » suggéraient toujours la même potion au patient – roi ou riche bourgeois – et quelle que soit la maladie : se débarrasser des richesses matérielles ce qui, comme l'avait dit Jésus, facilitait l'accès au paradis. L'efficacité de l'appauvrissement volontaire était, selon la reine, manifestement douteuse. Elle n'avait donc pas été surprise de l'échec de la médication. Elle ne crut pas utile de préciser que les richesses dont les victimes étaient invitées à se dépouiller n'étaient pas perdues pour tout le monde – en tous les cas, ni pour les dominicains, ni pour les franciscains. Leur idéal de pauvreté s'était, depuis saint Dominique et saint François, incontestablement émoussé en un demi-siècle à peine. Elle savait qu'en religion comme en politique, les dons ne sont sacrés que pour ceux qui les font. Pour ceux qui les reçoivent, ils deviennent vite une rétribution parfaitement naturelle de leur fonction, sinon de leurs efforts. Aux sceptiques, de plus en plus nombreux, et aux donateurs, de moins en moins aveugles, les gentils frères n'en continuaient pas moins à expliquer[7], selon la recette éternelle des grands professionnels de la charité, que la misère du monde

[7] Et continuent à le faire la grande majorité de nos gentilles ONG.

était insondable et que leurs bonnes œuvres coûtaient donc de plus en plus cher même si, en apparence, les résultats déclinaient considérablement. Même Louis, d'un naturel pourtant confiant, avait commencé à trouver que ces dévoués serviteurs de Dieu et des pauvres s'enrichissaient un peu vite. C'est pourquoi, il donnait déjà un peu moins aux ordres nantis et un peu plus à ceux qui ne l'étaient pas encore : les augustins, les carmes, les cisterciens, les sacs, les mathurins, les trinitaires, les guillemites…Comme il y en avait beaucoup, l'effet sur les finances de la France fut dévastateur. Hélas, l'ampleur des subventions ne suffit apparemment pas à réduire le courroux de Dieu.

Toujours au titre des conseils thérapeutiques, Louis évoqua ensuite l'intervention très paternelle de son fidèle chapelain, le bon Robert de Sorbon, qui lui avait recommandé d'user plus souvent et plus longtemps de sa discipline. Ce petit fouet plombé, dont les pénitents zélés se frappaient le dos, lui avait été offert par sa mère qui croyait fermement, semble-t-il, que la souffrance restait la meilleure méthode pour se faire pardonner les péchés. La thérapie du fouet avait l'avantage de ne pas coûter cher mais elle se montra très décevante – à dire vrai, sans effet du tout – et Louis, assez vite, décida d'éviter toute douleur inutile. Il se contenta de se promener avec la belle boîte en argent qui contenait la discipline, double témoignage de sa piété filiale et de son souci d'effacer ses péchés, deux vertus très appréciées par les Français – à cette époque, du moins.

Le roi évoqua la recommandation des barons, dont la plupart avaient connu le désastre égyptien. Ils pensaient que Dieu n'avait rien à voir là-dedans, ou plutôt que Dieu était souvent du côté des bons stratèges et que, malheureusement, le vieux connétable Imbert de

Beaujeu n'avait su jouer que de la bravoure, ce qui procure de belles histoires mais peu de bonnes victoires. Pour eux, l'affaire était claire : la défaite avait engendré dans le royaume un excès de morosité qui déteignait sur le roi. Comme les militaires de toutes les époques le proposent lorsque la situation intérieure est maussade, ils avaient conseillé à Louis de déclencher une bonne petite guerre, le meilleur moyen de remettre un peuple sur la voie de l'unité, c'est-à-dire du bonheur. Il y eut une belle unanimité sur l'idée qu'il était sage de laisser tranquille les Mamelouks, mais les avis divergeaient sur le choix de la cible : le perfide Anglais ou le riche Bourguignon ; le mercantile Flamand ou le turbulent Aragonais. Par respect pour le souvenir de la mère du roi, qu'ils n'avaient pourtant pas beaucoup aimée, ils avaient exclu la Castille de leurs visées belliqueuses ainsi que la Champagne qui était presque française. Après quelques discussions pseudo-stratégiques, les barons avaient fini par jeter leur dévolu sur la Flandre, sa riche industrie et sa modeste armée de bourgeois et de manants, garanties de l'obtention facile d'un butin de qualité. En ce temps-là, les militaires étaient encore un peu barbares et ne cherchaient pas à faire semblant de se battre pour des idées. Mais Louis avait objecté que, s'il est vrai que la guerre oblige le peuple à penser moins, donc mieux, il imaginait assez mal que Dieu trouverait bon de le voir s'attaquer à d'autres souverains de la Chrétienté, tous plus ou moins apparentés à la famille capétienne, plutôt qu'aux vils Sarrasins.

Dans cette recherche du remède miraculeux, le corps médical avait admis son incompétence – fait qui mérite d'être souligné car unique dans les annales de l'histoire. Forts de cette carence, les Templiers avaient suggéré un exutoire réputé infaillible : ils avaient proposé que Louis se décidât enfin à chasser, une bonne fois pour toutes, les juifs de son royaume. On ne pouvait plus se contenter de les obliger à porter la rouelle et de brûler les livres talmudiques. Dieu ne pourrait qu'apprécier une si pieuse décision ! Louis, méfiant, avait hésité, bien convaincu que les Templiers ne suggéraient leur expulsion qu'à seule fin de s'approprier leurs biens et surtout de les remplacer dans ce métier de banquier, assez nouveau en France, mais qui semblait promis à un bel avenir. Les Templiers, faute de Lieux saints à protéger, s'étaient déjà habilement reconvertis dans la gestion de plus en plus complexe du Trésor royal et des patrimoines des grands seigneurs. De toute manière, l'hésitation de Louis n'avait pas duré longtemps car Pierre de Fontaines, le grand commis très diplômé qui gérait de facto le royaume pendant que le roi priait, ne voulut pas entendre parler de ce projet : s'il n'avait pas d'affection particulière pour les juifs, il aimait encore moins l'idée d'avoir en face de lui, sans la moindre concurrence, un banquier unique, fût-il chrétien.

– Comme vous le voyez, ma Mie, conclut Louis en quittant les appartements de la reine, ma peine est incurable. Dieu, j'en suis certain, veut un autre prince à la tête de son royaume préféré et un nouveau guide pour la Chrétienté. D'ailleurs, plus je prie, plus la situation se dégrade : la conjoncture se détériore, l'insécurité croît et la pauvreté se développe. Pardonnez-moi si je vous abandonne mais, vous le comprenez bien, ma place est à l'abbaye de Royaumont, là où reposent nos chers enfants disparus, là où j'ai éprouvé ma plus grande peine lors des funérailles de notre aîné mais aussi mes plus grandes joies à nourrir et laver ces bons moines et ces pauvres lépreux. C'est dans ce lieu de silence et de recueillement que je me sens bien. Loin des fastes vulgaires, loin des légistes, des financiers et des administrateurs sans cœur et sans âme qui, de toute manière, ne m'écoutent guère, convaincus que leur savoir justifie leur pouvoir et les grasses prébendes associées à la prétendue importance de leur fonction. Certes, je n'ai pas été un bon roi, mais je serai peut-être un saint, ce qui est tout de même beaucoup mieux.

Marguerite avait bien compris que la décision de son bienheureux époux avait été mûrement réfléchie mais elle était néanmoins décidée à ne pas se contenter de se lamenter sur son sort. Elle devait agir vite pour éviter cette tragédie. Il lui restait un atout de taille : elle ne serait pas la seule à tout perdre avec l'abdication du roi. Beaucoup de notables comprendraient sans peine que les éminentes positions qu'ils devaient à Louis pourraient devenir éphémères. Charles saurait bien trouver, parmi ses amis comme par hasard, d'autres personnes pour en bénéficier. Ce genre de risque n'est jamais sous-estimé par un courtisan normalement constitué et fait éclore immanquablement de salutaires idées, propres à infléchir le destin. En bonne fille du politique madré qu'était le comte de Provence, Marguerite n'ignorait pas que les méandres de l'histoire doivent moins aux grands idéaux qu'aux petits intérêts.

Aussi, dès que Louis fut sorti, Marguerite s'empressa de convoquer les grands barons du royaume – enfin ceux d'entre eux qui avaient tout à craindre de l'arrivée au pouvoir du jeune frère du roi. Étienne Boileau, le prévôt de Paris, se chargea d'organiser une réunion secrète au Châtelet. Louis l'appréciait beaucoup pour sa scrupuleuse moralité et son inflexible fermeté : il avait amélioré la sécurité dans la capitale en ordonnant la pendaison de trois cents voleurs d'un seul coup et restauré la morale en supprimant les tavernes, les maisons de jeux et les bordels. Le prévôt avait de bonnes raisons d'appréhender l'éventualité d'une arrivée au pouvoir de Charles. Si le comte d'Anjou, qui avait du goût pour l'ordre, avait apprécié en connaisseur l'efficacité de la pendaison en masse, il contestait ouvertement la fermeture des lieux de plaisir, une mesure qui mécontentait tout le monde : ceux qui, comme lui, aimaient bien jouer aux dés et les autres qui ne fréquentaient pas ces lieux de perdition mais se plaignaient de voir maintenant tout plein de prostituées, bien souvent immigrées[8], dans la rue ou, pire, dans des charrettes où l'hygiène laissait manifestement à désirer.

Les proches du roi arrivèrent dans la grande salle du donjon du Châtelet, vêtus de sombres manteaux comme il sied à des conspirateurs. Leurs mines inquiètes indiquaient qu'ils n'avaient pas pris la nouvelle à la légère.

Marguerite fit part de son entrevue avec Louis, et put convaincre sans peine les derniers sceptiques que la situation imposait une action rapide si on voulait empêcher l'irréparable de se produire.

Sur le diagnostic, il y eut une grande convergence des opinions : le naturel mystique de Louis avait brusquement empiré depuis la terrible croisade et son esprit, fatigué de supporter la trop lourde culpabilité de la défaite, s'était laissé envahir par une mélancolie dépressive. Comme le disait Marguerite, Louis, ne pouvant plus supporter la réprobation de son peuple et de la Chrétienté, était devenu « divers » et la récente mort de leur fils aîné avait évidemment dégradé la situation. Ayant rappelé le manque de succès – ou la

[8] D'Irlande, de Bretagne ou de Bourgogne (les plus belles d'après les témoignages de l'époque).

difficulté d'application – des « remèdes » en forme de legs, de fouet plombé, de guerre ou d'expulsion des juifs, la reine implora l'assemblée de trouver un moyen d'infléchir la décision de Louis. Il n'y eut d'abord qu'un très lourd et long silence pour répondre à l'angoisse de Marguerite. Puis soudain on entendit une voix, puis une autre et encore une autre. Chacun, ou presque, proposa « sa » solution qui, à peine explicitée, généralement incomprise, subissait la féroce critique de leurs pairs, l'irrationnel le disputant à l'incohérence. On aurait dit une assemblée de psychologues. À cette époque, il n'y avait pourtant pas de psychologues. Les confesseurs qui en tenaient lieu étaient assez prisés, plutôt honnêtes, relativement gratuits, mais leur art manquait encore un peu de finesse car la confession était une invention trop récente de l'Église[9].

De ce grand brouhaha, rien n'émergea. À l'évidence, les envahisseurs francs, malgré leur goût de la discipline hérité de leur origine germanique, n'avaient pas réussi à éradiquer les mauvaises habitudes gauloises car elles étaient toujours bien vivaces.

Marguerite, résignée dans sa douleur, allait ajourner cette réunion qui tournait à la confusion lorsque le très respecté Eudes Rigaud, jusqu'alors silencieux, décida d'intervenir. Jadis confesseur du roi, charge prestigieuse, certes, mais pas très intéressante avec un saint qui ne pèche quasiment jamais, il se préoccupait désormais plus du royaume de France que de celui des Cieux. Archevêque de Rouen, il avait dû se consacrer à des missions beaucoup plus difficiles que de confesser le

[9] La confession, dont beaucoup pensent qu'elle constitue un socle fondamental de la religion catholique est une pratique qui n'existe que depuis 1215 (concile du Latran).

roi. Comme, par exemple, réussir l'intégration des Normands qui, *manu militari*, grâce à Philippe-Auguste, étaient devenus français – et, hélas, pas toujours heureux de l'être car ils trouvaient la nouvelle administration beaucoup plus tatillonne que l'anglaise. Il avait aussi brillamment négocié avec les Plantagenets, ces perfides cousins, le traité de Paris qui mettait fin, pour l'instant du moins, à leur invraisemblable prétention sur cette même Normandie. Cette province, malgré la douloureuse mainmise des sauvages *Nord men* – alias les Vikings – était incontestablement belle et bonne terre de France.

De sa voix de stentor, cette grande vedette du sermon et de la diplomatie réussit immédiatement à obtenir le silence :

– Madame, mes chers seigneurs, je connais notre bien-aimé sire mieux que quiconque car je suis le seul qui peut se prévaloir d'avoir été à la fois son confesseur, son chancelier et son ami. Partez en paix car, n'en doutez pas, je ferai revenir notre roi sur sa décision. Ne me demandez pas comment ! Il n'est pas toujours bon, en effet, que l'histoire sache comment les rois prennent leurs décisions et encore moins pourquoi ils changent d'avis mais faites-moi simplement confiance.

La plupart des dignitaires du royaume haïssaient Eudes Rigaud avec une intensité proportionnelle à l'ascendant qu'il exerçait sur le roi. Ils se souvenaient cependant qu'il avait été la seule personne avec laquelle Louis avait accepté de s'entretenir lors du deuil de son fils aîné. Ils étaient donc obligés de reconnaître que, dans les circonstances présentes, lui seul avait une chance de convaincre le roi de revenir sur sa décision. Les courtisans quittèrent la salle en maugréant : c'est toujours douloureux d'avoir à confier son destin à un « ami » jalousé de longue date.

L'archevêque s'approcha alors de la reine et, en aparté, lui dit :

– À vous, ma bonne reine, je dois la vérité. Mon cher collègue Albert de Parme, le légat du pape, vient de m'apprendre – personne ne le sait encore – que ces chiens de Mamelouks ont, malgré la parole qu'ils nous avaient donnée, détruit Nazareth et l'église de la Nativité. Je suis sûr que Louis pensera qu'une nouvelle croisade est la seule réponse à opposer à ces ignobles infidèles sans parole. Et puisque la vanité est probablement la plus puissante des forces qui font courir les hommes, bourgeois ou rois, je suis persuadé qu'il sera facilement convaincu que lui seul est capable de mobiliser les barons et, plus difficile encore, d'obliger les prélats à financer notre armée. C'est, en l'occurrence, la vérité car personne dans le royaume ne veut aujourd'hui entendre parler de croisade – à commencer par le clergé qui n'a été que trop tondu sous ce prétexte. Il faut pourtant en faire une, mais victorieuse cette fois. Vous comprenez bien, Madame, que nous ne pouvons rester sur le souvenir de la dramatique débâcle égyptienne. Cette terrible défaite a considérablement amoindri le prestige de notre nation sur la scène internationale. Elle jette un très fâcheux doute sur la réalité de l'immense amour de Dieu pour la France, et attise cet anticléricalisme rampant qui se développe aujourd'hui d'une manière inquiétante. À ce propos, le pape m'a rappelé que le rendement des bénéfices ecclésiastiques s'étiolait dangereusement dans le royaume, au point que les finances du Saint-Siège s'en trouveraient durablement affectées, ce qui n'est évidemment pas à notre gloire. Tout cela milite pour le lancement d'une croisade propre à ranimer la foi et à rendre au royaume un éclat qu'il n'aurait jamais dû perdre.

Marguerite, forte de sa triste expérience de la précédente où elle avait accompagné Louis, insinua faiblement :

– Mais, Monseigneur, voulez-vous voir couler encore le sang de nos valeureux chevaliers ?

– Je ne peux évidemment pas, Madame, vous promettre qu'il n'y aura aucun mort ou blessé. Au demeurant, c'est l'avantage quand on combat contre les infidèles, le sang versé n'est jamais perdu. Celui des Sarrasins, bien sûr, réjouit Dieu ; mais aussi celui des martyrs de la Chrétienté, ces valeureux croisés qui meurent pour défendre la Croix. Comme le disait ce bon Tertullien, cet immense Père de l'Église dont on se demande pourquoi il n'a pas été sanctifié : « Le sang des martyrs est une semence de chrétiens. »

L'argument était inattaquable. Cependant, en bonne épouse, elle s'inquiéta :

– Pensez-vous que Louis, dans son état de faiblesse physique et morale, peut encore affronter les souffrances d'une campagne dans un pays lointain ?

– Pourquoi lointain ? Ce qui m'importe, c'est une croisade victorieuse ! Petite, pas loin, mais victorieuse ! Délivrer les Lieux saints, nous nous en occuperons plus tard ; aujourd'hui les Mamelouks sont trop forts. Nous ne pourrions les battre qu'à condition de nous allier avec les Mongols. J'ai, la semaine dernière encore, reçu une ambassade qui apportait une lettre de Hulegu, le petit-fils de l'abominable Temudjin, alias Gengis Khan. Il nous propose une alliance contre le sultan du Caire et la restitution de Jérusalem après la victoire. J'y voyais une bonne opportunité pour récupérer les Lieux saints, mais Louis ne veut pas entendre parler d'une alliance avec les Mongols.

Marguerite acquiesça :

– Bien sûr, il déteste les Mongols ! Il faut avouer que ces sinistres barbares nous avaient terrorisés lorsqu'ils étaient arrivés jusqu'à Vienne. Blanche de Castille avait convaincu Louis qu'ils venaient de l'enfer !

– Oh ! vous savez, les Mongols ont beaucoup perdu de leur barbarie. Ils possèdent cette grande faculté d'absorber la culture des peuples conquis – Perses, Syriens ou Arméniens. Leur prétendue barbarie, c'est du passé et notre cher sire l'admet. Là n'est pas la raison de son inflexible refus d'alliance. En fait, il ne supporte pas la condition, désagréable en effet, qu'ils affichent en préambule dans toutes leurs lettres : le roi de France doit faire allégeance et payer un tribut au Grand khan qui, comme ils le prétendent, a été envoyé sur terre par le Ciel pour dominer le monde afin d'y faire régner la paix éternelle. Je reconnais que les termes sont peu diplomatiques et inacceptables pour un Capétien élu de Dieu. Il me semble pourtant que la formulation doit plus à l'habitude qu'à une véritable prétention à la souveraineté universelle. Hélas, notre roi bien-aimé ne veut rien savoir, ni le pape d'ailleurs qui exige des Mongols le préalable du baptême avant toute idée d'alliance. Ce qu'ils ne sont évidemment pas près d'accepter, car ils ont l'outrecuidance, figurez-vous, de suggérer que leurs chamans, leurs soi-disant prêtres, accomplissent des miracles bien plus difficiles que ceux de notre Seigneur Jésus ! Donc pas d'alliance avec les Mongols… Dommage pour Jérusalem ! En attendant, je tiens beaucoup à ma petite victoire sur les Sarrasins et je vais proposer au roi une croisade contre le bey de Tunis dont la faible armée ne pourra résister bien longtemps.

On fera d'une pierre deux coups : montrer que Dieu soutient de nouveau le roi de France qui, avec son aide, aura écrasé les infidèles ; par la même occasion, nous aurons débarrassé la Méditerranée de ce repaire de pirates qui, comme celui de Monaco, freine d'une manière très regrettable le développement du commerce international[10].

Malgré le froid qui régnait dans cette grande salle du Châtelet, Marguerite avait retrouvé des couleurs : elle était désormais persuadée que Louis n'hésiterait pas très longtemps avant de souscrire au plan de l'archevêque.

– Louanges à vous, Monseigneur ! Dieu vous aime et le Saint-Esprit vous habite ! Grâce à vous, Louis admettra que son devoir n'est pas de s'enfermer à Royaumont et… je resterai reine de France !

– Madame, ne me remerciez pas. Mon action n'est pas dictée par la charité. Je suis, hélas, convaincu que notre cher sire aurait été plus heureux dans sa belle abbaye, près de la tombe de votre fils aîné qu'il chérissait tant, et près du vieux Vincent de Beauvais qui a accumulé toute la science de notre temps et dont la sagesse nous fascine. Je dois cependant agir pour le bien du royaume et je crois qu'il est bon pour la France que Louis reste le roi. Si nous pouvons ajouter, en effet, aux immenses vertus que la Chrétienté lui reconnaît, l'éclat d'une belle victoire sur les infidèles, nous en ferons un saint tout à fait respectable. Et vous savez bien, Madame, que la longue lignée des rois de France n'a,

[10] Depuis Monaco opéraient, en effet, de très talentueux pirates. Les « seigneurs de Monaco » pratiquaient le recel à grande échelle et étaient réputés «forts habiles à transformer en d'honnêtes marchandises les produits des rapines » comme le disait un contemporain. Ce n'est plus le cas, n'est-ce-pas ?

hélas, jamais produit de saint. On avait bien essayé avec Clovis, mais c'était sans espoir : le baptême ne pouvait à lui seul cacher sa barbarie toute germanique. On avait essayé aussi avec Philippe-Auguste. Il avait parfaitement servi la Chrétienté en expulsant du royaume les juifs déicides qui allèrent se réfugier en Pologne où ils ne gênaient personne. Hélas, la Curie, dont les archives sont parfaitement organisées, se rappela que l'auguste roi avait été excommunié pour avoir répudié sa femme le lendemain de ses noces. Manière fort peu catholique en effet, excluant tout espoir de canonisation !

Une dynastie sans le moindre saint, c'est bien fâcheux pour le prestige du royaume car nos cousins germaniques ou castillans qui en ont eu plusieurs, ne manquent pas de sourire quand nous affirmons que les « princes du Lys » sont les élus de Dieu. Cela nuit beaucoup à notre propagande politique. Enfin… chaque chose en son temps ! D'abord ma petite mais indispensable victoire sur les fils de Mahomet, ce vil imposteur ! À ce propos, Madame, j'ai une requête à formuler. Vous comprenez que, pour cette croisade de Tunis, l'échec est impossible. Une seconde défaite devant les infidèles signerait la fin de la dynastie capétienne. Aussi dois-je mettre toutes les chances de notre côté, malgré la relative modestie de l'adversaire. À ce titre, il m'a paru souhaitable d'appuyer nos forces sur une solide base arrière, surtout dans l'hypothèse où le bey obtiendrait le soutien des Égyptiens ou des Almohades. C'est pourquoi j'ai pensé à la Sicile.

Marguerite sursauta :

– La Sicile ? Mais ce royaume est au Saint Empire ! Les Hohenstaufen ne tiennent pas du tout à voir débarquer les Capétiens au cœur de la Méditerranée !

– Assurément, mais notre cher pape Urbain – enfin un Français, Dieu merci ! – veut, idée fixe de la papauté, se débarrasser des Hohenstaufen – la « race de vipères » comme on dit à la Curie – qui menacent son territoire. C'est pourquoi il a proposé à notre cher Louis, il y a deux ans, d'offrir le trône de Sicile au comte d'Anjou s'il réussissait à en chasser Manfred, la dernière vipère. Nous gagnerions sur les deux tableaux : le pape serait notre obligé et j'aurais ma base arrière.

Marguerite tenta faiblement d'intervenir :

– Charles d'Anjou ? Roi ? Mon Dieu… est-ce vraiment nécessaire ?

Eudes Rigaud souhaitait depuis longtemps une présence française en Italie. Pour aider le pape, certes, mais surtout pour affaiblir l'Empire germanique. Il avait donc toujours appuyé cette demande de plus en plus insistante de la papauté. On disait même que c'était Eudes qui avait soufflé à Urbain le nom de Charles pour conquérir le royaume de Sicile. Mais Louis avait toujours refusé, invoquant des motifs suffisamment obscurs pour que l'archevêque fût bien persuadé qu'il y avait une autre explication. La vraie raison, il l'avait devinée : Marguerite était très jalouse de sa sœur cadette. Elle n'avait jamais admis que son père ait choisi Béatrice comme héritière de la Provence alors que c'était elle, Marguerite, qui était l'aînée. Aussi avait-elle poussé Louis à refuser la proposition du pape : elle supportait difficilement l'idée que Béatrice puisse devenir reine alors qu'elle-même ne serait plus que reine mère.

Évidemment, Eudes se garda bien d'évoquer cette jalousie fort connue de toute la Cour. Il déclara d'une manière très solennelle, de sa belle voix grave qui déchaînait les passions lorsqu'il montait en chaire :

– Charles sur le trône de Sicile, c'est absolument nécessaire pour le succès de la croisade et pour la gloire de la France. Je compte donc sur vous pour convaincre le roi d'accepter la proposition du pape d'investir Charles comme le prétendant légitime du royaume de Sicile.

Comme il n'était pas tout à fait sûr que l'amour que Marguerite portait au royaume de France fût aussi fort que sa jalousie maladive, Eudes Rigaud s'empressa d'ajouter :

– Il y a une autre bonne raison – pour vous, en particulier – de souhaiter que votre beau-frère devienne roi de Sicile. En effet, même si je suis persuadé que Louis acceptera mes arguments et renoncera à sa paisible retraite à Royaumont, nul ne peut prétendre qu'il ne reviendra pas, un jour ou l'autre, à sa tentation initiale. Dans cette hypothèse, Madame, je suis persuadé que Charles préférera rester sur son riche trône de Sicile plutôt que d'accepter la fonction, par définition éphémère, de régent du royaume de France.

Marguerite comprit immédiatement qu'il valait mieux un petit accès de jalousie que l'assurance d'une insupportable humiliation avec un beau-frère détesté devenu, horreur suprême, maître du palais de la Cité. Elle répondit avec sa vivacité habituelle :

– N'en doutez pas, Monseigneur, puisqu'il s'agit de la grandeur de la France, et donc de la volonté de Dieu ! Comptez sur moi : Louis acceptera la proposition de notre très cher et vénéré pape Urbain et Charles sera roi de Naples et de Sicile.

Un peu d'histoire

L'intention de Louis IX d'embrasser une vie monacale a été révélée par son dernier confesseur, Geoffroy de Beaulieu, qui exerça cette prestigieuse fonction durant les vingt dernières années du règne. On peut imaginer avec certitude que la seule annonce de cette intention provoqua un cataclysme à la cour de France. Le roi renonça, en définitive, à sa retraite à l'abbaye de Royaumont, mais l'histoire n'en connaît pas la raison.

On ne sait pas, non plus, pourquoi Louis avait commencé par refuser la proposition du pape d'offrir le trône de Sicile à Charles d'Anjou pour l'accepter deux ans plus tard et soutenir très largement – militairement et financièrement – son jeune frère dans la conquête de son futur royaume.

Il est avéré que Marguerite était très jalouse de sa sœur Béatrice qui avait été choisie par leur père pour hériter de la Provence, alors qu'elle estimait – droit d'aînesse oblige – que le comté devait lui revenir. Charles d'Anjou était, pour Marguerite, un vil usurpateur qui jouissait des richesses de la Provence qu'un plus juste destin aurait dû lui attribuer. Haine bien réciproque, puisque Charles s'arrangea toute sa vie pour ne pas payer à sa belle-sœur la dot que le comte de Provence avait consentie à Marguerite lors de son mariage avec Louis.

Par ailleurs, on peut s'étonner du choix de Tunis comme destination de la huitième croisade, alors que l'objectif officiel était évidemment la libération de Jérusalem, distante de plus de deux mille kilomètres. Ce ne peut être une erreur de géographie : si le monde était peu connu, la Méditerranée l'était parfaitement.

Faute de documents, les hypothèses avancées par les historiens, et qu'ils se transmettent de génération en génération, ne sont absolument pas convaincantes.

Première hypothèse : il fallait punir le bey de Tunis qui ne payait plus le tribut annuel à la couronne de Sicile, ce qu'il faisait sous le règne des Hohenstaufen. Mais pourquoi avoir maintenu l'expédition puisque le bey s'était exécuté en envoyant 80 000 pièces d'or – que Louis n'a d'ailleurs pas hésité à garder sans renoncer pour autant à sa « croisade » ? Et pourquoi Charles aurait-il refusé de « prendre la croix » et de participer à cette expédition punitive dont il aurait été le principal bénéficiaire ?

Deuxième hypothèse, encore plus invraisemblable : le bey avait exprimé l'intention de se convertir à la foi chrétienne. Pour conforter cette judicieuse résolution, quelques évêques auraient suffi. Pourquoi envoyer à Tunis une armada et des milliers de chevaliers ? De toute manière, le bey de Tunis revendiquait avec insistance le califat, autorité suprême de l'islam, au prétexte qu'il était un descendant de Mahomet selon une ligne plus directe que celui qui avait été officiellement investi. Pas vraiment le genre de revendication compatible avec la volonté de se convertir au christianisme !

L'hypothèse avancée dans ce chapitre pour expliquer le choix de Tunis – une pure opération de communication[11] – et les roublardises d'Eudes Rigaud ne sont qu'inventions. Mais Eudes est un personnage

[11] Le coup très connu de la « petite guerre facile » n'est pas une invention récente !

bien réel. Quoique très peu cité dans les nombreux livres consacrés à notre cher Saint Louis, il a été certainement un conseiller très influent. La meilleure preuve : il est ce franciscain que Rutebeuf peint sous les traits de l'âne Bernard, conseiller retors et malfaisant du roi Noble, alias Louis. Mais invention n'implique pas nécessairement que cette hypothèse soit dénuée de tout fondement. Elle a le mérite d'expliquer d'une manière cohérente trois évènements qui restent des énigmes pour l'histoire : la tentation de l'abdication puis le renoncement de Louis à la vie monacale, son refus puis son acceptation de l'investiture du royaume de Sicile accordée à son frère Charles et, enfin, la destination pour le moins curieuse de la huitième et dernière croisade. Le fait qu'il n'y ait aucun document pour étayer cette hypothèse n'est pas une preuve de son invraisemblance.

Au contraire, car si les évènements s'étaient effectivement déroulés de cette façon, il n'y aurait, bien sûr, aucun écrit compromettant. C'est, hélas pour les historiens, la commune destinée des lourds secrets d'État.

3 - DIEU AVAIT CHOISI CHARLES D'ANJOU

Une grande affection unissait les deux frères : Louis, l'aîné, et Charles, le petit dernier de la famille royale. Ils étaient tous les deux de grande taille mais ne se ressemblaient guère. Louis, blond, yeux bleus, très pâle, raide, le pas majestueux quoiqu'un peu lourd, tenait de leur père les signes distinctifs de la race franque. Charles, brun, regard noir, basané, stature altière mais démarche vive et souple, avait accaparé les gènes castillans de leur mère. Ils croyaient en Dieu mais leur pratique religieuse différait sensiblement : l'un en faisait trop ; l'autre, comme la grande majorité des croyants, ne priait que lorsque Dieu semblait pouvoir être utile à sa cause.

Louis et Charles avaient néanmoins quelques points communs. Ils étaient, caractéristique rare chez ceux qui nous gouvernent, honnêtes et courageux. Forts d'une éducation où ce qu'on appellerait aujourd'hui le sens de l'État tenait une large place, ils aimaient, l'un comme l'autre, l'ordre et la justice et imposaient à leurs sujets, avec une détermination parfois excessive, un strict respect des lois. Enfin, ils partageaient une habitude assez peu répandue chez le commun des mortels : ils ne dormaient quasiment pas.

Les quelques hommes qui bénéficient d'une insomnie chronique profitent de ce magnifique supplément de vie pour devenir des puits de science ou, à défaut, pour acquérir une aimable culture. Ce ne fut guère le cas pour Louis : il passait la plus grande partie de ses nuits à prier ou à psalmodier les pieux écrits qui figuraient dans le psautier enluminé sur lequel Blanche de Castille lui avait appris à lire. Ce le fut encore moins pour Charles : ses nombreuses heures de veille étaient consacrées à imaginer comment il devait aider le destin pour que Dieu, reconnaissant enfin ses inestimables qualités, le fasse roi d'un royaume plus grand que celui de son frère.

Mais après tout, la religion et le pouvoir, qui font assez souvent bon ménage, ne sont-ils pas infiniment plus importants que la science et, a fortiori, la culture, son parent pauvre ? L'histoire de l'humanité en est la meilleure preuve : le bon sens et la raison triomphent rarement des superstitions du peuple, soigneusement entretenues par les manipulations des puissants. Quel plus bel exemple que l'idée géniale de la transmission héréditaire de la souveraineté ? Convaincre son peuple que Dieu a choisi votre lignée pour régner, c'est l'assurance parfaite d'un pouvoir inattaquable ! Quel meilleur moyen pour faire admettre, sans discussion possible, que le fils du roi doit succéder au roi ! Il est difficile de ne pas vouer une admiration sans bornes à ces orfèvres en communication qui avaient réussi à rendre crédible l'incroyable : la nouvelle inouïe qu'une gentille colombe avait apporté à saint Rémi la sainte ampoule remplie de ce saint chrême dont il fallait oindre le roi le jour du sacre pour que Dieu, si possible, et surtout le petit peuple soient convaincus qu'il était bien le roi… et qu'il méritait de l'être.

Blanche connaissait l'importance de la religion. Elle avait éduqué tous ses enfants selon ce principe simple qui avait fait la fortune des Capétiens : ils étaient forts parce qu'ils étaient les élus de Dieu ; donc, pour rester les très puissants « princes du Lys », ils devaient, irréfutable logique, maintenir une foi sans faille et un strict respect de la religion.

Cependant, dans son immense château d'Aix, Charles d'Anjou avait, cette nuit de février 1265, une bonne raison de ne pas dormir. Signe d'une intense exaltation, il arpentait à grandes enjambées la terrasse qui jouxtait les magnifiques appartements des maîtres de la Provence – de cette démarche caractéristique qui lui avait valu, dans la bouche des troubadours, le surnom de « panthère sauvage ». Il y avait, en effet, matière à excitation ! Après cinq mois d'une terrible mise à l'épreuve de sa patience, un cavalier portant une cotte d'armes aux couleurs de la papauté avait sollicité une audience immédiate.

– Monseigneur, je me suis permis de sommer vos archers de vous prier de me recevoir sur le champ, malgré l'heure avancée de la nuit, comme mon nouveau maître me l'a expressément recommandé, persuadé qu'il vous plairait de connaître au plus vite le nom du nouveau pape.

– Dis vite !

– Saint Pierre a choisi le seigneur Foucois. Il a été intronisé voilà quatre jours et il a pris le nom de Clément. Il m'a dit de chevaucher à bride abattue, car vous seriez bien aise de cette bonne nouvelle.

– Ah ! très heureux, noble chevalier, follement heureux ! Les cardinaux auront été bien à la peine, mais le résultat valait cette trop longue attente. Allez vite vous restaurer et vous reposer, vous l'avez bien mérité.

L'envoyé du pape ne s'étonna pas de la joie du comte de Provence, puisqu'il apportait une bonne nouvelle mais il fut surpris par le sourire carnassier qui avait illuminé son visage.

On lui avait enseigné que les messagers ne posent pas de questions et, malgré sa curiosité, il se résigna à se retirer, après les révérences d'usage d'un émissaire stylé, non sans empocher au passage une bourse dont les rondeurs joufflues montraient de façon évidente l'importance de l'annonce pour le maître de la Provence. Se confondant en remerciements, il ajouta, comme si c'était anecdotique :

– Sa Sainteté m'a aussi demandé de vous rappeler qu'elle attendait, comme convenu, l'arrivée à Rome de Votre Seigneurie et de sa puissante armée. Dans les plus brefs délais. Il va sans dire que Sa Sainteté vous donne sa bénédiction solennelle et paternelle.

Charles espérait du nouveau pape l'argent des caisses pontificales plutôt que des bénédictions, mais il se dit que cela viendrait à son heure et que, pour l'instant, il aurait bien tort de ne pas savourer pleinement la « bonne » élection qui lui ouvrait les portes du royaume de Naples et de Sicile.

Ainsi Guy Foucois, l'ami et très fidèle serviteur de la maison capétienne en général et de Charles en particulier, avait enfin été élu pape. L'élection de Clément IV, puisque c'est sous ce nom qu'il avait décidé de passer à la postérité, avait coûté beaucoup d'argent à la France et à la Provence mais tel avait été le prix à payer pour « désintéresser » le clan, difficilement contournable, des cardinaux italiens. En effet, les « princes de l'Église romaine », jugeant que les puissants Capétiens risquaient fort de devenir bien vite aussi encombrants que les Hohenstaufen, avaient osé afficher leur volonté de donner l'investiture à un Plantagenêt – horrible éventualité pour la « maison du Lys ». Avec Guy pape, plus de problèmes : Charles tenait son royaume ! Enfin, presque…Il n'avait plus qu'à le conquérir, mais au moins il ne risquait plus d'être dépouillé, par un pape moins accommodant, de ce précieux droit à la couronne de Sicile que lui avait accordé Urbain IV avant de quitter ce bas monde. L'élection – la nomination plutôt – de Guy Foucois balayait de manière bien opportune quatre mois d'incertitude et écartait le risque de réduire à néant les grandes ambitions du comte d'Anjou, du Maine et de Provence qui passaient par une étape fondamentale : sa mainmise sur Naples et la Sicile. Certes, ce n'était pas encore le royaume de France, mais c'était déjà un grand et riche territoire et il ne tenait qu'à lui de l'agrandir. Les Capétiens connaissaient bien la recette, simple et directe : un peu de croissance vous donne une rentrée supplémentaire d'impôts ; avec cette cagnotte, vous achetez un peu plus de soldats et de meilleurs connétables – les bons sont, hélas, affreusement chers – et, quelques victoires plus tard, vous comptez plus de sujets… qui vous apportent plus d'impôts. Et ainsi de suite.

Après tout, il n'y avait pas si longtemps, à l'avènement de son grand-père, la France ne s'étendait guère au-delà de l'Île-de-France. Mais, à cette époque déjà, le blé de la Beauce procurait de plantureux revenus qui permettaient de s'offrir une belle armée. Philippe-Auguste n'avait pas mis longtemps à reprendre la Normandie, le Maine et l'Anjou, le Poitou et l'Auvergne aux cousins Plantagenêts, ces pilleurs notoires, ces parvenus de la royauté qui se donnaient des airs de respectabilité du haut de leur trône d'Angleterre.

Puis, Louis VIII « le lion », le père de Louis et de Charles, avait prestement conquis le Languedoc. Bien sûr, depuis que cette belle province avait été rattachée au domaine royal, le Languedoc avait un peu moins de sujets imposables, car les ravages de la guerre en avaient appauvri beaucoup. De plus, ce brave Simon de Montfort, bien relayé par l'Inquisition, avait sans doute exterminé un peu trop de riches cathares – riches certes, mais, hélas, condamnables car incontestablement hérétiques.

Évidemment, cette purification religieuse avait tant fait plaisir au pape qu'il eût été indécent de se plaindre d'une petite faiblesse passagère des rentrées fiscales – au demeurant vite et largement compensée par la saisie des biens de ces drôles qui se disaient « parfaits ».

Personne ne trouvait absurde cette croisade contre les albigeois : ni les inquisiteurs qui prétendaient les ramener, par la force de bourreaux, à la religion d'un Christ victime de bourreaux ; ni les martyrs aveuglées par une foi qui leur faisait croire qu'ils iraient au paradis sous prétexte que des inquisiteurs fanatiques jugeaient judicieux de les faire rôtir.

Charles se rappelait que sa mère, qui veillait si bien sur le clan familial, répétait souvent, en sage espagnole qui ne badine pas avec la religion, qu'il fallait toujours être en bons termes avec le pape. « C'est indispensable pour gagner le paradis » disait Blanche. Charles manifestait quelques doutes sur cette affirmation, car il savait, en connaissance de cause, que l'élection du pape ne devait guère à Dieu et que l'heureux élu n'était pas a priori, quoique présumé infaillible, le meilleur intercesseur possible auprès du Tout-Puissant. A contrario, il restait absolument convaincu de l'intérêt de l'appui du pape pour faciliter les affaires d'ici-bas. Fort de ce principe, il s'était employé, avec l'aide du fidèle Eudes Rigaud, à installer sur le trône de saint Pierre un Français, un ami et un obligé, manière triplement parfaite «d'être en bons termes avec le pape ».

Mais n'allez pas croire que la seule corruption avait décidé du destin de Guy Foucois ! Le bon corrupteur, c'est-à-dire efficace, doit être intelligent : il doit pouvoir expliquer, et si possible se persuader – c'est encore mieux pour sa bonne conscience – que l'argent n'aurait rien changé au cours du destin. Certes, Guy ne présentait peut-être pas, pour le commun des mortels, le profil idéal d'un *papabile*. Laïc, il avait appartenu, comme chancelier du roi, au groupe de hauts fonctionnaires qui administraient le royaume de France pendant que Louis faisait ses oraisons et, grâce à l'amical soutien de ses pairs, il devint évêque du Puy malgré les réticences des hautes instances de l'Église Apparemment, elles auraient préféré un vrai professionnel de la foi pour ce poste convoité. Circonstance aggravante : il s'était marié et avait eu deux filles qui n'avaient même pas trouvé bon d'entrer dans les ordres. Mais Louis, dans sa grande sagesse, fut vite convaincu par ses conseillers qu'il était le meilleur candidat. Ceux-ci, dans un rare élan d'unanimité, l'assurèrent que Guy Foucois possédait toutes les qualités nécessaires à la réussite de sa mission. Il bénéficiait, sans doute, de ce qu'on appellerait de nos jours « l'entraide des grands corps de l'État ». Oui, il s'était marié. Mais qui n'a pas commis des erreurs de jeunesse ? Aujourd'hui, Dieu merci, il était veuf et, par chance, on ne lui connaissait pas de liaisons frivoles.

Certes, il était un peu jeune dans le métier puisqu'il n'avait été ordonné prêtre que trois ans auparavant. De plus, quelques esprits chagrins avaient laissé entendre que ses connaissances théologiques étaient assez limitées car, diplômé de l'université d'Orléans – prestigieuse certes, mais plus renommée pour le droit civil – il ne maîtrisait pas toutes les subtilités du droit canon. Ses partisans balayèrent ces médisances en rappelant au très pieux roi de France que Guy Foucois avait écrit un remarquable et très efficace *Manuel de l'Inquisiteur* qui témoignait indiscutablement de la profondeur de sa foi. Fort de cet argument suprême, Louis imposa sa nomination. Comment un pape aurait-il pu s'opposer à un saint dans le choix d'un évêque ? Guy devint donc, après une brillante carrière administrative, l'évêque du Puy et le Saint-Siège dut se contenter de manifester sa mauvaise humeur en faisant traîner beaucoup plus que de coutume la confirmation pontificale.

Par la suite, l'honorable carrière ecclésiastique de Guy Foucois fut, semble-t-il, à mettre au crédit de son seul talent et de la volonté de Dieu. Il était, il est vrai, un très bon financier. Cette compétence, acquise alors qu'il était chancelier du royaume de France, est peu utile pour la liturgie, mais indispensable pour bien gérer le patrimoine de l'Église – qui, malgré la bienveillante aide de Dieu, n'échappe pas toujours aux aléas de la conjoncture. Ainsi, de promotion en promotion, il parvint au rang de cardinal, ce qui lui conférait, en tout état de cause, la capacité de briguer la tiare. À un moment fort opportun pour Charles.

Le comte de Provence, tout à sa joie d'avoir réussi, grâce à l'élection de son ami Guy, à forcer un destin qui avait semblé soudain, par la mort brutale d'Urbain, vouloir se dérober à sa volonté, se souvint que cette belle aubaine du royaume de Sicile, avait des racines fort lointaines et que la chance avait eu une grande part dans le succès de son entreprise.

Cette affaire avait été si longue et si difficile qu'on imagine volontiers que Dieu ne s'y consacra que mollement ou de manière très épisodique : pas moins de six papes, en effet, se succédèrent comme protagonistes très actifs, sinon toujours bien inspirés, de cette histoire tortueuse.

Si Charles pouvait, en cette belle nuit de février 1265, se réjouir à l'idée de porter, bientôt et enfin, une couronne de roi, c'était parce que, presque un demi-siècle auparavant, un jeune et brillant empereur germanique de vingt-six ans, Frédéric II, avait soudain voulu bouleverser l'ordre bien établi de l'Église.

La bonne fortune de Charles vint en effet indirectement de la bonne connaissance de l'empereur d'Occident des us et coutumes de Byzance. Frédéric II avait découvert que l'organisation de l'empire d'Orient différait sensiblement de celle de l'empire d'Occident dont il avait l'auguste charge[12] : les empereurs orthodoxes grecs – hérétiques, certes, mais malins – avaient toujours pris soin de cumuler pouvoir temporel et pouvoir spirituel. Le patriarche de Constantinople n'oubliait jamais, sous peine d'abréger radicalement son espérance de vie, qu'il était un sujet du basileus. Même en ce qui concernait la théologie – science qui conduit trop souvent à des discussions sans fin – la décision finale appartenait à l'empereur. Les Grecs admettaient, depuis longtemps, qu'il est parfois utile de s'entourer de spécialistes mais à condition de ne jamais leur confier les décisions vraiment importantes. Et quoi de plus important que la théologie ?

Fort de cette découverte, Frédéric s'était mis en tête de convaincre le pape d'abandonner ses prétentions d'indépendance et de redevenir ce qu'il aurait toujours

[12] Frédéric avait la charge du seul Saint Empire romain germanique mais, comme tous ses prédécesseurs, il revendiquait évidemment l'héritage de Charlemagne, c'est-à-dire l'empire d'Occident dans son entier.

dû rester, comme au bon vieux temps de Constantin : le ministre de la Religion, dévoué collaborateur de l'empereur de la Chrétienté.

Pour commencer, il suggéra fermement au Saint-Père de renoncer à son pouvoir temporel sur les États pontificaux qui formaient une sorte de verrue déplaisante entre ses terres – royaume de Sicile au sud et Milanais au nord. Frédéric aurait ainsi pu gentiment rattacher au Saint Empire toute la belle Italie, enfin unifiée par la grâce de la rigueur germanique.

Ensuite, il était évident – selon l'Empereur du moins – que Sa Sainteté devait admettre l'inutilité de toute la pompe et du train de vie associés à la fonction papale – fastes peu compatibles avec les enseignements du Christ. Frédéric avait ajouté qu'il trouvait assez plaisant d'installer, de nouveau, le trône de l'empereur d'Occident dans la Rome des Césars, une ville qui, par ailleurs, bénéficiait d'un climat incontestablement plus sympathique que celui de la brumeuse Souabe.

On imagine volontiers que l'accueil que réserva le pape Honorius III à cette prévenante proposition fut assez froid. Ce qui, au début de leur controverse, n'était qu'hostilité se transforma rapidement en haine lorsque Frédéric déclara qu'il tenait suffisamment à son idée quant à l'évolution souhaitable de la fonction papale – sujétion à l'empereur et pauvreté biblique – pour utiliser, si nécessaire, la persuasion de la force armée pour arriver à ses fins.

La menace était loin d'être théorique car la papauté se sentait bien mal à l'aise entre les armées de l'empereur Frédéric au nord et celles du même Frédéric, roi de Naples et de Sicile, au sud.

Grégoire IX, solide successeur d'Honorius, se décida à résister à ce diable de Hohenstaufen. Il proposa courageusement d'utiliser les grands moyens pour éviter une unité de l'Italie infiniment préjudiciable à la gloire de la papauté, donc vraisemblablement à celle de Dieu. Sans aller jusqu'à traduire Frédéric devant les tribunaux de l'Inquisition dont Grégoire lui-même était l'illustre inventeur, il osa excommunier l'Empereur. Selon toute apparence, il ignorait que le maître du Saint-Empire – parfaitement athée – ne redoutait rien d'une excommunication.

Exemple, parmi d'autres, de son peu de foi, Frédéric avait observé que le poids des humains ne variait pas à l'instant de la mort et en avait déduit que l'âme n'existait pas. On peut être grand empereur et piètre scientifique : sa conclusion était sans doute un peu légère vu la précision des mesures et, nonobstant ce problème, il aurait pu aussi en déduire que le fait de n'avoir plus d'âme était une caractéristique plausible des seuls condamnés à mort – les cobayes utilisés – compte tenu de la noirceur de leurs méfaits

Certains osaient même prétendre, sans doute parce qu'il entretenait un harem, qu'il s'était converti à l'islam – mais c'était pure calomnie. En fait, il récusait toutes les religions, prétendant que le monde avait connu trois immenses imposteurs : Moïse, Jésus et Mahomet. Quoi qu'il en fût, Grégoire mourut peu de temps après avoir proféré la « terrible » sentence d'excommunication, à la grande joie du présumé coupable, et à celle, plus générale, de tous les hérétiques qui ne pouvaient pas compter sur la protection d'une solide armée pour les mettre à l'abri des appétits de l'Inquisition.

Célestin, le nouveau pape, n'avait pas d'idées bien précises sur la conduite à adopter. Cet état de vacuité stratégique passa inaperçu, car l'auguste sage, épuisé par soixante jours d'enfermement – le premier conclave – se décida à mourir après dix-sept jours seulement de règne sur le trône de saint Pierre. Il fallut deux ans pour lui trouver un successeur, ce qui démontre le peu d'intérêt que Dieu attache à l'utilité d'avoir un représentant sur notre terre, mais prouve aussi que l'élection d'un pape était alors une affaire sérieuse. Frédéric put ainsi, pendant tout ce temps, jouir d'une grande tranquillité pour renforcer les moyens de son parti – les Gibelins qui s'opposaient aux Guelfes, soutiens traditionnels de la papauté.

Innocent IV, enfin élu après deux ans de palabres, de coups tordus, de compromissions et de menaces en tout genre, apparut dans une position encore plus délicate que ses prédécesseurs. Il pensa néanmoins avoir trouvé l'arme fatale. Il réunit un concile dont l'ordre du jour – hormis les quelques débats théologiques habituels sur les parts respectives d'humain et de divin chez le Christ, problèmes qui n'intéressaient plus que quelques intégristes fanatiques – était consacré à deux questions d'importance : parer la menace de l'invasion mongole et, surtout, contraindre Frédéric II à abandonner cette idée incongrue d'unification de l'Italie qui passait par une inacceptable digestion du patrimoine de saint Pierre.

Contre les Mongols on ne pouvait pas faire grand-chose. Comme l'avait dit le roi de France, fataliste mais plein de bon sens : « Si les Mongols arrivent jusqu'ici, nous les rejetterons en Enfer ou bien ils nous enverront au Ciel. » Pour Louis et quelques autres saints, ce n'était pas un problème : de toute manière, ils mériteraient le Ciel, quoi qu'il advienne. En ce qui concernait le commun des mortels, hélas, l'assurance du paradis restait aléatoire. Le concile, où les saints n'étaient probablement pas en majorité, ordonna donc à tous les abbés, chanoines et curés de demander à leurs paroissiens d'intensifier les prières afin de sauver l'Occident du déferlement des hordes mongoles.

Sage décision : les prières furent exaucées. Le Grand khan Ogodei fut rappelé au ciel – celui des Mongols – et les chefs des armées barbares qui avaient envahi l'Europe repartirent vers l'est pour se disputer sa succession – évidemment difficile, comme toutes les successions importantes. Cette affaire de famille sauva la Chrétienté.

En ce qui concerne Frédéric, le concile estima, on ne sait plus très bien pourquoi, que les prières seraient peut-être insuffisantes et arriva rapidement, à la suite d'une remarquable campagne d'Innocent IV, artiste en excommunication mais aussi en communication, à une décision radicale : on déposa l'Empereur, purement et simplement. C'était bien la preuve que le pape était au-dessus de l'empereur dans la hiérarchie des grands de ce monde – ce qu'il fallait démontrer. L'histoire ne dit pas si l'Empereur en fut affecté car Dieu, enfin décidé à aider la papauté ou bien tout simplement à éviter que, cette fois-là du moins, le sang ne coulât, envoya Frédéric en enfer, selon l'opinion unanime, donc difficilement discutable, du clergé. Dans toutes les églises d'Europe, les cloches sonnèrent et on loua grandement Dieu pour cette aide précieuse enfin apportée à son vicaire sur la terre.

Apparemment, Dieu ne fut guère reconnaissant de ces louanges car Innocent n'eut pas le loisir de savourer longtemps la joie d'être débarrassé de Frédéric. En effet, la « race de vipères » n'était pas éteinte pour autant : Conrad, héritier désigné de Frédéric, avait repris, à défaut d'avoir été élu empereur, le titre de «roi des Romains », qui lui conférait les mêmes droits que son père sur l'Italie. Et un autre fils, le beau et brillant Manfred, régnait sur le royaume de Naples et de Sicile.

Innocent était un fin politique, comme on dit des acteurs de l'histoire qui n'ont pas les moyens d'utiliser des armes plus radicales que la diplomatie. Mais son sens du concret le conduisit, en l'occurrence, à ne pas se contenter de finesse diplomatique. Il arriva rapidement à la conclusion que, dans sa situation précaire, rien ne valait une solide cavalerie pour limiter l'appétit de ces Hohenstaufen abhorrés – plus solide, en tous cas, que la modeste armée pontificale. Ayant, comme il le disait lui-même, « peu de goût pour le martyre »[13], il conçut l'idée d'offrir le royaume de Sicile à qui voudrait bien en chasser les Hohenstaufen. Il avait le pouvoir de l'octroyer en vertu d'une vieille allégeance à la papauté concédée par les Normands, pirates en quête de respectabilité après leur conquête de la Sicile. Mais chasser Manfred, c'était une autre histoire ! Le premier pressenti, Richard de Cornouailles, frère du roi d'Angleterre, déclina la proposition avec ce commentaire laconique sinon méprisant : « On me donne la lune, mais il faut que j'aille la chercher ! » Face à ce refus du Plantagenêt, Innocent se tourna alors, malgré sa méfiance pour l'ambition du clan capétien, vers la seule autre puissance chrétienne susceptible de mettre sur pied une armée convaincante. C'est ainsi qu'il proposa à Louis d'investir son frère Charles du titre de roi de Naples et de Sicile. Comme il a déjà été mentionné, Louis, sur les instances de Marguerite, déclina l'offre et Innocent mourut sans une solide armée capable de desserrer l'étau mortel des Hohenstaufen.

---

[13] Ni pour la religion d'ailleurs, si l'on en croit Louis qui fut, lors d'une entrevue avec ce pape, indigné par « son peu de foi ».

Son successeur, Alexandre, qui était courageux – ou manquait d'intelligence, ce qui va, hélas, souvent de pair – eut la prétention de combattre Manfred avec sa seule armée pontificale. Toute la Chrétienté jugea de très mauvais goût, et a priori suicidaire, que Manfred osât utiliser d'ignobles musulmans – sa légion sarrasine – pour combattre les gentils Suisses du Saint-Père. Hélas, malgré ce sacrilège, la défaite du pape fut cuisante.

Le successeur d'Alexandre, Urbain IV, né Jacques Pantaléon, français – ou presque, puisque né en Champagne – était, lui, très intelligent[14] : il se persuada vite, comme Innocent, qu'il lui fallait une armée sérieuse. Il demanda probablement à son ami Eudes Rigaud d'intervenir auprès du roi de France ; à moins que ce ne fût le rusé Eudes, convaincu que tout ce qui nuisait à l'Empire germanique était bon pour la France, qui lui suggéra de revenir à cette bonne idée d'offrir un prince du Lys au gentil peuple de Sicile. Il se peut aussi que Guy Foucois qui, comme par hasard déjà, à la suite d'amicales pressions, venait d'être nommé à la cour pontificale, ait eu quelque influence sur la renaissance de « l'option capétienne ».

En tout état de cause, le résultat fut que Louis revint brusquement sur le refus qu'il avait signifié à Innocent quelques années auparavant.

Charles se rappela en souriant qu'il s'était cru roi de Sicile, voilà presque deux ans, dès l'annonce par Eudes Rigaud de l'accord qu'il avait arraché à Louis. Il ignorait

---

[14] Il faut l'être, assurément, pour devenir pape lorsqu'on naît fils de savetier, même s'il est vrai que l'ascenseur social, comme on dit aujourd'hui, marchait beaucoup mieux en ce temps-là – dans le clergé, du moins.

alors qu'il était encore bien loin du but : avant même de songer aux moyens à mettre en œuvre pour « attraper la lune », il avait dû âprement négocier avec le pape. Méfiant à juste titre, Urbain voulait s'assurer que le Capétien aurait assez d'argent et de soldats pour le délivrer de la vipère Manfred. Il devait aussi empêcher Charles, déjà connu pour son ambition, de devenir vipère lui-même en succédant aux Hohenstaufen.

Charles revivait les interminables négociations avec le légat du pape et le notaire apostolique qui aboutirent enfin au contrat le désignant comme roi de Naples et de Sicile. En fait, il n'avait obtenu que le droit de conquérir son royaume. À la condition de mettre beaucoup d'argent pour lever une belle armée, mais aussi pour renflouer les caisses de la papauté passablement éprouvées par la longue lutte contre les Hohenstaufen. Comme l'avaient expliqué les envoyés du pape, donner de l'argent au saint pontife, c'était un investissement indispensable pour mettre Dieu de leur côté. Le comte d'Anjou se souvint avoir répondu – trop vite, réflexe de guerrier – que cet argent eût été mieux placé dans la mise sur pied de quelques bataillons de plus. Devant l'étonnement du légat du pape lui demandant s'il croyait en Dieu, Charles avait aussitôt affirmé avec conviction que l'appui de Dieu et de ses saints valait évidemment mieux que tous les soldats du monde. Au demeurant, il fallait rendre justice à Urbain : s'il avait été assez avare de ses biens, il s'était montré plutôt généreux avec ceux des autres : il avait décidé en particulier, malgré les réticences du clergé français, d'affecter à la campagne de Sicile la décime, impôt ponctionné sur les bénéfices ecclésiastiques et consacré, en principe, au financement d'une éventuelle nouvelle croisade. Jérusalem et le Saint-

Sépulcre pouvaient attendre : d'abord se débarrasser de la race de vipères !

Quelle aventure ! Quelle excitation ! Guy Foucois, alias Clément IV, enfin élu pape ! Aujourd'hui, les dés étaient jetés : le destin allait devoir choisir entre lui et Manfred. Charles, malgré l'heure si tardive que l'aube commençait à dissoudre la nuit, ne se résignait pas à aller s'allonger. Il avait pourtant conscience que les jours à venir ne s'annonçaient pas de tout repos. Il poursuivit sa déambulation d'animal en cage mais délaissa le plaisir de l'évocation du passé et de ses méandres hésitants pour se consacrer à l'avenir et ses voies incertaines : il lui faudrait tout à l'heure convoquer ses lieutenants pour arrêter la stratégie militaire, la planification de la campagne et, toujours le plus difficile dans les petites et grandes entreprises humaines : son financement.

Béatrice, réveillée peut-être par un bruit de bottes plus nerveux et saccadé qu'à l'accoutumée, fit soudain son apparition sur la terrasse. Elle vit immédiatement que Charles était dans un état de nervosité intense et, fidèle à sa discrétion habituelle, s'apprêtait à s'éclipser pour ne pas couper le fil des pensées de son cher époux. C'était sans compter avec l'instinct de fauve du comte d'Anjou qui sentit immédiatement sa présence.

– Ah ! ma Mie, dit-il en l'enlaçant, le sort en est jeté : vous serez reine de Sicile ou bien je mourrai sous les coups de Manfred.

– Cette ritournelle, mon seigneur, cela fait longtemps que vous me la chantez ! Qui aurait pu imaginer qu'un prince français deviendrait le meilleur troubadour de toute la Provence ?

– Ne vous moquez pas. Aujourd'hui, il faut y croire : notre bien aimé Guy Foucois vient d'être élu pape.

– Ah oui ? Vous avez donc réussi à faire élire ce valet de la maison de France.

– Ce n'est pas parce qu'il est un ami qu'il fera un mauvais pape ! Il est fidèle et intelligent. Il fut un excellent chancelier de mon frère. Ce n'est pas incompatible avec la tiare !

– Peut-être, mais ne comptez pas sur un pape sans scrupules, comme lui, pour mettre Dieu de votre côté. Charles, j'ai très peur que cette aventure ne finisse mal. Pourquoi cette ambition qui vous dévore ? Moi, je n'ai pas besoin d'être reine. Elle me suffit, la belle Provence que mon père m'a confiée et dont Dieu, par le sacrement du mariage, vous a désigné comme son guide et son premier défenseur ! Je vous en conjure, n'allez pas vous jeter dans la gueule de ces loups germaniques !

– Nous avons le devoir de défendre la papauté ! C'est un honneur pour la famille capétienne d'avoir été choisie pour être le glaive qui protège l'Église.

– Vous êtes surtout le rempart qui abrite les turpitudes des pontifes. À la curie, tout est vénal. Ils en sont arrivés à vendre Dieu et l'absolution pour de l'argent ! Vous me faites peur, mon bien-aimé seigneur ! Je voudrais être sûre que votre ambition ne deviendra pas folie des grandeurs. Cette hydre malfaisante dévore les humains qui n'ont pas su jouir tranquillement du bonheur d'une vie simple et heureuse. Heureuse parce que simple. Vous devriez méditer sur…

Béatrice se rendit compte avec tristesse que Charles n'écoutait déjà plus. Il avait repris sa ronde de fauve en cage et s'était replongé, une fois de plus, dans l'analyse des différentes options de stratégie militaire qui s'offraient à lui. Béatrice esquissa un haussement d'épaules. Après tout, elle savait parfaitement qu'elle ne réussirait pas à détourner Charles de ses immenses desseins. Alors, pourquoi polémiquer ?

Face au prodigieux paysage que le soleil matinal commençait à modeler, Béatrice ne put contenir quelques larmes. L'idée que, bientôt, elle devrait quitter sa belle terre de Provence lui était insupportable. Elle n'avait jamais douté que, grâce au testament de son père et contrairement à ses trois sœurs qui avaient épousé ces lointains monarques, elle resterait pour toujours dans le château de ses aïeux, au cœur même de ses éblouissants souvenirs de jeunesse. Mais, pensa-t-elle en souriant à travers ses larmes, Dieu lui avait refusé un destin tranquille : il avait placé le turbulent Charles sur sa ligne de vie ! L'honnêteté lui imposait de ne pas s'en plaindre : une autre destinée l'attendait, faite de tourbillons et de fracas, de surprises et d'appréhensions, où l'ennui et le désœuvrement ne risquaient pas de se glisser.

Charles était son grand amour depuis ce jour où il était venu la conquérir, les armes à la main, alors que son père la destinait à ce sinistre barbon, le comte de Toulouse, pour sceller la paix enfin retrouvée avec l'ennemi de toujours. Consciente de ses devoirs d'héritière de la Provence, Béatrice avait accepté ce triste mariage pour assurer à son peuple les irremplaçables douceurs de la paix. Masquant sa tristesse, elle s'était résignée à écarter ses nombreux et prestigieux soupirants au profit du vieux Raymond de Toulouse. La chance de Béatrice fut que Charles, son préféré, irascible déjà, courageux comme toujours, ne lui laissa pas le choix entre la gloire du sacrifice et les joies de l'amour. Fidèle à sa réputation, il vint à bride abattue avec une petite troupe de hardis chevaliers bouter hors d'Aix le barbon et son armée. Ce haut fait de bravoure valut à Charles, tout à la fois, la main de la belle, la riche Provence et l'admiration de son peuple, entretenue sans relâche par les troubadours qui avaient, comme il se doit, enjolivé l'évènement. D'après les chansons, c'était le jour même du mariage qui devait réunir les comtés de Toulouse et de Provence que Charles, alors que le cortège nuptial se dirigeait vers la cathédrale,

« vit au milieu d'eux la pucelle en sambue[15]
et celui, qui, la nuit, la croyait tenir nue ».

Il se jeta sur le vieux comte terrorisé et enleva Béatrice qui cheminait sur son beau cheval blanc vers le triste destin qu'elle avait accepté pour le bonheur de son peuple.

Mais l'heure n'était plus à la douceur des souvenirs ni aux émotions du cœur : Charles s'arrêta tout à coup devant elle et lâcha brusquement :

– Ma Mie, j'ai repris les comptes de campagne. C'est trop juste. Une fois à Rome, le pape complétera avec sa caisse, mais, en attendant, il me faut mettre davantage.

– Davantage de chevaliers ?

– Oui, et de piétaille aussi. Tout cela coûte très cher ! Louis ne veut pas rajouter un sou. Il pense déjà à sa prochaine croisade et le clergé ne se précipite guère pour entamer la décime destinée à financer la guerre sainte contre les Sarrasins. Il faut reconnaître que le détournement par le Saint-Siège de cet impôt pour financer ce qu'il appelle la « croisade » contre Manfred, sous prétexte qu'il utilise, comme son père Frédéric, des archers musulmans dans son armée est une ficelle un peu grosse ! Ils renâclent – le bas clergé surtout, qui ne comprend rien à la politique.

---

[15] Sur sa selle.

– Mes gentils provençaux aussi renâclent. Ils ne peuvent plus supporter tes collecteurs d'impôts trop bien formés dans l'administration française, arrogants, excessivement zélés, affreusement tatillons.

– Ils appliquent la loi.

– Votre loi, Charles, c'est celle de la France et non la coutume de mes ancêtres.

– Vous n'étiez pas opposée à mes efforts pour moderniser la Provence, apporter les réformes nécessaires et rétablir l'ordre et la justice.

– Merci, mon seigneur, pour le rétablissement de l'ordre : les riches bourgeois de Marseille que vous avez fait décapiter l'an passé ont été sacrifiés non pas à la gloire de l'ordre et de la loi mais parce qu'ils étaient fortunés, ce qui vous arrangeait bien pour le financement de votre armée. Vous avez pris leur vie pour accaparer leurs biens !

– Béatrice, vous vous égarez ! Vous savez parfaitement qu'ils complotaient avec le perfide Aragon. La justice et la raison d'État ont triomphé. C'est tout. Mais laissons là cette dispute inutile. Je veux, ma belle dame, vous demander un difficile effort – le dernier – mais, au vu de votre humeur maussade, le moment n'est peut-être pas très opportun. Qu'importe ! Je dois sauver le pape des griffes des Hohenstaufen et je ne peux pas lésiner sur ma force de frappe. Il me faut encore un peu d'argent.

– Encore ? Allez retrouver vos vils banquiers lombards qui pensent que vous êtes, Dieu merci, le bon cheval et qui, flairant la bonne aubaine, semblent ravis de financer votre aventure.

– Je suis flatté d'être considéré comme le bon cheval, mais les banquiers n'aiment plus jouer au-delà d'une certaine limite. Et malheureusement, cette limite est atteinte en ce qui concerne le montant de leur mise. Ils sont convaincus comme moi qu'on ne peut augmenter la pression fiscale et qu'il serait présomptueux d'espérer une autre petite révolte de riches bourgeois susceptibles d'être décapités. Ils acceptent de prêter un peu plus mais, comme toujours, ils réclament des garanties…Ils m'ont parlé de vos bijoux…

– Les bijoux du comté de Provence ? En gage chez ces méprisables banquiers ? Jamais ! Jamais !

Béatrice s'attendait à l'une de ces grandes colères dont le comte d'Anjou était coutumier mais Charles, fataliste ou offensé, se retira sans un mot dans ses appartements, résigné à dormir un peu – perte de temps, disait-il – avant de réunir son conseil de guerre.

Le lendemain, Béatrice fit apporter à Charles le lourd coffre qui contenait les bijoux de la couronne de Provence.

Elle déclara simplement, avec un sourire un peu forcé, qu'elle ne pourrait supporter qu'on puisse accuser la fille chérie du très chrétien Bérenger, comte de Provence, d'avoir refusé d'aider le Saint-Père. Comme Béatrice avait bien peu d'estime pour ce nouveau pape, on pouvait douter que ce fût la vraie raison de son revirement. Peut-être était-ce tout simplement une victoire de l'amour sur la raison d'État, ce qui arrive plus souvent qu'on ne le pense ? Plus souvent aussi qu'on ne le dit dans les livres d'histoire.

Elle avait ajouté qu'elle avait tout de même gardé quelques bijoux pour faire bonne figure à Rome lorsque se déroulerait la cérémonie du sacre, ce qui laissait entendre que, malgré ses craintes, elle croyait toujours en la bonne étoile de son chevalier bien-aimé.

Un peu d'histoire

Dans ce chapitre, il y a peu d'écarts par rapport à la vérité historique. En particulier, le trait est à peine forcé sur la lutte entre Frédéric II et les papes. Pourquoi inventer lorsque la réalité va au-delà de l'imagination la plus débridée ?

Les faits mentionnés sont avérés. Tous sauf deux.

À propos du premier, rien ne prouve qu'il soit faux. Il est, bien au contraire, fort probable. Je veux parler de la corruption des cardinaux par la couronne de France pour obtenir l'élection d'un « bon » pape. C'est évidemment le genre d'action qui donne rarement lieu à des écrits.

Il me semble que, faute de documents, on peut se laisser aller à une intuition raisonnée : dans le cas de l'élection de Clément IV, il suffit d'observer la carrière de ce tardif serviteur de l'Église, mais très dévoué fonctionnaire du royaume de France. De même, lorsqu'on cherche « à qui le crime profite », il est difficile de ne pas être convaincu d'une très forte probabilité de manœuvres peu chrétiennes de la part des Capétiens.

Les actes de corruption ne laissent, par définition, guère de traces. Les historiens qui, dans quelques siècles, se pencheront sur notre époque seront persuadés que notre société livrait un combat opiniâtre contre la corruption mais se demanderont pourquoi, puisque les prévenus, dans leur très grande majorité, étaient honnêtes. Les documents et les statistiques seront pourtant formelles, car on aura oublié le miracle permanent du « vice de forme » : beaucoup de procès, mais quasiment autant de non-lieux ! Des corrompus ? Mais non ! Simplement des braves gens victimes de l'acharnement aveugle des juges !

En ce qui concerne le second manquement éventuel à la vérité historique, il n'est pas prouvé, en effet, que Frédéric II se soit inspiré de l'organisation des Grecs de l'empire d'Orient dans sa volonté de rabaisser le pape au rang de gentil collaborateur. Mais, face à l'accusation, méritée dans ce cas, de légèreté vis-à-vis de l'histoire, je me permettrai de rappeler, à décharge, la grande connaissance que Frédéric avait de l'Orient et la forte probabilité d'un intérêt professionnel pour le basileus, « l'autre » empereur.

De leur côté, les papes commençaient à connaître un peu le monde musulman. Ils estimaient donc, vraisemblablement, qu'ils méritaient bien, comme le calife de Bagdad, la suprématie universelle conférée par l'association des pouvoirs temporel et spirituel. Les califes la revendiquaient sous prétexte qu'ils descendaient de Mahomet. Pourquoi les papes, représentants de Dieu sur terre, ce qui est quand même plus important qu'un arbre généalogique, n'auraient-ils pas souscrit à cette évidence ?

Une petite précision, enfin, à propos de l'étrange cérémonie du sacre des rois de France. Ce protocole immuable sera en vigueur pour tous les rois de France, à la suite de Clovis (réputé premier roi de France dans nos livres d'histoire mais loué dans les manuels allemands – sous le doux nom de *Clothwig* – comme un fier guerrier germanique qui avait parfaitement, c'est-à-dire assez brutalement, réussi la conquête de notre beau pays).

À vrai dire... pour presque tous les rois de France, puisque Charles X, le dernier « de droit divin », refusera de s'y plier, le jugeant quelque peu ridicule. Il faut dire que plus personne ne croyait depuis longtemps à l'histoire de la gentille colombe et aux vertus du saint chrême. Certes, comme le disait Montaigne : « Moins les hommes comprennent, plus ils ajoutent foi, l'esprit étant porté à croire d'autant plus volontiers les choses qu'elles sont plus obscures. »

Prophètes et hommes politiques ont depuis toujours usé et abusé de cette caractéristique du genre humain.

Néanmoins la crédulité finit, un jour ou l'autre, par se fissurer. Comme les civilisations, les mythes aussi sont tristement mortels.

4 - LA BELLE ET LE TRÉSOR

De mémoire d'Italien, on n'avait jamais vu un mois de février comme celui de cette année 1266. On se serait cru en un beau mois de mai. Les arbres aussi qui laissaient déjà leurs bourgeons s'épanouir. Il fallait leur pardonner car cette douceur mystificatrice imitait joliment celle du printemps. Seule la lumière du soleil qui baignait les Apennins avait un éclat un peu froid, plus conforme au calendrier. A fortiori, lorsque ses rayons se réfléchissaient sur les lourdes armures noires des chevaliers allemands venus au secours de Manfred.

Face aux troupes du roi de Sicile, en ordre de bataille, Charles se tenait immobile sur son cheval gris. Ce beau et lourd destrier faisait honneur à ses origines flamandes. Il avait traversé les Alpes avec le gros de l'armée franco-provençale menée par Guy de Montfort. Charles avait été fort aise de retrouver enfin une monture dont la carrure et le dressage convenaient au lourd équipement d'un chevalier français. Son précédent cheval qui lui avait été donné à son arrivée à Rome par ses alliés, les seigneurs guelfes de Toscane, était excessivement italien : élégance parfaite pour les parades, mais efficacité discutable dans le combat.

Si son visage n'avait pas été dissimulé derrière le heaume doré – celui qu'il portait déjà en Égypte – le calme de ses traits, sur lesquels flottait un léger sourire, aurait étonné nombre de ses compagnons d'armes, plus accoutumés à son impatience notoire. Parfaitement immobile, on aurait pu imaginer qu'il continuait à prier comme il l'avait fait toute la nuit. Mais il ne priait plus. Maintenant, c'était trop tard. Dieu, très certainement, avait déjà choisi son camp. Certes, pensait Charles, il paraissait difficile de concevoir que le Tout-Puissant puisse prendre parti pour ce Manfred, excommunié, fils d'excommunié, dont la volonté affichée était de réduire le pape au rang de simple ministre du culte. Cependant, malgré cette évidence, Charles ne pouvait s'affranchir d'une certaine crainte : la Sainte-Trinité n'avait peut-être pas beaucoup apprécié un manque de pureté apostolique, pour ne pas dire plus, dans l'élection de ce brave Guy Foucois. De toute manière, il fallait bien admettre la vérité : il n'existait pas d'autre solution pour sauver le Saint-Siège. Dieu, dans sa grande sagesse, s'était certainement résigné au profil pas très catholique de Clément IV. Le Seigneur sait, lui, que, si l'habit ne fait pas le moine, la tiare fait assez bien le pape. L'histoire en témoigne : Dieu n'a pas de modèle bien défini quant à l'homme qu'il met sur le trône de saint Pierre. On y a vu des théologiens, des mystiques, des jouisseurs, des vaniteux, des simples d'esprit et même quelques saints. Quoi qu'il en soit, dès l'instant qu'il l'eut coiffée, Guy oublia parfaitement qu'il devait sa position à ces princes du Lys qu'il avait su fort bien servir. Comme tous les hommes placés à des postes d'importance qui s'empressent d'effacer de leur mémoire ce qu'ils doivent à leurs « bienfaiteurs », il se persuada très vite qu'il était devenu pape par la grâce de ses seuls talents. Et de talents, il n'en manquait pas ! Il mena une carrière de pape tout à fait honorable et sa forte personnalité lui permit d'échapper au qualificatif trop sévère de suppôt des Capétiens.

Charles eût volontiers préféré un pape plus docile ! Il se remémorait la difficile année qui s'était écoulée depuis cette élection tant espérée jusqu'à cette belle journée de février où la décisive bataille tant attendue allait décider de son destin. Avant que le soleil ne se couche, il serait roi de Naples et de Sicile… ou cadavre ensanglanté. Pendant de longues années, il avait dû lutter pied à pied avec Clément pour ne pas être réduit à la triste condition de simple collaborateur du pape. À l'évocation de cette pénible confrontation, aussi sourde que tortueuse, Charles ne put réprimer un mouvement d'impatience. Surpris, son cheval fit un écart assez violent mais, Dieu merci, les chefs de batailles et les bannerets ne tombèrent pas dans l'erreur de prendre ce mouvement pour le signal de l'attaque – ce qui aurait eu des conséquences dramatiques. Charles, avec une parfaite maîtrise de son impétuosité naturelle, condition nécessaire de la victoire, put reprendre le cours de ses pensées.

Avant son élection, Guy Foucois, archétype du fonctionnaire modèle, était facile à gérer dans son dévouement à la suprême cause de la gloire commune de l'Église et des Capétiens. Devenu Clément IV, il était devenu nettement plus rétif. Et Charles s'irritait de devoir dissimuler la difficulté croissante de leurs relations. Leur intérêt bien compris imposait d'afficher à la face du monde, autant qu'il était possible, une parfaite connivence puisque chacun tenait de l'autre la pièce maîtresse de sa propre stratégie : une armée salvatrice pour le pape, l'investiture du royaume de Sicile pour le comte d'Anjou. Cela dit, au-delà des amabilités d'usage – « Mon très saint père… », « Mon très cher fils… » – destinées à masquer la dure réalité d'un perpétuel affrontement, les relations de ces amis de trente ans devenaient de plus en plus complexes.

Charles comprenait d'ailleurs assez mal la défiance croissante manifestée par Clément. Après tout, il avait parfaitement honoré les engagements acceptés en échange de cette investiture – en dépit du caractère léonin du contrat qu'il avait négocié pied à pied avec les représentants du pape.

D'abord, il avait dépêché d'urgence une avant-garde provençale qui avait déjoué in extremis les manœuvres de Manfred pour prendre le contrôle de la Ville éternelle.

Ensuite, il avait répondu très vite aux appels paniqués du pape et avait débarqué à Rome dès le mois de mai, au péril de sa vie. Ce n'avait pas été évident mais grâce au superbe sens marin de Girard de Marseille, le génial amiral de Provence, il avait échappé au pire malgré un mistral de cornecul, comme on disait en langue d'Oc. Ou peut-être avec son aide, car ce vent féroce avait rendu inopérantes les quatre-vingts galères de la puissante flotte sicilienne, chargées de l'intercepter.

Enfin, sa belle et grande armée franco-provençale était arrivée à Rome en parfait ordre de bataille, après avoir franchi les Alpes inhospitalières et le Milanais ennemi. Ce succès devait beaucoup à la valeur militaire de la fine fleur de la chevalerie française, angevine et champenoise ; mais aussi à quelques défections fort utiles de seigneurs italiens, prétendument alliés de Manfred, qui s'étaient pris d'un amour soudain pour Charles et cette très convaincante armée ou qui furent sensibles à « l'argent des Français »[16].

---

[16] Comme le dira plus tard Dante qui n'hésita pas à envoyer ces traîtres corrompus dans son célèbre *Enfer*.

Cette méfiance de Clément envers Charles, chaque jour plus palpable, était probablement née d'une peccadille : le pape avait été, en effet, très fâché d'apprendre, depuis sa paisible retraite de Viterbe, que son protégé avait eu, dès son arrivée à Rome, l'invraisemblable idée de s'installer au Latran, jugé plus digne de son rang que tout autre palais de la ville. Charles n'y avait pas vu malice puisque les papes ne séjournaient plus depuis longtemps dans leur résidence officielle car la Ville éternelle, envahie par les malfrats et la « racaille », était considérée comme trop peu sûre et, fière de son anticléricalisme affiché, fort peu respectueuse de la personne du Saint-Père. Néanmoins, pour Clément, s'installer au Latran constituait une preuve manifeste du manque de respect de Charles pour la sainte fonction papale. Le comte de Provence avait bien vite admis que c'était une erreur politique et il déménagea illico du palais sacré, mais la suspicion s'était installée.

Plus grave fut l'élection de Charles au rang de sénateur de Rome – seigneur de fait de la ville – alors que, selon le contrat d'investiture, il ne devait, en aucun cas, briguer la moindre charge sur les terres de la papauté. Charles déclara pour sa défense qu'il voyait mal comment il aurait pu se soustraire à la ferveur populaire et décevoir l'enthousiasme des Romains très attachés à l'idée de s'offrir un chef aussi prestigieux que lui. Certes, Clément connaissait la propension des Romains au culte de la personnalité et la versatilité qui va de pair avec les grandes passions politiques, mais il s'était dit aussi qu'il n'y a que le premier pas qui compte : demain peut-être, Charles, d'interdit en interdit, briguerait le titre d'empereur pour suivre les traces de Frédéric II dans l'ignoble rôle de tortionnaire des papes. L'attitude pour le moins désinvolte de Charles avait mis *Sua Santità* de fort méchante humeur au point que Clément avait refusé de venir à Rome couronner Charles et Béatrice, se contentant d'y dépêcher un maigre quatuor de cardinaux, parmi les plus modestes.

Mais ce n'étaient là que broutilles face au véritable problème qui envenimait les relations entre les deux hommes depuis l'arrivée de Charles en Italie : l'argent – comme il arrive souvent dans le monde de la politique. Chacun s'était persuadé que l'autre en avait beaucoup ! Le triste constat pour Charles de devoir admettre que les caisses pontificales étaient vides, la non moins triste évidence pour Clément de la faiblesse des rentrées fiscales de la Provence et du peu d'entrain des frères de Charles, et du roi de France en particulier, à accroître leur mise, induisaient une immense déception chez l'un comme chez l'autre. Pour Clément, Charles était devenu le fils indigne qui, faute d'avoir tenu ses engagements financiers, allait le contraindre, sous la menace de Manfred, à fuir l'Italie et cette superbe cour papale dont il voulait faire, sur le modèle du califat de Bagdad, le centre intellectuel de la Chrétienté ; Charles voyait en Clément un pape dont l'élection lui avait coûté très cher sans le moindre profit et dont l'invraisemblable indigence risquait de réduire à néant ses immenses ambitions.

En effet, si l'armée était bien arrivée à Rome, encore fallait-il nourrir chevaliers, chevaux et piétons. Clément n'avait pas fait d'objections sur les dévastations et rapines commises dans les possessions impériales du Milanais – à la guerre comme à la guerre ! – mais il avait expressément recommandé à Charles de bien tenir ses troupes, le temps qu'il séjournait dans la Ville éternelle. Charles, nouveau seigneur de Rome, avait été facilement convaincu que laisser son armée vivre sur l'habitant aurait quelque peu entaché sa popularité. Il avait donc fallu, encore et toujours, trouver de l'argent. Et de l'argent, il n'y en avait plus, sinon dans les coffres des banquiers florentins et siennois. Évidemment, les Bernardino, les Tolomei, les Guido s'étaient montrés réticents, comme tout banquier digne de ce nom face à un client de peu de crédit. Mais ils avaient choisi le camp de la papauté et de la France contre celui de l'Empire et de l'Allemagne et ils ne pouvaient plus reculer. Eux aussi jouaient à quitte ou double ! Ils furent bien obligés d'augmenter leur mise, mais, principe de banquier, ils mirent un point d'honneur à exiger des garanties supplémentaires. Cela ne gênait pas beaucoup Charles qui n'avait plus à offrir que les derniers bijoux de Béatrice ; pour Clément hélas, l'actif patrimonial du Saint-Siège restait immense et il se vit contraint, toute honte bue, de gager les vases sacrés de Saint-Jean-de-Latran et d'hypothéquer quelques églises dont la valeur immobilière était indiscutable.

Charles se prit à rire au souvenir de la lettre furieuse de Clément dans laquelle le pape expliquait qu'il avait dû prendre le risque de mériter le suprême châtiment de l'enfer en dilapidant les biens de l'Église. Tout cela pour permettre, disait-il, au comte de Provence de se prélasser à Rome et d'y mener grand train en se pavanant au milieu de ses nouveaux sujets. La charge était assez injuste car Charles avait admis qu'il ne pouvait laisser son armée détrousser les Romains et trousser les Romaines. Aussi avait-il décidé d'attaquer Manfred immédiatement, bousculant les usages en vigueur de ne pas faire la guerre en hiver.

C'est ainsi qu'il se trouvait le 27 février 1266 dans la vallée de Bénévent qui l'invitait à poursuivre vers les douceurs de Capoue et les trésors de Naples.

À condition de balayer le dernier obstacle : l'imposante armée de Manfred.

La puissance des cavaliers teutons et la précision des archers sarrasins avaient une belle notoriété. Mais la réputation des chevaliers et fantassins français était aussi très grande et le désastre égyptien avait été rapidement mis au passif d'une stratégie déficiente : le monde entier reconnaissait, magnifique époque, leur bravoure, la qualité de leur armement, leur discipline et le talent de leurs chefs. Cependant, ce n'est jamais sur la notoriété que se joue l'issue d'une bataille. Sur l'intelligence tactique toujours, parfois sur le courage, assez souvent sur la supériorité technologique. Et, ce jour-là, c'était la première fois que les Français, restés fidèles à la bonne vieille cotte de mailles, trouvaient sur leur chemin des cavaliers, les Allemands, qui portaient une armure en plaques articulées. Ils n'avaient jamais affronté non plus les archers sarrasins des maîtres de la Sicile, dont la fréquence de tir restait inégalée dans les annales militaires.

Charles s'était donc laissé convaincre que seules la patience et la prudence pouvaient lui apporter victoire et royaume. Gilles le Brun de Trazegnies, le connétable de France, pensait, à juste titre, qu'il fallait laisser les lourds chevaliers teutons épuiser leurs montures en chargeant sur le faux plat qui les menait jusqu'aux premières lignes françaises et amortir ainsi le choc que produirait l'énergie fracassante de leur lourde masse d'acier. Guido Guerra, le chef des alliés toscans, qui connaissait l'habileté dévastatrice des archers sarrasins, suggéra de doubler les boucliers des piétons avec du liège. Cette technique évitait les ricochets mortels des flèches mais interdisait implicitement toute charge de l'infanterie du fait de l'alourdissement de son armement. Fait extraordinaire, la fine fleur de la noblesse française, les Montfort, Vendôme, Mirepoix, Beaulieu, Dampierre, Beaumont, tous amateurs de charges héroïques plus conformes à l'esprit de la chevalerie, se rangèrent sans discuter à l'avis du vieux connétable. Il est vrai qu'ils avaient tous conscience de la fatigue de leurs troupes après la marche forcée depuis Rome, la prise de la forteresse d'Arce, réputée imprenable comme toutes les forteresses dignes de ce nom, et l'assaut victorieux du verrou de Monte Cassino. Ces succès avaient entraîné la reddition immédiate de trente-deux châteaux qui formaient une sorte de ligne Maginot avant la lettre censée interdire l'accès à Naples.

L'armée de Charles tout entière – les Français, les Provençaux, les Picards, les Flamands, les Romains et les Toscans – n'avait qu'un seul mot d'ordre : attendre. Manfred, était convaincu, lui aussi, que la patience serait sa meilleure alliée. Il était persuadé que son ennemi, connu pour son impétuosité légendaire, céderait le premier à la tentation de l'action. On avait rarement vu deux armées, impeccablement disposées pour le combat, se tenir si longtemps face à face dans une parfaite immobilité.

Trop longtemps pour Bouchard, le comte de Vendôme. Il vint trouver Charles pour lui faire part de son exaspération : ses troupes étaient excédées par cette attente stérile qui ajoutait à leur fatigue et les chevaux devenaient de plus en plus nerveux. Charles n'en pouvait plus, lui aussi, de ronger son frein. Malgré la promesse donnée à Gilles le Brun, il était sur le point de donner raison au comte de Vendôme et, très probablement, de sacrifier à l'impatience sa vie, peut-être, sa couronne de roi si convoitée, sûrement.

C'est alors que se produisit un événement infime aux immenses répercussions comme l'histoire en est friande. Un renard qui passait par là eut l'idée saugrenue de s'aventurer entre les deux armées et, pour son plus grand malheur, de s'y complaire – sans doute fasciné par les couleurs étincelantes des étendards ou par l'éclat des heaumes et des lourdes épées. Bien mal lui en prit, car un Sarrasin, fanatique de chasse ou avide de montrer son talent, ne put résister au plaisir de lui décocher une flèche. Une flèche doublement mortelle, car si l'animal en mourut, elle provoqua indirectement la perte de Manfred.

En effet, les cavaliers allemands, nouvellement intégrés au corps de bataille du roi de Sicile, interprétèrent le sifflement de cette flèche comme une « manière napolitaine » de donner le signal de l'attaque qu'ils attendaient, eux aussi, depuis trop longtemps. Ils se lancèrent dans une charge effrénée dont la folle puissance se trouva, comme prévu par le bon connétable, quelque peu émoussée par la pente du terrain. Néanmoins, le choc – un grondement de tonnerre, selon un témoin – fut suffisamment rude pour faire plier les premières lignes françaises. La bravoure des hommes de Philippe de Montfort et du maréchal de Mirepoix ne pouvait rivaliser avec la puissance sauvage de la cavalerie allemande. Mais, grâce à Dieu et au faux plat, la première ligne ne fut pas enfoncée de manière irréversible. Certes, la situation était grave, mais plier n'est pas rompre.

À cet instant, Charles, n'écoutant que son instinct, engage toutes ses forces dans une riposte furieuse : non seulement la deuxième ligne de Français, de Provençaux et de Romains qu'il commandait, mais aussi la troisième composée des Flamands et Picards de son gendre, le comte de Flandre. Les cavaliers allemands reculent et leurs chevaux piétinent les Sarrasins qui ne peuvent s'approcher de la mêlée. Au grand plaisir des piétons français qui, utilisant leur arme secrète, un simple et vil crochet, arrachent à leur monture les malheureux teutons, empêtrés dans leur belle mais trop lourde cuirasse. Ils ont vite fait d'en trouver le défaut : les aisselles. Sous les exhortations de Guy de Mello, évêque d'Auxerre à ses heures, mais tout aussi à l'aise avec l'épée qu'avec le goupillon, l'agilité des courtes dagues que les fantassins français manient avec virtuosité scelle définitivement le sort de la bataille. Les Sarrasins préfèrent s'enfuir et laisser aux chrétiens le plaisir de s'entre-tuer. La cavalerie lombarde tente, trop tard, de porter secours aux Allemands mais juge assez rapidement que la situation est désespérée et qu'une retraite stratégique s'impose. Manfred, qui observe la bataille depuis une colline, refuse une fuite que ses derniers fidèles lui conseillent et se jette dans la bataille avec sa réserve, les troupes napolitaines. Mais cette réserve est devenue bien modeste : les prudents et les sages, ce qui fait beaucoup de monde, ont déjà déserté ; les courageux le suivent... mais pas trop longtemps[17]. Manfred, en digne Hohenstaufen, et son fidèle Tebaldo Annibaldi se battent comme des lions mais, déjà, avec l'énergie du désespoir : ils n'ignorent plus que le destin a

---

[17] Les habitudes des peuples ont la vie dure. Ainsi, cinq siècles plus tard, Ferdinand 1er, roi des Deux-Siciles dira, en parlant de son armée napolitaine : « Habillez-les de rouge, habillez-les de vert, ils foutront le camp tout de même !»

désormais choisi son camp et que la mort est au bout du chemin.

Comme Charles l'écrira à Clément avec une exquise sobriété : « Après un combat acharné, nous avons enfoncé, avec l'aide de Dieu, les deux premières lignes de l'ennemi, en sorte que les autres prirent la fuite. Le massacre fut si grand que les cadavres empêchent de voir le sol. »

Effectivement, l'aide de Dieu s'était avérée décisive : il avait envoyé un petit renard sur le champ de bataille pour permettre au comte d'Anjou de franchir une étape majeure sur la route de ses immenses ambitions. Accessoirement, le pauvre animal offrait au Saint-Père la possibilité de continuer à vivre dignement dans le luxe des palais pontificaux. Enfin, il donnait aux banquiers italiens, à ceux du moins qui avaient misé sur Charles, l'occasion de réaliser une gigantesque plus-value. Cette fabuleuse alliance de la finance et de la guerre était une première mondiale. Elle allait avoir un avenir resplendissant.

Ce n'était pas encore le moment de savourer la victoire. Il fallait, au préalable, sacrifier au rituel de la dépouille des cadavres et du partage des prises de guerre : un tiers pour le roi, un tiers pour la reine, un tiers pour les barons. Quant à la soldatesque, on lui laissait le soin de se dédommager sur le dos des habitants : par chance, la riche ville de Bénévent se trouvait sur les terres de la papauté et non dans le royaume de Naples. Il eût été malvenu pour Charles de commencer son règne en dévalisant ses sujets car ce siècle était déjà très civilisé : on utilisait l'impôt plutôt que la rapine.

Clément fut très irrité, non pas tant du fait des atrocités perpétrées sur les terres de l'Église, mais parce que ce comportement pour le moins léger mettait bien en évidence un triste constat : Charles, couronne empochée, n'avait plus de raison de composer avec les états d'âme du pape et de s'inquiéter de ses remontrances. Cette attitude désinvolte prouvait, s'il en était encore besoin, que Charles n'entendait pas devenir le souverain docile que la papauté avait appelé de ses vœux pour occuper le trône de Sicile.

Pour l'heure, Charles n'avait, en effet, pas d'autre préoccupation que de fêter sa victoire : il ripaillait gaiement au milieu de ses fidèles Provençaux, de ses amis parmi la belle chevalerie française au courage déterminant dans ce combat décisif, et de ses alliés toscans et romains, moins courageux mais aussi enjoués qu'enjôleurs. Plus surprenant, il avait convié quelques ennemis dont il avait apprécié la noblesse et la bravoure – ceux qui, refusant la fuite, étaient devenus ses prisonniers, comme Giordano et Bartolomeo Lancia, les valeureux oncles de Manfred. Ces derniers se reconnaissaient facilement à leur triste mine marquée par la fatigue du combat, cette fatigue qui se complaît dans le corps des vaincus et qui disparaît comme par enchantement de celui des vainqueurs. Respectueux des traditions chevaleresques, ils avaient levé leur coupe à l'adresse de Charles en le félicitant de sa victoire, mais leur pâle sourire ne pouvait masquer l'anxiété qui les habitait : on ne savait toujours pas si Manfred était mort au combat ou s'il avait pu s'échapper.

Soudain, un soudard, braillard et passablement éméché, vint perturber le festin. Il poussait un âne chargé d'un corps sans vie, dénudé et ensanglanté en criant : « Qui veut m'acheter le corps du beau Manfred ? » Tous se levèrent, surpris et incrédules mais Giordano Lancia, qui avait reconnu son cher maître et neveu, s'agenouilla, en pleurs, devant la dépouille en criant : « Hélas ! Hélas ! Ô mon seigneur ! Que sommes-nous devenus ! » Charles, ému par cette démonstration courageuse d'indéfectible fidélité, releva Giordano sur-le-champ, et fit l'éloge funèbre de l'adversaire valeureux qui avait choisi la mort plutôt que la honte de la fuite. Ce beau panégyrique de chevalier à chevalier alla droit au cœur des barons et soldats qui avaient vu la Mort roder bien près de leur ligne de vie et qui rendaient grâce à Dieu de n'être pas à la place de Manfred. Ce roi si beau, d'une intelligence et d'une courtoisie universellement reconnues, n'était plus aujourd'hui qu'une pauvre silhouette grotesque couchée sur un âne et couverte de sang coagulé, la gorge tranchée et l'arcade sourcilière enfoncée. Charles, magnanime, termina son oraison funèbre sur le droit bien mérité de Manfred d'être inhumé dans sa terre natale avec tous les honneurs qui conviennent à un prince courageux.

L'évêque d'Auxerre lâcha alors de sa voix grave et impérieuse : « Manfred, qui se disait roi de Sicile, n'aura pas de sépulture. Excommunié, fils d'excommunié, il ne lui sera pas donné l'abri de la terre de Dieu. Que son corps pourrisse à tous les vents ! Que les rapaces se repaissent de ses entrailles ! C'est la règle de l'Église. » Le féroce guerrier n'étant jamais loin de l'évêque, il ajouta : « Et, de toute manière, le cadavre d'un ennemi sent toujours bon. » Charles avait beaucoup d'admiration pour le légendaire coup d'épée de Guy de Mello mais n'éprouvait guère d'affection pour cet prélat qu'il considérait comme un intégriste fanatique.

Un instant déconcerté, Charles fut assez tenté de s'opposer à l'évêque au nom des principes de la chevalerie, mais il se ravisa : braver en public un haut représentant de la Sainte Église ne servirait guère ses intérêts ; à l'inverse, capituler était impensable alors que tous les Capétiens, conformément aux démonstrations des légistes, avaient toujours affirmé la préséance du pouvoir royal sur celui de l'Église. En bon diplomate, invoquant la nuit qui porte conseil, il informa la noble assemblée de sa volonté de… reporter au lendemain sa décision concernant la sépulture de Manfred.

En fait, il n'avait pas besoin de la nuit. Comme sa mère le lui avait enseigné, on se devait, autant que faire se peut, d'être en bons termes avec le pape et il n'était pas nécessaire de donner à ce brave Clément une occasion supplémentaire de lui adresser des reproches alors que cette affaire de sépulture ne le concernait en rien. Après tout, si Manfred avait été excommunié, il devait en payer le prix. Charles avait donc déjà décidé que Naples valait bien une absence de messe. De toute manière, même les tombeaux sont destinés à périr et n'ont donc qu'une utilité relative et, à l'échelle de l'Histoire, momentanée. Évidemment, il attendrait le lendemain pour annoncer que Manfred serait privé de repos éternel de façon à bien montrer qu'il obéissait à Dieu et non à ce grand braillard d'évêque d'Auxerre, ce forcené de l'intransigeance. On ne saurait être roi que de façon royale.

Mais, là encore, le destin fit des caprices et la belle stratégie du désormais roi de Naples s'en trouva bouleversée.

Le lendemain à l'aube, en effet, le chambellan de Charles se présenta à la porte de sa tente de campagne. Il était accompagné d'une toute jeune fille d'une éblouissante beauté. Fiordalisa – de son vrai nom Naïla – promenait ses seize ans avec un rayonnement dévastateur et une assurance sans faille qui dénotait une très haute lignée. Sans ambages et sans la moindre esquisse d'un début de révérence, elle s'adressa au nouveau roi dans un français parfait, avec un soupçon d'accent italien qui donnait à sa voix une chaleur d'une troublante sensualité.

– Sire, je suis la fille de Frédéric de Hohenstaufen, le très regretté maître de notre Saint Empire, et je viens implorer votre sage magnanimité : faites-moi la faveur de donner une digne sépulture à Manfred, ce frère que j'ai tant chéri. Je suis, comme vous, enfant posthume et c'est lui qui a été pour moi, comme votre frère Louis pour vous, le père que je n'ai pas connu.

Charles aurait pu avoir quelque doute sur l'affirmation d'une si noble origine. Frédéric II avait collectionné tant de maîtresses, connues ou moins connues, que maintes personnes auraient pu revendiquer cette prestigieuse filiation sans qu'il fût possible d'en vérifier la légitimité. Étonnamment, la possibilité d'un mensonge ne l'effleura même pas car l'assurance du maintien, la clarté du regard et le ton de sincérité de cette voix qui semblait tomber du ciel avaient balayé toute méfiance.

Charles ne répondait pas. Il était fasciné par cet ange dont l'auréole de cheveux blonds scintillait dans le contre-jour du soleil matinal. Surpris de sentir monter en lui une attirance pour cette très belle et trop jeune princesse, il tentait de dissimuler sa gêne. Blanche de Castille avait éduqué ses enfants selon des principes rigoureux qui cohabitaient mal avec la frivolité. Mais le comte d'Anjou aimait les femmes et celle-là était un pur joyau. Avec sa maîtrise habituelle, il ne laissa rien transparaître de ses sentiments, mais il prit conscience d'un envoûtement irréversible.

– Sire…je vous prie…

Charles, tristement rappelé à la réalité, finit par répondre par la négative à la requête, comme s'il espérait confusément qu'un refus exorciserait toute inclination coupable.

– Votre frère était un valeureux combattant et son courage fut exemplaire mais c'était un ennemi du pape et de l'Église, donc de Dieu.

– Du pape, oui… pas de Dieu.

– Le pape, son représentant dans notre monde des mortels, sait qui est avec Dieu et qui est contre Dieu. Votre frère a été excommunié parce qu'il avait choisi d'offenser Dieu. Sa dépouille doit subir le sort que l'Église réserve à ceux qui se sont mis en dehors de sa loi et ont refusé, dans leur prétentieuse arrogance, de revenir sous son aile bienveillante et protectrice.

Charles se sentait un peu honteux de parler comme ce fanatique évêque d'Auxerre, mais il avait retrouvé son sang-froid. L'émotion ne dure pas très longtemps chez un Capétien de bonne race. Alors qu'il allait, enfin, embrasser ce royaume tant convoité, ce n'était pas le moment de se laisser émouvoir par la beauté, fascinante mais dangereuse, d'une donzelle de seize ans et de prendre, pour lui complaire, une décision qui dresserait le pape et le clergé contre le nouveau roi de Naples et de Sicile.

À presque quarante ans, la sagesse a, depuis longtemps et définitivement, dilué la fougue de la jeunesse et l'expérience du pouvoir sait indiquer clairement la bonne politique. Pour le bien du royaume et la sérénité d'un pape encombrant mais toujours potentiellement utile, il fallait bien que le cadavre de Manfred fût livré aux charognards.

Bien décidé à ne pas céder, Charles fit mine de ne pas voir les deux larmes qui perlaient sur les joues trop lisses de la belle. Désespérée, Fiordalisa lança à Charles :

– Lorsque vous serez à Naples ou à Palerme, vous aurez besoin de moi. Vous aurez besoin d'une Hohenstaufen qui connaît les usages de la Cour et les coutumes du royaume ; capable de vous signaler, dans la foule immense des ralliés au nouveau roi, l'ami sincère ou le traître en puissance. Si vous donnez à mon frère la sépulture décente qu'il mérite, je vous promets que je serais la très fidèle servante de votre règne.

Charles doutait que la demoiselle pût, compte tenu de son âge si tendre, lui être d'un grand secours dans son prochain rôle de maître de la moitié de l'Italie. Après tout, quand on est fils, frère et petit-fils de roi, on a le métier dans le sang et on n'a besoin de personne pour savoir régner.

Toutes les femmes dont la beauté est hors du commun apprennent vite que les hommes résistent rarement à leurs requêtes – surtout ceux qui, ayant du pouvoir, sont, comme toujours, heureux de le montrer. Fiordalisa, malgré son jeune âge, l'avait déjà appris. Elle se sentit donc blessée dans son amour-propre de ne pas réussir à attendrir ce puissant prince. Certes, c'était un seigneur français, donc pas très raffiné et Capétien de surcroît, sûrement assez brutal et peu enclin à tomber facilement dans les filets de la première belle venue. Mais Fiordalisa n'était pas du genre à s'arrêter sur un échec. Avec intelligence, elle changea de stratégie. Pressentant que Charles allait la congédier, elle lança un ultime argument :

– Sans moi, vous ne trouverez jamais le trésor des rois de Naples et de Sicile. Manfred mort, je suis désormais la seule à détenir les deux conditions indispensables pour que vous puissiez vous en emparer : savoir où il se trouve et avoir le pouvoir d'obtenir de son gardien qu'il vous le remette.

Le montant faramineux des dettes qu'il avait contractées restait sans doute très présent dans l'esprit de Charles. Toujours est-il qu'il décida très vite, pour le plus grand bien de ses banquiers florentins, de se montrer charitable : il donna aussitôt les instructions nécessaires pour satisfaire à la requête de Fiordalisa quant à la sépulture de son frère.

On ne sait pas si Manfred eut droit à une messe. Cependant l'histoire affirme qu'il ne subit pas le châtiment imposé par l'Église et qu'il fut inhumé au bord de la rivière, sous une pyramide de pierres – monument modeste, certes, mais tombe néanmoins. À la grande fureur de l'évêque d'Auxerre et à celle, plus grande encore, de Clément qui vit là une preuve supplémentaire du mépris de « son cher fils » pour l'autorité de la fonction papale.

Charles savait s'accommoder des colères du pape lorsque ses intérêts étaient en jeu. Tout particulièrement lorsque, le lendemain, Fiordalisa revint sur le beau cheval blanc de Manfred qu'un sarrasin avait retrouvé dans la montagne et qu'elle était une des rares personnes à savoir maîtriser. Un lourd et solide charriot suivait. Un petit homme brun en descendit, qui dit ces simples mots :

– Sire, je suis Manfredi Maletta, le grand argentier de feu le roi de Sicile. Ma bien-aimée princesse, ici présente, m'a demandé de me mettre à votre service, ce que je ferais bien volontiers si telle est la volonté de Votre Majesté.

Dans une belle révérence, avec juste ce qu'il faut d'obséquiosité pour ne pas altérer l'élégance du mouvement, il ajouta, en montrant le charriot d'un geste ample et majestueux :

– Sire, voici le trésor des rois de Sicile. Il fut à Frédéric ; il fut à Manfred ; il est à Charles, désormais.

Charles se garda bien de manifester sa joie. Il importait de montrer que, souverain accompli, il trouvait parfaitement naturel qu'on lui apportât le trésor de son royaume. Mais, en son for intérieur, il se félicita de sa bonne fortune. L'arrivée « spontanée » et incontestablement miraculeuse du fabuleux trésor de ses prestigieux prédécesseurs prouvait, en effet, que Dieu l'aimait. Et, par voie de conséquence, nul doute que ses nouveaux sujets l'aimeraient aussi : Charles n'ignorait pas que les Napolitains ont toujours préféré les monarques qui avaient de la chance. Superstition ou intelligence ?

Un peu d'histoire

Sur les relations de Charles et du pape Clément IV, l'histoire met en avant leur complicité. Je pense qu'on attache trop d'importance au style des lettres échangées entre ces deux fortes personnalités. Il me semble que la courtoisie qui préside à ces échanges épistolaires masque mal l'antagonisme croissant qui va, à l'évidence, transformer l'amitié initiale, puis la duplicité – renforcée par un intérêt mutuel bien compris – en une haine qui ne va cesser de s'amplifier jusqu'à la mort de Clément.

Ils ne pouvaient échapper à cette rivalité. Le pape, représentant de Dieu sur terre, se voulait au-dessus de tous les pouvoirs et Clément était de plus en plus irrité par la désinvolture de son protégé. Charles, de son côté, se considérait comme un instrument de la Providence et, à ce titre, destiné à mériter tous les privilèges que Dieu accorde à ses plus fidèles serviteurs. De toute manière, quel respect pourrait-il avoir eu pour un pape que la politique plus que la religion avait placé sur le trône de saint Pierre, simple instrument au service de ses ambitions ?

En ce qui concerne la bataille de Bénévent, il semble établi qu'elle marque l'avènement de l'armure en plaques articulées. Elle deviendra la norme aux XIVe et XVe siècles, après quelques améliorations techniques qui la rendront suffisamment opérationnelle pour détrôner la bonne vieille cotte de mailles

Pour le liège des boucliers, il se peut que cette « astuce » n'ait vu le jour que plus tardivement.

Le renard n'a probablement pas existé, je le confesse, mais l'histoire enseigne que l'issue des batailles tient, le plus souvent, à très peu de choses.

Pour le reste, la narration de la bataille s'appuie, globalement, sur des textes indiscutables.

L'inhumation ou non de Manfred est un sujet très discuté par les historiens – je veux parler des historiens anciens, car plus personne aujourd'hui ne s'intéresse aux conséquences d'une excommunication, probablement parce que l'Église semble avoir renoncé, de fait, à ce châtiment. Pour la bonne raison, sans doute, que plus personne ne craint cette sanction. Depuis bien longtemps, en fait, comme en témoigne ce qui suit.

Guy de Mello, évêque d'Auxerre, était bien un guerrier redoutable et redouté mais aussi un serviteur de l'Église particulièrement exigeant. Porte-parole des évêques du royaume, il avait osé dire à Louis, pas encore canonisé il est vrai : « La Chrétienté, que vous devriez protéger, se perd entre vos mains. » Devant l'étonnement du roi de France, il avait ajouté : « Sous votre règne, en effet, on attache si peu d'importance à l'excommunication que les gens se laissent mourir excommuniés sans daigner accepter de donner satisfaction aux commandements de l'Église. » Les reproches de l'évêque d'Auxerre montrent que certains experts en religion, et non des moindres, avaient quelques doutes sur la sainteté de notre bon roi.

Ce solide prélat était bien présent à Bénévent où son épée fit merveille – comme de coutume. Son intervention sur le châtiment réservé à la dépouille d'un excommunié n'est donc pas invraisemblable, même si l'histoire n'en fait, semble-t-il, pas mention.

Dante, plus tard, prétendra que Manfred avait bien été inhumé mais que Clément IV avait chargé l'évêque de Cosenza de faire exhumer son corps pour le jeter dans la rivière et le priver de sépulture conformément à la loi que l'Église infligeait aux excommuniés. Mais ce que Dante dit n'est pas toujours… parole d'Évangile. Lorsqu'il accuse, par exemple, « la mauvaise plante française qui couvre la Chrétienté de son ombre funeste grâce à la dot provençale », il commettra une erreur historique : c'était surtout grâce à la banque italienne.

Fiordalisa, enfin. Pure invention bien sûr, mais…

Mais l'empereur Frédéric de Hohenstaufen a eu dix-huit enfants répertoriés par l'histoire dont douze « illégitimes ».

Alors un ou une de plus…

5 - APRÈS LA GUERRE, LA POLITIQUE

Charles d'Anjou était brave et fougueux comme devait l'être un prince descendant de Charlemagne et des Troyens[18]. Exploiter sa victoire de Bénévent dans les plus brefs délais pour étouffer dans l'œuf toute velléité de résistance des partisans des Hohenstaufen était bien dans sa nature impétueuse. Mais, politique avisé, il décida de prendre un peu de recul pour choisir la meilleure façon de s'imposer à ses nouveaux sujets.

Il établit donc son camp sur les hauteurs de Naples, plutôt que d'entrer immédiatement dans la ville. L'occupation est toujours plus difficile que la conquête. Charles avait étudié l'histoire des grands conquérants et en avait déduit qu'il n'y a que deux manières, après la victoire initiale, de soumettre un pays : répandre la terreur ou faire en sorte d'être aimé, ce qui est beaucoup plus difficile, mais plus sûr à long terme. En fait, il en existe une troisième mais elle ne peut être utilisée que par des envahisseurs barbares dépourvus de convictions : se convertir à la religion des vaincus, ce qui permet de se gagner immédiatement le clergé, grand faiseur d'opinion. Cette technique avait été fort habilement utilisée par notre Clovis, qui avait habilement embrassé la religion du Christ – mais assez peu son enseignement, comme en témoigne

[18] Mensonge éhonté (mais politiquement utile) que les Capétiens avaient réussi à faire croire au bon peuple de France.

l'abominable histoire du vase de Soissons. Stratégie impossible : Charles était relativement civilisé et les Italiens chrétiens depuis bien longtemps.

Il ne restait donc que le choix entre les deux politiques citées : être craint ou être aimé.

Charles ne suscitait guère les conseils de son entourage – qui se gardait d'ailleurs bien d'en donner hors la demande expresse du maître. Cependant, en prince éclairé, il lui arrivait de solliciter des avis dans les situations, très rares il est vrai, où il hésitait sur la conduite à tenir. C'était le cas, ce jour-là, à la veille d'entrer dans sa nouvelle capitale. Il était conscient de l'importance de la première image que Charles Ier de Naples et de Sicile offrirait à son peuple : justicier rigoureux ou souverain magnanime. Charles était bon acteur et le poids des convictions n'avait jamais entravé son action. Il ne faisait donc aucun doute qu'il pouvait tenir l'un ou l'autre rôle avec un égal talent. Mais lequel ? Il pria le Ciel de l'éclairer. Dieu aurait dû, normalement, s'intéresser à l'avènement d'un nouveau roi chrétien qui n'était pas le premier venu ! Mais Il se refusa, semble-t-il, à donner la moindre indication intelligible. Il est vrai que ce devait être bien difficile pour Lui de décider entre deux voies affreusement contradictoires : punir les ignobles ennemis des papes ou bien faire preuve de charité chrétienne. Face au silence du Ciel, Charles se résolut à demander leur opinion à ses deux plus proches adjoints, Guillaume l'Estendard de Beynes et Barral des Baux. Ces deux fidèles étaient aussi différents qu'il fût possible : Guillaume et Barral, c'était le blanc et le noir, le jour et la nuit.

Guillaume, vertueux et intègre donc intransigeant, et Barral, machiavélique et dépravé donc plutôt tolérant, avaient néanmoins, au-delà de l'immense différence de leurs valeurs spirituelles, trois points communs : une bravoure hors du commun, un dévouement indéfectible pour leur seigneur et une haine réciproque d'une très rare intensité.

Charles avait une profonde estime pour son très fidèle Guillaume, vaillant parmi les vaillants de cette grande famille des Estendard de Beynes qui avait toujours servi la couronne de France avec zèle mais sans servilité – tâche difficile s'il en est. Ce parfait chevalier l'irritait parfois avec son respect excessif de la loi et des commandements de la religion. La morale est une belle idée lorsqu'elle reste un pur concept mais, incarnée et permanente, elle est souvent pesante, parfois insupportable. Néanmoins, l'Estendard restait fort précieux. En effet, Charles, persuadé que le succès de ses entreprises exigeait la pérennité de l'amour que Dieu lui témoignait, appréciait l'éclairage que Guillaume apportait sur le caractère moral ou non de ses actions. Le comte d'Anjou avait en effet la fâcheuse habitude de considérer comme parfaitement légitime, a priori, tout ce qui favorisait ses intérêts. Conscient cependant que ce penchant pouvait devenir dangereux, il avait admis l'utilité d'avoir à ses côtés un solide garde-fou pour l'arrêter à temps, c'est-à-dire avant de risquer d'offenser Dieu – éventualité toujours très préjudiciable à l'ambition des conquérants.

En ce qui concernait Barral, Charles éprouvait pour ce terrible et jovial soudard une sincère affection, un grand respect pour son expérience de vieux soldat et une immense admiration pour sa roublardise politique. Cette inconvenante sympathie ne manquait pas d'étonner l'entourage de Charles, qui connaissait bien la détestable réputation de ce seigneur des Baux.

Barral, en effet, une trentaine d'années auparavant, avait mis la Provence à feu et à sang sous prétexte de servir son maître d'alors, le comte Raymond de Toulouse dans sa lutte contre le père de Béatrice, Bérenger de Provence. En fait, Barral agissait avant tout pour faire main basse sur le gras patrimoine de quelques évêques bien nantis, autant par anticléricalisme forcené que par cupidité – ce qui n'est pas incompatible. Cette ignoble conduite lui avait valu deux excommunications mais il en fallait plus pour tempérer la généreuse nature de Barral, d'autant plus qu'une deuxième excommunication n'ajoute rien, comme chacun sait, aux inconvénients de la première. Cependant, grâce aux efforts diplomatiques de la France pour mettre fin à un conflit entre deux États voisins que les Capétiens ne désespéraient pas d'annexer un jour ou l'autre, la guerre s'arrêta avant que l'opulence des proies convoitées ne soit trop entamée par les vicissitudes de la guerre. Eudes Rigaud, dans sa sagesse d'archevêque, avait voulu et obtenu cette paix, malgré l'avis de la plupart des conseillers de Louis. Ceux-ci n'avaient pas encore compris l'intérêt du « droit d'ingérence[19] » et lui recommandaient de laisser s'entretuer les voisins du royaume de France ce qui, en toute logique il est vrai, en faisait d'autant moins à combattre.

Barral fut donc, à son grand regret, mis au repos forcé, après quelque dix années de ravages et de rapines. Heureusement, pour Barral du moins, la paix fut de courte durée. Le turbulent seigneur des Baux avait pu revenir, en effet, deux ans plus tard, à son passe-temps

---

[19] Qui est employé par la diplomatie depuis bien longtemps, malgré ce que veulent nous faire croire aujourd'hui de prétendus « inventeurs ».

favori à l'occasion du mariage de Charles avec la belle et riche héritière de la Provence. Il avait réussi à devenir le symbole de la double opposition aux Français et au clergé en organisant avec succès les rébellions de Marseille, Avignon et Arles, chassant pêle-mêle abbés et évêques, inquisiteurs et serviteurs de Dieu en tout genre, proies idéales qui avaient beaucoup d'or mais pas suffisamment de soldats. Non content d'être populaire dans cette Provence où le mouvement anticlérical et anti-français s'étendait rapidement, il devint une véritable idole lorsqu'il se permit d'insulter le roi de France et ses frères qui passaient sous les murs d'Avignon pour rejoindre leurs navires en partance pour la funeste croisade d'Égypte. C'est pourquoi les Provençaux ne comprirent jamais – ceux du moins qui ne connaissaient pas les finesses de la politique – le brusque changement de camp de leur flamboyant Barral et les raisons de sa soudaine soumission à Charles. En fait, la raison en était fort simple : Charles avait plaidé auprès de Barral une nécessaire et utile réconciliation des Provençaux – pour le bien du peuple, évidemment. Barral n'avait pas été dupe d'une manœuvre éculée, mais il admit qu'il avait trop longtemps joué au défenseur de la veuve et de l'orphelin et qu'il était désormais plus sage, à son âge, de rejoindre le camp du pouvoir et du premier cercle des notables. Les patriotes provençaux braillèrent en le qualifiant de traître ; ceux qui avaient déjà trahi louèrent un esprit généreux qui attachait plus d'importance au bonheur de son pays qu'à sa propre gloire ; les philosophes et les historiens ne manifestèrent aucune émotion : ils connaissaient trop bien la nature humaine.

Au-delà de toute polémique, ce revirement de Barral désorienta complètement la résistance aux

« envahisseurs français » et à leurs trop zélés fonctionnaires. Ce fut une aubaine inespérée pour le tout nouveau comte de Provence. Charles manifesta sa joie d'une manière aussi modérée que possible, comme si le ralliement de Barral s'imposait comme une évidence du destin. Comment pouvait-on refuser le privilège de le servir ? Qui serait assez fou pour dédaigner un tel don du Ciel ?

Le gentil Guillaume l'Estendard se demanda toute sa vie comment Charles, prince très chrétien, pouvait avoir confiance en cet individu dont l'histoire mouvementée avait montré, pour seule constante, qu'il était sans foi ni loi. Il est vrai que Guillaume avait passé plus de temps dans sa cotte de mailles que dans les livres. Il n'était qu'un brave chevalier et n'avait pas reçu l'éducation qui convient aux princes et à ceux nés dans la pourpre. S'il avait eu l'expérience du pouvoir ou la formation qu'on donne à ceux qui sont destinés à l'exercer, Guillaume, loin de s'en étonner, aurait reconnu la nécessité pour tout ambitieux digne de ce nom d'avoir deux « collaborateurs » très dissemblables : l'un « droit », dont les belles actions seraient mises au crédit du souverain ; l'autre « tordu », dont les basses œuvres peu catholiques, si possible ignorées de l'histoire, assureraient à son règne la longévité et la prospérité qu'il mérite.

Devant la difficulté de décider quel visage aurait la paix capétienne sur ses nouvelles terres de Naples et de Sicile, et face à l'absence manifeste de signes du Ciel, Charles s'était résolu à réunir un dernier conseil de guerre. Convaincu de l'importance du problème, il avait décidé de ne pas convoquer les grands barons, ni les prélats, persuadé par avance qu'ils ne lui parleraient que des lois de la chevalerie ou des enseignements de l'Église. Il n'était plus question de morale mais de politique ! Un conseil restreint avec son « droit » et son « tordu » était plus adapté au traitement d'une affaire d'importance. Sans laquais, toujours prompts à dévoiler les petits ou grands secrets d'État, et surtout sans greffiers, toujours avides de coucher sur le papier des écrits qui pourraient donner l'idée d'en faire mauvais usage à des historiens mal intentionnés – comme il en existe trop, malheureusement.

Dans sa somptueuse tente de velours bleu piqué de fleurs de lys d'argent, Charles interrogea ses deux lieutenants préférés. Il était persuadé qu'ils développeraient des thèses opposées, conformément à leur habitude, avec des arguments contradictoires – donc, susceptibles d'éclairer ses choix politiques grâce à une saine pesée du pour et du contre.

Cependant Guillaume et Barral furent, pour une fois, du même avis quant à l'action que le nouveau roi de Naples et de Sicile devait mener pour son bien et, si possible, pour celui de ses sujets. Avec des arguments fort dissemblables, il est vrai.

Pour Barral, il n'y avait pas à hésiter :

– Sire, votre belle victoire ne change rien au fait que ce riche royaume attire la convoitise. Les ennemis ne manquent pas. À l'est, les Grecs perfides qui, non contents d'avoir repris Constantinople en chassant nos preux chevaliers francs, affichent leurs prétentions sur la Sicile et les Pouilles, sous le prétexte fallacieux que ce sont des terres qu'ils avaient jadis colonisées. Certes, ils ont peu de chances d'arriver à leurs fins. C'est comme si les Arabes revendiquaient la Castille ou comme si les Juifs avaient des prétentions sur notre sainte ville de Jérusalem parce que Salomon y avait jadis régné. Mais il faut toujours s'en méfier. Des Grecs, bien sûr… Pas des Juifs, qui sont toujours bien utiles ! De l'autre côté, à l'ouest, les ambitieux Aragonais louchent déjà effrontément sur votre trône pour la médiocre raison que leur roi a épousé la fille aînée de Manfred. Au sud, les odieux adorateurs de Mahomet se souviennent que, il n'y a pas si longtemps, ils étaient les maîtres de la riche Sicile avant le débarquement des Normands. Au nord enfin, les Germains veulent prendre leur revanche, venger Manfred et rétablir la loi des Hohenstaufen. Contre les Grecs, les Aragonais et les Sarrasins, nous avons une protection naturelle : l'eau salée des mers Adriatique, Tyrrhénienne et Méditerranée. Face aux Germains, le danger incontestablement le plus sérieux, rien d'autre, hélas, que notre bravoure. Ce n'est pas l'eau bénite des chétifs États de l'Église qui pourra faire obstacle à l'avidité obstinée des Teutons.

Charles lui coupa brusquement la parole.

– Barral, tu ne rateras donc jamais une occasion de blasphémer ! Tu aurais dit ça devant mon saint frère Louis, tu aurais été condamné à avoir la langue percée.

– Dieu merci, Sire, vous avez refusé d'édicter cette loi sauvage sur notre belle terre de Provence et je suis certain que vous ferez de même dans votre nouveau royaume. Au demeurant, je ne voulais pas blasphémer. Je voulais seulement vous faire remarquer que nous ne pouvons compter que sur nous-mêmes et que, si les Hohenstaufen veulent reprendre votre royaume, ils pourront s'appuyer sur de nombreux ennemis de l'intérieur, les anciens partisans de Manfred. Par conséquent, vous ne devez pas hésiter à faire périr, avant qu'il ne soit trop tard, tous ceux qui sont susceptibles, un jour, de vous trahir.

Au grand étonnement de Charles, Guillaume appuya son ennemi intime :

– Sire, je suis d'accord avec le seigneur des Baux. Il faut sévir sans pitié ! Mais pas pour les raisons qu'il invoque. Je ne crois en aucune façon que ces infâmes Hohenstaufen ont la moindre chance de vous reprendre ce qui vous appartient. Dieu vous l'a donné ; Il ne permettrait pas que ces méprisables ennemis de la papauté, donc du Christ, vous le reprennent. Mais il faut que passe la justice divine. La France, ses rois, ses chevaliers sont la sauvegarde de la Chrétienté. Dieu vous a envoyé sur la terre pour être le glaive de l'Église. Il n'admettrait pas que vous laissiez impunis ces étranges adorateurs d'excommuniés qui n'avaient, en ce bas monde, d'autres ambitions que celles de martyriser les papes. Notre très Saint-Père Clément, Dieu le bénisse, ne pardonnerait pas à son fils bien-aimé de commencer son règne par une coupable faiblesse et…

Celui qui avait été nommé la veille Grand justicier du royaume, épris déjà de la belle et noble besogne qui l'attendait, fut brusquement interrompu par Charles :

– Tout doux, Guillaume, tout doux ! Ne nous enflammons pas ! Tes arguments, comme ceux de Barral, sont assurément à prendre en considération mais… Mais, je voudrais avoir l'avis d'une personne qui connaît mieux que vous ou moi les coutumes de ce pays et la situation réelle du royaume.

– Alors, proposa Barral, vous devriez interroger ce Maletta qui était le chambrier de Manfred. Il se propose de nous donner tous les noms de ceux qui devaient beaucoup aux Hohenstaufen en général et à Manfred en particulier et qui, de ce fait, sont susceptibles de devenir dangereux si la roue de la fortune tournait ou, comme dirait le seigneur Guillaume, si la volonté de Dieu se prenait à favoriser soudain le terrible aigle noir des Hohenstaufen au détriment du gentil lys capétien.

Charles, passablement agacé par l'allusion de Barral à cette idée invraisemblable que Dieu pourrait être capable, un jour, de l'abandonner, répondit brusquement :

– Dieu sera toujours là pour m'aider. Quant à ce Maletta, je lui suis très reconnaissant de m'avoir livré le trésor des Hohenstaufen mais je n'ai guère d'estime pour ce personnage. S'est-il mis lui-même sur cette liste de mes ennemis irréductibles ? Au vu de son faciès de traître, on voit pourtant bien vite que, malgré ses veules courbettes, il nous planterait une dague dans le dos à la première occasion ! Pas question de lui demander quoi que ce soit… Trouvez-moi plutôt cette jeune princesse dont je ne connais même pas le nom, cette sœur de feu le roi Manfred qui a ordonné à Maletta de restituer le Trésor du royaume à son propriétaire légitime. J'ai confiance en elle et je souhaite l'écouter. Trouvez-la et amenez-la-moi… Non, priez-la de bien vouloir venir me voir.

Barral et Guillaume prirent congé en se demandant comment l'idée invraisemblable de demander son avis à une Hohenstaufen avait pu germer dans l'esprit de leur seigneur bien-aimé. Et, s'ils avaient su que Charles cherchait un conseil éclairé d'une jeune fille de seize ans seulement, ils en seraient sûrement venus à penser qu'il avait subi quelque traumatisme crânien pendant la bataille de Bénévent. Cependant, en bons soldats, ils n'avaient pas l'habitude de contester les ordres du maître, contrairement aux légistes qui s'en enorgueillissaient sous prétexte de montrer qu'ils étaient très intelligents.

Guillaume envoya ses émissaires à Palerme où Fiordalisa avait l'habitude de séjourner. Barral, lui, s'était dit qu'il n'y avait qu'une alternative pour une sœur de

Manfred : fuir immédiatement le royaume ou bien négocier avec Charles, le plus vite possible, les conditions qui lui seraient imposées pour lui permettre de rester dans son pays natal. Dans la première hypothèse, l'oiseau s'était déjà envolé. Il était donc vain, dans ce cas, d'entreprendre une recherche. A contrario, si elle pensait pouvoir négocier son avenir avec le nouveau maître de sa patrie, le plus vite serait le mieux. Dans ce cas, elle n'était pas loin. Barral avait raison : Fiordalisa attendait tranquillement que le destin se manifestât, confortablement installée dans le Castel Capuano, la résidence napolitaine des Hohenstaufen. Barral n'eut pas besoin d'un fin limier pour la retrouver : dès le lendemain il était revenu au camp, fier d'une mission prestement accomplie, accompagné de la belle princesse.

La courte chevauchée de Naples à Capoue n'avait pourtant pas été une sinécure. Barral n'avait guère pris de gants pour conduire la jeune damoiselle qu'il décida d'emblée de considérer comme une prisonnière. Cette attitude ne dura guère. Fiordalisa mit tout de suite les choses au point : si Barral ne faisait pas preuve à son égard du respect que méritait sa très noble lignée, il faudrait que le rustre qu'il était l'emmenât de force. Le seigneur des Baux n'avait jamais vu une telle assurance dans le regard. Il n'avait même jamais imaginé qu'il fût possible qu'une donzelle lui tînt tête. Et pourtant, le vieux soudard qui pensait avoir tout vu, tout connu, admit immédiatement sa défaite. Vite subjugué, il poussa même la délicatesse jusqu'à laisser la princesse chevaucher légèrement devant lui. Ce n'était qu'un tout petit décalage d'une demi-encolure à peine, mais c'était le signe évident d'une reddition sans condition. Fiordalisa prit bien soin de ne pas afficher sa victoire.

Elle choisit au contraire d'adopter cette attitude modeste qui va si bien aux orgueilleux, mais elle n'oublia pas pour autant d'étaler toute la palette de ses talents de séduction. Chemin faisant, le vieux sanglier tomba bien vite sous le charme d'entrelacs jamais imaginés de beauté et d'intelligence.

Fiordalisa se félicita d'avoir gagné une amitié nouvelle. L'amitié, contrairement à l'amour, est toujours bonne à prendre et Fiordalisa, bien jeune mais déjà femme – donc viscéralement concrète – était bien persuadée qu'il serait malvenu, dans sa délicate situation, de dédaigner le soutien potentiel d'un proche du maître incontesté du royaume de Naples et de Sicile.

L'entrevue avec Charles s'amorça d'une manière plutôt froide. Fiordalisa joua la princesse offensée, pauvre petite vestale amenée contre son gré devant le nouveau tyran. Elle attendait, immobile, impassible. Charles, de son côté, était enchanté de la revoir mais il se rendait compte que le prétexte de s'attacher les conseils d'une si jeune fille ne manquerait pas de faire sourire – les Napolitains comme les Provençaux ou les Français. Certes, la peur du ridicule est présente chez tous les individus, mais elle est obsessionnelle dans le monde des puissants. Il ne se sentait pas très sûr de lui, situation suffisamment rare pour entraver la vivacité habituelle de son esprit. En l'occurrence, c'était avant tout l'émouvante beauté de la jouvencelle qui brouillait quelque peu l'intellect de Charles.

Il se résolut à entamer le dialogue, déjà conscient, avant même les premiers mots, de la platitude de l'entame :

– Belle dame, je ne connais même pas votre nom…

– Je m'appelle Naïla. Naïla de Hohenstaufen.

– Curieux prénom pour une fille de l'empereur Frédéric. Pas très germanique ! Sicilien peut-être ?

– C'est un prénom arabe.

– Arabe ??? Une Hohenstaufen avec un prénom arabe ?

– Oui. Pour les Arabes de Sicile, Naïla signifie bonheur. Celui de ma mère à ma naissance. J'étais le cadeau que Dieu lui apportait pour la consoler de la disparition de mon père, un mois auparavant. Vous savez, les Arabes sont très nombreux en Sicile depuis leur conquête de notre belle île, il y a plus de quatre siècles. Et les musulmans sont encore plus nombreux car beaucoup de chrétiens s'étaient, depuis lors, convertis à l'islam. Pour la plupart par opportunisme car c'était la religion de ceux qui détenaient le pouvoir, quand bien même la liberté de culte était scrupuleusement respectée. Pour certains, ce fut une adhésion sincère à une religion qui avait les attraits de la modernité. Ma mère appartenait à une de ces familles chrétiennes qui avaient choisi d'observer les enseignements du Coran et qui n'avaient pas cru bon de changer de religion lorsque les Normands débarquèrent. C'est pourquoi je porte un prénom arabe. Mais je suis chrétienne, car mon père, malgré sa tolérance et son peu de goût pour la religion, l'avait exigé. Sans doute parce qu'il était difficilement concevable qu'une fille du maître du Saint Empire soit musulmane. Peut-être aussi parce que, peu de temps avant sa mort, il était, paraît-il, revenu vers la religion chrétienne. Il n'avait pas embrassé l'islam, comme les papes ont essayé de le faire croire, mais il est certain qu'il fut longtemps indifférent à ce qu'il appelait des superstitions.

– Vous êtes donc une fille… naturelle de Frédéric de Hohenstaufen ?

– Rassurez-vous, je ne suis pas surnaturelle ! Mais si vous vouliez dire illégitime, vous vous trompez. Il ne trouvait pas inconvenant qu'un homme pût avoir plusieurs femmes et il avait effectivement un harem très officiel dans son palais de Palerme. Il considérait donc que les enfants nés dans son sérail étaient aussi légitimes que ceux que lui avaient donnés ses femmes sacrées comme telles par l'Église apostolique et romaine. Vous savez, mon père était, malgré son sang germanique et normand, sicilien de cœur et de naissance – c'est-à-dire à la fois grec, italien, et arabe, tout pour être tolérant et raffiné, en quelque sorte.

– Vous insinuez que les Francs sont moins tolérants et raffinés que les Arabes ?

– Mais c'est la vérité ! Vous le constaterez vous-même dans votre nouveau royaume qui a cette rare chance d'être au carrefour de plusieurs civilisations, de plusieurs religions. Sa très brillante cour était à l'image du pays : on y côtoyait des chrétiens, des juifs, des musulmans ; des Italiens, des Grecs, des Tunisiens, des Berbères, des Andalous et des Aragonais. Ils savaient vivre ensemble. Seule condition pour en faire partie : le talent et le savoir, plutôt que les titres de noblesse ou la richesse.

– Pour le talent et le savoir, les cours de France et de Provence n'ont rien à envier à celle de Palerme.

– Je ne suis jamais allée à Aix où vous avez de gentils troubadours, aussi bons m'a-t-on dit que ceux d'Italie, mais je connais bien le palais de la Cité et la cour de votre frère. J'avais douze ans quand Manfred m'a envoyé représenter le royaume de Sicile au mariage de votre neveu, le prince Philippe, avec Isabelle d'Aragon et je suis restée trois ans au service de la princesse. Mon frère voulait que j'apprenne le français à Paris, comme il l'avait fait lui-même, à la demande de notre père. C'est pourquoi on m'a donné le surnom de Fiordalisa – la fleurdelisée, en quelque sorte – car il était peu courant qu'une princesse germanique ou sicilienne soit envoyée à la cour d'un roi de France. Pour une fille du soleil comme moi, ce fut une période affreuse. Cette cour était sinistre : il y avait une multitude de prélats qui passaient leur temps à discuter de théologie et de légistes qui marmonnaient du droit romain. Jamais une chanson. Pas de fleurs. Pas de fontaines. Un roi qui ne disait rien que des prières ; qui n'écoutait rien que des sermons. Une reine qui souriait tout le temps, mais d'un sourire si triste qu'il donnait envie de pleurer. Une cour, riche certes, mais qui semblait peuplée d'ignares : pas de poètes, pas de savants, pas de peintres. Non ! Non ! Cela n'avait rien à voir avec le faste, le brillant et l'allégresse que j'avais connus à la cour de mon frère Manfred. Mais, au moins, j'ai appris à parler le français. La langue des marchands[20] suffisait pour se faire comprendre partout mais mon père tenait beaucoup à ce que ses enfants parlent plusieurs langues. Je parle l'arabe, évidemment, mais aussi l'allemand, le provençal, le sicilien, le latin, et, un peu, le grec et le persan.

La cour de Provence était incontestablement plus enjouée que celle de France, mais Charles ne chercha pas à contredire Naïla, alias Fiordalisa. Ce qui l'intéressait, ce n'était pas les mérites respectifs des cours royales de par le monde mais sa politique d'occupation. Selon son habitude, il demanda brusquement :

---

20 Grâce aux foires de Champagne, grand carrefour du commerce entre l'Angleterre, la Flandre, l'Allemagne, la France et l'Italie.

– Vous qui, malgré votre jeune âge, semblez si sage et si savante, accepteriez-vous de m'aider ? Dieu m'a fait roi de Naples et de Sicile. Dieu envoie sur la terre des rois pour veiller au bien des peuples. C'est ce que je veux faire avec son aide, et la vôtre peut-être.

– Je ne sais pas si, un jour, je pourrai aimer celui qui a tué mon frère mais, je vous l'ai déjà dit à Bénévent : je suis disposée à vous aider pour honorer la promesse que je vous avais faite. Si c'est pour le bien du royaume, c'est encore mieux ! C'est ce que disent tous les traîtres mais, pourtant, je suis sincère : la Sicile a trop souffert de ces guerres stupides avec les papes. Je ne sais pas si c'est Dieu ou le Diable qui vous a envoyé, mais si les Capétiens peuvent apporter la paix, alors vivent les Capétiens.

– Que dois-je faire alors, selon vous, pour le bien de mes sujets ?

– Être roi de Naples et de Sicile, tout simplement. Oubliez que vous êtes français, provençal, angevin, que sais-je ?... Ne venez pas en conquérant ; soyez dans la grande tradition des maîtres de la Sicile : tolérant, ouvert à toutes les cultures, respectueux de la science plutôt que des superstitions mais défenseur de la liberté de culte, assez aimable pour mériter d'être aimé de votre peuple, soutien du faible et juste pour tous, pourfendeur infatigable de la corruption.

– Quelle connaissance de la conduite des peuples ! Mais, pour la corruption, vous êtes encore bien naïve : elle existera toujours.

– Ne vous moquez pas : je n'ai jamais régné mais mon frère m'a beaucoup parlé de l'art d'être roi, cet art que notre père lui avait enseigné avec ferveur car la bonne gouvernance était sa passion. Et, pour ce qui est de la corruption, notre père était un ennemi irréductible de cette gangrène des États. D'après lui, la corruption enrichissait quelques parvenus sans talent mais personne ne voyait – ce qui était beaucoup plus grave – qu'elle appauvrissait le pays. Il avait même créé à Naples une université spécialisée dans la formation des hauts fonctionnaires du royaume[21] car il pensait que ses baillis étaient trop vénaux et qu'une bonne éducation les rendrait honnêtes. Là, comme souvent, il péchait par idéalisme. Furieux de voir que même les plus importants administrateurs ne pouvaient s'empêcher, malgré la bonne formation que le royaume leur avait offerte, de devenir eux-mêmes corrompus, il ferma cette université. Je pense pourtant qu'elle était utile au royaume. Vous devriez la rétablir.

– Bon, rétablir l'université de Naples. Soutenir le faible. Aimer la justice. Tenir les fonctionnaires dans le droit chemin. Tout cela n'est pas nouveau pour les Capétiens. Mais accepter que ce vil Mahomet soit adoré sur mes terres, c'est trop me demander. Ce n'est pas pour rien que j'ai combattu les infidèles en Égypte afin de délivrer notre très sainte ville de Jérusalem.

– Si… c'est pour rien… car vous ne l'avez pas délivrée. De toute manière, Jérusalem est aussi sainte pour les musulmans que pour les chrétiens.

– Oui, mais les musulmans que vous trouvez si tolérants interdisent aujourd'hui aux chrétiens d'aller s'y recueillir.

– Ce ne fut pas toujours le cas. Mon père avait obtenu de son ami al-Kamil, le père du sultan d'Égypte que vous êtes allé attaquer avec le peu de succès que

---

[21] Oui, c'est au XIIIe siècle, à Naples, que la première « école nationale d'administration » a été créée. À quand une promotion *Friedrich von Hohenstaufen* à l'ENA ?

l'on sait, la possibilité pour les pèlerins d'aller librement à Jérusalem.

– Parlons-en de votre père ! Nous savons qu'il avait envoyé au sultan une lettre pour le prévenir de l'arrivée de notre armée en Égypte. Quelle traîtrise ! Quel lâche abandon de la cause de l'Occident et de la Chrétienté !

– Prévenir un ami du danger qui le menace, ce n'est pas une traîtrise ! Le sultan était son ami ; pas vous, ni vos frères. Ensuite, mon père aimait la paix par-dessus tout, sans doute parce qu'il avait fait la guerre toute sa vie. Il la souhaitait particulièrement avec l'Orient dont la culture et la science pouvaient, selon lui, apporter beaucoup à l'Occident. Enfin, pour ce qui est de la Chrétienté, il savait parfaitement que vous n'alliez en Égypte que pour conquérir ce pays et mettre la main sur le florissant commerce entre les Indes et l'Europe.

Charles ne connaissait pas grand chose des Indes. Il se souvenait vaguement avoir entendu dire que c'était un pays chrétien depuis que l'apôtre Thomas l'avait évangélisé. Il ne savait pas très bien où ce pays était situé mais n'ignorait pas son abondance en épices et pierres précieuses qui justifiait sa réputation de richesse. Quant à l'Égypte, il était obligé de reconnaître que Fiordalisa disait vrai ! Mais, ce n'était pas une raison pour l'avouer.

– Votre beauté ne justifie pas que votre insolence reste impunie. Et votre intelligence devrait vous éclairer. Personne ne me blâmerait de mettre une Hohenstaufen dans une geôle pour le restant de ses jours. Le pape m'a demandé expressément d'exterminer tous les rameaux de la race des Hohenstaufen. Vous priver de liberté serait un moindre mal !

– Je pense que vous n'en ferez rien.

– Et pourquoi donc, jeune présomptueuse ! Déjà, quand vous êtes venue me demander une sépulture décente pour votre frère, j'aurais dû vous faire emprisonner. Je ne l'ai pas fait parce que votre courage m'avait ému. Vous n'avez pas compris que je vous laissais la vie sauve en vous permettant de quitter la Sicile.

– Oui, Sire, je suis jeune, mais je sais lire l'émotion dans le regard des hommes. Ce n'est pas mon courage qui vous a ému… c'est ma beauté. Fuir ? Que devrais-je craindre désormais ? Je n'ai pas connu mon père. Ma mère est morte l'an passé. Vous avez tué Manfred, le frère chéri qui m'a vu naître alors qu'il avait dix-huit ans. Nous n'avions pas la même mère mais nous nous aimions beaucoup. Il était tout ce qui me restait. Maintenant qu'il est mort, où voulez-vous que j'aille ? Votre royaume d'aujourd'hui est mon pays de toujours. Pourquoi voudriez-vous que je le quitte ?

– Vous ne craignez pas les châtiments que la justice divine réserve aux ennemis du pape ?

– Devant la justice divine ou celle des hommes, je n'ai rien à me reprocher !

– Beaucoup d'innocents sont condamnés… à titre préventif.

– Pas moi. Pas par vous. Vous ne le permettrez pas !

– Belle confiance ! Merveilleuse naïveté !

– Oui, j'ai confiance. Vous avez compris que, pour la gloire de votre règne, je vous serais plus utile vivante et libre plutôt que morte ou emprisonnée. Mais surtout, j'ai confiance parce que je sens… je sens que vous me désirez…

Un peu d'histoire

Les personnages de Barral des Baux et d'Estendard de Beynes sont authentiques.

Tout ce qui a trait à Frédéric II de Hohenstaufen est véridique. Sous le règne de cet empereur hors du commun était apparue une nouvelle forme de monarchie – absolue, certes, mais tolérante et éclairée – bien avant ce qui allait devenir la règle sous la Renaissance, deux siècles plus tard.

À ceux qui jugeraient peu vraisemblable l'étendue du savoir de Fiordalisa, j'opposerais les faits suivants parfaitement avérés.

Manfred, comme tous les enfants, légitimes ou non, de Frédéric – ceux élevés en Italie, du moins – avait reçu un enseignement scientifique et philosophique de très haut niveau (logique, arithmétique, algèbre, géographie) prodigué par des savants arabes, fort nombreux à la cour de Frédéric et très en avance dans le monde occidental. Les géographes arabes, par exemple, avaient hérité du savoir de la Grèce antique : ils savaient que la terre était ronde et connaissaient même, grâce à Ptolémée, son rayon. Assez sous-estimé au demeurant, ce qui fera croire plus tard à Christophe Colomb qu'il avait assez de vivres pour aller jusqu'en Chine. Sans l'Amérique, fort heureusement placée sur sa route, il aurait été ignoré de l'histoire mais surtout, ce qui est beaucoup plus grave, il serait mort de faim.

L'enseignement de l'art et de la musique était plutôt l'apanage de maîtres byzantins, héritiers directs de la culture grecque qui était encore très présente en Sicile.

En ce qui concerne les langues, Frédéric en parlait neuf. Manfred parlait toutes les langues mentionnées par Fiordalisa mais aussi l'hébreu qu'il maniait fort bien puisqu'il avait traduit des œuvres de philosophes grecs autrefois retranscrites dans cette langue.

Soit, direz-vous, rendons grâce à Frédéric de la qualité de l'enseignement qu'il offrait à ses fils – à une époque où la plupart des seigneurs français savaient à peine signer leur nom – mais pour les filles, c'était une autre histoire ! Eh bien non ! Là aussi, c'était dans la tradition musulmane que les filles – de bonne naissance, certes – reçoivent une éducation de haut niveau. Rappelons-nous qu'une des premières universités du monde occidental avait été créée, en Islam, grâce à l'action d'une femme, Oum el Banine. Et sur ce plan, l'Occident chrétien, lui aussi, ne manque pas d'exemples, pour rares qu'ils soient, de femmes cultivées – voire savantes, comme la célèbre Héloïse.

6 - L'ÉBLOUISSEMENT

Pour Charles, comme pour tous les chevaliers qui l'accompagnaient, l'entrée dans Naples resta un souvenir inoubliable. Atteindre enfin le but d'une conquête constitue toujours un moment privilégié et lourd d'émotion. Baron ou simple fantassin, chacun rend grâce à Dieu de lui avoir permis de savourer la victoire finale. La fierté de la mission accomplie brille dans tous les regards. Il n'est plus l'heure de pleurer le compagnon d'armes qui a été fauché par un sort funeste. La joie a balayé tous les autres sentiments, écrasé les moindres germes éventuels d'une inconvenante compassion pour les amis disparus. Les morts, il sera toujours temps, plus tard, de les pleurer. On leur construira même quelques monuments. Mais à l'heure de la victoire, place à la jubilation, à la gloire des vivants !

Ce jour-là, cependant, au lieu d'un triomphe classique où les heureux vainqueurs défilent devant la foule affligée des vaincus, les Napolitains étaient en liesse. Au grand étonnement des Français, parfaitement conscients, et plutôt fiers au demeurant, de la mauvaise réputation qu'ils avaient dans le monde en général et en Italie en particulier. Comme le disait un commentateur grincheux né dans de ce pays trop raffiné : « Les Français sont gens très orgueilleux, très courageux et gaillards. Dans le combat, ils ne font pas de quartier mais tranchent la gorge. Ils sont enclins à la luxure et mangent et boivent volontiers. Bref, c'est une race fort déréglée. » Les pillages, saccages et viols commis depuis la victoire de Bénévent – si nombreux que le pape, pourtant redevable envers cette belle armée, s'était cru obligé de faire un rappel à l'ordre – ne contribuèrent pas à améliorer l'image des « barbares venus du Nord ». Les Français avaient donc de bonnes raisons de s'étonner de la ferveur populaire inattendue que leur arrivée à Naples avait suscitée. Ils étaient stupéfiés par ces prosternations au passage du cortège royal, ces cris d'amour qui émergeaient du vacarme des tambours, ces tumultes autour de Charles pour avoir l'honneur de lui baiser la main, d'effleurer sa tunique ou, à défaut, de toucher la croupe de son cheval. Devant ces démonstrations, très excessives pour un esprit français[22], les conquérants ne purent s'empêcher de se prendre pour des libérateurs.

Certes, les Napolitains n'avaient jamais beaucoup aimé les Normands, encore moins les Hohenstaufen. Ils ne leur avaient jamais pardonné leur préférence pour Palerme, l'éternelle rivale. Plus grave, Conrad, le fils aîné de Frédéric II, avait durement maté une révolte des Napolitains. Personne ne se souvenait plus de la cause exacte de cette révolte-là – à Naples on aime beaucoup les révoltes, à condition que l'objet n'en soit pas trop sérieux et qu'elle ne dure pas très longtemps – mais personne n'avait oublié l'affront fait à la ville, dont le blason figurait un cheval cabré. En effet, Conrad, après avoir obtenu la reddition de la ville, avait imposé l'ajout d'un mors au cheval réputé indompté, insupportable symbole d'impertinence.

Cependant, le peu d'affection des Napolitains pour Frédéric et ses fils n'était pas la véritable cause de ces

[22] En ce temps-là, du moins.

démonstrations enflammées qui pouvaient passer pour l'expression d'une gratitude éternelle envers un libérateur longtemps attendu : Charles d'Anjou n'était pas un inconnu et le peuple de Naples savait parfaitement à quoi s'attendre avec ce nouveau souverain dont la main de fer et l'extrême souci de l'« ordre juste » étaient de notoriété publique. En fait, cette liesse devait, pour beaucoup, au tempérament festif des Napolitains toujours prêts à s'enflammer pour un vainqueur à condition qu'il sache bien défiler – avec ce qu'il faut de panache et d'excès théâtral pour paraître digne d'être leur souverain[23]. Sur ce plan, ils ne pouvaient être déçus car Charles, malgré un tempérament souvent qualifié de taciturne, était incontestablement un grand professionnel de la mise en scène à grand spectacle.

Les conseils de Fiordalisa, très naturellement douée pour l'art de la communication et la politique, furent néanmoins très précieux.

Elle insista pour que Charles se résignât à faire distribuer tout au long du cortège des pièces de monnaie, coutume italienne qui ne plaisait guère à l'austère Capétien peu enclin à la générosité frivole. Il avait omis d'observer cette coûteuse tradition lorsqu'il était entré dans Rome, au grand désarroi du petit peuple, mais, à sa décharge, il ne bénéficiait pas alors des conseils judicieux de la belle princesse et, surtout, manquait cruellement d'argent.

De même, ce n'était pas par hasard que Charles avait choisi, signe explicite de paix et de fraternité, de défiler

---

[23] Il n'est pas surprenant que ce fût, quelques siècles plus tard, depuis Naples que la passion de l'opéra allait déferler sur toute l'Europe.

sur un palefroi blanc, habillé d'un pourpoint blanc ainsi que tous ses grands barons ; ou de ne pas tenir lui-même son épée, pour gommer une image un peu trop guerrière pour le goût napolitain – tout en la donnant à porter par son chambellan, de manière très visible sur un beau coussin fleurdelisé, pour bien montrer à des récalcitrants potentiels que l'éventualité d'un châtiment n'était néanmoins jamais à écarter ; ou encore de faire participer au défilé la comtesse de Provence en tenue d'apparat sur une litière très richement décorée, parce que les peuples aiment bien que les rois soient fortunés et les reines belles.

Les banquiers, dans une manifestation bienvenue de grandeur d'âme, avaient, pour cette belle occasion, restitué tous les bijoux de Béatrice qu'ils tenaient encore en gage. Charles n'avait pas encore commencé à rembourser ses dettes mais la richesse même du royaume, associée au talent bien connu du comte d'Anjou pour faire rentrer les impôts, constituait une garantie d'une incontestable qualité. Comme le disait un contemporain : « Bien qu'il fût Français de nation, il avait bien appris la méthode romaine pour faire les poches. » Ce commentaire s'appliquait à cette époque où Charles et Clément faisaient feu de tout bois – mais surtout du lucratif commerce des absolutions et des captations d'héritage – pour financer l'armée franco-provençale.

Fatigué mais heureux d'une entrée réussie dans sa nouvelle capitale comme dans son règne, Charles se dirigea vers le Castel Capuano plus confortable, selon Fiordalisa, que le vieux château de l'Œuf.

Il croyait avoir tout vu de ce bas monde, lui qui avait traîné ses bottes de l'Anjou à la France, de l'Égypte à la Provence, de Chypre à la Toscane, mais, lorsqu'il franchit les murs d'enceinte, il ressentit un véritable choc. Le pont-levis et l'immense porte flanquée de deux hautes tours finement ornées de délicats bas-reliefs débouchaient sur un parc qui lui rappela soudain une image gravée dans sa mémoire d'enfant : la superbe miniature qui représentait le paradis terrestre dans le psautier castillan de sa mère. Apparemment, on avait réuni dans le parc du Castel Capuano toutes les espèces végétales du monde : oliviers et figuiers, orangers et grenadiers, cyprès et palmiers, délicats buissons de roses et parterres de fleurs à profusion… La faune n'était pas en reste : étalons arabes blancs comme l'hermine, cerfs, biches et daims peu effarouchés, paons prétentieux, perdrix, cailles et faisans, cygnes majestueux. Il y avait même un lion – heureusement somnolent – et un couple de léopards qui ne paraissaient pas trop agressifs mais qui incitèrent néanmoins le noble cortège à amorcer un sage et prudent détour. Il y avait aussi des animaux que Charles n'avait jamais vus : une sorte de petit cheval rayé noir et blanc ; un grand et curieux quadrupède à la robe tacheté, juché sur de longues et frêles jambes et affublé d'une petite tête perchée sur un immense cou ; et aussi un immense volatile au plumage noir et au regard méchant qui ne semblait pas pouvoir voler mais qui courait très vite. Comme on le disait du paradis[24], l'air était embaumé par les suaves effluves des pétales de rose qui recouvraient les nombreux bassins et par les parfums plus lourds des lauriers, de la myrrhe et du jasmin. La multitude des fontaines délivrait une musique sensuelle qui enchantait les âmes et, plus intéressant sans doute, les corps.

---

[24] Au XIIIe siècle, les savants ne connaissaient pas grand chose du monde des humains mais ils savaient tout du paradis.

Charles fut ébloui par l'exubérance de ce paysage. Il commençait à découvrir, avec une pointe d'irritation, qu'il existait des souverains qui étaient capables de donner des leçons de luxe aux princes français – les plus puissants du monde, pourtant, selon ce qu'on lui avait toujours dit.

Se tournant vers le comte de Flandre qui chevauchait à ses côtés, il se risqua, fait rarissime, à une plaisanterie – façon peut-être de masquer un certain dépit mêlé d'envie devant l'opulence raffinée des Hohenstaufen :

– Ils ont dépensé beaucoup d'argent pour imiter le paradis. Il fallait bien qu'ils en jouissent de leur vivant, ces excommuniés qui se savaient destinés aux tourments de l'enfer. Il ne manque plus qu'Adam et Ève.

Son gendre rétorqua aussitôt :

– Mais non, mais non… Certes, je ne vois pas Adam, mais il y a une bien jolie Ève, là-bas près d'un arbre qui, à défaut de pommes, porte des oranges.

Charles constata avec un immense plaisir que Fiordalisa l'attendait bien, comme convenu, au Castel Capuano. Ses cheveux blonds tombaient en longues boucles sur sa toge blanche dont le pan était agrafé par une élégante fibule d'or incrustée d'un immense rubis. Charles, sensible au climat aphrodisiaque qui baignait ce lieu quasi-surnaturel où tout était lumière et ivresse, regretta qu'elle ne fût pas, comme Ève, dans son plus simple apparat. Sentiment très fugitif et émotion purement esthétique, bien sûr, comme il se doit chez un prince élevé dans la crainte du péché – fût-il d'intention. Il chassa bien vite de son esprit ce qui aurait pu passer pour un équivoque égarement des sens. Il ne chercha pas, pour autant, à cacher sa joie de revoir la belle Hohenstaufen. Une joie si visible que son gendre ne put s'empêcher de lui jeter un regard soupçonneux.

Fiordalisa se proposa de leur faire les honneurs du château. Sous la conduite de la princesse sicilienne, le roi, la reine et les dignitaires français et provençaux qui devisaient gaiement comme des collégiens en goguette, pénétrèrent dans la grande salle. D'un coup, ce fut le silence total. Ce qu'ils voyaient, ils n'auraient jamais pu l'imaginer.

D'abord, ils furent très surpris par la clarté de la salle qui contrastait fortement avec la pénombre humide de leurs châteaux.

Ensuite, jamais, au grand jamais, ils n'avaient vu pareil étalage de splendeur. Tout était lumière, fulgurance, abondance : les murs ornés de motifs floraux sur fond d'or, les céramiques chatoyantes, les fontaines en marbre incrusté d'émaux polychromes, les somptueux tapis d'Orient, les plafonds d'azur constellés d'étoiles, la vaste collection de manuscrits dont beaucoup, ouverts sur leurs lutrins d'argent finement ciselés, offraient leurs délicates enluminures.

Enfin, ils furent troublés par la profusion de statues de marbre blanc ou de bronze qui, pour la plupart, représentaient de belles jeunes femmes fort dévêtues, effrontément souriantes malgré leur invraisemblable indécence.

Quelques beaux esprits, prétendument esthètes, se crurent obligés de ne pas paraître choqués et d'affirmer que tout cela était d'un bel effet. D'autres, probablement jaloux, trouvèrent que cette débauche de luxe faisait un tantinet parvenu. En vérité, tous étaient extrêmement déconcertés : parmi toutes ces inconvenantes statues, pas une seule qui aurait pu passer pour une évocation, même approximative, du Christ ou de la Vierge.

Ils oublièrent bien vite leur jugement hâtif sur le supposé manque de piété qui semblait habiter les anciens maîtres de ces lieux lorsqu'ils découvrirent avec stupéfaction qu'il y avait l'eau courante dans toutes les chambres du palais : ils pensèrent, sans la moindre hésitation, que les belles vasques de marbre étaient des bénitiers. Tous applaudirent sans réserve à cette innovation qui facilitait grandement l'exercice de la prière : l'eau bénite à tous les étages. Sauf Barral, bien sûr : fier d'affirmer son anticléricalisme frénétique, il l'utilisa pour se rafraîchir le visage. Heureux, comme toujours de jouer la forte tête, il fut mortifié d'apprendre par Fiordalisa que c'était en fait le bon usage de ces vasques. Le même tomba quasiment en pâmoison lorsque « la princesse », comme il l'appelait affectueusement, lui fit découvrir les caves du palais et ses quelques deux cents tonneaux de vin alignés dans un ordre parfait.

Barral préférait l'eau naturelle à l'eau bénite mais encore plus le vin italien. Son patriotisme en souffrit mais il dut admettre qu'il était meilleur que celui de Provence et, bien sûr, très supérieur à la piquette française[25].

La troupe ne fut pas en reste. La soldatesque française, malgré sa mauvaise réputation – ou peut-être à cause d'elle – avait été bien accueillie par le peuple de Naples et ne bouda pas son plaisir.

Barral et la très grande majorité des conquérants ne se limitèrent pas à la dégustation du vin de Campanie. Les Napolitaines et les Siciliennes en envoûtèrent

---

[25] Le lecteur est prié de n'y voir aucun dénigrement de nos vignobles français : au XIIIe siècle, ceux du Bordelais étaient anglais et ceux de Bourgogne, dans l'empire germanique.

beaucoup. Elles étaient très belles et « gorgiasses », comme il est dit dans les nombreuses lettres envoyées à des amis restés en France. Pas à leur femme, bien sûr, car malgré quelques disputes sur la définition du mot, il n'y avait aucun doute sur son caractère très élogieux.

Ce fut une période très heureuse !

Mais ne croyez pas que ces conquérants-là allaient, selon la coutume, se plonger paresseusement dans les délices de la voisine Capoue.

Le nouveau roi de Naples et de Sicile n'avait pas traîné pour asseoir son pouvoir sur le royaume. Il nomma aux postes clés les plus fidèles de son entourage – plutôt des Provençaux qui connaissaient mieux que les Français le caractère méridional, donc difficilement prévisible, de ses sujets.

Il choisit quelques traîtres pour occuper des fonctions subalternes mais suffisamment visibles pour qu'on lui reconnaisse sa volonté d'ouverture et de rassemblement. Ces girouettes ont l'avantage d'attirer naturellement le mépris et la vindicte populaire ce qui évite au « chef » d'en être la cible privilégiée. Bien sûr, en ce qui concernait ces traîtres, il prenait bien soin de choisir des nullités dociles qui s'intéressaient plus à l'apparat lié à la fonction qu'à la réelle utilité de leur activité. Il avait toujours pensé qu'il n'y avait rien de plus dangereux que de garder dans le premier cercle de son entourage des traîtres intelligents – c'est-à-dire prêts à trahir de nouveau à la moindre occasion bénéfique. Ils sont assez nombreux de cette race-là, mais assez faciles à détecter, ce qui fait qu'on les utilise moins qu'ils ne le souhaiteraient.

Il remplaça tous les évêques : ils constituaient le meilleur vecteur d'une bonne politique de communication ; il fallait donc les choisir avec une grande attention, en ne laissant à personne le soin de s'occuper de cette tâche essentielle. Pas même au pape – qui en fut, bien évidemment, fort courroucé.

Comme vous le voyez, Charles d'Anjou avait du métier ! Néanmoins, aveuglement du cœur ou intérêt bien compris – sans doute les deux – il consultait très fréquemment Fiordalisa. Si souvent, à vrai dire, que le très moral Guillaume l'Estendard se permit quelques allusions sur les méfaits de la tyrannie du désir que le roi prit très mal. Les allusions sont généralement perfides et il convient de les traiter pour ce qu'elles sont : par le mépris. Mais quand ces remontrances à peine voilées émanaient de l'incorruptible Guillaume, Charles croyait entendre sa mère – ce qui oblige à un pénible respect. Toute sa jeunesse, Blanche de Castille lui avait asséné que « l'adultère est le pire des péchés mortels ». Aujourd'hui, non seulement il était roi mais il avait passé l'âge d'entendre pareilles fariboles. Il prit une décision que toute la Cour qualifia de fort sage : il retira à l'Estendard son titre de Grand justicier du royaume – fonction qui, de toute manière, se satisfaisait mal d'une excessive rigueur morale – pour l'envoyer diriger en son nom la Provence. Guillaume fut éternellement reconnaissant à Charles de l'avoir choisi pour cette mission importante entre toutes. Certes, le fait de ne pas être provençal était un atout qui avait dû jouer en sa faveur : jamais un Normand n'aurait pu entraîner les Provençaux dans une éventuelle rébellion. Ses origines le privaient de toute tentation de chercher à devenir calife à la place du calife. Charles y avait sûrement pensé. Probablement pas Guillaume qui, malgré sa modestie, se connaissait suffisamment de talents qui justifiaient très naturellement sa nomination à ce poste de haute confiance. Pour autant, il n'aurait jamais pu imaginer un instant qu'il devait en fait cette belle promotion au fait que Charles n'aimait pas les leçons de morale. C'est une prérogative des rois de pouvoir éloigner les gêneurs en en faisant des obligés. Beaucoup d'ambassadeurs doivent leur poste à ce très ancien privilège du pouvoir – mais il est vrai aussi qu'il y en a encore plus qui le doivent à leur incapacité notoire d'exercer toute autre activité.

Débarrassé du regard réprobateur de Guillaume exilé sous d'autres cieux, Charles put à loisir continuer à profiter de la douce présence de Fiordalisa et de ses conseils éclairés. Pourquoi refuser de joindre l'agréable à l'utile ? Naïla de Hohenstaufen était incontestablement une aide précieuse. Elle était au fait des usages et des coutumes du pays. Elle connaissait toute la noblesse, les hauts fonctionnaires et les riches bourgeois qui avaient fait fortune dans le commerce international. Cœur tendre encore ou finesse politique déjà, elle avait convaincu Charles de ne pas suivre la propension des Capétiens à administrer une « justice exemplaire ». Aussi, à l'étonnement général de ses barons, Charles décida d'octroyer une large amnistie : pas de gibets, pas d'échafauds. Seulement quelques mises au cachot de rebelles fanatiques et de familiers de Manfred assez stupides pour afficher d'une manière trop ostensible leur fidélité au souvenir des Hohenstaufen – ce qui ne faisait pas trop de monde.

Cette magnanimité du nouveau roi lui gagna le cœur de ses sujets mais altéra un peu plus ses relations avec le pape. En effet, Clément attendait impatiemment l'argent de « son cher fils » pour pouvoir rembourser au plus vite ses banquiers. Les intérêts étaient interdits par l'Église et, illégaux, ils n'en étaient donc que plus lourds, surtout lorsqu'ils pesaient sur le pape. Clément avait, à cette fin, conseillé à Charles de ne pas hésiter à bourrer les prisons de tous ceux qui pouvaient être qualifiés d'ennemis du pape, définition assez large pour simplifier l'action de la justice. La saisie de leurs biens était, selon Clément, une mesure salutaire – indispensable, de toute manière, pour remettre à niveau le patrimoine de saint Pierre dans des délais raisonnables. Et, fort opportunément, les ennemis du pape, c'est-à-dire les amis de Manfred, étaient souvent riches. Mais, devant les suppliques de Fiordalisa, Charles s'était refusé à suivre les pressants conseils du Très Saint-Père.

Sauf sur un point : il fit emprisonner à vie la femme de Manfred et ses enfants alors qu'ils tentaient de fuir le royaume. C'était une concession raisonnable à la volonté du pape et Fiordalisa n'avait pas trop protesté. Il est vrai qu'elle n'avait pas beaucoup d'amour pour ses neveux trop mal élevés – « à la grecque », comme elle disait. Quant à sa belle-sœur, elle la détestait au plus haut point. Elle pouvait admettre à la rigueur que celle-ci passe son temps à se maquiller et à orner ses cils de fines brosses censées donner un regard langoureux, selon une stupide et vulgaire mode de Byzance. Après tout, on ne peut renier ses origines. En revanche, elle ne tolérait pas la prétention d'Hélène Angelina Doukaïna à s'affubler de ce titre grec stupide et compliqué de porphyrogénète[26], en l'occurrence usurpé puisque son père n'était que despote d'Épire et non empereur d'Orient comme elle pensait, sottement, le faire croire. Fiordalisa, fille d'un véritable empereur, ne pouvait admettre ce faux et vain titre. Comme la monnaie, la vraie noblesse supporte très mal la fausse. Pourtant, le

[26] Textuellement « né dans la pourpre », titre donné aux enfants des empereurs d'Orient.

temps estompe très vite une différence qui n'est guère tangible et qui, de toute manière, n'intéresse personne.

L'emprisonnement d'Hélène et de ses enfants, c'était aussi une bonne façon pour Charles d'empêcher la femme de Manfred de revendiquer un jour le trône de Sicile avec l'appui de son père qui ne manquait jamais de rappeler le bon vieux temps où la Sicile était une douce et heureuse colonie grecque – avant l'arrivée des odieux arabes et des féroces pirates normands.

Mettre en avant les aspects positifs de la colonisation grecque, c'était un discours qui pouvait séduire – donc dangereux. À tel point que Charles s'était même demandé si une exécution pure et simple d'Hélène et de ses rejetons n'aurait pas été une meilleure solution. Il se rappelait que le pape Innocent IV, parlant des Hohenstaufen, disait vouloir « extirper le nom et le souvenir, les membres et le corps, la semence et la progéniture ». Clément IV, plus sobrement certes, mais d'une manière aussi peu chrétienne, affichait en fait le même souhait : « exterminer la race de vipères ». Mais, pour Charles, suivre cette approche était totalement incompatible avec la présence à ses côtés d'une fille, même illégitime, du satanique Frédéric. Tant pis si tel était le souhait du pape.

Évidemment, Sa Sainteté avait fulminé avec force clameurs contre l'amnistie mais il avait accueilli la nouvelle de l'emprisonnement de la femme de Manfred et de ses enfants avec toutes les apparences de la félicité. La perpétuité sous la bonne garde d'un Capétien, cela lui semblait une garantie suffisamment solide. Après ces années de terreur sous la perpétuelle menace du glaive impérial, il allait enfin pouvoir jouir d'une juste et méritée sérénité papale.

En vérité, la joie retrouvée du pape venait surtout d'un événement plus important que le destin des rejetons Hohenstaufen. Charles lui avait envoyé un messager qui n'arrivait pas les mains vides : il était accompagné d'un solide chariot qui contenait des présents d'une incontestable qualité : le magnifique trône en or massif qui accompagnait l'empereur Frédéric dans tous ses déplacements, un manuscrit à la superbe reliure d'argent et, surtout, plusieurs coffres de fer remplis de scintillantes pièces de monnaie.

Selon Clément, ce chariot bienvenu signifiait un bon début pour le remboursement de la dette et il témoignait de la bonne volonté de Charles, chassant les doutes qui n'avaient pas manqué de germer et proliférer dans son esprit sur la solidité des engagements du « cher fils ».

Les belles pièces d'or avaient le défaut de porter l'effigie de l'empereur abhorré mais, Dieu merci, cela ne gênait aucunement les banquiers et donc ne nuisait pas à la valeur de ces lourdes « augustales ».

Quant au précieux trône de Frédéric, Charles l'avait donné au pape faute de pouvoir utiliser cet attribut qui aurait conforté la suspicion de Clément ou de son frère Louis sur ses rêves d'une destinée impériale. Le pape le mit aussitôt en gage auprès de ses banquiers. Pour deux raisons : d'abord, parce qu'il était, en effet, hors de question pour lui de s'asseoir sur un siège qui avait connu le cul de l'ignoble empereur ; ensuite, parce qu'il pensait pouvoir vendre un jour cette œuvre exceptionnelle à un potentat oriental ou à quelque parvenu, beaucoup plus cher que son simple poids d'or, ce qui excluait de le faire fondre.

Grâce à l'arrivée de ce chariot bienvenu, Clément allait pouvoir commencer enfin à extirper des griffes des banquiers les vases sacrés et autres joyaux du Christ, ces gages de la honte qui l'empêchaient de dormir. Il était taraudé par la crainte de subir les tourments de l'enfer. De terribles châtiments attendaient certainement celui qui, comme il le disait lui-même, « s'expose à l'infamie perpétuelle de passer pour un dissipateur des biens de l'Église ». Cette affreuse hantise était bien difficile à vivre mais elle avait néanmoins le mérite de montrer, à ceux qui auraient pu en douter, la sincérité de sa foi.

Pour ce qui concerne le manuscrit, c'était un traité fort savant sur la chasse au faucon magnifiquement illustré. Charles, qui n'aimait guère lire et assez peu chasser, l'avait donné bien volontiers au pape dont il connaissait l'amour pour les beaux ouvrages. Mais la chasse n'intéressait pas plus le pape qui avait assez à faire avec la nature humaine pour ne pas s'occuper de celle des animaux. Si Clément avait découvert que l'auteur de ce traité n'était autre que Frédéric de Hohenstaufen lui-même, ce magnifique manuscrit, *L'art de chasser avec des oiseaux*, aurait certainement disparu dans des flammes purificatrices au lieu de dormir gentiment depuis lors dans la bibliothèque du Saint-Siège.

Comme les clameurs du pape s'étaient atténuées assez rapidement, Charles convint que l'amnistie conseillée par Fiordalisa avait été une excellente décision politique : le peuple fut persuadé que son nouveau roi était non seulement riche – puisqu'il n'avait pas besoin de dépouiller ses ennemis – mais aussi bon et magnanime, contrairement aux conquérants habituels qui sont généralement pauvres, donc affamés et cruels.

Ses sujets avaient vu dans la victoire de Bénévent le signe évident du grand amour de Dieu pour les princes du Lys et ils ne demandaient qu'à y croire car il n'échappait à personne qu'il valait mieux avoir un monarque aimé du Tout-Puissant que l'inverse.

Cependant, compte tenu de l'importance évidente de cette qualité pour le bonheur de leur maître et, par suite, de celui de son peuple, les Napolitains avaient, pour en être absolument sûrs, une méthode parfaitement éprouvée : le miracle de saint Janvier.

San Gennaro, comme on l'appelle là-bas, était un obscur martyr de la foi chrétienne. Obscur, car on ne savait même pas quel avait été le supplice qui lui avait été infligé, ce qui est extrêmement regrettable pour un martyr : subir une grande souffrance sans bénéficier de la gloire qui y est attachée. En fait, et contrairement à ce qui est le triste lot des martyrs « normaux », c'était plus l'absence de souffrances qui l'avait rendu célèbre. En effet, quand on voulait le brûler, le bûcher s'éteignait ; quand on voulait le donner en pâture aux lions, les féroces félins ne manifestaient plus aucun appétit et se désintéressaient ostensiblement du pauvre Gennaro. Et ainsi de suite…

Véritable martyr ou non, ce regrettable mystère de l'histoire et de la religion n'empêcha pas Gennaro de devenir le saint patron de la ville de Naples. Et cela, grâce à un miracle qui ne se produit, par définition, que lorsque Dieu le veut bien. Le sang du bon saint, normalement coagulé dans l'ampoule où il est pieusement conservé, se liquéfie le jour de sa fête mais aussi lorsque le roi – à condition, bien sûr, qu'il soit bien l'élu de Dieu – approche de l'ampoule une baguette d'argent. Charles dut évidemment se plier à cette indispensable intronisation. D'autant plus que son couronnement avait eu lieu à Rome, ce qui, pour des Napolitains ou des Siciliens, entachait quelque peu le caractère authentique de la cérémonie. Charles accepta de bonne grâce cette épreuve. Il était parfaitement sûr du dénouement positif de cet « examen de passage » : un

Capétien, aimé de Dieu, prince de France, gardien de l'Église et, surtout, zélé défenseur de la papauté ne pouvait y échouer. Effectivement, le miracle eut lieu : le sang se liquéfia, preuve d'une incontestable investiture céleste qui valait largement celle de l'arrivée de la gentille colombe apportant le saint chrême pour le sacre de Clovis.

Une immense clameur, admiration et soulagement mêlées, monta jusqu'aux voûtes de la grande nef de la cathédrale, immédiatement suivie par le bruit assourdissant des cloches d'airain qui, relayé de village en village, annonçait la bonne nouvelle dans tout le royaume. Ce fut une journée de liesse et le vin de Campanie coula généreusement.

Barral, toujours soupçonneux, demanda à Fiordalisa si elle n'avait pas, par hasard, communiqué à Charles le secret du pouvoir de liquéfaction du sang de saint Janvier. Elle opposa une dénégation formelle avec une véhémence qui parut à Barral quelque peu suspecte. De fait, Barral était incurable : il était toujours méfiant même quand l'action de Dieu était, comme chacun l'avait vu, manifeste. C'est le triste sort de ceux qui doutent de l'existence du Tout-Puissant.

Fort d'un état de grâce indiscutable, Charles ne mit guère de temps à revendiquer, en continuateur enthousiaste, l'héritage glorieux de ses prédécesseurs sur le trône de Naples et de Sicile. Contrairement à l'action très volontariste qu'il avait menée dans le comté de Provence, il n'eut pas beaucoup à légiférer. L'organisation du royaume, mise en place d'une manière remarquable par les rois normands, affinée par le génie administratif de Frédéric, était exemplaire.

Charles avait été ébloui en particulier par cette technique imparable pour faire rentrer de l'argent dans les caisses de l'État d'une manière aussi peu douloureuse que possible : les monopoles royaux. La méthode est fort simple. Vous décrétez, par exemple que le sel est soumis à monopole, ce qui signifie que les gentils producteurs ne peuvent vendre leur sel qu'à l'État et au prix fixé par les fonctionnaires. Et c'est le roi qui fixe le prix de vente aux fidèles sujets, et par là-même le bénéfice – évidemment faramineux. Même chose pour l'extraction des minerais. Pareil pour l'importation des métaux ou la construction des bateaux qui sont loués très cher aux marchands. C'est efficace, pratique et relativement indolore. Charles comprit enfin comment Frédéric avait pu faire construire tant de châteaux éblouissants et vivre dans un tel déploiement de luxe.

Mais il faut reconnaître que Charles, à défaut de l'avoir instituée, sut améliorer cette machine à produire des richesses par une superbe organisation de la Chambre royale – son ministère des finances – qui, spécialisation française déjà, devint rapidement un modèle pour la finesse de la comptabilité, l'efficacité des investigations et la rigueur des redressements, indispensables outils d'une bonne rentabilité fiscale.

Il diminua aussi le train de vie de l'État : chasse aux emplois inutiles, réduction du nombre de fonctionnaires et diminution drastique des constructions d'églises.

On lui doit aussi l'invention de la colonisation : il distribua gratuitement des terres de Calabre et des Pouilles à près d'un millier de paysans immigrés – originaires de Provence, évidemment, plus habitués que les Français à la chaleur du climat. Il les installa surtout dans les villages où il y avait, à son goût, un peu trop de musulmans. Le résultat fut excellent , car les Provençaux étaient plus travailleurs que les Siciliens et ils se contentaient de salaires nettement plus faibles que les Arabes, trop habitués aux grandes libéralités de Frédéric et de Manfred, sous prétexte qu'ils tiraient bien à l'arc.

Il constata aussi que la noblesse locale répugnait à s'enrichir par le commerce ; la française aussi, mais, au moins, elle savait faire la guerre, tandis que la sicilienne ne savait que chanter, danser et composer des poèmes, activités inutiles voire perverses. Cette noblesse permettait à Charles d'épater les autres rois par le brillant de sa cour mais elle ne participait guère à la croissance de sa fortune. Contrairement à la plupart de ses collègues en majesté, il n'ignorait pas que la richesse de ses sujets faisait la richesse du royaume. C'est pourquoi il fit venir des marchands toscans et vénitiens, les meilleurs du monde. Cette forme d'immigration choisie fut une immense réussite. La croissance économique fut fulgurante et ses retombées habituelles bienvenues : diminution du chômage, recul de l'insécurité, très net accroissement des opinions favorables. Le prestige international de Charles allait de pair, atteignant des sommets vertigineux. Le roi de Sicile ne manqua pas de se vanter de sa politique économique auprès de son frère, ce qui n'était pas très charitable car à la même époque, Louis faisait face à une abominable conjoncture et au cortège de drames qui accompagne toute récession : misère, délinquance juvénile, immigration désœuvrée, prostitution omniprésente. Pour lutter contre le chômage, il avait bien diminué le temps de travail et augmenté la durée d'apprentissage[27], mais sans succès. En fait, rien de ce que notre grand roi de France entreprenait ne marchait. Il est vrai que les saints sont rarement de bons gestionnaires. Ces échecs

[27] Mais oui, mais oui !

patents de Louis ne déplaisaient pas à Charles qui n'avait pas toujours apprécié les leçons de politique données par « le grand frère » – avec une suffisance souvent déplaisante.

Fort de ses succès politiques et économiques, Charles était devenu un grand d'Europe.

Comme le disait un contemporain, « il avait l'air d'un souverain plus que tout autre prince ».

C'était un bon début mais Charles n'était ni homme ni souverain à se contenter de ce qu'il avait, même si c'était déjà beaucoup.

Un peu d'histoire

L'arrivée à Naples de Charles d'Anjou est très « romancée ». Le seul document, semble-t-il, sur ce sujet relate simplement qu'une délégation de dix-huit notables, dont l'un parlait français, est venue lui apporter les clés de la ville et qu'il est entré, précédé par le clergé et une grande croix. Au risque d'être accusé d'avoir enjolivé cette description, je dois avouer que je l'ai trouvée trop minimaliste pour être compatible avec l'esprit napolitain, avec le caractère passionné d'un peuple qui allait inventer l'opéra.

Au sujet de la résidence des Hohenstaufen, il ne semble pas qu'il existe une description du *Castel Capuano* mais son parc et sa ménagerie étaient connus. On sait aussi que, bien avant l'avènement de la Renaissance, Frédéric II préférait les statues aux reliques et qu'il avait fait installer l'eau courante dans tous ses palais.

La grande mansuétude de Charles vis-à-vis de ses ennemis d'hier – les familiers de Frédéric et Manfred – est une vérité historique alors que la mode de l'époque était plutôt à la vengeance brutale. Il convient de le souligner, car l'histoire n'a retenu du caractère de Charles que son inflexible rigueur. Il est exact que, plus tard, à la suite de l'accumulation de multiples trahisons, il utilisera des méthodes plus classiques – c'est-à-dire violentes.

L'épisode du chariot et de son précieux contenu offert au pape Clément est véridique. Le trône de Frédéric mis en gage par Clément fut récupéré plus tard par Boniface VIII. Il figura à l'inventaire des trésors du Saint-Siège établi au début du XIVe siècle par ce pape.

Depuis… aucune trace de ce trône en or massif ! Évaporé ! Un pape a-t-il trouvé bon de le faire fondre ? J'ose espérer que ce fut pour une bonne cause : aider les pauvres ou financer l'Inquisition. Le nom du souverain pontife qui a fait disparaître ce joyau mériterait d'être connu. Ce n'est, semble-t-il, pas l'avis du Vatican. Malgré de pressantes questions… restées, hélas, sans réponse.

Quant au manuscrit aux merveilleuses enluminures, *De Arte Venandi cum Avibus*, il avait été effectivement écrit par Frédéric II pour – bel exemple d'amour paternel – communiquer à Manfred sa passion pour la chasse au faucon. Contrairement au trône en or massif, cet exceptionnel manuscrit, fait toujours partie – Dieu merci – des trésors du Vatican.

Tout ce qui a trait à l'administration du royaume et à la « politique économique » de Charles d'Anjou, très différente de celle mise en œuvre en France par les légistes de son frère Louis, n'est que stricte vérité.

A contrario, Charles ne peut pas avoir subi l'épreuve du « miracle » de San Gennaro car ce rite n'avait pas encore été « institutionnalisé ». Mais, j'ai trouvé amusant de transposer ce que le roi de France, Charles VIII, beaucoup plus tard en 1495, avait vécu au terme de sa campagne d'Italie : il avait parfaitement réussi à liquéfier le sang du bon saint. Malheureusement, Gennaro ne l'aida pas beaucoup car Charles VIII dut battre rapidement en retraite et abandonner son « rêve italien ». Sans omettre, fort heureusement, de rapporter un immense et magnifique butin. Le musée du Louvre, entre autres, doit beaucoup à ce roi, connu surtout pour avoir épousé Anne de Bretagne.

7 - TOUJOURS PLUS

Charles devisait gaiement avec Fiordalisa sur une terrasse du château de l'Œuf qui, sur son éperon rocheux, s'avançait comme la proue d'un navire sur la surface scintillante de la mer Tyrrhénienne. La contemplation de « sa » baie de Naples le plongeait dans un éternel enchantement. Le soleil était plus chaud encore que celui de Provence mais, grâce à la fraîcheur de la brise de mer, on pouvait jouir de son affectueuse énergie sans souffrir de la trop grande ardeur de ses rayons. Charles ne se lassait pas de contempler l'activité intense du port qu'il surplombait.

Il aimait observer la vie grouillante des entrepôts et des chantiers, des voileries et des corderies ; écouter la rumeur diffuse exhalée par le labeur des hommes, ponctuée par les coups de maillet des calfats ou d'herminette des charpentiers de marine.

Il se plaisait à commenter les manœuvres audacieuses des galéasses qui venaient décharger les riches marchandises venues du monde entier, c'est-à-dire, bien souvent, de mondes inconnus : soie, mousseline et brocarts, pourpre et or, ivoire et pierres précieuses. Il se délectait à humer les senteurs mystérieuses qui accompagnaient les épices si convoitées – poivre, safran et cannelle, clous de girofle et gingembre – et les lourds parfums de l'Orient – myrrhe, camphre et encens – suffisamment puissants pour l'emporter parfois sur l'odeur âcre du goudron des cordages et de l'étoupe des coques.

Mais ce qu'il affectionnait tout particulièrement était, sans aucun doute, le spectacle de la stupéfiante agilité de ses galères. Ornées de leurs oriflammes chamarrées, elles se faufilaient avec aisance parmi les innombrables embarcations de toutes sortes qui naviguaient dans la somptueuse baie. À l'abord du château, les capitaines forçaient la cadence pour montrer au souverain la capacité de vitesse des dernières productions de l'arsenal, bon moyen par ailleurs d'affermir le muscle de la chiourme et d'obtenir une parfaite coordination des bancs de nage.

Fiordalisa reconnut volontiers que la marine du royaume avait encore progressé depuis l'avènement de Charles.

– Est-il possible, mon beau seigneur, que les Provençaux soient de meilleurs marins que mes ancêtres, les Normands ou les Sarrasins ?

– Meilleurs ? Je ne sais pas. Notre bon maître des galères, Girard de Marseille, est assurément un excellent marin mais c'est surtout un forcené de l'entraînement. Dur à la peine, insensible au froid, à la pluie, au soleil ou au vent, il exige de ses hommes une résistance d'airain. Les équipages formés sous sa férule ne ressentent jamais l'adversité des éléments : c'est toute la différence entre une bonne et une médiocre escadre. Girard avait apprécié l'excellent niveau technique des arsenaux de Naples mais il trouvait que les équipages avaient encore des progrès à faire. Regarde, mon royaume baigne dans la mer. Il a la meilleure cavalerie et les meilleurs archers du monde. Mais cela ne suffit pas : il lui faut aussi une flotte invincible.

Pour Charles, chacune de ces voiles, chacun de ces sillages était une invitation au voyage et à l'aventure. Mais dans son esprit, voyage et aventure représentaient des mots sans signification s'ils n'étaient pas associés à un concept plus réaliste : la conquête. Celle du royaume de Sicile avait été rondement menée. Comme l'avait écrit le pape Clément, en forme d'épilogue et en des termes assez peu chrétiens : «Notre très cher fils Charles tient pacifiquement tout son royaume, ayant en son pouvoir le cadavre putride de Manfred, cet homme pestilentiel, sa femme, ses enfants et son trésor. » Pour *Sua Santità*, c'était une belle conclusion, mais pas pour Charles qui savait depuis longtemps que sa victoire ne serait qu'une étape sur le chemin resplendissant d'une gloire prédestinée. Blanche de Castille affirmait que les Capétiens descendaient de Charlemagne et d'Énée, le beau prince troyen[28]. Pourquoi en douter ? Au demeurant, Charles avait assez de clairvoyance politique pour admettre que, si le vénérable empereur était son ancêtre, il ne pouvait en aucun cas être son modèle : le contrat passé avec la papauté pour obtenir l'investiture du royaume de Sicile stipulait formellement une éternelle renonciation au trône du Saint Empire. Les papes connaissaient trop bien l'éternelle propension des Teutons à pousser leurs ambitions vers le soleil de la Méditerranée et celle des souverains de Sicile à se persuader que l'Italie tout entière constituerait un bien joli royaume. Coulée naturelle et conviction immuable avaient, dans les deux cas de figure, inscrite en filigrane

[28] Ce qui, bien sûr, était faux. Mais Charlemagne, c'était plus prestigieux que Capet, petit seigneur de l'Île-de-France. Même les rois n'échappent pas à ce besoin du genre humain de toujours vouloir s'inventer des ancêtres prestigieux.

mais bien visible, une conséquence abominable : la disparition des États pontificaux. Tendance encore plus radicale lorsque le roi de Sicile devenait empereur comme il était advenu avec Frédéric, cet « abominable tortionnaire des papes ». Mais maintenant, Dieu merci, Clément pouvait enfin dormir tranquille. Les princes capétiens étaient peut-être encore un peu frustes mais le respect des engagements, en ce siècle très juridique, faisait partie de leur éducation. Évidemment, on pouvait s'attendre à tout avec un Charles manifestement de plus en plus difficile à contrôler. De toute manière – bien heureusement pour Clément et malheureusement pour Charles – le roi de France n'aurait jamais toléré que son jeune frère, l'infernal petit dernier trop choyé par sa mère, devienne empereur. La royauté française avait assez de problèmes de famille – les plus terribles, surtout en politique – avec les cousins Plantagenêts du côté de l'Angleterre et de l'Aquitaine pour ne pas s'en créer d'autres sur le front germanique, bourguignon ou flamand. Charles s'était donc fait une raison : il ne serait pas Charlemagne.

Mais il serait Alexandre !

Fiordalisa, surprise par le sourire presque enfantin qui éclairait le visage de Charles, ne put s'empêcher d'interrompre le cours de ses pensées.

– Mon gentil seigneur, vous avez l'air bien songeur…

– Oui, je me disais que pour un homme vraiment fort, le monde entier serait à peine assez grand.

– Seriez-vous assez insensé pour vouloir conquérir le monde ?

– Il n'y a qu'un seul Dieu dans le ciel. Pourquoi n'y aurait-il pas un seul roi sur la terre ? C'est bien cette volonté de devenir maître du monde qui habitait le Grand khan des Mongols. C'est pourquoi il avait demandé à Louis de se soumettre et d'accepter sa suzeraineté.

– Justement, votre frère avait refusé cette allégeance ! Comment l'aurait-il acceptée ?

– Peut-être parce que, grâce à Dieu, le Grand khan n'était pas assez fort. Mais César et Alexandre devinrent les rois du monde. Pourquoi pas moi ? Avec les chevaliers les plus fougueux, les archers les plus rapides, les marins les mieux entraînés… et quelques banquiers talentueux, rien n'est impossible pour un Capétien bien né. Louis aurait pu conquérir le monde, mais il préfère prier. Sans doute Dieu a-t-il voulu que ce soit moi qui reprenne le glaive glorieux de mon illustre ancêtre, Carolus Magnus. Moi aussi, je m'appelle Charles. Moi aussi, un jour, on m'appellera Charles le Grand ! Si l'empire d'Occident m'est – pour l'instant – interdit, j'irai reprendre celui d'Orient à ces vils usurpateurs grecs. Ensuite, je ferai en sorte que mon cher neveu Philippe, le fils aîné de Louis qui me voue une grande affection, devienne le maître du Saint Empire. Ce ne sera pas une grande affaire : chacun sait qu'il est bien facile d'acheter le vote des prélats et des princes germaniques. Ils sont plus corrompus encore que les cardinaux italiens !

Fiordalisa ne put s'empêcher de sourire. Être nanti d'une insatiable avidité mais savoir faire preuve de finesse dans la mise en œuvre de la stratégie a toujours été la caractéristique des vrais conquérants, c'est-à-dire ceux qui, favorisés par le destin, ne finissent pas trop mal.

Devenu le maître de la Sicile, Charles aurait pu jouir tranquillement de ce royaume de cocagne bien exploité par ses bataillons de légistes, de sergents et de gabelous ; vivre un bonheur parfait entre sa femme Béatrice et sa maîtresse Fiordalisa[29] ; profiter de la vie au milieu de cette cour brillante où se pressaient les meilleurs troubadours et quelques-uns des plus beaux esprits de son temps ; disposer pleinement de l'héritage fabuleux de Frédéric de Hohenstaufen en se prélassant dans le luxe des palais arabo-byzantins et dans le raffinement d'une civilisation prodigieuse qui avait su marier la richesse de l'Occident et le savoir de l'Orient.

Mais les lois de l'Histoire sont formelles : si les grands voyageurs – heureux qui comme Ulysse… – savent s'arrêter un jour, les grands prédateurs, jamais. Il n'est pas de victoire qui puisse les rassasier. Charles était de ceux-là.

De toute manière, contrairement à Béatrice qui en raffolait, il n'avait jamais beaucoup aimé les troubadours, même quand ils chantaient par anticipation : « le roi Charles sera seigneur de la plus grande partie du monde ». Charles, il est vrai, et contrairement à la très grande majorité des dirigeants, était suffisamment sûr de ses immenses qualités pour pouvoir s'offrir le plaisir de mépriser la flatterie. Quant au grand nombre de savants de la Cour, il en retenait surtout que c'était un luxe qui lui coûtait fort cher. Malgré les explications passionnées de Fiordalisa, il avouait ne pas bien comprendre l'intérêt de ses prédécesseurs, Frédéric et Manfred, pour les mathématiques, la physique ou, pire, la philosophie.

Certes, il y avait des sciences utiles. Sur les conseils convaincants de Giovanni da Procida, l'ancien médecin de Frédéric, Charles n'avait pas, malgré la demande

---

[29] Malgré les remontrances probables de son confesseur, encore que l'histoire n'a pas retenu son nom ce qui pourrait laisser supposer que son influence était assez modeste.

expresse du pape, aboli l'autorisation de la dissection des cadavres, pratique courante de l'école de médecine de Salerne. Il avait bien compris que la connaissance de l'anatomie était nécessaire, sinon suffisante, pour former de bons praticiens. Et un médecin compétent, ça peut toujours servir : on peut aimer Dieu et souhaiter néanmoins aller le plus tard possible au paradis, quelle que soit la pressante envie des âmes d'aller rejoindre le Seigneur.

En revanche, il désapprouvait totalement les expériences de Frédéric pour tenter de mesurer le poids de l'âme lorsqu'elle s'échappait du corps d'un mourant. D'après Charles, ce genre d'occupation sentait un peu le soufre, tout particulièrement lorsque ces activités démoniaques étaient associées à ses perpétuelles interrogations métaphysiques. Où se trouvait le paradis ? Que pouvaient bien y faire les anges toute la journée ? Comment expliquer que les âmes des défunts ne revenaient jamais sur terre, par amour ou par jalousie, se manifester auprès des êtres qui leur avaient été chers ? Malgré sa sincère et croissante admiration pour Frédéric, Charles était convaincu que ce n'était pas là besogne de bon chrétien !

Quant à la philosophie, il ne voyait aucune utilité aux démonstrations vaseuses de ces païens grecs, nés trop tôt pour que leur esprit ait pu recevoir l'indispensable enseignement du Christ. Ces Aristote et ces Platon n'apportaient que confusion et Charles approuvait totalement la sage décision de l'Église d'interdire l'étude de leurs œuvres sataniques. Ces textes fallacieux avaient d'ailleurs, depuis longtemps, quasiment disparu de nos contrées civilisées car ils ne pouvaient, en aucune façon, intéresser les chrétiens. Il avait fallu que ce soient ces méprisables adorateurs de Mahomet qui les sortent de l'oubli, ce qui montre bien toute leur perversité : ressusciter cette nuisible pensée grecque parce qu'elle est l'ennemie perfide et sournoise de la vraie foi. Cependant, Dieu en soit loué, ce dérisoire stratagème était trop visible pour que les chrétiens puissent tomber dans le piège. Charles fut d'ailleurs très étonné d'apprendre que Frédéric avait accueilli à sa cour deux des fils de l'abominable Ibn Ruchd, celui qu'on appelait Averroès en Europe et dont les écrits avaient presque réussi à pervertir l'Université de Paris, avant d'être justement condamnés[30].

Fiordalisa avait dû admettre qu'elle était très éprise de Charles. Elle aimait sa force, son incroyable ambition, son emprise sur les hommes, sa conviction inaltérable d'une gloire prédestinée ; mais aussi la soie de ses caresses, douceur insoupçonnée d'une « panthère sauvage » qui savait parfois rentrer ses griffes. Il était l'amant certes, mais aussi le père protecteur qu'elle n'avait pas connu. Pourtant, malgré tout son amour, elle avait été très peinée de constater que le nouveau maître du royaume était réfractaire à l'enseignement des philosophes et, plus généralement, à la culture dans laquelle toute sa jeunesse de princesse sicilienne avait baigné. Elle renonça à présenter à Charles un de ses précepteurs – un certain Thomas d'Aquin – qui prétendait que la science et la foi pouvaient cohabiter, théorie sans doute un peu trop d'avant-garde à une époque où l'Église avait décrété que la Bible était « l'unique source de vérité ». Fiordalisa admit qu'elle

[30] Ce que Charles ne savait pas : Averroès, qui prétendait implicitement que la raison devait primer sur la foi, indisposait tout autant les musulmans. Il fut exilé. Châtiment modeste pour un hérétique, mais – par chance pour lui – il n'y avait pas d'Inquisition au Maghreb.

devait être compréhensive : on ne pouvait espérer mieux d'un rude guerrier français élevé dans le sinistre palais de la Cité par une mère espagnole excessivement dévote. Avec le temps, peut-être…

Si les philosophes ne présentaient aucun intérêt pour Charles, il y avait pourtant, parmi les nombreux savants de la cour de Naples, une curieuse cohorte d'individus enturbannés que le nouveau roi de Sicile tenait en très haute estime : les géographes. Pour une raison évidente. La géographie est, en effet, la seule science utile aux conquérants. L'histoire aussi, allez-vous dire ? Mais non ! Elle montre trop souvent que les conquérants finissent mal : ils font toujours un combat de trop. Par conséquent, s'ils étudiaient l'histoire avec le sérieux nécessaire, ils éviteraient les erreurs de leurs prédécesseurs – toujours les mêmes bêtises – et bénéficieraient ainsi d'une vieillesse tranquille…mais sans conquêtes.

Pour celui qui était, selon un contemporain, « avide d'acquérir terres, seigneuries et argent d'où qu'il vînt », rien ne valait, en effet, de bons géographes pour pouvoir contempler par avance, avec une convoitise qui frisait la concupiscence, ses prochaines proies ; peser l'intérêt de telle ou telle alliance ; définir et affiner les stratégies de conquête.

Charles ne se lassait pas de discuter, tard dans la nuit, avec ses géographes bien-aimés, tous studieusement penchés sur les cartes du monde dans le rougeoiement tremblotant des candélabres. Conservées dans le plus grand secret, ces cartes constituaient les plus précieux joyaux du Trésor du royaume, depuis que le maître al-Idrissi avait élu domicile en Sicile, à la cour de l'illustre roi normand Roger. À chaque réunion avec ses chers « enturbannés », le monde grossissait tout en se précisant. Les horizons chimériques, les mondes imaginaires se transformaient en contours bien réels : Charles se délectait en embrassant l'immensité de son patrimoine – encore en devenir, certes, mais déjà si merveilleusement concret. Très vite, son ambition s'était focalisée sur un objectif majeur : la mainmise sur l'empire byzantin et ses fabuleux trésors. Un prédateur vorace comme Charles ne pouvait que saliver à la simple évocation des immenses richesses de l'Orient qui transitaient par les entrepôts du mythique Bosphore.

C'est avec un brin de suffisance que Fiordalisa rappela à Charles que le choix de sa cible, guère original, n'était que le résultat du parfait mimétisme qui conduisait inexorablement les maîtres de la Sicile vers l'Orient.

– Mon beau seigneur, tous les maîtres de la Sicile ont rêvé de l'Orient et de Byzance. Les rois normands, mes aïeux, ne se sont pas contentés de chasser les derniers grecs de notre beau royaume ; ils ont été bien près de s'emparer de Constantinople. Ils auraient assurément réussi si la flotte vénitienne n'était venue au secours des Grecs. Mon père, non content d'être l'empereur du Saint Empire, voulait reconstituer l'empire de Constantin – Orient et Occident enfin réunis – et il était très fier de son titre de roi de Jérusalem, la cité que Dieu avait placée au centre du monde.

– Le centre du monde ? C'est ce qu'on m'avait appris aussi mais j'ai quelques doutes aujourd'hui. D'après mes géographes, il n'y a pas de centre du monde. Quant au titre de roi de Jérusalem, il était bien vain puisque la sainte ville du Christ est toujours sous le joug des infidèles.

– Le destin n'a pas donné à mon père le temps de recouvrer Jérusalem. Il était persuadé qu'il fallait d'abord soumettre les Grecs et Constantinople car ces Byzantins, soi-disant chrétiens, ont toujours été, disait-il, les ennemis les plus acharnés de l'Occident[31]. Mon cher frère se préparait à…

Charles savait tout cela. Il avait appris aussi, bien sûr, que sa mainmise sur le royaume de Sicile avait brusquement mis fin au projet de Manfred de partir à la conquête de Byzance. L'escadre sicilienne, fin prête, n'attendait plus que le signal de l'attaque pour faire voile vers la capitale de l'empire d'Orient. Charles eut assez de tact pour estimer qu'il n'était pas nécessaire de laisser Fiordalisa rappeler que, hasard de l'histoire, c'était sa victoire de Bénévent et la mort de son frère chéri qui avaient sans doute permis à l'empereur d'Orient de préserver son trône. Il répliqua sobrement :

– Ce sera mon devoir de roi de Sicile de poursuivre l'œuvre de mes glorieux prédécesseurs.

Il ajouta, moins sobrement :

– Mais moi, je réussirai. Je chasserai de Byzance ces Grecs hérétiques.

– Vous oubliez bien vite que, lorsque mon frère avait monté son expédition contre Byzance, il ne pensait pas à sa gloire ou à son profit personnel : il voulait rétablir l'empire latin de Constantinople. Certes, Manfred voulait rendre son trône à Baudouin qui lui avait demandé l'asile lorsqu'il avait été chassé de Byzance. Mais surtout, il estimait que c'était le devoir des Hohenstaufen de ramener la vraie foi catholique sur l'ensemble de l'Empire romain, comme à l'époque du

[31] C'est toujours le cas, en politique étrangère du moins : la Grèce, fait toujours bloc avec la Serbie ou la Russie contre l'Europe carolingienne. Force immuable de l'identité orthodoxe… et des pesanteurs de l'Histoire.

pieux Constantin. Mon très noble frère avait toujours pensé que…

L'estime de Charles pour Manfred était devenue si sincère qu'il ne s'offusquait pas d'entendre les troubadours continuer à vanter ses légendaires qualités : son intelligence, sa beauté, sa générosité. Il ne pouvait cependant s'empêcher de ressentir une vive irritation lorsque Fiordalisa montrait l'amour qu'elle portait à son frère disparu. Charles l'interrompit brusquement :

– Pour ce qui est de la foi catholique, je n'ai pas de leçons à recevoir des Hohenstaufen. Chasser l'hérésie, c'est aussi ce que je veux faire ! Et j'en ai d'autant plus le devoir que j'ai bien conscience de ma dette envers votre cher Manfred. C'est à moi désormais qu'il incombe, avec l'aide de Dieu, d'écraser celui que j'ai involontairement sauvé, ce Michel Paléologue, ce Grec retors, cet ignoble parvenu qui se dit empereur. Mais ne me demandez jamais de chasser le vil Michel pour rétablir le stupide Baudouin. Ce minable, qui n'a pas su empêcher les Grecs de reprendre Constantinople, serait, sans moi et mes hommes, incapable de garder son trône plus d'un mois. Laissons-le promener sa fatuité dans toutes les cours d'Occident et mendier une aide qu'il ne mérite pas. Qu'il continue à apitoyer les crédules avec son prétendu dénuement – comme il a su le faire avec votre gentil Manfred !

– Oui, mon frère était charitable. Il était ému par la dignité de ce vieillard qui, en un seul jour, avait tout perdu.

– Baudouin n'est pas naïf ! Il n'est pas parti de Constantinople les mains vides ! Mon frère Louis ne s'est pas laissé prendre à sa prétendue misère. Il lui a donné assez d'argent pour bien vivre jusqu'à la fin de ses jours… mais en échange de la cession de son marquisat de Namur – riches terres, enfin françaises. Après cela, Baudouin a eu l'outrecuidance de prétendre que mon frère n'était pas généreux ! Ce triste sire avait oublié que mon frère est un saint, pas un banquier : un saint, ça ne prête qu'aux pauvres !

– Votre peu d'estime pour l'ex-empereur est peut-être justifiée, mais vous faites erreur sur sa prétendue fortune. Avant même qu'il ne quitte Byzance, il avait été dépossédé par le clergé catholique. Les prélats, prudents, avaient fui en emportant ce qui restait du Trésor de l'Empire au prétexte d'empêcher qu'il ne tombe aux mains des orthodoxes. La plus grande part de ce Trésor était partie depuis longtemps à Venise. Depuis, on a perdu la trace de ces joyaux. Ce forfait donne à ce pauvre Baudouin, je le reconnais, une image de débile qui a été berné. Et le fait d'oser laisser son fils en gage d'un prêt de Capello, cet ignoble banquier de Venise, ne rehausse pas son image. Malgré tout, faire la conquête de Byzance sans rétablir Baudouin sur son trône vous attirera les foudres de tous les princes de la Chrétienté. À commencer par le roi de France, justement. Votre frère est très respectueux du droit des souverains dont il a toujours défendu le caractère inaliénable. Vous vous souvenez sûrement qu'il n'avait pas du tout apprécié la décision du pape de déposer mon père dont la légitimité d'empereur ne pouvait, à ses yeux, être discutée – même par le pape.

– Bof ! Louis répétait ce que lui disaient ses légistes qui avaient inventé ce principe bien utile pour gouverner tranquille : « On est roi par la volonté de Dieu ; même le pape ne peut aller contre la volonté divine. » De plus, c'était à l'époque d'Innocent IV qu'il détestait pour, disait-il, « son manque de foi ». Au demeurant, les légistes ont bien raison : pas d'ingérence du pape dans les affaires des royaumes. Mais quand on peut le choisir et éviter les aléas d'une élection, c'est encore mieux… Ça facilite bien les choses. Mais, revenons à Byzance… Ma foi, vous avez sans doute raison, il ne faut pas brusquer Baudouin. C'est vrai, mon frère se mettrait en travers. Vous avez encore et toujours raison ! Vous êtes mon meilleur conseiller. Je rends tous les jours grâce au Ciel de vous avoir placée sur mon chemin. Avoir pour premier conseiller une si jolie femme, c'est bien la preuve que Dieu m'aime plus que tous les autres souverains. Quelle chance par rapport à ce pauvre Louis condamné à vivre avec la jalousie maladive de sa Marguerite, au milieu de ses sinistres légistes, ses moines et ses évêques ! Moi, c'est un ange que Dieu m'a envoyé pour m'insuffler, en toutes circonstances, la sagesse la plus parfaite.

– Beau sire, ne vous moquez pas !

– Juste un peu… Bon ! Je vous accorde qu'il vaudra mieux laisser à Baudouin son titre d'empereur d'Orient. Seulement le titre, pas le pouvoir. Il s'en contentera comme tous les vaniteux qui, faute de vrais sujets de gloire, s'accommodent volontiers de titres sans substance et de décorations qu'ils sont les seuls à croire méritées. Il faut que j'en discute avec lui. Il est actuellement à Viterbe. Il traîne sa suffisance et son ennui à la cour du pape. J'en profiterai pour aller faire une révérence à ce brave Guy Foucois… Clément, pardon… qui laisse entendre que « son fils bien-aimé » le néglige et se soustrait à la volonté de son suzerain. Il sera sûrement heureux d'apprendre que je veux conquérir l'empire byzantin. Il meurt de peur à l'idée que mon ambition pourrait me porter vers le Saint Empire et que je pourrais avoir la funeste idée de reprendre le grand dessein de votre père : faire l'unité de l'Italie et réduire les États de l'Église à leur plus simple expression. Je pourrai le rassurer à peu de frais. Enfin, j'espère… De toute manière, Byzance d'abord ! Mais… pourquoi souriez-vous ? Vous pensez peut-être que je suis un incorrigible exalté, n'est-ce pas ? Ou bien… un doux rêveur ?

– Mon cher Sire… ni exalté, ni doux rêveur. Je souris parce que je suis heureuse. Heureuse de voir que vous êtes le digne successeur de mon père et de mon frère. Vous n'aurez pas mis longtemps à en revendiquer l'héritage et les ambitions ! Heureuse de constater que Dieu a donné à mon pays non seulement un maître juste et magnanime qui saura donner à son peuple le bonheur qu'il mérite mais un guide avisé qui fera rayonner la gloire du royaume de Sicile.

Je me félicite tous les jours de n'avoir pas suivi les conseils de ceux qui me poussaient à fuir. Pour eux, rester était une traîtrise ; pour moi, m'éloigner de notre peuple était une lâcheté. J'apprécie de pouvoir partager avec vous ces précieux instants d'une inexplicable complicité. Je peux lire dans les regards l'immense reproche de tous ceux qui ne comprennent pas comment une Hohenstaufen, fille du grand Frédéric, peut se complaire dans les bras du barbare français qui a provoqué la mort de son frère chéri.

Moi non plus, je ne comprends pas… mais je me sens heureuse auprès de vous.

Un peu d'histoire

Rien, dans ce chapitre, ne me semble trahir l'histoire.

Certes, parmi les quelques historiens qui se sont intéressés à Charles d'Anjou, beaucoup lui ont donné une image de bigot austère et rigoriste. Il est difficile d'adhérer à ce portrait. Assurément, il n'appréciait pas les troubadours ; il trouvait sans doute insolents ces « chansonniers » de l'époque. Mais il aimait les fêtes… et les femmes. Si l'histoire ne lui connaît pas de maîtresse, c'est que ses incartades, probables compte tenu de sa personnalité, avaient été classées « secret-défense ». Contrairement à son frère Louis, Charles pensait probablement comme beaucoup de ceux qui règnent que, si la religion est indispensable aux peuples, elle ne l'est pas aux princes qui sont donc en droit de s'exonérer de ses commandements.

Je pense que l'image d'un souverain austère et froid procède d'une assimilation abusive de son caractère à celui de son frère Louis et d'une supposée soumission aveugle aux volontés du pape, soumission qui résiste difficilement à l'examen des faits.

Un exemple, parmi d'autres, montre bien l'indépendance, pour ne pas dire plus, de Charles d'Anjou vis-à-vis des sacro-saintes règles de l'Église et des injonctions de la papauté : il a accepté, comme il a été dit, l'usage de la dissection des cadavres, pratique formellement interdite par le Saint-Siège mais qui a sûrement contribué à la grande réputation de l'École de Salerne.

La nécessité politique de l'affichage d'une dévotion filiale et le style révérencieux des lettres adressées au pape ne doivent pas, me semble-t-il, faire illusion. Charles, en principe vassal du pape, n'en faisait pourtant qu'à sa tête. Clément IV n'avait pas les moyens d'user des foudres pontificales et était bien obligé de ronger son frein. Mais à l'évidence, il ne devait guère apprécier le refus de Charles de céder à la volonté du Saint-Siège d'exercer un droit de nomination aux bénéfices ecclésiastiques. Encore moins les décisions du roi de Sicile de soumettre le clergé à la justice générale ou, pire, l'appropriation sans vergogne des biens d'Église.

Par ailleurs, je laisse Charles penser que les œuvres des philosophes grecs nous ont été transmises par les Arabes. C'est encore ce que l'on affirme souvent. Il est vrai que les intellectuels du royaume de Cordoue connaissaient, comme Averroès, mieux les auteurs grecs que les universitaires occidentaux. Mais certainement pas, comme on le disait, parce qu'ils avaient puisé dans la bibliothèque d'Alexandrie. Certes, la fameuse bibliothèque possédait toutes les œuvres des grands auteurs de l'antiquité. Mais les livres avaient brûlé, bien avant la conquête de l'Égypte par les Arabes, « grâce » au bon évêque d'Alexandrie, Théophilus qui avait jugé opportun de soustraire à l'éventuelle curiosité de ses ouailles toutes ces œuvres affreusement impies.

Cela ne signifie pas que le fanatisme était une spécialité chrétienne, car les Arabes, à défaut d'avoir pu brûler la bibliothèque d'Alexandrie, s'étaient acharnés sur celle de Bagdad pour les mêmes raisons : « Brûle tous ces livres : s'ils contiennent des tromperies, nous en serons débarrassés ; s'ils pouvaient nous guider vers la vérité, ils ne nous seraient pas très utiles car nous tenons de Dieu le Coran qui nous y guide encore mieux. »

En fait les philosophes grecs nous sont connus, tout simplement… par les Grecs. Personne, à Byzance, n'avait brûlé leurs œuvres. La Sicile, en particulier, ancienne et riche colonie de l'empire byzantin, était un important gisement de manuscrits datant de la Grèce antique. L'immense richesse des bibliothèques des maîtres de la Sicile n'a donc rien de surprenant. Elles furent, depuis les Normands, des sources très fécondes dans la transmission vers l'Europe de la connaissance des philosophes et scientifiques grecs.

8 - BIENTÔT BYZANCE

Charles avait quitté Orvieto au petit matin. La veille, il avait été reçu en grande pompe par l'évêque et le podestat de la ville, selon un cérémonial qu'il jugea assez digne de son rang.

Il avait entrepris ce voyage pour bien montrer au monde entier qu'il était non seulement roi de Naples et de Sicile mais maître incontesté de l'Italie. Et, accessoirement, faire savoir que sa position de vassal du pape était toute théorique.

Ce périple dont le moment fort avait été l'accueil délirant du peuple de Florence, avait été triomphal. Les chevauchées de ville en ville, le tumulte des foules en liesse, les lourds festins, les chants interminables de troubadours imbus de leur talent et les sermons fastidieux des trop longues messes consacrées à sa gloire auraient eu raison d'une constitution moins robuste. Fort heureusement, Charles avait une résistance telle que rien n'aurait pu l'empêcher de savourer pleinement son plaisir d'être comparé à Charlemagne et honoré comme un nouvel Auguste par tous ces Italiens qui s'étaient donnés à lui.

Le soleil était déjà chaud, en cette belle matinée de mai 1267. Charles, cheveux au vent, la tête remplie de souvenirs fastueux et de mémorables soumissions, chevauchait dans la belle campagne d'Ombrie en direction de Viterbe, résidence officielle du pape. Son escorte paraissait imposante, mais l'effet produit était dû plus à la qualité des palefrois, la majesté des barons et la magnificence de leur tenue qu'au nombre de cavaliers. Respecté et redouté dans toute l'Italie depuis sa mémorable victoire de Bénévent, il n'avait pas besoin de protection : le cortège comportait moins de cinquante personnes. Façon de montrer, à ceux qui auraient pu en douter, que le roi de Sicile ne craignait rien ni personne. De toute manière, Charles n'aimait pas le luxe ostentatoire et il n'était pas dans son style de se déplacer comme le faisait Frédéric II, avec toute sa cour – et encore moins avec trône, harem et ménagerie. Son admiration sincère pour l'ex-empereur n'allait pas jusqu'à apprécier ces fantaisies orientales qu'il trouvait, pour tout dire, d'assez mauvais goût.

Tandis qu'il allait bon train, dans le fracas des sabots et le claquement des lourds étendards richement brodés, ses pensées le portaient constamment vers sa très prochaine entrevue avec le pape.

D'un côté, Charles se réjouissait à l'idée de revoir son vieux complice. De l'autre, il entrevoyait de pénibles discussions : les multiples dissensions et irritations mutuelles avaient passablement altéré leur longue amitié et laissé quelques cicatrices.

Évidemment, Charles et Clément se devaient, par intérêt bien compris, de rester très liés – au moins en apparence.

Certes, au-delà de la nécessité d'une alliance ostensiblement affichée, il existait entre les deux hommes une estime intellectuelle réciproque, encore bien vivace, qui ne devait rien à la politique. Pourtant, conséquence d'une élection qu'il savait ne rien devoir à Dieu ou tout simplement poids du souvenir des turpitudes communes, Charles n'avait jamais pu se résoudre à vénérer le pape comme « Sa Sainteté » aurait souhaité qu'il le fît. Mais il était bien obligé de tenir compte des capacités de nuisance d'un pontife. Que la tiare fût achetée ou non, elle restait la tiare et, en cette fin du XIIIe siècle, elle conférait à celui qui la portait un pouvoir dont il était difficile de s'affranchir avec désinvolture. Charles s'efforçait de ne pas l'oublier.

Clément, de son côté, se plaignait que Charles avait bien changé depuis l'époque où ils s'étaient connus au palais de la Cité. Le jeune chevalier fraîchement adoubé et habité d'un immense respect pour les proches conseillers de son frère était devenu un redoutable guerrier doublé d'un politique d'une surprenante efficacité. Ces qualités étaient, a priori, bienvenues chez le défenseur que la papauté avait voulu se donner mais le gentil prince était devenu aussi – d'après Clément, qui ne cessait de s'en lamenter – un souverain sans scrupules, guidé par son seul intérêt et bien décidé à ne tenir aucun compte des liens d'amitié ou d'élémentaire gratitude. Le pape ne pouvait s'offrir le luxe d'une opposition frontale. Il avait admis qu'il devait, encore et toujours, composer avec la puissance du roi de Sicile puisque Charles semblait décidé à ignorer qu'il était, très officiellement, son vassal. Ni plus ni moins, en fait, que ses prédécesseurs. Il lui fallait donc, hélas, vivre avec cette douloureuse incertitude quant aux intentions de « son très cher fils » : protecteur jusqu'à quand ou oppresseur dans combien de temps ?

L'inquiétude du Saint-Père était d'autant plus fondée que Charles, même s'il ne s'opposait jamais frontalement à la papauté, poursuivait à grandes enjambées une politique qui ressemblait étrangement à celle menées par les « sataniques » Hohenstaufen.

En effet, aussitôt son pouvoir assuré sur l'Italie du Sud, Charles avait jeté, contrairement au contrat passé avec la papauté, un regard gourmand sur l'ensemble de la péninsule. Il avait vite fait comprendre à ceux qui n'avaient pas la chance de l'avoir pour roi qu'ils pouvaient néanmoins avoir l'immense privilège de l'avoir pour seigneur. Par l'intermédiaire, parfois musclé, de son fidèle et très pieux Guillaume l'Estendard de Beynes, dont les fonctions de sénéchal de Provence avaient été étendues au Piémont et au Milanais, Charles était devenu le maître de fait de l'Italie du Nord. Par ailleurs, il n'avait pu résister à l'appel pressant de Florence et des villes de Toscane. Ces fières cités avaient fini par admettre que leur volonté de liberté était un concept devenu un tantinet désuet et destiné à dépérir dans les convulsions de la politique italienne. Elles avaient donc décidé de choisir Charles pour podestat. Quelques sages florentins avaient avancé l'idée que l'ambition du nouveau roi de Sicile et sa notoire avidité pouvaient constituer un danger pour l'indépendance de leur cité, mais leurs réserves furent vite balayées par une majorité bien décidée, quitte à s'offrir un maître, à le choisir riche et puissant – selon l'éternel penchant des Italiens.

Ainsi, le patrimoine de saint Pierre était tristement revenu à son état de verrue au milieu de terres qui étaient sous le pouvoir d'un ambitieux forcené. Clément en avait bien conscience mais, Dieu merci, Charles ne montrait aucune inclination visible vers la tentation du péché suprême : faire disparaître la verrue. C'était déjà, jusqu'à preuve du contraire, un progrès appréciable par rapport à l'attitude de la « race de vipères ».

Un élément nouveau, comme disent les juristes, aurait pourtant pu convaincre Charles de céder à cette obsession de supprimer les États pontificaux qui avait habité ses prédécesseurs. En effet, un éminent professeur de l'université de Naples, que lui avait présenté Fiordalisa, avait soutenu, avec force démonstrations convaincantes, que la fameuse *Donation de Constantin*, ce « titre de propriété » qui avait légitimé le pouvoir temporel du pape sur Rome et les États de l'Église, n'était qu'un faux grossier : il avait été « fabriqué » quatre siècles après le supposé legs de l'empereur romain au gentil pape Sylvestre. Les papes n'étaient donc que de vils squatteurs et leur souveraineté sur les prétendus États de l'Église n'avait aucune raison d'être. Pour un Capétien comme Charles, très épris des valeurs juridiques, cette information était une aubaine inespérée.

Au demeurant, son amour du droit ne suffisait pas à aveugler son sens politique. Il fallait évidemment compter avec la puissance militaire de la France : Louis et ses conseillers n'auraient jamais permis la mainmise de Charles sur les États de l'Église – même à la faveur d'un vide juridique. De toute manière, la richesse du *patrimonium Petri*, privée des bénéfices ecclésiastiques, des dons des veuves éplorées et de la toison des hérétiques, aurait périclité rapidement. Rome n'était que ruines et racaille et, malgré la qualité de leur production, les belles vignes que les papes avaient fait planter autour de leurs résidences favorites – à Frascati, Viterbe ou Orvieto – produisaient un excellent blanc mais ne méritaient pas pour autant une invasion. Assurément, la conquête de Byzance serait autrement plus lucrative.

Il n'avait cependant pas échappé à Charles que cette étonnante information pouvait devenir un outil fort intéressant pour faire pression sur Clément si celui-ci devenait un obstacle réel à ses ambitions. À l'inverse, tant que le pape affichait son soutien, même du bout des lèvres, pourquoi se priver d'utiliser le pouvoir de la tiare aussi longtemps qu'il pouvait contrôler son « très cher père ».

Fort de ces réflexions stratégiques et patrimoniales, Charles s'était lancé dans une grande explication destinée à démontrer à l'éminent professeur qu'il se fourvoyait : cette idée que la *Donation de Constantin* pouvait être un faux n'était qu'une théorie fumeuse et absurde. Il ajouta que l'université de Naples était priée de considérer désormais cette hypothèse comme nulle et non advenue. Le ton n'invitait pas à la contestation, d'autant plus que cette noble institution chargée de former les fonctionnaires du royaume n'avait jamais prétendu à l'indépendance de pensée revendiquée, avec plus ou moins de bonheur, par les universités « classiques ».

Le juriste, très imbu de son savoir, ne fut pas du tout convaincu par les arguments de Charles. L'Angevin mettait en avant sa connaissance de la vie de ses illustres ancêtres, ou prétendus tels, Pépin et Charlemagne, qui avaient, en toute équité et connaissance de cause, rendu au pape les territoires « volés » par les méchants envahisseurs lombards. Cette discussion conforta le professeur dans son opinion que les princes français étaient grossièrement incultes pour ne pas se soumettre à l'évidence de la raison et au verdict de l'expertise.

Charles, qui avait vite compris qu'il ne pourrait pas utiliser cette précieuse information si elle devenait connue de tous, put constater que les spécialistes du droit romain ne comprenaient décidemment rien aux finesses politiques.

Barral des Beaux sortit Charles de ses pensées en lui montrant les puissants remparts de Viterbe qui se dressaient dans le lointain. Le soleil couchant avivait l'ocre rouge des belles pierres volcaniques qui protégeaient la nouvelle cité des papes d'une éventuelle convoitise. Ces murs avaient d'ailleurs déjà fait la preuve de leur efficacité en résistant parfaitement, quelques années auparavant, à la vindicte du méchant Frédéric de Hohenstaufen.

Charles et son escorte franchirent au galop les murs de la ville par la *Porta Maggiore* dont les lourds ventaux étaient grand ouverts, ce qui montrait bien que le pape avait été prévenu de son imminente arrivée. Une foule clairsemée lâcha sans conviction quelques acclamations poussives. On était bien loin de l'accueil enthousiaste que des Italiens normalement constitués réservent, en toutes circonstances, à une personnalité d'élite. Charles vit aussitôt, et à juste titre, la main de la Curie derrière cette froideur polie, manifestement préméditée. Il prit le parti d'en rire. Il confia à Guillaume l'Estendard qui était venu l'aider à descendre de sa monture :

– Nous sommes accueillis comme des manants. Pas le moindre petit cardinal pour nous accueillir à l'entrée de la ville ! Les rues désertes ! Pas d'enfants pour agiter, selon la coutume italienne, leurs rameaux bénis ! Ce pape qui me doit son élection, ce pape que j'ai sauvé des griffes des Hohenstaufen serait-il le seul en Italie à ne pas me recevoir selon mon rang ? Ce brave Guy s'imagine qu'il se grandit en voulant, comme il le croit, nous rabaisser par cette stupide mise en scène !

Guillaume n'aimait pas la répugnance de Charles à appeler le pape par le nom qu'il s'était choisi. Il voyait dans l'attitude de Charles envers Clément une sorte de déni de sainteté, ce qui l'affligeait grandement.

Il voulut répondre mais Charles était déjà loin, escaladant quatre à quatre l'escalier monumental qui menait au palais des papes. Malgré la fatigue d'une longue chevauchée, cette montée à grandes enjambées n'était pas difficile car les marches étaient étonnamment basses : l'architecte, avisé, avait dû tenir compte de l'âge généralement très avancé des souverains pontifes au moment de leur élection.

On entrait dans le palais par une belle loggia construite dans le style nouveau[32]. Près de la grande porte , se tenait Simon de Brie, cardinal de Sainte-Cécile et ancien garde des sceaux de Louis de France. Il se répandit en protestations d'amitié envers Charles, bien sûr, mais aussi envers Guillaume l'Estendard qui avait toujours mis son épée au service de la foi. Il marqua moins d'enthousiasme pour Raoul Grosparni, ancien collègue à la cour du roi de France et nouvel évêque de Palerme, dont les méthodes pour mettre le clergé du royaume de Sicile et ses richesses à la botte de l'Angevin ne plaisaient pas du tout à la Curie. Il salua chaleureusement les seigneurs italiens qui avaient choisi le parti du pape et de la France – les San Severino, Caraccioli, Acquaviva et autres Chiaramonti. Il manifesta plus de froideur à l'égard des redoutables seigneurs de Montfort, ces brigands qui avaient pillé avec un excessif entrain quelques terres d'Église après la victoire de Bénévent, et ignora ostensiblement Barral des Baux dont il connaissait trop bien l'anticléricalisme primaire.

Simon de Brie fit savoir à Charles que Clément ne tarderait pas à le recevoir. Avisant la porte gardée par deux chevaliers vêtus de rouge et de blanc, couleurs des armoiries du pape, Charles s'y précipita en lâchant un cinglant :

---

[32] C'est-à-dire de style gothique, d'inspiration française. Clément avait sans doute voulu ajouter sa marque au palais papal – achevé peu de temps avant son élection et de style roman.

– Un roi, fils et frère de roi, ne daigne attendre !

Bousculant sans ménagement les deux gardes et les huissiers pontificaux, il fit irruption dans la grande salle du palais, sous l'œil éberlué de Clément, des cardinaux, des chapelains, des acolytes et des familiers de la cour papale, grands seigneurs, artistes réputés ou savants émérites. Comble d'insolence, Charles s'arrêta net devant l'estrade du souverain pontife, toisant son vieil ami en arborant un sourire dont on ne savait s'il était chaleureux ou narquois, sans amorcer le moindre début d'un geste de soumission.

La sainte assemblée fut aussitôt persuadée qu'elle allait assister à un affrontement dramatique, éruption soudaine d'une lutte de pouvoir trop longtemps contenue. Il paraissait manifeste qu'une nouvelle race de vipères venait d'éclore. Les conséquences épouvantables de ce crime de lèse-papauté apparurent aussitôt à l'ensemble de la Curie : finie la douceur de la cour opulente et raffinée de Viterbe ! Cette inquiétude générale se lisait parfaitement dans le tremblement des chapelets et dans les regards affolés qui suppliaient le Ciel.

Le palais papal était un peu trop récent pour avoir déjà bénéficié d'un miracle indiscutable, mais – pour la tranquillité de la Curie, de l'Italie ou des deux à la fois – Dieu décida d'en accorder un, ce jour-là. Le Ciel était probablement insensible à ces querelles de primauté de pouvoir entre pape et roi, mais il semble néanmoins vraisemblable que le Très-Haut ait rappelé à Charles qu'il n'avait rien à gagner à ce vain combat de préséance. Le message fut entendu. Tout soudainement, Charles procéda à une génuflexion que personne n'attendait plus. Il prononça la formule rituelle :

– Seigneur, bénis-moi.

C'était une entrée en matière convenue et minimaliste mais la foule, qui s'attendait au pire, exhala un grand soupir de soulagement, chacun manifestant par de frénétiques signes de croix sa belle certitude d'avoir effectivement assisté à un miracle.

Clément, en bon spécialiste de la religion, admit qu'il ne fallait pas espérer un deuxième miracle si peu de temps après le premier : il décida d'emblée de ne pas attendre que le roi de Sicile veuille bien, selon l'usage, venir lui baiser les pieds. En dépit d'une excessive corpulence, il s'extirpa précipitamment de son trône de porphyre, vague copie de celui des empereurs d'Orient, descendit les quelques marches qui y menaient avec une étonnante vivacité malgré ses rhumatismes chroniques et releva Charles en lui accordant une très paternelle bénédiction. Honneur suprême, le Saint-Père le reçut au baiser de la bouche.

Il y eut de grandes accolades, de vives protestations d'amitié, de belles paroles d'éternelle reconnaissance – avec force échanges de « Mon très saint père » et de « Mon très cher fils ».

Ce fut très émouvant. Tous les heureux témoins de cette scène attendrissante n'allaient pas manquer de faire savoir au monde entier l'indéfectible alliance du souverain pontife et du roi de Sicile et leur parfaite entente, conditions de la pérennité d'un climat serein enfin retrouvé.

Charles fit remettre au pape une vingtaine de manuscrits appartenant à la bibliothèque de feu l'empereur Frédéric et que Fiordalisa lui avait signalés comme très précieux. Elle avait pensé que Clément, très fier d'avoir fait de Viterbe un des grands centres intellectuels de l'Occident, apprécierait ces livres rares qui exposaient les réflexions et théories des Aristote,

Archimède ou Ératosthène. Clément remercia poliment, mais avec assez peu d'enthousiasme car il ne savait pas lire le grec. Évidemment, il parlait très bien latin et, amateur de jeux de mots, il ne put s'empêcher de dire à voix basse à son voisin le cardinal Fieschi qu'il eût préféré des *libras* à des *libros*. Il savait parfaitement que ses banquiers auraient préféré, eux aussi, des lingots d'argent à des livres. Il faut dire que les banquiers, à cette époque, étaient terriblement avides.

Clément était un brillant intellectuel mais il était surtout le plus rigoriste des papes de ce siècle. Grand pourfendeur de l'hérésie sous toutes ses formes, il donna aussi rapidement que discrètement l'ordre d'enfouir dans une cave secrète du palais ces œuvres dangereuses et condamnées, à juste titre, par l'Église.

Clément proposa à « son bien-aimé Charles » de remettre au lendemain les discussions importantes, c'est-à-dire celles qui abordent des sujets suffisamment lourds pour gagner à se tenir sans témoins. Charles acquiesça d'autant plus volontiers qu'il se voyait mal, malgré sa volonté de continuer à jouer au gentil vassal, discuter avec Guy Foucois assis sur son immense trône et lui sur un siège dont la modestie n'était évidemment pas fortuite.

Ils passèrent côte à côte dans la grande salle adjacente où devait se tenir le grand banquet destiné à sceller pour l'éternité la belle amitié entre la Curie et la cour de Naples. Charles continua à jouer le bon fils et le vassal respectueux : il ne s'offusqua pas de ne pas être à la table qui était à la droite de celle du pape – celle des cardinaux-évêques – mais seulement à celle qui était à sa gauche, coincé entre les deux premiers cardinaux-diacres. Encore heureux qu'il n'ait pas été placé à la grande table de face où se serraient les grands seigneurs laïcs et les petits prélats ! Il alla jusqu'à honorer la coutume qui voulait que l'invité d'honneur, pour marquer sa déférence, se lève pour trancher la viande du pape avec le tailloir d'or réservé à cet usage.

Ce fut un festin d'une rare magnificence tant par la délicatesse des mets et des vins que par la somptuosité de la vaisselle d'or. Clément l'avait enfin récupérée auprès des banquiers du Saint-Siège qui la tenaient en gage – en particulier ces curieux instruments venus de Byzance qu'on appelait fourchettes et dont les Français avaient, contrairement aux Italiens, encore un peu de mal à maîtriser le difficile usage.

Après de copieuses libations entrecoupées de grandes protestations d'amitié mêlées de moultes bénédictions, le dîner s'acheva enfin, à la grande satisfaction de Charles, de nature plutôt frugale et passablement fatigué, malgré sa résistance légendaire, par sa longue chevauchée depuis Orvieto. L'excuse d'une légitime fatigue permit à Charles de couper court aux jérémiades de Baudouin, déjà persuadé que, grâce au puissant Capétien, son retour sur le trône de Byzance était imminent. Mais Charles pressentait que Clément ne serait guère favorable à son projet. Il importait donc de s'assurer d'un accord du pape avant de négocier avec l'ex-empereur latin d'Orient. Au demeurant, il n'y avait pas matière à s'inquiéter : il avait toutes les cartes en main.

Le roi de Naples et de Sicile sombra vite dans un sommeil profond, l'esprit encore tout illuminé d'une image resplendissante : aujourd'hui maître de l'Italie, demain empereur d'Orient.

Un peu d'histoire

Toutes les scènes de ce chapitre sont imaginaires mais reposent sur la mise en perspective de faits avérés :

– L'histoire de la *Donation de Constantin.*

Ce faux était très grossier puisque, supposé écrit par l'empereur Constantin au IVe siècle, il était, en fait, rédigé en latin du VIIIe siècle ! Il avait été produit pour justifier la mainmise du pape sur les terres dites « de l'Église ». Selon cette prétendue donation, Constantin avait, au moment de fonder Constantinople, abandonné au pape Sylvestre non seulement Rome mais le gouvernement de l'Occident. Il est dommage que cette géniale supercherie n'ait pas la place qu'elle mérite dans les livres d'histoire de nos écoles – les laïques au moins – compte tenu du caractère stupéfiant de cette immense escroquerie. Je suppose qu'il est malvenu de montrer que l'Église peut, elle aussi, faire preuve d'une immoralité politique aussi manifeste. Mais cette basse supercherie a permis aux papes d'avoir, pendant onze siècles, non seulement des brebis mais des « sujets ». Il est toujours instructif de souligner – n'est-ce pas le premier rôle de l'enseignement de l'histoire ? – les constantes de la nature humaine. En l'occurrence, montrer que l'Église – celle-là ou d'autres – est, comme toute institution, soumise aux mêmes pesanteurs politiques : un peu de pouvoir corrompt un peu ; beaucoup de pouvoir corrompt beaucoup. Comme le disait, au début du XXe siècle, un évêque français : « La religion, c'est comme boire du bon vin dans un verre ébréché ; le bon vin, c'est la foi ; le verre ébréché, c'est le clergé. »

À propos de Constantin, il paraît qu'il avait vu apparaître une croix dans le ciel la veille d'une bataille décisive (« il paraît » car il fut le seul à la voir parmi son millier de soldats, mais ne chicanons pas : il arrive souvent que des OVNI n'aient qu'un seul témoin). Ce n'était pas une banale apparition parce que Dieu, pour être sûr que Constantin comprenne bien le message, avait écrit dans le ciel, en latin bien sûr: « Par ce signe, tu vaincras ». Sa victoire, le lendemain, le décida à devenir chrétien. Pas d'une manière précipitée, au demeurant, puisqu'il attendit de très longues années, malgré la stupéfiante évidence du miracle, pour se faire baptiser. Dieu merci, depuis lors, de nombreux généraux – païens ou chrétiens – ont réussi à gagner des batailles, et même osé les engager sans le signe salvateur. En fait le miracle – le plus grand de toute l'histoire de la Chrétienté – est ailleurs : Constantin mit fin à la persécution des chrétiens et son successeur, Théodose, décréta dans la foulée que la religion des persécutés deviendrait religion d'État. D'un coup – magistral, il est vrai – tout l'Empire romain devenait chrétien ! Fini, les catacombes ; fini les martyrs ! Les martyrs chrétiens, du moins, car ce fut au tour des païens d'être persécutés. On peut penser que les lions ne virent pas grande différence. En fait si : pour quelques chrétiens (moins de dix pour cent de la population de l'Empire), les lions constituaient un moyen d'extermination assez efficace. Mais avec les païens, en trop grand nombre, il fallut appliquer des méthodes plus expéditives. Les égorger, par exemple, comme ce fut le cas des sept mille hommes, femmes et enfants qui perdirent ainsi la vie dans le stade de Salonique. Ils avaient été assez stupides pour préférer, envers et contre tout, Zeus à Jésus. Détail de l'histoire, probablement, puisqu'on n'en parle jamais.

Cet immense miracle de la christianisation de l'Empire romain méritait évidemment qu'on sanctifie Constantin malgré une vie d'une moralité très discutable (il avait, entre autres, poussé son beau-père au suicide, fait ébouillanter sa femme dans sa baignoire et assassiner son fils, puis son neveu). Les voies du Seigneur sont impénétrables mais la politique sait parfaitement les utiliser.

– Les manuscrits en grec d'Aristote, d'Archimède et d'Ératosthène.

Ces manuscrits offerts par Charles ne restèrent pas longtemps enfouis dans la cave. Un proche de Clément IV qui parlait le grec pour avoir été évêque de Corinthe, le dominicain Guillaume de Moerbeke, fit la première traduction directe, du grec au latin, de ces manuscrits. Ce fait est important car, jusque-là, on ne connaissait ces œuvres qu'à travers des traductions intermédiaires – en arabe, le plus souvent, en hébreu parfois – ce qui avait engendré beaucoup d'erreurs d'interprétation.

– Enfin, une petite précision.

On utilisait bien des fourchettes en Italie à la fin du XIIIe siècle ; il faudra attendre plus d'un siècle pour que la noblesse française utilise ces instruments que les Grecs avaient inventés. Doit-on en déduire que les technologies nouvelles se propageaient alors très lentement ou bien que les Français préféraient manger avec les doigts, comme il semble que ce fut le cas, beaucoup plus tard encore, pour Louis XIV ? Il est vrai que les Français, avaient alors la réputation d'être sales. Dieu merci, ce n'est plus le cas aujourd'hui – sauf selon l'opinion des Suisses, bien sûr.

9 - UN BIEN VILAIN CHANTAGE

Le lendemain, la journée commença, comme il se devait, par une grand-messe dans la cathédrale San Lorenzo dont l'ornementation tapageuse était censée glorifier l'inégalable puissance de la papauté. La profusion des ors gâchait quelque peu la pureté romane de l'édifice mais c'était le prix à payer pour montrer au monde que le pape était riche, preuve éclatante de l'amour que Dieu lui portait[33].

Clément laissa l'évêque de Viterbe célébrer la messe. Il y voyait deux avantages : il gardait toutes ses forces pour le face à face avec Charles qu'il prévoyait rugueux et, surtout, il espérait marquer un avantage psychologique en réitérant la bonne vieille recette utilisée depuis la nuit des temps par ceux qui sont dans la triste nécessité d'affirmer leur pouvoir : le roi de Sicile siègerait à sa droite, certes, mais sur un trône nettement plus modeste que le sien.

La messe fut très belle et les chants si gracieux qu'ils semblaient émaner d'anges – qui chantent fort bien, comme chacun sait. Charles avait été initié par Fiordalisa aux finesses de la musique italienne et il appréciait le talent des chanteurs de la péninsule. Il

[33] Cette idée est un peu passée de mode mais, au XIIIe siècle, il paraissait manifeste que, si Dieu vous prodiguait des richesses, c'était parce que vous bénéficiiez de son amour. Ce principe de bon sens a été trop longtemps oublié.

sortit de la cathédrale avec le sourire réjoui du novice comblé. Clément était un grand mélomane mais, ce jour-là, la musique ne lui procura aucun plaisir. La beauté de la ligne mélodique et la pureté des voix ne purent chasser son irritation née de l'affront implicite que Charles lui avait infligé en refusant obstinément de s'asseoir sur le petit trône. Pire, Charles avait fait quelques pas en avant pour se placer ostensiblement près de l'autel. Sa haute stature était immédiatement devenue la cible de tous les regards, la convergence de toutes les curiosités – comme il advient toujours à celui qui tient le premier rôle.

En prélat d'expérience, Clément savait masquer sa colère mais il comprit rapidement qu'il ne pouvait valablement discuter dans l'état de frustration où il se trouvait.

Pour gagner du temps, il présenta à Charles la longue cohorte des membres obscurs de la Curie qui n'avaient pas encore eu l'honneur de pouvoir saluer le roi de Sicile et quelques érudits qui contribuaient à la renommée intellectuelle de la cour papale. Charles échangea quelques mots polis avec Roger Bacon, dont le traité de physique faisait autorité[34] ; avec Witelo, l'inventeur des lois de la perspective ; avec Campano de Novare, célèbre pour sa théorie des planètes. Mais ces savants dont Clément était très fier, n'avaient aucun intérêt pour Charles : ils étaient tous nuls en géographie !

---

[34] Il n'avait pas encore été condamné par l'évêque de Paris pour avoir scandaleusement soutenu qu'il n'y avait que deux moyens, et deux moyens seulement, de « connaître » : le raisonnement et l'expérience. Franciscain, il aurait dû admettre, conformément à l'opinion générale, qu'il n'y en avait qu'un seul : la Bible.

Clément avait retrouvé son calme. Il proposa à Charles de lui montrer la collection de reliques du Saint-Siège dont l'exceptionnelle richesse attestait la suprématie du pape, bon moyen de reprendre l'ascendant. Mais la foi de Charles avait quelques failles : contrairement à son saint frère, il n'avait pas de fascination particulière pour les reliques. Certes, Clément pouvait comprendre son peu de vénération pour la trop grande multitude d'ossements – crânes, tibias, omoplates ou rotules – malgré le prestige de leur propriétaire : saint Pierre, saint Paul, saint Jean-Baptiste, Gérôme ou Tiburce... Il admettait aussi qu'on puisse avoir quelques doutes sur la véritable origine de grosses pierres qui étaient censées avoir servi de siège au Christ ou à la Vierge Marie. Il concédait volontiers qu'un prince français n'avait pas de raison d'être impressionné par le morceau de la Croix et la couronne d'épines qui ressemblaient étrangement aux pièces achetées par son frère – d'autant plus que la couronne, très abîmée, avait très peu d'épines. Mais il fut très déçu de constater le peu d'émotion de Charles à la vue de quelques pièces exceptionnelles que les collectionneurs avertis auraient été prêts à payer des fortunes : les sandales du Christ, les langes qui l'enveloppaient à sa naissance dans la crèche de Bethléem, son portrait peint par l'évangéliste Luc, miraculeusement conservé depuis plus de mille deux cents ans, un pain et treize lentilles qui avaient échappé à l'appétit des apôtres lors de la sainte Cène. Et, surtout, la verge d'Abraham[35], que les Juifs n'avaient pas cru bon de conserver.

Charles suggéra d'en venir enfin à la véritable raison de sa visite à Viterbe : la politique, pas la religion.

---

35 Sa canne, bien sûr !

Clément proposa à Charles de discuter dans l'eau chaude, bénite et lénifiante, du bain *Scoppio* qui avait l'immense pouvoir de soulager ses douleurs rhumatismales et d'atténuer les pénibles irritations de l'esprit, à défaut de guérir l'urticaire qu'elles engendraient.

Les deux amis de trente ans évoquèrent d'abord leur rencontre, il y avait bien longtemps au palais de la Cité. En bons diplomates, ils savaient l'un et l'autre qu'il ne faut jamais attaquer une discussion délicate sans échanger au préalable quelques futilités propres à détendre l'atmosphère.

– Mon cher Guy…

– Clément, s'il te plait…

– Pardon, oui, Clément… nous avons fait une belle carrière depuis l'époque où tu étais au service de mon frère. Aujourd'hui tu es pape et moi roi. À Paris, dans tes fonctions de chancelier de Louis, tu connaissais déjà tout, mais tu n'étais rien. Maintenant, tu représentes Dieu sur terre !

– À Paris, tu venais juste d'être adoubé chevalier et tu ne connaissais pas grand-chose…

– Presque rien, mais j'étais fils et frère de roi. Devenir roi était donc un destin tout naturel. Alors que devenir pape lorsqu'on est modeste fonctionnaire, cela suppose l'aide de Dieu, évidemment, mais surtout …

– Je sais, je sais… Assurément, je dois beaucoup à votre famille et je ne l'oublie pas. Au demeurant, je ne suis plus au service des Capétiens mais à celui de Dieu. Maintenant que je suis pape, mon premier devoir est d'œuvrer pour la défense de la Chrétienté, pas pour le patrimoine des Capétiens. Encore moins pour « ton » patrimoine. Cependant, au nom de notre amitié, tu trouveras toujours en moi un conseiller qui veut ton bien. Et, à ce titre, je dois te dire franchement que je suis déçu par le début de ton règne. Il appelle un bon nombre de critiques…

On entrait pleinement dans le vif du sujet. D'emblée, Clément reprocha à Charles son excessive mansuétude vis-à-vis des familiers de Frédéric et de Manfred :

– Mon fils, je n'arrive toujours pas à comprendre cette indulgence envers tes ennemis. Cette générosité stupide te perdra ! Les fidèles des vipères Hohenstaufen n'attendent qu'une bonne occasion pour te trahir. Ils détestent ta race et la France. Dieu veut que tu débarrasses la terre de cette vermine qui s'attaque à son Église. Et pourtant, non content d'épargner à ces suppôts de Satan l'échafaud qu'ils méritent, tu les dispenses de prison et tu vas même, sans craindre le ridicule d'une telle faiblesse, jusqu'à t'abstenir de saisir leurs biens. Des fortunes dont l'Église saurait faire bon usage ! Tu oublies facilement que je n'ai pas encore remboursé toutes les dettes qui ont permis ta victoire. Tu dois savoir que la lutte contre les hérétiques, de plus en plus nombreux, coûte affreusement cher !

– Comment reprocher à mes ennemis d'hier d'avoir été dévoués à leur seigneur ? Ils m'ont accepté comme leur nouveau roi et leur fidélité passée est un gage de leur fidélité future. Je suis le roi de tous mes sujets et j'ai besoin de tous les talents pour la gloire de mon royaume.

– Ils n'apportent rien à la gloire de ton royaume, tous ceux qui voulaient abattre la papauté ! Ils ne méritent que le juste châtiment de Dieu.

– Si Dieu veut les châtier, Dieu saura s'en occuper !

– Peut-être… mais, en attendant, ils font peser sur toi – et sur moi – un risque immense. Je suis étonné de ta naïveté ! Tu ménages des serpents qui complotent pour le retour des Hohenstaufen. Ils n'ont pas abandonné la partie : ils sont allés chercher Conradin, ce petit-fils de Frédéric qui s'emploie à lever des troupes dans sa Germanie natale. Il prétend évidemment qu'il est l'héritier légitime du royaume de Sicile dont il aurait été injustement dépossédé par un tyran français aidé par un pape à son service. D'après mes espions, de nombreux émissaires ont été envoyés en Italie et semblent manifestement trouver des oreilles attentives et compatissantes. Ce petit blondinet de quinze ans attire la sympathie. Ses partisans savent faire jouer la corde sensible. Ils réussissent à faire oublier que les Allemands sont un peuple cruel qui pratique davantage la brutalité barbare que la foi chrétienne[36]. Prends garde ! Certes, j'ai lancé un anathème contre tous ceux qui aideraient Conradin. Hélas, tu le sais bien, la religion se perd et, malgré tous mes efforts pour garder nos brebis dans le droit chemin, beaucoup affectent de ne pas craindre l'excommunication.

– Merci de ton aide. L'anathème, c'est bien…Cependant, je compte plus sur l'efficacité de ma cavalerie pour empêcher une descente de Conradin. S'il vient, il subira le même sort que Manfred.

– Dieu t'entende ! J'ai confiance en ton armée mais j'aurais préféré que Conradin fût effectivement mort comme l'avait fait croire en son temps le vil Manfred pour monter à la place de son neveu sur le trône de Sicile. Il y a encore décidément trop de rejetons de la race de vipères en ce bas monde. Quand je pense que, toi-même, tu as laissé, contrairement à ma volonté, la vie sauve à une fille de l'infâme Frédéric…

– Fiordalisa ?

---

[36] Sic ! (Cette phrase est tirée d'une lettre de Clément à Charles).

– Oui, cette fille née dans le harem – oui, le harem ! – de cet empereur abject qui se disait chrétien. Ne sais-tu pas le grand amour qu'elle portait à son frère Manfred ? Ne vois-tu pas l'admiration sans bornes qu'elle avait pour son ignoble père – probablement parce qu'elle ne l'avait pas connu ? Sois persuadé que son désir de vengeance à notre égard reste intact ! Aujourd'hui, elle cache bien son jeu mais tu seras la première victime de son ressentiment ! Loin de la faire périr comme c'était ton intérêt et ton devoir, tu la laisses en liberté, tu l'accueilles dans ton palais…voire dans ton lit, selon la rumeur…Cette rumeur doit avoir quelques fondements car seul l'ignoble démon du désir peut affaiblir à ce point le jugement d'un homme de qualité.

– Fiordalisa est ma meilleure conseillère et elle avait parfaitement raison en me recommandant d'être magnanime après ma victoire. Tous ceux qui servaient les Hohenstaufen avec zèle font désormais de même avec moi. À part quelques irréductibles qui ont fui mon royaume, ils ont apprécié ma clémence et m'ont convaincu de leur fidélité. Ils savent que ce que je cherche, avec l'aide de Dieu, ce n'est pas ma gloire, mais le bonheur de mon peuple.

– La bonheur de ton peuple ? Je t'en prie, n'essaye pas de me faire croire de pareilles fadaises…Je ne sais si Dieu t'aidera toujours mais…Que Dieu, au moins, te protège ! Il appréciera probablement ta charité mais sûrement pas le fait que, refusant la juste confiscation des biens de ces traîtres en puissance, tu continues à te soustraire à ton obligation de m'aider à rembourser tous les emprunts que j'ai dû contracter. Aujourd'hui, je suis couvert de dettes. Couvert de dettes et encore plus de honte. Et, bien sûr, tu ne fais aucun cas des multiples humiliations que j'ai dû endurer pour mendier l'argent qui allait te permettre d'être roi.

– Et te sauver des griffes des Hohenstaufen !

– Certes, mais il y a eu un contrat et tu dois l'honorer. Je suis ton suzerain et j'ai le pouvoir de te retirer ta couronne.

– Si c'était si facile, que ne l'as-tu retirée à mon prédécesseur, vilain persécuteur de la papauté ? J'aurais fait l'économie d'une difficile campagne et d'une sanglante bataille et tu n'aurais pas eu à engraisser copieusement tes banquiers florentins ou siennois. Je ne t'ai jamais demandé de donner des absolutions pour de l'argent. Ce n'est pas ma faute si on t'accuse de vendre Dieu !

– Charles, tu deviens bien insolent ! N'oublie pas que tu parles au pape.

– Guy, un peu d'humilité ! Rends grâce à ceux qui t'ont fait pape !

– Appelle-moi Clément, s'il te plaît ! Arrêtons les invectives et revenons aux choses sérieuses. Les caisses de la papauté sont exsangues et j'ai beaucoup de frais. Non seulement tu ne mets pas beaucoup de zèle à t'acquitter de tes dettes envers la papauté – nous y reviendrons – mais tu ponctionnes d'une manière éhontée les prélats de ton royaume qui en prennent prétexte pour ne pas verser leur juste obole au Saint-Siège !

– Je ne fais qu'appliquer les conseils que tu avais donnés à mon frère en ce qui concerne l'Église de France. Avec tes compères Simon de Brie et Raoul Grosparni, vous aviez fait signer à Louis une lettre pour Innocent, le pape d'alors, qui disait, si ma mémoire est bonne : « Le roi de France peut prendre comme siens tous les trésors des églises pour sa nécessité et celle de son royaume. » Si tu ne t'en souviens pas, mon fidèle Grosparni, lui, s'en souvient. Il a bien mérité que je lui offre l'évêché de Palerme.

- Oui, c'est vrai, nous avions proposé cette lettre. Louis craignait de commettre un péché mortel en taxant l'Église mais nous l'avions convaincu que c'était absolument nécessaire pour combler le déficit du budget du royaume. Au demeurant, cela n'a rien à voir avec la présente situation ! En ce temps-là, le Saint-Siège n'avait pas tous ces frais et il n'était pas endetté comme aujourd'hui !

– Tu peux sans peine diminuer le train de vie de la Curie. Regarde l'insolente richesse des cardinaux, les fastes de l'Église. Jésus était pauvre…

– Ah, non ! Tu ne vas pas reprendre la litanie des Hohenstaufen. Jésus était pauvre mais le petit peuple des croyants aime les fastes de L'Église. Quand l'Église devient pauvre et triste, quand il n'y a plus de spectacle, la foi s'étiole. Il faut de la splendeur aux plafonds des églises. Il faut l'enchantement de la musique.

Par ailleurs, le coût de la lutte pour extirper les hérésies qui gangrènent la Chrétienté est en croissance vertigineuse…

– Pourtant, depuis que tu as autorisé les inquisiteurs à pratiquer la torture, les hérétiques abjurent plus vite. Les procès durent donc moins longtemps. Ça doit permettre de faire des économies !

– Ne plaisante pas avec notre ardeur à défendre la religion du Christ. Ce siècle est devenu fou : nous sommes assiégés par les hérésies. Dieu m'a choisi pour être à la tête de son Église car il sait que je suis son meilleur rempart face aux hérétiques. Mais pour en revenir aux économies, sache que j'en suis réduit à faire feu de tout bois, au point d'en arriver à confisquer les héritages des cardinaux, ce qui me vaut la haine de leurs familles qui attendent avec impatience leurs trésors accumulés. Ces expédients n'améliorent pas ma popularité à la Curie. Au demeurant, je n'ai pas demandé à te voir pour que tu m'inflige ce stupide sermon sur la nécessaire pauvreté du pape. Quelle idiotie ! Mais peu importe ! Aujourd'hui, tu dois m'expliquer comment tu vas me permettre de rembourser mes banquiers. Tu sais combien un banquier inquiet est un banquier impatient…

– N'aie crainte, mon cher Guy. Le royaume de Sicile est riche et j'honorerai notre contrat, aussi léonin soit-il. Un Capétien respecte ses promesses. Mais il me faut encore un peu de temps car j'ai des dépenses fort lourdes pour mettre sur pied une importante – et invincible – flotte.

– C'est très méritoire de ta part de construire une flotte pour la prochaine croisade que ton frère veut entreprendre. Ton saint frère m'a fait savoir que son chambellan, Pierre de Villebéon, viendrait me parler de ce projet… Une croisade… en Tunisie, si j'ai bien compris… Curieux, curieux…

– Oui, j'ai entendu parler de ce projet de croisade. En Tunisie ou ailleurs, Louis fera ce qu'il veut ! Moi, je ne veux pas entreprendre une autre croisade. La première a suffit ! Oui, la Tunisie, c'est curieux… Mais après tout, j'aime autant ça. L'Égypte, ça m'ennuierait… J'entretiens de très bonnes relations avec le sultan d'Égypte et les échanges commerciaux entre nos deux pays sont florissants. Non, la construction de ma flotte, ce n'est pas pour participer à cette croisade, mais pour la conquête de Byzance. Et, par la même occasion, en chasser ces fourbes de Grecs.

– Byzance ???

– Oui, Byzance. Puisque notre contrat m'interdit de prétendre à la couronne d'empereur d'Occident, j'ai pensé que devenir celui d'Orient serait une bonne compensation. Je suis sûr qu'Eudes Rigaud, qui craint toujours que je ne fasse de l'ombre à mon frère et au royaume de France, ne verra pas cette idée d'un bon œil, mais avec ton appui – c'est-à-dire au nom de la Chrétienté que tu es censé défendre – il n'y aura pas trop de problèmes.

– Mais, Charles, tu deviens fou ! Pourquoi aurais-tu l'appui d'un pape, fidèle du saint roi de France, à qui il doit tout comme tu dis, dans un projet qui ne pourrait, tu le sais bien, avoir son accord ? Mon cher fils, ton ambition t'égare.

– Tu m'aideras pour plusieurs raisons. D'abord, tu auras un bon prétexte : rétablir sur le trône ce pauvre Baudouin que les Grecs ont ignominieusement chassé et restaurer l'Empire latin d'Orient. Je me chargerai par la suite de désintéresser ce minable. Ensuite, les trésors de Byzance me permettront de te rembourser beaucoup plus vite que je ne pourrais le faire avec les seules richesses de mon royaume car je ne peux vraiment pas y augmenter la pression fiscale… Enfin, tu auras la gloire d'avoir participé au juste châtiment des Grecs, ces soi-disant orthodoxes, les plus hérétiques, en fait, de toute la Chrétienté.

– Je suis sensible à l'argument financier et j'adhère volontiers à ton souci d'éradiquer l'hérésie prétentieuse de ces Grecs pervers, mais je ne peux pas m'opposer à la politique du roi de France : Louis a toujours condamné cette funeste croisade qui avait vu notre trop ardente chevalerie perpétrer le sac de Constantinople avec sa cohorte de viols et de saccages et, surtout, le massacre de cette multitude d'hommes et de femmes, grecs certes… mais, il faut le reconnaître, chrétiens tout de même. Il a toujours pensé que ce triste épisode de l'histoire de l'humanité était une affreuse tache pour la religion du Christ et l'image de l'Occident. Ce n'était pas de la faiblesse. Louis a toujours affirmé, à juste titre, qu'il fallait traiter les mécréants avec la plus extrême rigueur, leur traverser le corps avec l'épée, le plus loin qu'elle pût entrer, comme il disait. Mais les Grecs, il veut les ménager. Il est persuadé qu'ils finiront par abandonner leur prétendue orthodoxie et qu'ils reviendront bientôt dans la main de Dieu. Si tu persistes dans ce projet fou, non seulement tu n'auras pas mon appui mais je n'hésiterai pas à t'excommunier !

– Réunir les Églises catholique et orthodoxe ? Je connais bien le vieux rêve de mon frère. Il se laisse abuser par les manœuvres hypocrites des Grecs. Malgré les promesses de Michel Paléologue, ce vil usurpateur qui se dit empereur, ils n'ont aucune intention de revenir dans l'Église de la vraie foi. Tu le sais très bien ! De toute manière, tu n'auras pas besoin de m'excommunier. Bien au contraire : j'aurai ton appui et je te fais confiance pour obtenir l'assentiment d'Eudes Rigaud… donc de mon frère.

– Mon appui ? L'assentiment d'Eudes ? Tu divagues !

– Non, je ne divague pas. Eudes, notre bien aimé archevêque, comprendra fort bien que l'Église n'a pas intérêt à ce que son plus terrible secret soit révélé.

– Son plus terrible secret ???

– Oui, révéler au monde que la donation de l'empereur Constantin au pape Sylvestre n'est qu'un ignoble faux ! Cette donation n'a jamais existé et les papes n'ont donc aucun droit sur les prétendus États de l'Église. Que cela se sache et c'en est fini de l'opulence de ta cour. Le pape redeviendra ce qu'il aurait toujours dû rester : vicaire du Christ sur la terre, certes, mais simple évêque de Rome et, surtout… pauvre.

Il y eut un long silence, ponctué seulement par le clapotis que générait la grasse main du pape en frappant la surface de l'eau d'un mouvement saccadé, comme si ce geste lui permettait d'évacuer une fébrilité qu'il aurait voulu cacher. Face au sourire sardonique de Charles, une immense bouffée de haine l'envahit. Il se sentait sur le point de défaillir. Le chantage était vraiment ignoble. Hélas, il n'ignorait pas que la *Donation de Constantin* était un faux si grossier qu'il ne servait à rien de démentir. Clément avait du métier et il savait reconnaître une position indéfendable. Se ressaisissant, il finit par lâcher, laconique :

– Évidemment, tout cela serait bien fâcheux pour l'Église… Très, très fâcheux, en vérité… Cela mérite réflexion… Après tout… c'est vrai que les Grecs sont les pires hérétiques et, en effet, je ne les crois pas sincères lorsqu'ils prétendent revenir dans le droit chemin. Vrai aussi que Louis devrait être convaincu qu'il faut aider Baudouin à remonter sur son trône. Ill trouvera bon que ta puissante flotte puisse réparer cette triste injustice. Mes banquiers attendront encore un peu. Dieu merci, les trésors de Byzance, cela leur ferait une bonne garantie. Ils y seront sûrement très sensibles… Oui, tout cela mérite réflexion…

Sur ces bonnes paroles, Charles sortit du bain. Il n'avait pas de raisons d'y rester : il avait obtenu ce qu'il voulait et ne souffrait ni d'urticaire ni de rhumatismes.

Le roi de Naples et de Sicile avait désormais tous les atouts en main pour passer à la seconde étape : négocier un accord avec ce pauvre Baudouin. Ce serait vite fait. Nul besoin de déployer de grandes manœuvres diplomatiques pour arriver à ses fins.

Alors que Charles finissait de boutonner son pourpoint, Clément l'interpella :

– Ah ! j'oubliais…À défaut d'éliminer les traîtres qui attendent leur heure pour te poignarder dans le dos, il serait bon de renvoyer en Afrique tous ces musulmans qui séjournent encore dans ton royaume. J'ai fait la même demande au roi de Castille. Il avait bien œuvré pour bouter les Sarrasins hors d'Espagne mais il semble désormais vouloir les tolérer. On affirme même qu'il a créé une université où sont acceptés des professeurs juifs et musulmans. Je te le dis, notre siècle est devenu fou ! En tous les cas, Dieu souhaite n'avoir que de bons chrétiens dans nos royaumes très chrétiens !

– Dieu le souhaite peut-être, et je ne sais ce qu'en pensent nos cousins de Castille, mais, en ce qui me concerne, il n'en est pas question : les Sarrasins tirent trop bien à l'arc pour que je me prive de leur talent. Et toi aussi, tu seras très heureux que ces prodigieux archers soient dans notre camp et non dans l'autre… s'il advient que Conradin et ses Teutons descendent en Italie.

Clément voulut répondre, mais Charles était déjà loin. Clément se dit qu'il était, après tout, peut-être plus prudent d'attendre un peu pour les Sarrasins d'Italie. Mais, raison de plus pour mettre la pression sur ceux d'Espagne. Décidément, c'était bien difficile de tenir la Chrétienté. Dieu merci, en France, en Angleterre et en Germanie, il n'y avait pas de Sarrasins ! C'était déjà ça !

Un peu d'histoire

Dans ce chapitre, comme dans le précédent, toutes les scènes sont imaginaires mais construites sur la base de faits avérés :

– Les visées de Charles sur Constantinople.

Charles était bien venu à Viterbe pour négocier avec Baudouin, qui séjournait à la cour du pape, les conditions de la reconquête de Constantinople, son grand dessein, après avoir mis quasiment toute l'Italie sous sa « bienveillante » protection.

– La liste des reliques du Vatican.

La liste est authentique (comment pourrait-on inventer, entre autres, les treize lentilles de la Cène ou le portrait de Jésus peint par saint Luc ?). Les éléments cités figuraient dans l'inventaire du Saint-Siège établi, quelque temps plus tard, par le pape Boniface VIII. À ce propos, il n'y avait pas dans cette liste – contrairement au trône de Frédéric II – la célèbre « ménorah » en or, ce chandelier sacré à sept branches qui aurait été volé par les Romains dans le temple de Salomon et dont les juifs demandent, aujourd'hui encore, le retour à Jérusalem en accusant (donc probablement à tort, d'après cette liste) le Vatican de le garder dans son trésor secret.

– Les relations entre Charles et Clément IV.

Les discussions à Viterbe entre Charles et Clément n'ont pas été retranscrites (sort, hélas, de la très grande majorité des discussions importantes de l'histoire) et sont donc « inventées ». Le chantage aussi. Il est d'ailleurs fort probable que Charles, contrairement aux papes, ne savait rien de l'incroyable mystification que représentait la fameuse donation de Constantin.

Il est vrai, cependant, que Louis était très opposé à la conquête de Byzance et donc Clément aussi, vraisemblablement.

Par ailleurs, on connaît bien les positions très rigoristes de ce pape français qui eut effectivement parmi ses titres de gloire d'avoir autorisé, le premier, la torture dans les procédures d'inquisition et de s'être beaucoup agité pour que les musulmans, et non seulement les juifs, soient chassés hors des frontières des États chrétiens.

Enfin, ceux qui pourraient s'étonner de voir Charles et Clément IV discuter dans le même bain doivent savoir que c'était une coutume fréquente au Moyen Âge. Évidemment, on imagine difficilement aujourd'hui une discussion dans ces conditions entre, disons, Hollande et Obama.

10 - ORAGES À L'HORIZON

Un futur rayonnant s'offrait à Charles. Il n'en était aucunement surpris puisque – c'était de plus en plus évident – Dieu l'avait choisi pour devenir le maître du monde.

Tous ses projets se déroulaient exactement comme prévu. Il avait désormais l'assurance que le pape ne s'opposerait pas à ses visées sur Byzance. Clément s'emploierait au contraire à convaincre Louis et surtout l'archevêque Eudes, le « ministre des affaires étrangères » de son cher frère, de l'intérêt, pour le royaume de France comme pour la Chrétienté, de son imminente mainmise sur l'empire d'Orient.

Les négociations avec Baudouin de Courtenay furent une simple formalité. Il est vrai que tous les termes du contrat, aussi rigoureux que minutieux, en avaient déjà été définis, un mois auparavant, avec Guillaume de Villehardouin. En effet, le prince d'Achaïe[37], principal vassal de l'ex-empereur, s'était porté garant de leur acceptation sans condition. Manifestation du bon sens ou trahison ? De toute manière, Charles n'avait pas besoin d'aide pour faire entendre raison au bien faible empereur qui se qualifiait lui-même d'empereur titulaire, titre qui masquait assez mal la triste vérité : il n'était plus rien. Villehardouin avait tout accepté. Charles savait que c'est le privilège des forts d'attirer de multiples

[37] C'est-à-dire du Péloponnèse

complicités, même quand elles ne sont pas indispensables.

Le marché était d'une simplicité de bon aloi : Charles s'engageait à chasser les Grecs de Constantinople et à rendre son trône à Baudouin, à condition qu'il se contente du seul prestige attaché à la fonction d'empereur et qu'il abandonne tous ses pouvoirs à Charles et ses descendants. Cela n'aurait d'ailleurs rien changé par rapport à ce que Baudouin avait vécu lorsqu'il « régnait » dans les ors, la pourpre et les porphyres de Byzance : le véritable pouvoir était entre les mains du podestat nommé par la République de Venise qui avait toujours considéré l'Empire latin d'Orient comme « sa » colonie. Constantinople, depuis que Venise avait réussi à persuader les croisés d'en chasser les Grecs sous prétexte, suprême fourberie, d'y rétablir la « vraie foi », était un comptoir de la plus haute importance pour le commerce avec l'Asie. Cette activité florissante permise par une maîtrise désormais incontestée de la Méditerranée orientale avait fait la fortune de la puissante cité et lui avait valu le surnom très déférent de « la Dominante »[38]. La conquête de Constantinople avait couvert d'or les Vénitiens mais n'avait rapporté à Baudouin et ses prédécesseurs sur le trône de l'Empire d'Orient que souffrances et misère. Il faut souvent choisir entre l'ivresse du pouvoir et la jouissance de la fortune[39] mais les Vénitiens avaient privé les empereurs latins de l'une et de l'autre.

---

[38] Le qualificatif de Sérénissime, moins agressif donc plus sympathique, effacera celui de Dominante à partir du XVe siècle. Le sentiment de l'importance d'une bonne « communication » ne date pas d'aujourd'hui !

[39] C'était il y a bien longtemps. Maintenant, c'est la fortune grâce au pouvoir.

Fort de ce contrat avec Baudouin, un « accord entre un puissant et un mendiant » selon les mauvaises langues de l'époque, Charles se voyait déjà, pour le plus grand bien de son patrimoine, gardien du Bosphore, passage privilégié des marchandises entre l'Asie et l'Europe.

La pluie qui, ce jour-là, tombait sur Brindisi ne pouvait donc entamer sa bonne humeur. Ce port de l'Adriatique, qui abritait un arsenal parmi les mieux équipés de l'Occident, était en pleine effervescence. Charles lui avait imposé, comme à ceux de Bari et de Barletta, un plan de charge quasi intenable sauf à travailler jour et nuit pour construire dans le délai imposé un nombre jamais vu de navires – cent galères et deux cents naves de transport – tous destinés, bien évidemment, à la conquête de Constantinople.

Le roi était venu en personne vérifier que les cadences étaient conformes aux objectifs. Charles, en vrai chef, ne se contentait pas de donner des ordres ; il s'assurait de leur bonne exécution. Il était accompagné de Guillaume de Beaumont qui venait d'être nommé amiral[40]. Cette promotion faisait suite à la défection de Roger de Lauria, parti rejoindre les partisans de Conradin. Cette trahison subite d'un dignitaire, pourtant rallié à sa cause après la victoire de Bénévent, n'avait pas entamé la confiance et l'optimisme de Charles. Pour l'Angevin, abandonner son sillage resplendissant était tout simplement un acte de démence qui ne justifiait pas de se formaliser outre mesure d'une telle trahison. Charles n'imaginait pas alors qu'il y en aurait à

[40] C'était la première fois qu'un Français portait le titre d'amiral (de l'arabe *amir al-bahr*, prince de la mer) ; ce ne sera pas la dernière fois qu'un courtisan incompétent sera nommé amiral.

profusion. Beaucoup s'étonnaient de la sereine assurance du roi de Naples et de Sicile. Il était bien le seul à rester calme alors que Conradin mobilisait la noblesse allemande, que la moitié de l'Italie complotait et que le pape s'agitait en tous sens, jetant l'anathème sur ceux qui osaient aider le petit-fils de Frédéric de Hohenstaufen et menaçant d'excommunication ceux qui seraient tentés de le faire. Mais, pour l'instant, Charles n'avait qu'une seule idée en tête : l'imminente expédition vers Constantinople.

Rien n'aurait pu l'empêcher de jouir du spectacle de toutes ces coques bien alignées, du bruit des herminettes et des fers à calfat, des chants cadencés des charpentiers, de l'odeur du bois, du chanvre et du goudron. Il buvait comme parole d'évangile les explications du maître de l'arsenal.

Le vieux Porticello, d'origine génoise, était non seulement un marin d'exception mais aussi un génie de la conception des voiliers. Avec lui, on était sûr d'obtenir le petit gain de vitesse qui, associé à une bonne manœuvrabilité, fait toute la différence dans un affrontement naval. Bien sûr, ces bateaux devaient leurs qualités à une légèreté que les sommités pontifiantes de la construction navale « sérieuse » trouvaient excessive voire imprudente. En effet,, malgré la mise en œuvre de procédés d'assemblage très novateurs, ils étaient un peu moins solides. Ce n'était pas bien grave. Comme le disait Guillaume de Beaumont, on prendrait Constantinople bien avant que ces belles coques ne se disloquent sous les outrages de l'humidité, du vent et du sel.

Mais Charles avait une autre bonne raison d'afficher une mine réjouie : il s'apprêtait à accueillir, après une trop longue attente, la galère qui ramenait, enfin,

Fiordalisa de Venise. Charles avait envoyé Fiordalisa, Barral et quelques seigneurs provençaux et italiens le représenter à la cérémonie d'investiture du nouveau doge, Lorenzo Tiepolo. Ce voyage n'était pas seulement protocolaire : Fiordalisa et Barral avaient la délicate mission d'obtenir l'alliance de Venise – ou, a minima, sa neutralité – dans le cadre des visées de Charles sur Constantinople.

La galère fut bientôt annoncée et, sous les vivats des badauds agglutinés sur le quai, son capitaine amorça, avirons bien rangés, une superbe manœuvre : les « acrobates », spécialistes du travail dans la mâture, ferlèrent la voile latine juste à temps pour que le fin navire poursuive sur son erre jusqu'à venir mourir, après une longue glissade parfaitement maîtrisée, très exactement par le travers de l'appontement de bois où Charles et sa suite attendaient. Fiordalisa descendit la passerelle d'apparat couverte d'un dais de brocart bleu constellé de fleurs de lys avec toute la majesté d'une princesse qui avait été élevée dans le raffinement de la cour de Sicile. Les membres de la noble délégation suivaient à la distance convenable : suffisamment loin pour marquer leur respect, assez près pour qu'il n'y ait aucun doute sur l'importance de leur rang.

La belle gratifia le roi d'une élégante révérence. Charles lui prêta la main pour l'aider à enfourcher son palefroi, ce qui ne manqua pas d'étonner le petit peuple car une telle familiarité était tout à fait contraire à l'étiquette en vigueur, même sous couvert de galanterie. Cette curieuse prévenance à l'égard des femmes avait pourtant été inventée par les Italiens mais elle était jugée encore peu convenable de la part d'un monarque dont on attendait qu'il exhibe sa virilité plutôt que sa délicatesse. À dire vrai, personne ne pouvait imaginer que Charles puisse manquer de la première, ce qui lui permettait d'afficher la seconde sans complexe.

Dans le château de Brindisi, une des multiples résidences de Frédéric II où Charles et sa suite avaient élu domicile, Fiordalisa, Barral des Baux et Erard d'Alneto, l'ambassadeur à Venise, informèrent le roi de Sicile des résultats de leur mission.

En ce qui concernait la possibilité d'une alliance claire et affichée, il n'en était pas question. Les Vénitiens avaient enfin réussi, après des années difficiles, à rétablir leur comptoir à Constantinople. Michel VIII Paleologos, le nouvel empereur grec, les en avait chassé – en même temps que Baudouin – avec l'aide des Génois. Cependant, quelques années plus tard, il avait estimé qu'une saine concurrence entre les cités rivales présentait d'indéniables avantages et il avait permis aux Vénitiens de revenir à Constantinople. Certes, ils n'étaient plus dans la situation où ils y faisaient la pluie et le beau temps mais ils n'allaient pas sacrifier aujourd'hui le résultat d'un effort diplomatique de longue haleine pour satisfaire les ambitions du roi de Sicile. De plus, Venise avait vite compris qu'elle n'aurait aucune chance de pouvoir manœuvrer le redoutable Charles d'Anjou comme elle l'avait fait avec le gentil Baudouin de Courtenay.

Quant à une éventuelle neutralité, pourquoi pas ? Un accord en ce sens pouvait s'envisager. À une condition impérative : que cette entente reste secrète pour préserver les marchands vénitiens, et leurs entrepôts, d'éventuelles mesures de rétorsion. Ou pire… Avec ces Grecs décadents, cruels, prétendument orthodoxes, hérétiques en vérité et assez fourbes pour se dire chrétiens, on pouvait s'attendre à tout ! Le doge avait fait comprendre que, de toute manière, il ne pouvait pas prendre sa décision tout seul et qu'il devait obtenir l'accord de son Grand Conseil.

Charles tomba des nues.

– Que me chantez-vous là ? Le maître de Venise ne peut pas décider tout seul ? Il s'est moqué de vous ! Il se moque de moi !

– Mais non, plaida Fiordalisa, les Vénitiens ont inventé ce mode de gouvernement – ils appellent ça une *republica* – et ils en sont très fiers : le doge est élu par une assemblée qui représente le peuple. Et il y a un Grand Conseil de plusieurs centaines de personnes qui contrôle la politique du doge et qui, par ailleurs, s'assure qu'il n'est pas, à la fin de son mandat, plus riche que lors de son élection. C'est curieux, mais cela semble fonctionner. Depuis plusieurs siècles !

– Et plutôt bien, poursuivit Barral, si on en juge par l'insolente richesse de cette cité.

Cette notion vaseuse de « république » était totalement incompréhensible pour un Capétien, roi, fils et frère de roi, petit-fils de l'auguste Philippe de France et du noble Alphonse de Castille. On lui avait toujours enseigné qu'un souverain tenait son pouvoir de Dieu… et de Dieu seul. Les conseils de Dieu, c'était quand même plus pratique et surtout plus sûr qu'un prétendu « Grand Conseil » pour prendre rapidement les décisions qui s'imposaient pour le bien du royaume. Quant à ne pas utiliser son pouvoir pour augmenter son patrimoine, c'était tout simplement le signe d'une évidente débilité ou d'une méprisable hypocrisie.

– Prétendre gouverner de cette façon, c'est tout simplement aberrant ! Tant de personnes pour administrer une seule cité, quelle gabegie ! Dieu, qui guide mes pas, sait mieux que le peuple ce qui est bon pour lui. Le doge vous a raconté des fadaises : s'il prétend ne pas pouvoir décider, c'est tout simplement pour gagner du temps. Votre naïveté me stupéfie ! Il attend de pouvoir jauger la force de ma marine et mes chances de réussite. Je vais les étonner !

– Mon bon seigneur, vous n'allez pas les étonner. Les Vénitiens connaissent parfaitement vos préparatifs de guerre et ils ont suffisamment d'espions dans le royaume pour connaître le nombre prévu de galères, de naves et d'huissiers[41]. Des espions suffisamment compétents pour pouvoir en apprécier la qualité. Le fils cadet du doge m'a parlé de votre escadre avec force détails. D'une manière très élogieuse d'ailleurs… Et il sait de quoi il parle, ce Giovanni Tiepolo, tout auréolé du prestige que lui a apporté sa récente victoire sur une escadre génoise, très supérieure en nombre… En plus, il est très beau.

– Je ne vous ai pas envoyée à Venise pour évaluer la beauté de ses marins.

Malgré sa jeunesse, ce fut en femme déjà accomplie que Fiordalisa répondit, ne résistant pas au plaisir d'attiser un peu la jalousie de Charles :

– Et il m'a trouvé très belle. C'est sans doute pour cela qu'il m'a fait des confidences fort intéressantes. Le précédent doge, Raniero Zeno, venait de signer, juste avant sa mort, une trêve de cinq ans avec l'empereur grec. Il ne faut donc pas compter sur un appui officiel et visible. Je lui ai fait cependant comprendre que Venise gagnerait beaucoup à votre conquête de l'empire byzantin. En effet, notre belle noblesse – française, provençale ou sicilienne – aime bien s'enrichir mais… sans travailler. Tous nos seigneurs, petits ou grands, ont

[41] Navires dont le flanc comportait une porte (étanche, bien sûr) permettant d'embarquer facilement les chevaux.

toujours affiché un profond dédain pour le commerce, les marchands et les banquiers. Maître de Constantinople, vous aurez besoin demain des Vénitiens pour remplacer les Génois, nos ennemis communs, comme vous avez besoin d'eux aujourd'hui pour assurer le commerce du royaume et sa richesse. Giovanni m'a semblé apprécier ce raisonnement et…

– Non seulement il vous trouve belle mais il a été subjugué par votre intelligence politique !

– Ne vous moquez pas ! Ce qui importe, c'est ceci : il m'a affirmé qu'il se faisait fort de convaincre son père de l'intérêt d'une alliance avec Naples, même si ce dernier répète à l'envi que vous êtes devenu trop puissant donc dangereux. Votre récente mainmise sur Corfou qui parachève votre contrôle de l'entrée de l'Adriatique, cette mer qu'ils tiennent pour leur propriété, n'est pas faite pour les rassurer. Même s'ils admettent que c'est une base indispensable pour qui veut prendre Byzance. Cependant, tout bien pesé, et malgré leurs réticences, je crois que nous pouvons faire confiance à Giovanni Tiepolo. À défaut de pouvoir compter, aujourd'hui, sur l'appui de la flotte vénitienne, nous pouvons être raisonnablement sûrs d'une bienveillante neutralité.

Fiordalisa ajouta perfidement :

– Vous voyez bien, mon seigneur, qu'il n'était pas inutile que le fils du doge me trouve belle.

Charles dut admettre que le résultat de cette ambassade était globalement positif. Néanmoins, il ne pouvait s'empêcher, en son for intérieur, d'être un peu chagriné par l'évidente sympathie, pour ne pas dire plus, de sa belle Fiordalisa pour le fils du doge de Venise.

Il n'eut pas le loisir de pousser bien loin ses réflexions. Elles furent soudainement interrompues par le crissement de lourds éperons. La soudaine irruption du maréchal de Brayselve et la mine défaite de ce grand et fidèle soldat montraient à l'évidence qu'il était porteur d'une mauvaise nouvelle :

– Sire, je suis au regret de vous annoncer un bien triste événement : Dieu a mis fin aux souffrances de la reine Béatrice et l'a rappelée auprès de lui.

– Jean, ne fais pas cette tête. Tu sais bien que c'est une délivrance pour elle. Elle nous faisait tous de la peine, à traîner son incurable mélancolie comme une âme en peine. Elle avait fini par aller cacher sa tristesse dans ce sinistre château de Nocera, prétendant qu'elle ne pouvait plus supporter ce qu'elle appelait la frivolité de la cour de Naples. Comme si j'étais frivole !

Barral n'avait pu retenir quelques larmes car il avait gardé une grande affection pour la reine, même s'il avait bataillé ferme, jadis, contre son père Bérenger, comte de Provence. Voyant la triste mine du vieux briscard, Charles s'écria :

– Barral, tu devrais plutôt être joyeux : maintenant elle est en paix, dans la main du Seigneur… Personne ne pouvait rien pour elle. Personne ne peut rien pour elle. Ah, si ! Elle n'aimait pas beaucoup la terre d'Italie et encore moins les Italiens. Elle souhaitait reposer dans sa chère Provence. Occupe-toi de ça ! Il faut lui faire de belles funérailles à Aix. Elle sera inhumée dans sa terre natale, dans la chapelle des Hospitaliers de Saint-Jean de Jérusalem où reposent ses ancêtres. Bon, il est bien tard, vous devez tous avoir hâte de vous reposer… et, de grâce, épargnez-moi vos larmes.

Les témoins de la scène savaient que Charles n'était pas homme à se pencher sur son passé et encore moins à se complaire bien longtemps dans la nostalgie, mais ils furent tous assez choqués par son étonnante sérénité :

comment pouvait-il apprendre sans émotion apparente la mort de Béatrice, soutien indéfectible – malgré quelques réticences vite dissipées – des folles ambitions de son « seigneur et maître » pendant ces vingt années mouvementées de vie commune ?

Ils s'apprêtaient à regagner leurs appartements lorsque Jean de Brayselve reprit la parole.

– Sire, il y a une autre mauvaise nouvelle : Conradin a franchi les Alpes. Il est descendu jusqu'à Vérone à la tête de ses cavaliers teutons. Le pape tremble déjà et appelle au secours.

– Mais non, Jean ! Ça, ce n'est pas une mauvaise nouvelle ! Nous ne ferons qu'une bouchée du petit Conrad de Hohenstaufen et de son cousin Frédéric, le gentillet duc d'Autriche. Ces deux jeunes blondinets sont trop tendres pour livrer bataille à un Capétien. Évidemment, c'est fâcheux pour l'expédition de Constantinople alors que notre belle flotte est prête à chasser l'ignoble usurpateur grec mais un petit retard n'est pas catastrophique. Nous aurons bien vite oublié cette petite anicroche.

– Mais Sire, ce qui m'inquiète le plus, c'est que beaucoup de vos sujets semblent vouloir trahir : les oncles de Manfred que vous aviez graciés ne vous en savent aucun gré et ont rejoint Conradin ; ce Maletta qui vous avait apporté le trésor des Hohenstaufen et Jean de Procida, votre médecin personnel, ont agi de même ; votre cousin Henri de Castille, oubliant bien vite qu'il vous doit d'être à la tête de Rome, a fait allégeance au petit-fils de Frédéric II. Plus grave encore, les Sarrasins de Lucera se sont révoltés à l'instigation d'un émir de vingt ans qui se dit, lui aussi, petit-fils de Frédéric de Hohenstaufen. C'est sûrement de l'affabulation mais…

Il fut interrompu par Fiordalisa.

– Non, c'est la vérité ! Mansour est le demi-frère de Conradin. Il est le fils qu'une trop belle Sarrasine avait donné à mon frère aîné Conrad – Dieu ait son âme – lors d'un de ses brefs passages en Italie. Conrad, héritier désigné par mon père pour le trône impérial, vivait en Allemagne. Mansour, élevé par sa mère, est le seul Hohenstaufen musulman et les Sarrasins de Lucera lui vouent une dévotion sans bornes. Il est beau, brave et d'une grande intelligence. Réduire cette rébellion ne sera pas chose facile.

Charles ne put réprimer un mouvement d'humeur.

– Décidément, des rejetons de Frédéric, il en pleut de partout ! Mais peu importe. Il faut agir tout de suite. Toi, Jean, prends la tête de nos forces en Toscane et protège le pape. S'il venait à périr, on m'accuserait de n'avoir pas couru à son secours. Et surtout, les cardinaux seraient bien capables d'élire un pape sur lequel nous aurions moins de prise. Nous avons encore besoin de Guy Foucois. Et toi, Barral, dompte bien vite ce Mansour et ces traîtres de Sarrasins. Moi, je m'occupe de Conradin… s'il ose s'approcher de mon royaume.

Barral risqua une question.

– Sire, je m'occupe immédiatement de Lucera, mais… pour les funérailles de la reine ?

– En effet… Lucera en priorité ! Mais fais vite ! Cette misérable petite révolte ne doit pas nous priver trop longtemps de troupes qui pourraient me manquer contre Conradin… Bon, Guillaume l'Estendard se chargera des funérailles : le sénéchal de Provence adore la pompe des grandes cérémonies.

Alors que tous, sauf Fiordalisa, avaient pris congé, Charles resta longtemps silencieux. Non pas qu'il fût abattu par les évènements : l'adversité, il connaissait et, en général, cela le stimulait plutôt. Mais cette nuit-là, il y avait quelque chose de nouveau : un arrière goût très désagréable qu'il n'avait jamais connu au cours de sa vie pourtant bien remplie, un parfum délétère qui semblait empuantir l'atmosphère. Il découvrait brusquement cette hydre ignoble et cruelle qui s'appelle la trahison. Cette découverte le plongea d'abord dans une grande détresse : à quarante ans passés, il pensait connaître parfaitement les hommes et leurs faiblesses, mais d'habitude les traîtres venaient à lui et non l'inverse. Et Dieu dans tout ça ? Pourquoi ne foudroyait-il pas tous ces félons qui osaient s'opposer au défenseur de l'Église et, accessoirement, au pape, son représentant sur la terre !

Sa nature impulsive ne lui laissa pas le loisir de s'interroger bien longtemps sur ce redoutable problème théologique. S'adressant à Fiordalisa, il ne put contenir sa fureur. Il n'avait pas encore pris conscience que les serments de fidélité sont l'apanage des traîtres.

– Des salopards ! Tous des salopards ! Quand je pense que je leur ai laissé la vie sauve. Je leur ai même épargné la prison. Je les vois encore à genoux m'assurer de leur éternelle fidélité, ces larves abjectes qui cachaient leur âme de serpent. Clément, l'Estendard et Barral avaient bien raison lorsqu'ils me reprochaient la mansuétude que tu m'avais recommandée. Mais je ne peux m'en prendre qu'à moi-même. Fiordalisa, ta beauté et la vivacité de ta jeunesse m'ont égaré. Elles m'ont obscurci l'esprit. J'ai suivi tes conseils sans la moindre réflexion. Tous ces traîtres que j'avais couverts d'or osaient m'encenser : « votre bonté », « votre cœur magnanime ». Aujourd'hui, j'enrage de n'avoir pas su démasquer leur fourberie… Mais ils ne l'emporteront pas en paradis ! Ma vengeance sera terrible !

– Mon beau sire, je comprends votre courroux et j'accepte vos reproches. Mais, si c'était à refaire, je vous donnerais le même conseil pour le bien de votre royaume. Et aujourd'hui, si j'admets que vous devez châtier ceux qui vous ont trahi, j'espère que votre colère, toute légitime qu'elle soit, ne vous aveuglera pas. La haine est mauvaise conseillère. J'ose espérer que vous resterez, comme avant, épris de justice et que vous saurez épargner les innocents. Que Dieu les protège…

– Nous savons tous que Dieu ne s'occupe guère de protéger les innocents. C'est pourquoi l'homme a inventé des lois et qu'il y a des juges pour les faire appliquer. Mais, n'aie crainte : il n'y aura jamais dans mon royaume, je te le promets, de châtiment sans jugement. Je crois en Dieu mais je ne crois pas aux « jugements de Dieu ». Même mon très saint frère fait plus confiance au droit romain. En attendant, il faut que je m'occupe du petit Conradin !

Le roi de Naples et de Sicile s'en occupa fort bien.

L'affaire avait pourtant fort mal commencé.

La plupart des barons du royaume ne prirent pas très au sérieux la menace que représentait Conradin et la mobilisation se fit dans une grande nonchalance : les chevaliers français s'étaient vite appropriés les coutumes de l'Italie méridionale où tout effort excessif est réputé incompatible avec le climat.

Par ailleurs, il devint rapidement évident que Mansour et ses Sarrasins de Lucera seraient beaucoup plus coriaces que prévu et Barral dut se résoudre à se préparer à un long siège : autant de bons soldats – les assiégés comme les assaillants – que Charles ne pourrait pas utiliser contre les « envahisseurs ».

De même, la menace venue du Nord devenait de jour en jour plus crédible : les troupes de Conradin et de

Frédéric d'Autriche avaient réalisé leur jonction à Pise sans avoir été inquiétées outre mesure par les alliés milanais de Charles qui, prudents, s'étaient montrés d'une remarquable discrétion. La popularité du jeune Hohenstaufen allait grandissante : chaque jour apportait son lot de ralliements et l'argent qui en résultait. Ce fut donc une armée tout à fait convaincante qui fit son entrée à Rome et la foule en liesse se prit de passion pour les deux jeunes chérubins, si beaux qu'il paraissait évident qu'ils avaient été envoyés par Dieu pour châtier l'arrogant Capétien. Le peuple romain leur fit un délirant triomphe à la mode antique – nostalgie des Césars, probablement – comme il avait toujours aimé en offrir aux conquérants qui passaient par là – y compris les barbares Goths, Lombards ou Francs.

Auparavant, le brave Jean de Brayselve, qui avait tenté de barrer la route de Rome, avait été écrasé par les Allemands. Leurs alliés, les Gibelins fidèles à l'Empire, se firent tout à coup très nombreux. Beaucoup de familles réputées favorables au pape et à Charles, et dont les soldats étaient supposés se mettre au service du maréchal du royaume, avaient trouvé plus raisonnable de rester dans leurs châteaux en attendant de voir comment la situation allait évoluer, ce qui montrait, une fois de plus, la grande intelligence politique des Italiens – comme elle vient toujours aux peuples trop souvent envahis. Trop faibles en nombre, les Angevins, aidés de quelques Guelfes toscans vertueux ou inconscients, furent massacrés et le maréchal de Brayselve, fait prisonnier.

Le pape se cru perdu mais, hormis quelques hoquets convulsifs, il n'eut à souffrir que de l'apparent mépris des Hohenstaufen dont l'armée passa sous les murs de Viterbe sans se préoccuper de Clément et de ses cardinaux, tous saisis de panique. Conradin devait penser qu'il serait toujours temps d'en prendre soin plus tard, lorsque le Capétien ne serait plus là pour les défendre.

De son côté, Charles, plus que jamais persuadé que Dieu guidait son destin, restait d'une sérénité aussi parfaite qu'étonnante.

Il avait vite compris que la révolte des Sarrasins de Lucera n'était pas fortuite : elle avait éclaté, fort opportunément pour les Hohenstaufen, de façon à créer un deuxième front dans les Pouilles et il était évident que Conradin chercherait à faire la jonction avec les insurgés. Il suffisait donc de l'attendre sur la Via Valeria, qui traversait les Abruzzes. Il campa son armée à Tagliacozzo, au débouché de l'ancienne voie romaine.

Les Allemands arrivèrent passablement fatigués par ce difficile parcours qui était plus souvent pratiqué par des bergers agiles que par des cavaliers engoncés dans leur armure trop lourde. Par ailleurs Charles était plus déterminé que jamais à terrasser ces prétentieux ennemis de Dieu – et du royaume qu'Il lui avait donné – alors qu'il venait d'apprendre que ces Germains barbares avaient jugé bon de décapiter son brave Jean de Brayselve, au mépris du droit et des lois les plus élémentaires de la chevalerie.

Cette belle détermination du roi de Naples n'empêcha pas les troupes du traître Henri de Castille de repousser la charge de la première ligne provençale. Ensuite, la cavalerie allemande, menée par Conradin et son cousin Frédéric, réussit à décimer les chevaliers angevins placés sous les ordres du connétable du royaume, Henri de Cousance. La victoire ne pouvait plus leur échapper, surtout lorsqu'ils furent persuadés que Charles était mort.

Mais Dieu veillait.

Celui qui était tombé sous la charge de l'ennemi était Henri de Cousance qui avait revêtu les insignes royaux – ruse fort utile en cette époque où les rois et les généraux affrontaient les risques du champ de bataille. Pendant que les Allemands et leurs alliés, sûrs de leur victoire, se complaisaient à piller le campement français, Charles, qui s'était tenu en réserve, caché derrière une colline avec huit cents de ses meilleurs chevaliers, fondit sur les pillards, semant une panique sans appel dans les rangs ennemis.

Comme il n'y avait pas, en ce siècle lointain, de correspondants de guerre, Charles informa lui-même le pape des évènements de la journée. D'une manière assez laconique mais explicite : « Nous avons tué une telle multitude d'ennemis que la bataille de Bénévent n'est rien en comparaison. »

Autre différence avec Bénévent, Conradin, contrairement à son oncle Manfred, avait réussi à s'enfuir et à regagner Rome. Arrivant avec son cousin Frédéric et une cinquantaine de cavaliers, il eut beaucoup de mal à comprendre – mais il n'avait que seize ans ! – pourquoi les Romains ne lui réservèrent pas le même accueil enthousiaste que celui qu'il avait connu un mois plutôt. Plus grave que l'absence de festivités, les notables de la Ville éternelle lui firent comprendre que sa présence n'était ni convenable ni souhaitable. Les bourgeois ont en général une éducation de qualité qui leur permet d'apprécier les aléas de l'existence en connaissance de cause et, en conséquence, de se comporter d'une manière raisonnable. Bien évidemment, les risques qu'une éventuelle vengeance de Charles d'Anjou ne pouvaient pas être pris à la légère.

Conradin était jeune et sans expérience politique mais pas stupide. Il décida que le peuple italien n'était pas fiable et entreprit de retourner dans sa chère patrie, un pays où l'esprit était peut-être un peu lourd mais moins ondulant.

Le pauvre chérubin n'en eut pas le loisir : alors qu'il s'embarquait pour fuir l'Italie, il fut reconnu et capturé par un modeste seigneur local qui s'empressa de remettre aux représentants de Charles et du pape ce gibier si prestigieux, sans même oser demander une rançon. Échapper au courroux du roi de Sicile était, semblait-il, une récompense suffisante

Puis, tout alla très vite.

La victoire de Tagliacozzo n'atténua en rien la haine que Charles éprouvait pour ceux qui avaient osé lui disputer son royaume et surtout pour les traîtres qui avaient renié leur serment de fidélité. Il tint néanmoins la promesse qu'il avait faite à Fiordalisa : il organisa un jugement en bonne et due forme pour décider du sort de Conradin de Hohenstaufen et de Frédéric d'Autriche. On peut imaginer cependant que la Justice, alors que le roi criait vengeance pour l'inexcusable décapitation de son maréchal, ne fut pas d'une sérénité exemplaire : deux juges sur trois se prononcèrent pour la peine de mort ; le troisième juge proposa la prison perpétuelle, sans doute sur ordre de Charles, pour montrer que la sentence avait été prise en toute indépendance, un procédé classique de la justice d'État.

Le royaume se couvrit de gibets et d'échafauds. Les traîtres avaient été nombreux, mais les fausses dénonciations encore plus : quand on apprit que les terres des condamnés étaient distribuées, beaucoup y virent un bon moyen de démarrer un début de patrimoine. Charles se fit ainsi quelques amis mais, hélas, beaucoup plus d'ennemis : non seulement ceux qui ne reçurent pas les terres convoitées mais les quelques-uns qui trouvaient que ce bain de sang n'était pas digne d'un roi très chrétien, même s'il avait la bénédiction conjointe du Saint-Père et de la Justice.

Fiordalisa comptait parmi ces derniers. Certes, elle était toujours sous le charme de Charles, héritier de ce que pouvait donner de mieux la chevalerie française et l'espagnole. L'homme, ce beau et fier guerrier, cet administrateur d'exception, ce brillant stratège, ce fin diplomate, restait fascinant. Mais, tout à coup, il lui sembla que les attributs du tyran apparaissaient sous les traits du prince éclairé, du roi qu'elle aimait.

Lorsque le jour terrible arriva, ce ne fut plus une impression mais une affreuse réalité.

Le soleil inondait de sa chaleureuse gaîté le Campo Morocino[42] où les Napolitains aimaient se rencontrer pour deviser, partager les dernières nouvelles, en somme parler de tout c'est-à-dire, le plus souvent, de rien. Ce jour-là pourtant, il y avait, sans aucun doute, matière à discussion : l'échafaud trônait au milieu du Campo et le bourreau, les bras croisés, sa lourde hache fichée dans le billot, attendait l'arrivée des illustres condamnés qui vivaient leurs derniers instants dans une geôle humide du château de l'Œuf.

Les commentaires allaient bon train.

Il y eut bientôt un mouvement de foule. Un lourd silence s'installa. Les condamnés arrivaient mais la meute de spectateurs qui se pressait autour d'eux empêchait de les voir. Soudain, ils apparurent, tout

---

[42] Aujourd'hui, la place du Marché (il était à l'origine le marché réservé – horreur du communautarisme – aux commerçants arabes, d'où son nom).

habillés de blanc, sur la grande estrade recouverte d'un velours cramoisi, privilège de leur sang royal. Sans un regard pour le bourreau, ils saluèrent la foule avec toute la dignité qui sied à des petits-fils d'empereur. Mais derrière le port majestueux qui témoignait d'une très aristocratique éducation, le petit peuple sut deviner l'immense détresse de ces deux jouvenceaux qui ne savaient plus très bien pourquoi on les avait arrachés à leurs chères études et à leur insouciante vie de château. Lorsqu'ils joignirent leurs mains fines et levèrent les yeux vers Dieu, tout un chacun comprit que, chevaliers accomplis, ils ne craignaient pas la mort mais qu'ils souffraient de ne pas avoir de réponse à cette lancinante question : pourquoi allaient-ils mourir pour ceux qui, faisant fi de leur belle jeunesse, étaient venu les chercher afin d'assouvir leur soif de pouvoir ? Ils étaient trop jeunes pour comprendre qu'ils étaient sacrifiés sur l'autel sanguinolent de la politique.

La foule se jeta à genoux, priant en silence. Le ciel s'était obscurci et, soudain, l'orage gronda, signe manifeste du courroux de Dieu. Il était évident que les mains du roi de Naples et de Sicile allaient être tachées du sang d'innocents dont la sainteté était désormais aveuglante. Effectivement, la grande majorité de ceux qui avaient assisté au drame se souvinrent longtemps des auréoles qui faisaient scintiller la blonde chevelure des pauvres petits martyrs.

Et pourtant, lorsque le bourreau eut par deux fois levé sa hache, les regards embués refusaient l'empreinte des images sanglantes. L'affreuse besogne achevée, l'émotion était si vive que personne ne put se rappeler la scène insoutenable. Sur qui la hache s'était-elle abattue en premier ? Lequel des deux avait embrassé la tête qui avait roulé à terre avant de poser la sienne sur le billot ?

Mais tout le monde se souvint d'avoir pleuré à chaudes larmes.

S'ils n'avaient pas été si blonds et si attendrissants, s'ils n'avaient pas ressemblé à des anges, il aurait été malaisé de faire passer Charles pour un tyran, même s'il « avait le goût de l'ordre au suprême degré ».

Il aurait été difficile pour le roi d'Aragon de convaincre les Siciliens de se révolter, quelques années plus tard, contre l'Angevin, soudain réputé « envahisseur » et Charles n'aurait pas perdu la belle île qui était le joyau de son royaume.

Le Capétien aurait peut-être fait la conquête de Byzance au lieu d'avoir à rétablir l'ordre sur ses terres.

Ainsi va l'Histoire…

Clément IV, mourut un mois, jour pour jour, après la triste exécution. Quelques-uns, convaincus de sa lourde responsabilité, le surnommèrent le « pape assassin ». Le peuple tout entier vit dans cette mort prématurée le juste châtiment du Ciel.

Un peu d'histoire

Au moment de quitter le royaume de Naples et de Sicile, il n'est pas inutile, me semble-t-il, de revenir sur la fabuleuse histoire et la personnalité exceptionnelle de Charles d'Anjou dont les descendants régneront sur le sud de l'Italie pendant près de deux cents ans. Si fabuleuse et si exceptionnelle qu'on s'étonne que l'histoire de France telle qu'on nous l'enseigne n'en fasse nulle mention. Pourtant Charles est à l'origine de la tentation perpétuelle du « mirage italien ». Cette attirance, sous prétexte de revendiquer l'héritage des « Angevins de Naples », a habité nombre de nos rois, et non des moindres. Tous les écoliers connaissent la date de Marignan, mais rarement la raison de cette bataille. Ce mirage qui a empoisonné notre histoire, a coûté beaucoup de soldats et d'argent à la France mais au moins nos rois ne sont pas revenus les mains vides de ces campagnes d'Italie… pour le plus grand bonheur de leurs collections, puis de nos musées.

Le problème est que les historiens – pas ceux d'aujourd'hui qui se penchent, bien sûr, sur des sujets plus importants – ont toujours été quasiment unanimes dans leur détestation de Charles d'Anjou, pour des raisons d'ailleurs très différentes selon leur nationalité (bon indice de subjectivité outrancière, en général).

Les historiens français lui reprochent de n'avoir pas aidé son frère, notre si vertueux et inattaquable Saint Louis, dans sa croisade de Tunis, aussi funeste que la première. Il faut pourtant admettre que Charles avait toujours affiché son hostilité à l'idée d'une nouvelle croisade. Parce qu'elle était passée de mode ? Par raison politique, pour ne pas heurter les nombreux musulmans de son royaume ou ses partenaires commerciaux en Égypte ? Ou bien, avait-il été « contaminé » par la tolérance de ses prédécesseurs sur le trône de Sicile ? Plus probablement, parce que toute l'énergie de Charles était focalisée sur un objectif plus intéressant que la prise de Tunis : la conquête de l'empire byzantin qu'il avait été contraint de différer pour faire face à la menace de Conradin. De toute manière, Louis n'avait pas besoin, a priori, de troupes immenses pour venir à bout d'un bey de Tunis qui régnait sur ce qui n'était guère plus qu'un modeste repaire de pirates.

Le désastre de la croisade de Tunis n'était d'ailleurs pas imputable à une infériorité militaire des croisés mais aux ravages d'une épidémie de dysenterie dont le roi de France fut une des nombreuses victimes. Apprenant les difficultés rencontrées par les chevaliers français, le roi de Sicile se porta néanmoins à leur secours. Il paraît difficile de lui reprocher d'être arrivé après la mort de Louis. Le nouveau roi de France, Philippe III le Hardi, qui avait vécu la débâcle de Tunis et assisté à la mort de son père, ne lui en fera d'ailleurs jamais le reproche et lui gardera toute son affection. Les historiens français, au lieu de critiquer l'Angevin, devraient plutôt louer ses qualités de stratège et de négociateur car, prenant immédiatement les choses en main, il accula rapidement le bey de Tunis à implorer le départ des Francs en échange d'un énorme tribut (dont Charles avait bien mérité, après tout, d'en garder le tiers). À ce propos, quand vous lirez, dans nombre de livres d'histoire, que le but de la croisade était la conversion du bey au christianisme, vous sourirez aussi. Si tel avait été le cas, le bey aurait sûrement décidé de faire mine de se convertir plutôt que de livrer son lourd trésor aux « roumis barbares ».

Avec les historiens italiens, du moins ceux postérieurs à l'unité italienne, on monte d'un cran dans le ressentiment : ils ont tous décidé, à la suite de l'un d'entre eux, de faire de Charles l'archétype du conquérant étranger dont le plus grand plaisir était d'asservir les gentils habitants de la péninsule. Pourquoi lui, alors que l'Italie, et tout particulièrement la Sicile, a subi nombre d'envahisseurs largement aussi avides : Grecs, Lombards, Byzantins, Arabes, Normands, Allemands, Aragonais, Bourbons ? Sans aucun doute à cause des « Vêpres siciliennes », soulèvement qui, en 1282 allait forcer Charles à abandonner la belle et riche Sicile. Cette révolte, présentée comme populaire, est parfaitement apte à illustrer le vibrant patriotisme des Italiens qui aurait permis, fait assez rare dans l'histoire de l'Italie, de chasser enfin un « infâme despote étranger ». En vérité, malgré les belles pages écrites ou chantées à la gloire du courage du peuple italien, la perte de la Sicile est due au succès d'une coalition entre le roi d'Aragon et l'empereur de Byzance contre Charles. À juste titre, Michel Paléologue y voyait la possibilité d'une entrave aux visées orientales de Charles qui s'apprêtait à lancer sa redoutable flotte sur Constantinople. Le patriotisme du peuple italien n'y était donc pour rien. Mais il faut bien cultiver l'amour de la patrie !

Enfin, avec les historiens allemands, on verse dans la haine absolue. Avec la décapitation de Conradin, Charles devient le tyran odieux et sanguinaire qui, français de surcroît, ne mérite aucune circonstance atténuante. L'âge de la victime n'est évidemment pas de nature à faire passer Charles d'Anjou pour un tendre, ce qu'il n'était sûrement pas. Au demeurant, ce même

Conradin qui est, sans exception dans l'histoire d'Allemagne, présenté comme un angelot sacrifié par un barbare assoiffé de sang, n'avait pas hésité à faire décapiter Jean de Brayselve – prisonnier de guerre qui n'avait eu, pour seul tort, que celui de livrer une bataille… et de la perdre. Si Conradin avait été vainqueur à Tagliacozzo, Charles n'aurait pas échappé à l'échafaud. C'était une lutte à mort, « la plus âpre qui ait jamais été au monde », selon un chroniqueur de l'époque. C'était aussi le point de vue de Clément IV, qui, à défaut de sainteté, avait certainement une excellente connaissance de la nature humaine : « Vita Conradini, mors Caroli ; vita Caroli, mors Conradini. »

Cette haine des historiens est un bel exemple de la subjectivité de l'histoire, ou plutôt de son utilisation à des fins de propagande politique.

Il faut reconnaître néanmoins que le caractère du Charles de l'après-Tagliacozzo est notablement différent de celui qui, au début de son règne, voulait « administrer à ses sujets la paix et la justice en surabondance ». En fait, il fut incapable d'admettre que ceux qui l'avaient reconnu comme leur souverain et qui avaient accepté ses faveurs puissent ensuite le trahir. Il n'avait pas compris que la chevalerie, ancrée dans les principes de la *Cité de Dieu* chère à saint Augustin, vivait ses derniers instants. Il n'avait pas vu que Machiavel, déjà, se profilait à l'horizon. Dans une rage inassouvie, les tribunaux d'exception allaient fleurir. Les gibets aussi. Comme le dira un autre chroniqueur : « Il n'écoutait plus les conseils et trop les dénonciations. ». Sainte Douceline, aristocrate provençale, l'affirmera: « Charles avait oublié la crainte de Dieu à qui il devait tant. »

11 - ESCALE À VENISE

Fiordalisa pleurait. Elle pleurait le jour. Elle pleurait la nuit. Le temps, amer et immobile, se nourrissait de sa douleur sans lui accorder le moindre répit. Les images atroces de l'exécution de Conradin – mélange confus de blond, de blanc, de sang – hantaient son esprit avec une persistance si tyrannique que ses larmes n'avaient pas le temps de sécher.

Elle tenta maintes fois de se raisonner : Conradin n'était certes pas l'ange que son âge et sa douce physionomie appelaient à faire croire. L'odieuse exécution du bon maréchal de Brayselve, chevalier à la droiture légendaire, montrait à l'évidence que l'âme du petit prince n'était pas aussi pure que l'image qu'il projetait sur les foules. Pouvait-on, néanmoins, reprocher au petit-fils de Frédéric de Hohenstaufen sa volonté de recouvrer ce qui lui avait été volé par un Capétien trop avide – comme on le lui avait maintes fois expliqué ?

Fiordalisa avait fini par se convaincre que c'était Charles l'usurpateur. L'investiture que lui avait accordée un pape à la solde des Français ne devait rien à Dieu. Ce n'était qu'une basse manœuvre politique et une injure à la morale chrétienne. Et cet usurpateur avait décidé la mort de Conradin. Le simulacre de justice n'adoucissait en rien l'horreur de l'ignoble exécution. Le fait que Clément avait souhaité la mort de Conradin ne diminuait aucunement la responsabilité de Charles.

Comme tous les Capétiens, il avait toujours montré qu'il savait, lorsque cela le servait, passer outre les volontés d'un pape – a fortiori d'un pape à sa solde.

Fiordalisa ne connaissait pas Conradin mais elle ne pouvait oublier que c'était son neveu. Le sang répandu sur l'échafaud était celui des Hohenstaufen, celui-là même qui coulait dans ses veines.

Pour ajouter encore à sa douleur, une insupportable contradiction envahissait son esprit, obscurcissait sa raison tout en projetant en pleine lumière l'insoluble de sa vie : il était évident qu'elle se devait désormais de haïr celui qu'elle voyait soudain comme le tyran de son pays et le bourreau de sa famille. Et pourtant, au plus profond d'elle-même, elle sentait qu'elle aimait toujours Charles.

Après tout, elle était bien placée pour pouvoir témoigner que Charles avait été, avant cette funeste descente de Conradin, parfaitement digne des multiples éloges dont l'origine dépassait largement le cercle de courtisans serviles

Aujourd'hui cependant, ce n'était plus le prince magnifique et tolérant qu'elle avait connu et il était trop douloureux pour Fiordalisa de vivre un amour sans estime. Pire, une passion dans l'horreur.

Il lui était impossible de supporter la lumière trop vive du jour ; la nuit n'était qu'angoisse. La princesse vive et enjouée était devenue un fantôme immobile. Et, toujours, le retour lancinant de la même image insoutenable : blond, blanc, rouge. Sombrait-elle dans la folie ?

La cour de Naples bruissait d'apartés et de chuchotements et les supputations sur la santé de Fiordalisa allaient bon train. Tous s'accordaient sur l'étiolement probablement fatal de la belle. La jalousie étant un sentiment plus répandu que la compassion – surtout dans l'entourage des puissants – les tristesses hypocrites étaient plus fréquentes que les larmes sincères.

Un beau jour pourtant, Fiordalisa eut l'impression de renaître. Ce n'était pas encore l'œuvre du temps qui finit toujours par adoucir les peines les plus lourdes. Il advint tout simplement, comme le corps au sortir d'une pénible maladie, que son esprit s'était soudain décidé à revivre, à penser plutôt qu'à ressentir, à refuser une route sans issue. Une évidence s'imposa : elle devait fuir. Quitter son pays, s'arracher à un amour qui ne serait que torture : il fallait passer par cette ultime souffrance pour échapper à une souffrance éternelle. C'était le prix à payer pour espérer retrouver le chemin d'un heureux destin.

Sa décision était irrévocable. Fuir certes, mais où? Pas question de se réfugier chez Pierre d'Aragon qui, marié à Constance de Hohenstaufen, la fille aînée de Manfred, avait vite fait de revendiquer, Conradin disparu, le royaume de Naples et de Sicile. Elle doutait, en effet, que les liens du sang suffisent à gommer son image de « fleurdelisée », aggravée par son amour affiché pour l'envahisseur français. L'accueil serait probablement assez froid ou, plus vraisemblablement, franchement hostile. De toute façon, elle n'avait guère envie de retrouver à la cour d'Aragon tous les anciens proches de son frère qui, sans vergogne, avaient trahi Charles malgré leur soumission et leurs beaux serments d'éternelle fidélité –les Procida, les Lancia et tous les autres.

De même, enfant naturelle – et pire, de mère musulmane – elle aurait difficilement pu trouver refuge en Souabe, dans ce qui restait de la famille

Hohenstaufen. De plus, fille du soleil, elle savait qu'elle se serait inexorablement fanée dans les neiges et les frimas de ces contrées gothiques, trop barbares pour une princesse sicilienne.

Louis de France, à supposer que sa mansuétude prenne le pas sur sa raideur, comprendrait peut-être sa situation ? Mais le palais de la Cité était trop affreusement triste.

Pourquoi pas Venise ?

Évidemment, c'était une ville de commerçants parvenus qui ne s'intéressaient qu'à leur richesse – unique mesure de leur prestige – et aux moyens de l'accroître. Mais, après tout, les grands barons qu'elle avait connus en Sicile avaient-ils, dans leur soif de conquêtes et de gloire, d'autres objectifs ? Ils ajoutaient seulement l'hypocrisie à la cupidité, en masquant leur volonté d'accaparement derrière deux grands et immuables principes : défendre la religion du Christ et faire le bonheur de leurs sujets.

Venise présentait un avantage majeur : la riche cité s'était toujours bien gardée de se mêler des luttes entre les Guelfes et les Gibelins, entre les papes et les empereurs, et elle avait atteint un niveau inégalé dans l'art de la neutralité, état difficile à atteindre et encore plus à préserver. Pour Fiordalisa, c'était un gage de tranquillité. Après les années agitées qu'elle venait de vivre, il lui semblait qu'il n'y avait pas de bien plus précieux que la paix. Malgré ses dix-huit ans – l'âge de la soif d'aventures – et en dépit de sa fougue naturelle qu'on disait héritée de son père, elle aspirait sincèrement à une vie sereine et sage, sans savoir alors que ce vœu ne serait jamais exaucé.

Depuis l'ambassade qu'elle avait effectuée à la demande de Charles, les souvenirs qu'elle avait gardés de Venise renforçaient son idée d'y trouver refuge : de toutes les villes qu'elle connaissait, c'était la seule qui pouvait rivaliser avec le raffinement et l'opulence qu'elle avait connu à Palerme ou à Naples.

Sa décision prise, gagner Venise à l'insu de Charles ne fut pas trop difficile.

Elle prétendit qu'elle devait se rendre auprès de sa nourrice car elle avait appris que sa chère Fatima, malade, vivait ses derniers instants à Trani où elle s'était retirée. Charles, qui s'inquiétait de la mélancolie persistante de sa maîtresse chérie, fut vite persuadé qu'un petit voyage lui ferait du bien et il mit une solide escorte à sa disposition.

Le cortège arriva promptement et sans encombre à Trani. Ce grand port de l'Adriatique était spécialisé dans le commerce du royaume avec l'Orient et avec Venise. À ce titre, il abritait une puissante colonie de marchands vénitiens. L'énormité indécente de leurs bénéfices suscitait la jalousie de leurs concurrents locaux qui suggéraient que Charles serait bien venu de les chasser. Ces envieux ne cessaient de prétendre qu'ils pourraient avantageusement remplacer les Vénitiens dont le seul talent, disaient-ils, était leur absence de scrupules, comme on le dit toujours des étrangers qui réussissent. Mais Charles, pur produit d'une lignée de haute noblesse, ne pouvait imaginer qu'un bon commerçant pût être honnête et ne se formalisait donc pas de ces inutiles récriminations. Comme il avait besoin de négociants efficaces, pour sa fortune et celle de son royaume, il s'était refusé à les chasser. Sans omettre évidemment de les taxer – assez lourdement, à dire vrai. Chacun sait que taxer un commerce immoral n'a rien d'immoral : il faut bien taxer ce qui rapporte beaucoup si on veut gouverner au nom de l'intérêt général et faire le bonheur de ses sujets. De toute manière, les chasser du royaume eût été doublement stupide : se priver de rentrées fiscales bienvenues et froisser la riche et puissante cité maritime si utile à ses projets de conquête de Constantinople.

Le roi de Naples et de Sicile choyait donc ses marchands vénitiens et tout particulièrement leur consul qui était devenu un familier de la Cour. Ce vieux Marco Badoer passait son temps à demander, comme tout commerçant normalement constitué, une réduction des taxes – toujours excessives, comme chacun sait. Malin, il n'ignorait pas que Charles s'y refuserait mais il savait aussi que l'Angevin se croirait obligé d'accorder une petite faveur en compensation de son refus. Parmi les petites faveurs, il en obtint une de grande importance : les gabelous et la police du royaume n'avaient plus le droit de monter à bord des vaisseaux vénitiens ; il fallait croire le capitaine sur parole quant à la valeur des marchandises donc à l'assiette de la taxe[43].

Il suffisait donc à Fiordalisa, qui connaissait ce privilège, de réussir à s'embarquer sur un navire vénitien pour s'enfuir, sans risque et en toute impunité.

Marco Badoer avait fait partie de l'ambassade à Venise et s'était rendu compte du penchant très visible de Giovanni, fils du nouveau doge, pour Fiordalisa. Il lui était difficile de refuser l'aide qu'elle demandait avec cette majesté naturelle qui rendait bien difficile la contestation. Mais, à l'inverse, quelle catastrophe pour

---

[43] De tout temps, les bons commerçants ont grugé ou corrompu ceux qui prétendaient – et croyaient – leur imposer des lois, des règlements et des contrôles, mais il faut avouer que, dans ce registre, les Vénitiens étaient aussi bons, sinon meilleurs, que nos banquiers d'aujourd'hui.

sa carrière et son patrimoine si le roi de Naples et de Sicile, comte de Provence, d'Anjou et du Maine découvrait qu'il avait – lui, consul de Venise – contribué à la fuite de sa belle ! Heureusement pour elle, il se laissa convaincre de mettre en œuvre un stratagème aussi éculé qu'efficace : le soir où sa nourrice vint à s'éteindre dans le bonheur le plus parfait auprès de sa princesse adorée, Fiordalisa quitta furtivement sa maison par une porte dérobée. Sa petite escorte qui montait la garde ne prêta guère attention au jeune homme qui portait, parmi tant d'autres dans ce quartier des gargotes et des bordels, la tenue caractéristique des matelots vénitiens.

C'est ainsi que Fiordalisa gagna sans encombre une galère au joli nom de *Santa Maria Gloriosa*, qui portait fièrement l'étendard orné du lion de saint Marc.

Marco Badoer ne fut pas inquiété malgré l'enquête diligentée par Charles à l'annonce de la disparition de Fiordalisa. De lourds soupçons pesèrent sur le consul, surtout lorsque Charles reçut une lettre de Fiordalisa lui expliquant la raison et la destination de sa fuite. Mais pour un conquérant qui se respecte, pour un roi, fils de roi, futur empereur d'Orient, l'ambition ne pouvait pas s'agenouiller devant l'amour : le soutien de la République de Venise était plus important que la présence de Fiordalisa, quoi qu'il pût en souffrir. Il n'était pas question de risquer un incident diplomatique en punissant le consul comme il le méritait.

En fait, l'évasion de Fiordalisa ne fit que deux victimes, innocentes comme d'habitude lorsqu'elles se trouvent mêlées, sans le savoir, aux affaires des puissants : le sergent qui commandait l'escorte de Fiordalisa passa, sans jamais en comprendre la cause, quelque temps dans les geôles du Château de l'Œuf, avant d'être libéré au motif qu'on ne savait plus, quelques années après, pourquoi on l'y avait mis ; le capitaine de la galère perdit sa réputation lorsque l'équipage raconta plus tard, dans les tavernes de Venise, que ce marin célèbre, qui avait souvent fait trembler l'ennemi génois, se plaisait en compagnie d'un beau jouvenceau blond, présenté comme matelot, mais qu'on n'avait jamais vu ni ramer ni manœuvrer.

Lorsque, par un petit matin brumeux, la galère franchit avec précaution la passe San Nicola du Lido, Fiordalisa fut émerveillée de revoir la fascinante cité qui, tout à coup, s'était parée de toute sa splendeur lorsque la Bora, le vent qui vient de la mer, avait déchiré le rideau de brouillard qui cachait ses grâces : instantané prodigieux et paysage féérique dont la parfaite conjonction ne pouvait être que le doux présage du bonheur retrouvé.

La galère se glissa entre les innombrables barques et chalands qui ne cessaient jamais leur noria de marchandises de toutes sortes entre les naves au mouillage et les rives du Grand Canal où elles s'entassaient dans un désordre indescriptible de barils, sacs, caisses et ballots, en amoncellements dont la hauteur donnait une assez bonne idée de la solide richesse de la ville.

Sitôt la *Santa Maria Gloriosa* amarrée dans l'Arsenal, le capitaine escorta Fiordalisa, toujours déguisée en matelot, au palais des Doges. Il suivait les instructions du consul qui imaginait que le doge ne saurait refuser à Giovanni, son fils préféré, l'octroi d'un droit d'asile à la princesse de son cœur mais serait peut-être désireux, un certain temps du moins, d'en tenir secrète l'identité pour ne pas nuire aux bonnes relations diplomatiques qui s'étaient instaurées entre Venise et le royaume de Naples.

Ce fut bien la première intention de Lorenzo Tiepolo, le nouveau doge de la Dominante. Malgré les suppliques de Giovanni, il exigea que Fiordalisa fût placée en résidence surveillée avec interdiction de sortir sans être voilée[44]. Fiordalisa, craignant d'être chassée de Venise, s'abstint d'avouer qu'elle avait déjà envoyé une missive à Charles. Ce dernier, qui était donc parfaitement au courant, simula la plus parfaite indifférence devant ce qu'il avait pourtant vécu dans une immense tristesse mais aussi, sans doute pire pour un roi, comme un invraisemblable affront. Surmontant blessures du cœur et de l'orgueil, il fit savoir, très royal, qu'il n'éprouvait aucune rancune à l'encontre de Fiordalisa ou de ceux qui l'avaient accueillie – au grand soulagement du doge.

Pour faire bonne figure, Charles s'empressa de se remarier. C'est ainsi que Marguerite remplaça Béatrice. Dans toutes les cours d'Europe, on parla beaucoup de ce mariage précipité qui étonnait d'autant plus que sa nouvelle femme, belle mais fille du modeste comte de Nevers, n'apportait à Charles aucun avantage politique particulier.

À l'annonce de cette union, Fiordalisa éprouva un petit pincement au cœur. Elle ne savait pas encore que la passion du pouvoir est plus redoutable que la passion d'amour et, comme toutes les femmes, elle aurait apprécié que l'homme qu'elle avait décidé de quitter

[44] Ce qui n'était pas trop gênant, puisque les femmes de Venise avaient adopté la mode du voile en usage à Byzance qui faisait alors autorité dans le monde chrétien… et, bien souvent, en Islam, où cette mode du port du voile était récente.

baigne jusqu'à la fin de ses jours dans un torrent de larmes. Mais ce fut un sentiment très fugitif.

Pour Charles, l'important était que le principe d'une alliance naturelle de Naples et de Venise restât intact. Pour Fiordalisa, son orgueil ne souffrit pas de ne pas avoir été, comme jadis la belle Hélène de Troie, la cause d'une guerre. Au contraire, toute à la joie de sa liberté retrouvée, elle succomba rapidement à la cour pressante du fils du doge.

Ce fut un beau mariage.

Le cortège s'engouffra dans la basilique San Marco dans un tel déferlement chatoyant de vair et d'hermine, de brocart et de moire, d'ors et de gemmes que même les resplendissantes mosaïques byzantines et les joyaux de la *Pala d'Oro* semblaient perdre un peu de leur éclat. En comparaison, le dénuement de Fiordalisa, qui avait refusé d'emprunter les bijoux fastueux que lui proposait sa famille d'adoption, créait, au milieu de cette foule ostensiblement opulente, un contraste saisissant qui mettait en valeur la beauté de sa chevelure. De toute manière, il lui avait semblé que sa tenue, dans sa simplicité de bon aloi, était mieux adaptée à un sacrement qui, selon elle, ne devait pas laisser la moindre place à la frivolité et encore moins à l'étalage ridicule d'un luxe inutile.

Elle se rappela les clameurs de saint Bernard : « Ô vanité des vanités, mais encore plus folie que vanité ! L'église scintille de tous côtés, mais le pauvre a faim ! Les murs de l'église sont cousus d'or, mais les enfants de l'Église restent nus… Dites-moi donc, dans le lieu saint, que vient faire l'or ? »

Le patriarche et ses évêques étaient, eux aussi, cousus d'or car ils savaient, contrairement à ce pauvre saint Bernard, que les fidèles aiment les fastes de l'Église. Et tout particulièrement les Vénitiens. C'était d'ailleurs un devoir des citoyens de rapporter de leurs voyages lointains tout ce qui pourrait ajouter encore à la splendeur de la basilique. Il ne faisait aucun doute pour ces marchands que Dieu appréciait volontiers les multiples rapines, effectuées en son Nom, qui avaient transformé la modeste église des origines en ce magnifique trésor digne de sa Gloire. Pour Fiordalisa, il lui semblait plutôt que cette église de pirates avait une fonction de la plus haute importance, mais toute païenne : témoigner de l'inégalable richesse des citoyens de Venise.

La messe fut, comme souvent, un peu longue mais la musique somptueuse. Quand les sermons sont ennuyeux, l'esprit virevolte. Fiordalisa ne se sentait pas éperdue d'amour mais se félicitait néanmoins que Giovanni fût beau, fort et de bonne race puisque sa mère était fille du roi de Serbie. Et, de plus, déjà glorieux malgré son jeune âge puisqu'il venait de remporter une fort belle victoire sur les Génois le long des côtes de Morée. C'était donc une alliance tout à fait respectable même pour une princesse de très haute lignée. Pour le doge, imaginer que son futur petit fils aurait du sang des Hohenstaufen balayait ce petit regret d'avoir une belle-fille sans dot, ce qui faisait sûrement jaser les autres grandes familles patriciennes. Quant à Giovanni, il vivait des instants de pure béatitude, état qui prédispose en général au vide de la pensée.

Au sortir de la basilique, Fiordalisa, aveuglée par l'éclat brutal du soleil, assourdie par le vacarme des trompettes et des tambours, secouée par les mouvements de la foule en liesse, se félicita de pouvoir s'accrocher au bras puissant de son tout neuf époux. La Piazza, fière de son récent pavage qui faisait l'admiration des visiteurs étrangers, arborait des centaines de banderoles de soie. Des galères chamarrées portaient chœurs et orchestres qui rivalisaient par cantiques interposés. Les enfants agitaient leurs rameaux d'olivier avec application tout en observant d'un œil circonspect le vol erratique des centaines de colombes qui avaient été soudain libérées de leurs cages d'osier.

Fiordalisa salua la foule.

Lorsque, dans un geste gracieux, elle laissa tomber sa coiffe et son voile, sa beauté enflamma le cœur des hommes qui se bousculaient pour l'apercevoir. Fait plus rare pour une femme trop belle, elle gagna aussi, sans doute grâce à la modestie de son maintien, celui des dames qui se penchaient dangereusement aux fenêtres pour mieux l'admirer.

Les Vénitiens aimaient beaucoup les fêtes. Celle-ci dura trois jours. Trois jours de banquets, de joutes, de tournois, de régates et, hélas, de discours trop longs ou d'assauts de virtuosité interminables entre troubadours provençaux et ménestrels français, acteurs obligatoires de toute cérémonie – du moins des cérémonies dignes de ce nom, c'est à dire organisées par des gens riches, fiers de l'être et follement heureux de le montrer.

Les jours qui suivirent furent, pour Fiordalisa, heureux et sereins. Elle avait trouvé la paix qu'elle appelait de ses vœux. Parfois, elle se surprenait à regretter ces moments de passion qu'elle avait vécus avec Charles, félin aussi envoûtant que redoutable. Mais ce n'étaient que des sentiments très fugitifs. Cette passion était sans doute la norme pour un premier amour ; elle avait peut-être aussi été exacerbée par la nécessaire obligation de la vivre dans une relative pénombre.

De toute manière, il n'était pas dans la nature de Fiordalisa de se complaire longtemps dans les regrets. Après tout, elle se sentait heureuse. C'était ce qui comptait. Elle pensa qu'il était probablement dans la nature des femmes de préférer le « pas assez » du calme plat au « trop » de la tempête.

Dans la journée, Fiordalisa ne voyait pas beaucoup Giovanni qui se consacrait avec zèle à sa lourde tache d'adjoint du très respecté Domenico Gabrieli qui, secrétaire du Conseil des Pregadi, était en quelque sorte le « ministre des affaires étrangères ». Dans la plupart des pays, ce ministère n'est pas d'une grande importance et il est généralement confié à des mondains qui, aveuglés par une trop grande estime de leur propre personne, sont incapables de jeter un œil objectif sur la ridicule inutilité de leurs actions. En revanche, dans une république de marchands, c'est évidemment une administration de la plus haute importance.

À Venise, l'État était omniprésent : il centralisait les informations commerciales ; évaluait les risques politiques ; faisait respecter les contrats signés à l'étranger ; protégeait les convois de navires marchands et les entrepôts des comptoirs lointains ; établissait les cartes marines et tenait à jour les instructions nautiques ; subventionnait les entreprises risquées, déficitaires mais porteuses d'avenir[45].

Bref, on ne chômait pas dans ce ministère qui préparait les décisions souveraines du Grand Conseil car

---

[45] Les Vénitiens, si riches qu'on les accusait de « drainer tout l'or des Chrétiens », ont toujours vécu dans l'idée que l'État avait un rôle important à jouer dans les affaires économiques. Ils ne savaient pas encore que « seul le libéralisme permet de créer des richesses », comme on tente aujourd'hui de nous convaincre que c'est une indiscutable évidence.

les Vénitiens savaient parfaitement que leur fortune dépendait très directement de la qualité de cette administration. Riche de fonctionnaires de talent et d'outils très sophistiqués, cette belle machine coûtait très cher mais nul citoyen n'aurait eu l'idée de critiquer les multiples taxes qui permettaient de la financer Comme tout était taxé, les taux étaient supportables. Un pays de marchands sait bien que petit pourcentage sur grande quantité – et non l'inverse – est le meilleur moyen d'accumuler beaucoup d'argent. Même les prostituées étaient taxées. Mais d'une manière élégante et intelligente. Taxées en fonction de leur beauté, les très belles étaient fières de payer beaucoup ; les moins belles se consolaient avec la légèreté de leurs impôts.

Giovanni était très apprécié du secrétaire du Conseil des Pregadi. Leur bonne entente avait valeur de symbole car elle illustrait parfaitement l'alliance objective du peuple, dont Domenico était issu, et des vieilles familles patriciennes que Giovanni représentait d'une manière presque caricaturale. Lorsqu'il s'agissait de l'avenir de Venise – c'est-à-dire du développement de son commerce – il n'était pas question de se laisser aller aux délicieuses mais vaines luttes politiques qui agitaient perpétuellement les autres villes italiennes.

Giovanni travaillait donc beaucoup, mais la solitude ne pesait pas sur Fiordalisa. Escortée de Setkem, sa jeune esclave nubienne qui lui avait été affectée d'emblée, attribut obligatoire d'une dame de son rang, Fiordalisa pouvait, voilée comme toutes les Vénitiennes, déambuler incognito et satisfaire sa curiosité en toute liberté.

Ce n'était pas facile de se promener dans cet enchevêtrement de ruelles et de canaux, parmi les multiples et formidables chantiers qui, témoins de la richesse des Vénitiens, fleurissaient comme bourgeons au printemps. Mais elle était fascinée par le travail des compagnons et leurs étranges machines de levage. Chaque jour, elle pouvait constater que l'église des *Frari* prenait encore un peu plus de hauteur. Pourquoi les ordres « mendiants » dépensaient-ils tant d'argent pour aller encore plus haut, au risque de voir leur bel édifice s'écrouler et tuer des innocents ? Chaque fois qu'elle posait cette question, on lui répondait que c'était pour se rapprocher de Dieu. C'était manifestement faux puisque, fort heureusement, les prêtres et les fidèles ne grimpaient pas au sommet pour faire leur prière. Ce devait donc être par pure vanité – avoir un clocher plus élevé que ceux des autres ordres – ce qui n'était probablement pas du goût de Dieu !

Elle aimait flâner dans le quartier de l'église San Giacomo, la plus ancienne de Venise. Sur le *campo* de cette paroisse, près du nouveau pont du Rialto qui sentait encore le bois neuf, se tenaient deux symboles de cette volonté de la Seigneurie d'assurer un strict encadrement du commerce par l'État : la colonne du *bando* sur laquelle le crieur de service proclamait les règlements commerciaux et la balance publique qui, étalon officiel, garantissait une pesée sans fraude.

C'était sur cette place que s'agitait la fine fleur du commerce international et que se traitaient les affaires importantes. Une plaque sur l'église rappelait aux hommes d'affaires qui auraient pu l'oublier « la joie que procure à Dieu le respect de la parole donnée ».

Fiordalisa s'étonnait toujours de voir ces marchands de tous pays – mais uniformément habillés d'une triste toge noire – conclure en un instant des contrats faramineux, investir dans des entreprises risquées et des comptoirs lointains, transférer par une simple signature des sommes colossales à Florence, Paris, Londres, Anvers ou Alexandrie.

Comme par hasard, c'était non loin de là, près de l'église San Matteo, que se tenaient les meilleures auberges et que résidaient les très nombreuses prostituées de luxe dont les tarifs étaient à la hauteur de leur réputation internationale[46]. La République de Venise se gardait bien d'interdire la prostitution. Elle ne faisait même pas semblant de la combattre : à l'évidence, les belles de nuit participaient à la renommée de la cité, contribuaient à sa richesse et permettaient aux riches marchands étrangers de joindre l'agréable à l'utile lorsqu'ils venaient « pour affaires » à Venise. Elles versaient aussi de confortables loyers que les notables de la ville encaissaient sans omettre de fustiger la débauche qui régnait dans cette paroisse. Suffisamment confortables en tout cas pour éviter à ces derniers toute interrogation inutile sur leur implication dans un commerce considéré comme une possible atteinte à la moralité. De toute façon, ils avaient la caution morale de saint Augustin qui, avec un bon sens dont il n'avait pas toujours su faire preuve, avait admis que la prostitution était un mal nécessaire.

Dans ses promenades, Fiordalisa évitait quelques quartiers pourris où s'entassaient de pauvres immigrés. Ils avaient fui les massacres qui accompagnaient les conquêtes des Francs, des Mongols, des Arabes, des Grecs et des Arméniens – conquêtes dont les flux et les reflux laissaient sur la terre leur éternelle écume de sang,

---

[46] Au XIII^{e}siècle, il n'y avait pas de tables « étoilées » mais les courtisanes de haute volée vivaient déjà grassement des fastes du commerce international. Différence notable : à cette époque, on payait de ses propres deniers ces menus plaisirs, sans utiliser « notes de frais » ou « retro-commissions ».

de viols, de pillages et de misère. Fiordalisa aurait aimé entrer dans les tavernes de ces bas-fonds où marins et portefaix buvaient, chantaient et jouaient de la musique. Mais Setkem n'avait pas la curiosité de sa maîtresse. Elle refusait obstinément de mettre un pied dans ce quartier qui, à défaut d'être le repaire de Satan comme elle le pensait, abritait suffisamment de malfrats pour avoir la certitude d'y recevoir injures et coups malgré l'omniprésence de sergents aussi nombreux qu'impuissants. Chaque Doge, en arrivant au pouvoir, jurait qu'il débarrasserait la ville de cette racaille mais les Vénitiens, gens de bon sens, ne croyaient plus, depuis longtemps, à ces proclamations politiques quasi rituelles. Les Doges non plus d'ailleurs : on construisait de nouvelles prisons. Hélas, plus on en construisait, plus il y avait de crimes et de délits.

Fiordalisa revenait à la Casa Tiepolo par le Quai des Esclavons où quelques parvenus faisaient construire les premiers palais de Venise. Ce quai avait deux fonctions essentielles: débarquer les esclaves achetés en mer Noire ou en Égypte et embarquer les pèlerins en partance pour les Lieux saints. Ces deux commerces avaient en commun d'être incroyablement lucratifs, mais ce n'était pas pour cette raison qu'ils se pratiquaient sur le même quai. C'était une simple question de bonne rentabilité : les flux sur un quai de commerce doivent être bien organisés et fluides. Sur le Quai des Esclavons, il y avait bien un double mouvement, mais sans risque de collision : les esclaves arrivaient pour ne jamais repartir ; les pèlerins partaient pour ne jamais revenir[47]. De plus,

[47] Ceux qui ne mouraient pas en route, avaient tellement souffert du mal de mer et des privations qu'ils revenaient souvent par voie de terre…où ils mouraient tout aussi bien.

pour tenir compte des habitudes d'Eole, le départ des navires vers l'Orient avait lieu au printemps ; leur retour en automne. Cela évitait aux pèlerins le croisement fâcheux avec ces hordes d'esclaves dont le regard triste et les tremblements de peur auraient pu faire croire que les Vénitiens, malgré le nombre impressionnant de leurs églises, n'étaient pas de bons chrétiens.

Dieu merci, les Vénitiens étaient incontestablement de bons chrétiens. Il suffisait pour s'en convaincre de lire leurs « livres de commerce ». Ces lourds registres comptables, témoins inaltérables des fortunes accumulées commençaient tous par ces mots : « Au nom de Notre Seigneur Jésus Christ, de la Sainte Vierge Marie et de toute la Sainte Cour du Paradis, que par leur très sainte grâce et leur bonté, il nous soit accordé bénéfices et santé, tant sur mer que sur terre, et que nos richesses et nos enfants se multiplient avec le salut de l'âme et du corps. Amen. »

Certes, on peut trouver à s'étonner que ces marchands placent les bénéfices avant la santé et les richesses avant les enfants mais il faut leur pardonner : ce sont des reflexes de solides hommes d'affaires. Ne chicanons pas : l'important était qu'ils croient en Dieu et qu'ils prient la Sainte Cour du Paradis. Ces nantis avaient conscience qu'ils étaient nés sur une pauvre lagune de sable et de sel dénuée de tout et que, sans Dieu, ils seraient restés pauvres. Cette grande piété des Vénitiens faisait la gloire et la fortune du clergé local. Les grands marchands, en effet, sont très généreux, surtout à la fin de leur vie lorsqu'ils sentent qu'il est grand temps de se faire pardonner les turpitudes qui sont le lot, hélas nécessaire, d'une activité commerciale réussie. Pris d'un ultime remord, façon de restituer à Dieu quelques biens mal acquis, ils accordaient, pour une fois sans compter, de somptueuses donations à leur paroisse. Les plus fortunés ne se contentaient pas de cette générosité de gagne-petit : ils faisaient construire des églises dont la décoration tapageuse resterait le dernier témoignage de la splendeur disparue de leur immense patrimoine terrestre.[48] Ainsi pardonnés, les riches, soudain pauvres, pouvaient mourir dans la même sérénité que les pauvres qui ont toujours été pauvres – auxquels le ciel, depuis l'avènement du Christ, était promis d'avance et par principe.

En cette période de l'année, les pèlerins commençaient à arriver à Venise. Ce n'était pas encore le moment d'embarquer mais celui, aussi difficile que risqué, de choisir le navire et le capitaine dans lesquels placer sa confiance et ses économies. Les pauvres candidats au voyage vers les Lieux saints se sentaient perdus entre les conseils des guides, des interprètes ou des garçons de tavernes dont les recommandations, largement commissionnées, étaient bien souvent contradictoires. Il existait même des conseillers spécialisés dans l'accueil des pèlerins, rétribués par la République, preuve d'une incontestable qualité de l'organisation du commerce de la foi. Fiordalisa s'amusait follement des boniments des capitaines qui se disputaient âprement une clientèle passablement désemparée face à l'importance de l'enjeu : faire le bon choix qui permettrait d'arriver sain et sauf. Il eut été stupide de mourir avant d'avoir vu Jérusalem. Ces spécialistes du transport de pèlerins vantaient bien fort leur immense talent et chuchotaient d'horribles histoires

---

[48] Aujourd'hui, avec la même vanité, ils font construire des musées. Une religion chasse l'autre : les toiles de maîtres ont remplacé les reliques dans la ridicule course au paraître.

de naufrages auxquels leurs concurrents avaient échappé par miracle, rappelant perfidement que les miracles ne se reproduisaient pas souvent. Pour des pèlerins dont la foi était, par définition, immense, il était bien difficile de choisir entre un capitaine talentueux mais peut-être trop sûr de lui, dont l'orgueil pourrait bien être puni, et un autre qui, ayant échappé au naufrage dans une horrible tempête, bénéficiait assurément de l'aide de Dieu – probablement parce qu'il avait peu péché.

Le prix de la traversée ne constituait pas un élément d'appréciation de la valeur des capitaines : s'ils décriaient leurs concurrents, ils n'omettaient pas de s'entendre sur les tarifs.

Vous l'avez compris : non contente d'avoir inventé le tourisme sexuel, Venise – l'extraordinaire Venise – avait aussi découvert les immenses retombées économiques du tourisme religieux.

Ainsi passaient les jours pour Fiordalisa, dans une opulence tranquille. Fini les drames et les turpitudes de la politique, avec son cortège de petites ou grandes trahisons et de basses vengeances ! Certes, son amour pour Giovanni, comparé à celui qu'elle avait éprouvé pour Charles, était sans doute un peu tiède. Mais c'était peut-être cela le véritable bonheur : vivre enfin sans la tyrannie d'une passion dévorante; sans le tourment permanent d'un amour torride. Oui, elle appréciait cette vie où l'on prend les jours comme ils viennent, comme ils glissent, lisses et fluides. Elle avait enfin atteint la douce ataraxie des philosophes grecs.

Un peu d'histoire

Rien dans ce chapitre qui ne soit conforme à l'histoire. Ou presque rien.

Marco Badoer était bien le consul de Venise et il entretenait d'excellentes relations avec Charles d'Anjou. Mais paix à son âme car il faut avouer que je n'ai jamais trouvé mention de son horrible forfait : l'exfiltration d'une maîtresse du roi de Sicile.

Domenico Gabrieli est un nom inventé – faute d'avoir trouvé le véritable nom du secrétaire du Conseil des Pregadi de l'époque. Petit détail, néanmoins : ce nom inventé n'est pas un nom de famille patricienne. En effet les patriciens étaient exclus des hautes charges de l'administration, façon « vénitienne » de faire fonctionner l'ascenseur social, comme on dit aujourd'hui, et de créer des contre-pouvoirs efficaces.

Ce Conseil des Pregadi, ou Sénat, était une émanation du Grand Conseil, l'assemblée législative. Il était bien chargé des dossiers relatifs à la navigation et la politique internationale. Le terme de *pregadi* – prieurs – vient du fait que ce conseil « priait » le doge d'adopter ses résolutions, façon élégante de dire que le doge ne pouvait, en fait, s'y soustraire.

Devant l'originalité et l'intelligence des institutions de la Sérénissime, on est stupéfait de constater que l'école de la République (la nôtre) n'a pas jugé bon de nous en dire trois lignes. Peur de montrer que notre Révolution n'avait pas été la première à supprimer le « droit divin » ?

Ce livre n'a pas pour objet de combler les lacunes de notre Éducation nationale mais il est difficile, néanmoins, de résister à l'envie de citer une remarquable invention politique des Vénitiens : le rôle institutionnel du hasard (certains diront la Providence) dans le choix des hommes.

Le plus bel exemple : l'élection du doge se déroule selon un processus très compliqué qui ne comprend pas moins de cinq scrutins. Mais ces cinq scrutins sont étonnamment entrecoupés de tirages au sort pour donner au pur hasard la redoutable faculté d'éliminer un certain nombre de candidats. Cela semble une ineptie, en particulier à nous, Français, à qui on a toujours fait croire à l'homme providentiel, susceptible d'être ainsi arbitrairement évincé de la compétition. Cette curieuse intervention du hasard avait justement été instituée pour éviter à l'heureux élu de se croire assuré d'être le meilleur – et par suite, irremplaçable – puisque le sort avait éliminé d'autres prétendants dont les qualités pouvaient justifier aussi une possible accession à la fonction suprême. Cette part de hasard obligeait le doge élu à ne jamais se départir d'une saine humilité. Elle avait une autre conséquence : compte tenu de l'imprévisibilité de l'élection, elle limitait les dépenses de campagne et rendait précaire les combinaisons politiques et les manigances. De toute manière, les candidats à la fonction suprême ne se pressaient pas en foule : le contrôle de son patrimoine était tel, que le doge, loin de s'enrichir, était quasiment condamné à s'appauvrir pendant l'exercice de ses fonctions. Stupide, n'est-ce-pas ?

De manière analogue, pour l'attribution d'un poste dans la haute administration, on procédait à un tirage au sort sur une liste de personnalités jugées aptes à cette fonction (chacun sait qu'il y a pléthore, en général !). On évitait ainsi toute forme de favoritisme, de népotisme ou de corruption avec une retombée psychologique intéressante : pour l'heureux gagnant, la modestie restait de mise ; pour les perdants, il était difficile de crier au scandale car seule la Providence pouvait être la cible d'éventuelles imprécations.

Enfin, il faut aussi noter une autre caractéristique des institutions vénitiennes – originale, non dans les principes, mais dans la rigueur de sa mise en œuvre : la Justice était d'une farouche indépendance et d'autant plus implacable que la position sociale du prévenu était élevée. Position logique, puisque son niveau d'éducation l'étant en proportion (en principe…), le nanti se devait d'être a priori moralement irréprochable. Bel exemple – rarissime évidemment – d'une société dirigée par des nantis qui, au nom de la morale, pénalise les nantis. On peut rêver !

On comprend aussi pourquoi la qualité de ses institutions a permis à la République de Venise de traverser les siècles. Jusqu'à ce qu'un certain Napoléon la fasse disparaître. Notre grand empereur avait eu l'intelligence de raser ce monument trop visible de la Démocratie qui faisait de l'ombre à notre République – monument étranger de surcroit !

12 - MENACES SUR LA DOMINANTE

Hélas, cette douce quiétude n'était pas destinée à durer. Il était écrit que les rares moments de bonheur accordés à Fiordalisa ne seraient jamais que de brefs instantanés.

En fait, sous les ors indécents de la République de Venise, la crise couvait : l'opulence de l'orgueilleuse cité ne pouvait plus cacher ses faiblesses, fissures de plus en plus visibles dans l'airain de sa puissance réputée éternelle.

Fiordalisa avait vite compris que les Vénitiens ne s'étaient toujours pas remis de la fin de l'empire latin d'Orient où les Francs régnaient en fantoches tandis que les marchands de la Dominante tenaient tous les leviers du pouvoir. Lorsque les Grecs de Michel Paléologue réussirent à reprendre Byzance, ils ne se contentèrent pas de chasser l'empereur latin Baudouin et les prélats catholiques ; ils dénoncèrent rapidement les privilèges exorbitants des Vénitiens qui jouissaient d'un contrôle de fait sur le commerce extérieur de Constantinople, base parfaite pour le négoce hautement lucratif avec l'Orient. Pire, les Grecs avaient trouvé bon de donner aux Génois, les ennemis les plus implacables des Vénitiens, ces mêmes droits dont ils avaient été soudainement privés.

Certes, quelques années plus tard, grâce à la finesse diplomatique du vieux doge Raniero Zeno mais surtout parce que l'empereur Michel avait rapidement compris qu'il avait tout à gagner d'une rivalité commerciale entre Génois et Vénitiens, ces derniers avaient pu reprendre pied dans leur paradis perdu. Malgré ce retour inespéré, les Vénitiens découvrirent vite que ce n'était plus le pays de cocagne qu'ils avaient connu lorsqu'ils étaient les véritables maîtres de Byzance : au lieu de jouir de leur monopole douillet, il fallait se battre continuellement contre les Génois pour des marges laminées par les méfaits de la concurrence. Pour les Vénitiens, elle était évidemment déloyale, comme toute concurrence ressentie. Et parfaitement stupide surtout, car ces Génois parvenus refusaient, au nom d'on ne sait quel principe absurde, toute entente sur les prix, ce qui est pourtant le b.a.-ba du commerce et la seule façon rapide – avec la corruption – de faire fortune.

Ce fut dans cette triste ambiance d'inquiétude généralisée qu'une affreuse disette s'était abattue sur l'arrogante cité. Venise était immensément riche mais, lorsqu'on avait gratté l'or des églises et des palais, il ne restait qu'une lagune salée d'où n'émergeaient que de rares vergers. Évidemment, il n'était pas difficile, en temps normal, de se procurer à l'extérieur le blé nécessaire. Les ducats vénitiens pouvaient tout acheter.

Hélas, une terrible sècheresse frappait la plus grande partie de l'Europe. Elle avait tari, tout particulièrement en cette triste année 1268[49], l'approvisionnement habituel. En effet, les pays producteurs avaient décidé de garder leur maigre récolte pour leur propre population, interdisant toute exportation de céréales. Pour une fois, une monnaie forte ne suffisait pas.

---

[49] Le réchauffement climatique, déjà ? Effectivement. Mais bien difficile d'en attribuer la cause au développement industriel ou aux pets des vaches, assez peu nombreuses à cette époque.

Venise avait dû son salut à l'intérêt tout particulier que lui portaient deux pays : le royaume de Naples et l'Égypte. Pour le premier, il était évident que Charles d'Anjou n'aurait rien refusé à la puissance maritime sur laquelle il comptait fermement pour l'aider à conquérir Byzance et devenir empereur d'Orient. Cela valait bien que ses sujets se serrent un peu la ceinture pour aider les Vénitiens et, surtout, pour gagner leur alliance. Pour l'Égypte, c'était plus difficile à comprendre.

Fiordalisa s'en ouvrit à Giovanni qui, gêné, tenta d'éluder la question. La surprenante bienveillance de l'Égypte des Mamelouks musulmans, c'était un secret d'État et il n'était pas d'usage, à Venise, qu'on discutât de secrets d'État avec sa dulcinée, fût-elle fille du grand Frédéric II. Mais Fiordalisa n'était pas de nature, malheureusement pour Giovanni, à rester dans l'ignorance à seule fin de satisfaire son conjoint.

– Mon joli seigneur, cela fait longtemps que j'ai appris à partager les petits ou grands secrets du pouvoir. Que ce soit avec mon frère Manfred ou avec le roi Charles, j'ai toujours été mise dans la confidence et je dois dire, sans forfanterie, que j'ai souvent été amenée à donner des conseils. Si vous pensiez avoir épousé une belle potiche, vous vous êtes fourvoyé !

– Je sais...Je sais, mais...le respect des secrets, c'est une règle sacrée de la République de Venise.

– Ah ! bien sûr, le secret des affaires. Vous resterez toujours une race de boutiquiers...

– Peut-être, mais ces boutiquiers se font un honneur de respecter leur promesse de silence. Parler d'un secret d'État hors le Grand Conseil est comme un péché mortel. À ceci près que la punition – l'échafaud – est immédiate. Encore plus immédiate pour un fils de doge qui se doit évidemment d'être au-dessus de tout soupçon[50].

– Si vous n'avez pas confiance en moi, à quoi bon rester mari et femme…Si vous voulez garder vos secrets d'État, vous feriez mieux d'épouser une riche et gentille vénitienne, respectueuse de votre religion du secret.

Giovanni était très amoureux. Suffisamment intelligent aussi pour sentir que Fiordalisa ne badinait pas et assez prudent pour ne pas prendre le risque de la voir mettre ses menaces de départ à exécution.

– Attendez… Pour l'Égypte, après tout, je peux vous en parler car nos relations avec ce pays sont assez connues.

– Oui, je sais que vous avez depuis longtemps des relations commerciales suivies avec les musulmans d'Afrique. Le royaume de Naples aussi. Les croisades n'ont jamais arrêté le commerce. Les guerres n'arrêtent jamais le commerce ! Au contraire, elles excellent à le développer. Alors, où est le problème ?

Devant le silence gêné de Giovanni, Fiordalisa ne résista pas à enfoncer le clou :

– De grâce, ne me sous-estimez pas ! Tout le monde sait que vous commercez allègrement avec les musulmans. Les papes n'y trouvent rien à redire car ils profitent directement des retombées de ce commerce – les dons généreux du richissime clergé vénitien. Vous avez même augmenté de belle façon les fructueux échanges avec l'Égypte depuis que le Basileus et les Génois vous ont quelque peu rogné les ailes à Constantinople. L'Égypte est désormais le canal privilégié – et vital – de votre commerce avec l'Orient.

---

[50] Ce beau principe du devoir de responsabilité tout particulier des élites est passé de mode depuis longtemps.

Alexandrie a remplacé Byzance. Raison d'État ! Cela vaut bien une tendre amitié avec ceux qu'on appelle les infidèles ! Je ne vous le reproche pas : mon père, tout empereur du Saint Empire qu'il était, avait pactisé avec le sultan du Caire de l'époque et il se flattait d'en être l'ami. Mais, lui, il avait été excommunié pour avoir fait la paix. Il avait pourtant obtenu le libre accès à Jérusalem pour les chrétiens mais il est vrai que cette amitié n'apportait pas de richesses particulières au pape. Et nos nobles croisés, si prompts à maudire l'islam, ne perdent pas la moindre occasion, sous prétexte de parties d'échecs dont ils sont devenus friands, de conclure de belles et bonnes affaires avec les Sarrasins. Tout ça pour dire que si vous espérez me faire croire que le commerce avec l'Égypte est un secret d'État, c'est que vous me prenez pour une demeurée de la dernière espèce…

– Ma très belle, calmez-vous, je ne voulais pas…Je pensais que…

– Giovanni, vous me méprisez si vous espérez que je vais croire vos mensonges. Le véritable secret d'État que Venise veut cacher, je le connais. Charles m'en avait parlé, presque avec admiration, car il n'avait pas osé – difficile quand on a pour frère un saint – adopter votre ignoble politique : vendre des armes aux ennemis de la Chrétienté.

– Mais, c'est de l'affabulation. Nous ne leur vendons pas d'armes…

– Si, ça revient au même : vous leur vendez ce dont ils ont besoin pour faire la guerre – du fer pour leurs armureries et du bois de chêne pour leurs balistes et leurs arsenaux.

Giovanni capitula et décida de jouer la franchise.

– Mais…Mais si nous avions refusé ces marchés, d'autres se seraient précipités pour prendre notre place : les Génois, les Siennois, les Allemands …

– Belle excuse ! Les marchands d'armes disent toujours ça. Ce faisant, de braves chevaliers qui pensent défendre la religion du Christ meurent pour une cause encore plus grandiose : l'opulence des Vénitiens. Je sais même que le pape menace d'excommunier votre orgueilleuse cité du fait de cet ignoble commerce dont il connaît tous les détails. Bien évidemment, cette menace n'a jamais été mise à exécution : excommunication signifierait l'arrêt des messes et des sacrements c'est-à-dire le tarissement des dons éblouissants de Venise au Saint-Siège – situation évidemment budgétairement intenable par ces temps de crise. C'est donc grâce à Baybars, le sanguinaire sultan du Caire, que vous avez obtenu ce blé salvateur – contre un peu plus de fer et un peu plus de bois.

– Bon, vous connaissez beaucoup de nos secrets mais vous ne savez pas tout. Pour vous montrer ma confiance, je vais vous éclairer. En ce qui concerne le blé de Baybars, vous vous trompez : nous ne l'avons pas obtenu contre plus de bois et de fer mais contre …notre amitié.

– Amitié avec ce féroce tyran, le plus cruel des cruels Mamelouks ? Décidément, Venise ne recule devant rien…

– Ne faites pas l'innocente ! Vous savez parfaitement qu'aucune nation ne s'embarrasse de morale quand il s 'agit de ses intérêts vitaux. Ce n'est pas nouveau et cela durera jusqu'à la fin des temps. Mais cette amitié – cette alliance, si vous voulez – est fondamentale pour l'avenir de notre cité. Ce n'est pas à cause du blé. Certes nous souffrons un peu de la disette mais, même sans le blé de l'Égypte, la situation ne serait pas désespérée : seuls quelques pauvres immigrés en auraient véritablement souffert. Ils constituent une main-d'œuvre utile mais ils n'auraient pas été difficiles à remplacer. Les bourgeois, eux, compte tenu des réserves accumulées dans les silos d'État, n'auraient guère eu le temps d'avoir faim. Non, la vraie raison de notre indispensable alliance avec les Mamelouks d'Égypte, c'est l'obligation de contrecarrer les ambitions indécentes de nos ennemis, les Génois, ces nouveaux riches sans foi ni loi qui tentent de nous ruiner et prétendent prendre notre place sur la scène internationale.

– Mais je croyais que les Génois, depuis la splendide victoire navale de votre père à Saint Jean d'Acre, avaient décidé de vous laisser le champ libre en Palestine et en Égypte. Avec Constantinople et la protection affichée du Basileus, sans compter leurs solides bastions de la mer Noire octroyés par les Mongols, ils paraissaient se contenter de leur enviable position sur la principale route de la soie et des richesses de l'Orient – la route terrestre – en vous abandonnant la route maritime.

– Bon…Maintenant, je ne suis plus à un secret près : on ne pourra pas me décapiter deux fois. Baybars et Venise ont de bonnes raisons d'être inquiets et de s'allier face à une menace bien réelle. Nos espions – les nations de boutiquiers, comme vous dites, en ont toujours d'excellents – nous ont informé d'une alliance entre les Génois et les Mongols, c'est-à-dire les pires ennemis respectifs des Vénitiens et des Mamelouks. La fougue de leur cavalerie et leur réputation de férocité ont donné aux Mongols un empire immense : l'Asie centrale, une partie de l'Inde, presque toute la Russie, la Perse, l'Arménie, tout le Nord de la Chine. Seuls les Mamelouks d'Égypte ont réussi à les vaincre et à stopper leur déferlement, ce que personne n'avait pu faire auparavant. Rappelez-vous qu'ils étaient parvenus, de massacres en massacres, jusqu'aux portes de Vienne. Mais les Mongols n'ont pas pour autant renoncé à réduire les seuls opposants sérieux à leur ambition affichée de conquérir le monde, mission prétendument donnée par le Ciel à Gengis Khan et ses fils. Baybars nous a envoyé une ambassade pour porter à notre connaissance le plan diabolique des Mongols : bons cavaliers mais piètres marins, ils ont demandé aux Génois de les aider à construire et armer une flotte dans le golfe Persique…

– Dans le golfe Persique ? Au-delà de l'Arabie ?

– Oui ! Cela parait invraisemblable mais leur objectif est clair : disposer d'une escadre assez puissante pour couper la route maritime de l'Inde et de l'Orient. S'ils réussissaient leur manœuvre – tuer le commerce des épices – ce serait la fin de la richesse des Mamelouks et de leur puissance, la seule que craignent ces sinistres Mongols. Et, pour le plus grand profit des Génois, ce serait aussi l'assurance d'une décrépitude inexorable de Venise avec la disparition de notre dernier lien avec l'Orient.

– Ah bon ! Je comprends votre insistance à caresser dans le sens du poil les moustaches du Tigre – comme aime à se dénommer, parait-il, le féroce Baybars.

– Puisque je vous ai tout dit, je n'aurais pas besoin de mentir et d'inventer je ne sais quelle mission pour justifier mon départ prochain. Sachez que j'ai été désigné par Domenico Gabrieli – et confirmé par mon père et le Grand Conseil – pour conduire une ambassade auprès de Baybars. J'ai la lourde responsabilité d'aller discuter avec lui de notre stratégie et des moyens à mettre en œuvre pour préserver notre capital commun : la route maritime des épices et de la soie.

– Vous remercierez Domenico d'avoir eu la bonne idée de vous envoyer en Égypte. J'ai toujours rêvé de découvrir le pays où la belle Cléopâtre avait régné et mis à ses genoux les hommes les plus puissants de son temps...

– Ne riez pas : elle en est morte ! Quoi qu'il en soit, je n'avais aucunement l'intention de vous emmener dans ce lointain pays. On ne peut jamais prévoir ce que peut réserver ce genre de mission auprès d'un tyran sans scrupules, réputé pour son exceptionnelle cruauté.

– Raison de plus pour que je vous accompagne. Vous connaissez bien, comme tous les Vénitiens, les us et coutumes de l'Islam mais ma connaissance de l'arabe peut vous être utile. Par ailleurs, la présence d'une fille de Frédéric de Hohenstaufen – lui qui fut l'ami du sultan du Caire – serait un symbole très fort de notre alliance.

– C'est difficilement contestable, en effet….Après tout…pourquoi pas ? Il est exclus pour un fils de doge de refuser une telle mission et j'appréhendais notre séparation. Je demanderai à Domenico l'autorisation de vous emmener. Dans l'affirmative, mon père acceptera.

Fiordalisa, câline comme elle savait l'être lorsqu'on ne s'opposait pas à ses volontés, offrit un tendre baiser à Giovanni en ajoutant comme si la décision ne pouvait faire de doute :

– Merci, mon doux seigneur, je suis sûre que vous saurez le persuader.

Effectivement, le secrétaire du Conseil des Pregadi fut immédiatement convaincu de l'intérêt d'arriver en Égypte avec une Hohenstaufen. Il était évident que le souvenir de Frédéric II, de son attirance pour la civilisation de l'Islam, de sa fidèle amitié pour le sultan al-Kamil, était encore très présent dans la mémoire des Égyptiens. Comme Domenico l'avait confirmé à Giovanni, on ne pouvait imaginer meilleure ambassadrice auprès de Baybars – fille du grand empereur et, qui plus est, de mère musulmane. Ce qu'il n'avait pas dit à Giovanni, c'était que la prodigieuse beauté de Fiordalisa était susceptible d'obtenir du sultan, grand amateur de femmes, des avantages que les armes de la diplomatie – finesse parfois, plus souvent la corruption, l'assassinat de temps à autres – ne sont pas capable d'obtenir.

La préparation de l'ambassade auprès de Baybars plongea la République de Venise dans une intense activité politique et logistique.

Le principe d'une réponse favorable à la demande de Baybars de l'aider à éradiquer la menace conjointe de Gênes et des Mongols sur la précieuse route de l'Inde fut décidé rapidement par le Conseil des Pregadi et immédiatement acté par le doge. Les Égyptiens étaient depuis fort longtemps d'excellents partenaires commerciaux. Certes, il était regrettable qu'ils fussent musulmans, mais c'étaient de bons musulmans. Et très prévenants avec les marchands chrétiens. Un peu moins avec les chevaliers – Templiers, Hospitaliers ou Teutoniques – mais cela ne les empêchait pas, à l'occasion, de bien s'entendre lorsqu'il s'agissait de taper sur le Mongol. Il fallait donc laisser tranquilles ces gentils Mamelouks. Aussi le doge avait-il dû éconduire, poliment mais fermement, un envoyé de ce fanatique Louis de France qui lui demandait de l'aide pour sa prochaine croisade. C'était bien le moment de lancer une nouvelle croisade contre l'islam !

Les laisser tranquilles, leur vendre du fer et du bois, leur acheter un peu d'esclaves et beaucoup d'épices – oui, bien sûr ! En revanche, agir, de manière pratique, pour apporter aux Égyptiens un concours tangible contre la menace génoise dans l'océan Indien, c'était une autre affaire ! À vrai dire, on ne voyait pas bien comment procéder.

Les *Pregadi* s'agitèrent beaucoup et discutèrent longtemps. Sans arriver à une conclusion nette et définitive.

Former les ingénieurs et les marins de Baybars pour leur permettre de développer les forces navales égyptiennes, notoirement faibles en nombre et en qualité et, par suite, de résister aux vaisseaux que les Génois construisaient dans le Golfe Persique, était une voie à écarter. Elle prendrait beaucoup trop de temps.

Utiliser la flotte des marchands qui assuraient le commerce entre l'Égypte et l'Inde ne résista pas longtemps aux critiques : ces grands navigateurs connaissaient parfaitement, contrairement aux Mamelouks, les routes et les vents de la région mais les Génois n'auraient fait qu'une bouchée de leurs matelots qui ignoraient tout de l'art de la guerre sur mer ; leurs boutres trop lourds auraient été des proies trop faciles pour les galères, véloces, agiles et bien armées.

Débarquer des régiments de cavaliers mamelouks sur les côtes du golfe Persique ? Même en comptant sur un effet de surprise, établir une tête de pont aurait tenu du miracle. Quant à la destruction des chantiers génois, bien gardés par les Mongols, cela relevait tout simplement de la mission impossible.

Faire passer une escadre vénitienne par le canal des Pharaons qui reliait la mer Méditerranée à la mer Rouge ? Ce canal avait été très utilisé par les Grecs et les

Romains. Mais il ne fallait plus y songer : il était aujourd'hui complètement ensablé. Creuser un autre canal à partir de Suez était manifestement trop long même si l'on pouvait supposer que Baybars bénéficiait d'une abondante main d'œuvre d'esclaves – nubiens ou prisonniers chrétiens.

Un sénateur influent, Pietro Mocenigo, suggéra une stratégie osée, qui utilisait les derniers développements technologiques de la construction des galères mis au point par les ingénieurs de l'Arsenal : la préfabrication. Sa proposition était d'une grande simplicité : il suffisait de fabriquer à l'Arsenal touts les éléments constitutifs d'une galère de combat, de les transporter par voie maritime jusqu'à Alexandrie, puis sur des barges jusqu'à Qus sur le Nil, en Haute-Égypte. De là, Baybars et ses Mamelouks n'auraient pas de grandes difficultés à les acheminer à dos de chameau jusqu'à Aydab, le grand port des Égyptiens sur la mer Rouge. Il ne resterait plus qu'à assembler toutes ces pièces pour disposer d'une escadre assez forte pour enlever aux Génois toute velléité de présence, aujourd'hui ou demain, dans l'océan Indien. À ses collègues incrédules qui, contrairement aux usages du Sénat, lieu fort policé[51], se manifestèrent bruyamment, l'audacieux sénateur rétorqua qu'il n'avait rien inventé. En effet, presque une centaine d'années auparavant, un certain Renaud de Châtillon, croisé au service du Seigneur mais surtout bandit de grand chemin, fort peu préoccupé des enseignements du Christ, avait entrepris de piller les

[51] Comme il était admis que « les blessures les plus terribles sont celles que la langue inflige », toute insulte ou même toute parole inconsidérée était tenue pour un crime d'État. Complètement passé de mode !

richesses supposées des villes saintes de l'islam, la Mecque et Médine. Il avait imaginé de rapporter le tombeau du Prophète dans son château fort – le Krak de Moab, en Palestine – où il aurait pu tranquillement rançonner les pèlerins musulmans venus s'y recueillir. Pour ce faire, il avait fait construire à Ascalon, sur les côtes de Méditerranée, des galères en pièces détachées. Elles avaient été reconstruites à Aqaba sur la Mer Rouge après leur transport dans le désert par des caravanes de Bédouins. À défaut de mettre la main sur le tombeau du Prophète, il mit à feu et à sang les ports de la mer Rouge, amassant une fortune colossale – si colossale qu'aucun pirate, parmi les plus célèbres, n'aurait osé en rêver.

Pour une grande majorité des sénateurs, cette opération apparut comme difficile au plan pratique mais, en définitive, parfaitement jouable compte tenu du substantiel support qu'on était en droit d'espérer de la part des Mamelouks. Mais Domenico Gabrieli mit fin à toutes les spéculations géographiques ou techniques sur la faisabilité d'une telle entreprise. De sa voix nasillarde mais puissante de vieillard encore vert, il asséna un veto catégorique et définitif :

– Honorables Pregadi, je rends grâce à l'inventivité de notre ami très respecté, le Sieur Mocenigo, mais je vous invite respectueusement à vous opposer formellement à sa proposition de transporter, en terre étrangère, des éléments de nos galères. Notre avance technologique dans la construction navale est la garantie de la pérennité de notre noble République. Voulez-vous révéler à des étrangers – nos alliés aujourd'hui…mais que seront-ils demain ? – tous nos secrets de fabrication qu'ils pourraient facilement s'approprier durant le transport dans leur pays, sans nous laisser la moindre possibilité de nous y opposer ?

Il s'ensuivit un grand brouhaha d'approbation et Pietro Mocenigo dut admettre que sa proposition n'était pas sans risques. Le doge officialisa les réserves du très sage Gabrieli et cette solution fut, elle aussi, abandonnée.

Un autre sénateur influent, Alvise Dandolo, très au fait de la géographie puisqu'il était, par ailleurs, chargé de superviser le Service de cartographie – institution de la plus haute importance pour une république maritime – fit sensation en proposant d'envoyer les indispensables galères dans l'océan Indien en contournant l'Afrique par le sud. Si aucun navigateur occidental n'avait jamais réussi à le faire, cela n'avait rien d'invraisemblable pour les géographes de la République qui avaient étudié les ouvrages de Ptolémée rapportés de Byzance et surtout les cartes des grands al-Birûni et al-Idrissi. Elles étaient supposées avoir été tenues secrètes dans le château des rois de Sicile à Palerme mais les secrets ne résistaient pas très longtemps aux espions de la Dominante.

Là encore, le secrétaire du Conseil des Pregadi, mémoire infaillible de l'histoire de la République, rappela aux honorables sénateurs que Venise avait déjà envoyé une expédition pour explorer les côtes du Sud de l'Afrique. Malheureusement, malgré l'importance des moyens mis à sa disposition, on n'avait plus jamais eu la moindre nouvelle d'un seul membre de cette expédition. Malgré la difficulté d'imaginer une cause aussi radicale – ouragan, anthropophages ou monstres marins ? – il avait fallu se rendre à cette douloureuse évidence : ils avaient tous péri. La conclusion de Domenico Gabrieli était sans appel : le passage par le sud était peut-être possible mais ce n'était sûrement pas une sinécure. Il était hors de question, tant qu'on était en guerre avec Gênes, d'y risquer les meilleures galères et la fine fleur des équipages de la République. Le Sénat fut convaincu que c'était une route trop aléatoire pour y jeter une belle escadre et ses précieux capitaines et marins. Le doge fut prié d'écarter cette proposition, ce qu'il fit de bonne grâce.

In fine, après de nombreuses discussions, la respectable assemblée, dans un bel élan de modestie rare chez les hommes de pouvoir, avoua son impuissance à offrir au doge une proposition valable. La tentation habituelle, dans ces cas difficiles, de nommer une commission pour traiter le problème avait été écartée compte tenu de l'urgence de trouver une solution. Devant cette vacuité incontestable de l'imagination politique, le doge décida, comme c'était son devoir, selon les principes intangibles d'une république solidement établie, de ne rien décider. Ou, plutôt, il décida d'attendre les résultats de l'ambassade auprès de Baybars, pour voir si le sultan d'Égypte et ses émirs avaient de meilleures idées que ses Pregadi pour contrer la menace génoise.

Pendant ce temps, les préparatifs matériels, sous la conduite de Giovanni, allaient bon train. Il avait décidé de faire voile avec le tout nouveau modèle de galère produit par l'Arsenal. C'était la première galère avec trois mats, deux ponts de rameurs et un gouvernail d'étambot, plaque articulée fixée dans l'axe de la coque, qui permettait, à condition de se familiariser avec ce nouveau système, de diriger le navire plus facilement qu'avec les avirons latéraux utilisés jusqu'alors. Lorenzo Tiepolo, qui avait été un marin émérite avant de devenir doge, tenta de dissuader son fils de prendre le risque de naviguer avec du matériel qui était certes à la pointe du progrès mais qui, de ce fait, n'avait pas encore subi d'essais « en vraie grandeur ». Domenico Gabrieli appuyait au contraire le choix de Giovanni, risqué peut-être, mais porteur d'un avantage diplomatique toujours bon à prendre : il ne fallait jamais, en effet, rater une occasion d'impressionner ses alliés, meilleure façon de gagner leur respect – ce qui est, bien souvent, plus important encore que gagner celui de l'ennemi. Pour Domenico, l'arrivée à Alexandrie d'une galère du dernier cri était de nature à illustrer la toute puissance de Venise et de donner une leçon d'humilité à ces Mamelouks qui, selon ce qu'on lui rapportait, en manquaient manifestement.

Giovanni partageait le point de vue de Domenico. Et ce d'autant plus qu'il y avait un remède facile à un manque de mise au point : naviguer, naviguer et encore naviguer. Giovanni savait, par expérience, qu'il pouvait faire confiance aux ingénieurs de l'Arsenal, les plus avancés au monde dans les multiples techniques du génie maritime[52]. Mais ce n'était pas une raison pour ne pas éprouver autant qu'il le pouvait sa chère galère. Malgré les rigueurs de l'hiver, faisant fi des tempêtes ou des orages, de la morsure du sel sur les mains gelées des rameurs, de la fatigue des muscles engourdis par la froide Bora et le choc répété des paquets de mer, il poursuivit, imperturbable, le programme harassant – pour les hommes comme pour le matériel – qu'il s'était fixé. Il y eut deux démâtages ; la triste mort d'un gabier qui n'avait pas encore suffisamment pris la mesure du

[52] Et qui pouvaient sincèrement le penser puisqu'ils ne connaissaient rien de l'immense supériorité des Chinois à la même époque.

nouveau système, certes un peu compliqué, de réduction rapide de la voilure ; la noyade d'un matelot éjecté par la tension subite de l'écoute de grand-voile dans un lof pour lof mal maîtrisé ; et, bien sûr, les multiples et diverses petites avaries qui sont le lot habituel des voiliers trop jeunes. La routine, quoi !

On corrigea, rabota, renforça, retailla sans relâche. Il fut décidé, de guerre lasse, que le gouvernail d'étambot était une innovation pleine de promesses mais difficile à utiliser sur une galère et Giovanni demanda que l'on revienne aux bons vieux timons latéraux.

Au vu des cadences effrénées de cet entraînement hivernal, tous les Vénitiens avaient compris que la *Reine de la Mer* était promise à une mission très spéciale mais le secret de sa destination fut bien gardé jusqu'au jour du départ. Pour éviter les questions des curieux, il fut décidé que la galère appareillerait pendant la fête de l'Ascension. Ce jour-là se tenait la grande cérémonie des « épousailles de la mer » qui voyait, chaque année, le doge de Venise sortir de la lagune sur sa galère personnelle, le *Bucentaure*, pour jeter à l'eau un anneau d'or, symbole du mariage indissoluble de la Mer et de la République de Venise en prononçant la formule rituelle : « Nous t'épousons, Ô Mer, en signe de domination effective et perpétuelle. »[53]

Pour s'éclipser « en douce », quoi de mieux, en effet, que de profiter de cette cérémonie et de l'indescriptible cohue de galères, de naves et de barques décorées comme des mules pontificales ?

---

[53] Ce qui montre qu'à Venise, par analogie, le mariage était un signe de « domination effective et perpétuelle de l'homme sur la femme ». C'était il y a bien longtemps !

C'est ainsi que Giovanni, à la grande surprise de son équipage, donna l'ordre de mettre cap au sud. La *Reine de la Mer*, profitant d'un vent frais de noroît, fut bientôt hors de vue de la meute de coques en tout genre qui rivalisaient de manœuvres pour le moins osées pour s'approcher du *Bucentaure*, tandis que leurs occupants gardaient les yeux rivés sur le doge qu'ils tentaient d'apercevoir entre les vingt étendards de saint Marc plantés à ses cotés comme s'ils devaient le protéger.

La raison du secret de la mission de Giovanni n'était pas seulement d'ordre diplomatique : la galère devait passer, pour sortir de l'Adriatique, entre Corfou et Brindisi, zone où croisaient beaucoup de vaisseaux du roi de Naples et de Sicile. Giovanni s'était mis dans la tête que Charles, s'il avait eu connaissance de la présence de Fiordalisa sur la *Reine de la Mer*, pouvait être assez fou pour décider de récupérer sa belle fugitive. Effectivement, ils aperçurent quelques galères aux armes du roi, mais aucune n'avait affiché une attitude belliqueuse. Au contraire, leurs équipages avaient salué avec la plus grande déférence. C'était bien normal de la part de navires d'une nation qui recherchait l'alliance de Venise, mais on n'est jamais assez prudent.

Quant aux pirates, ils ne présentaient aucun danger. La crainte de l'excommunication dont ils étaient menacés chaque année par une bulle pontificale ne les avait pas fait disparaître, loin de là, mais ils n'étaient pas assez fous pour s'attaquer à une galère vénitienne rapide et bien armée.

Le voyage se passa sans incident notable. Le vent et la mer décidèrent de se montrer favorables à cette ambassade vénitienne. Fiordalisa appréciait par-dessus tout de tenir la barre – où plutôt le palan qui permettait de manœuvrer le timon latéral – car la galère était, malgré sa taille, très facile à diriger. Giovanni lui avait appris à suivre les indications que le pilote formulait en chantant – mélopée un peu répétitive mais délicieusement harmonieuse.

La navigation était devenue plus facile depuis que les pilotes disposaient d'un instrument très pratique qui permettait, grâce à une aiguille aimantée, de se diriger, même lorsque soleil ou étoiles n'étaient pas visibles. Giovanni expliqua à Fiordalisa que l'invention de ce « compas » était toute récente et que, vérité difficile à admettre, on ne la devait pas aux Vénitiens. Des marins de lointaines contrées du nord utilisaient cette aiguille aimantée placée dans un brin de paille flottant dans un bol d'eau. Puis un Amalfitain avait eu l'idée géniale de remplacer le brin de paille par une « rose des vents », un disque aimanté placée sur un pivot vertical. Soudain, tenir son cap était devenu un jeu d'enfant. Enfin, presque, car Fiordalisa s'aperçut qu'il fallait garder une parfaite concentration pour éviter un sillage d'ivrogne.

Malgré l'inconfort de la galère et une pénible promiscuité, Fiordalisa était heureuse de naviguer, d'observer le bel enchaînement des manœuvres, d'écouter les milles bruits qui naissaient des voiles ou du gréement, de sentir les gémissements de la coque torturée par les vagues. Elle aimait les chants joyeux de l'équipage : voix graves des marins, voix légères des arbalétriers, ces jouvenceaux de bonne famille qui, conformément à la tradition, faisaient leur apprentissage de la mer et du commerce sur les galères de la République. La nuit, lorsqu'on se sent perdu entre la voûte étoilée et l'onde affreusement noire, il est bien difficile d'échapper à l'angoisse mais ce n'est que pour mieux savourer la renaissance quotidienne du soleil.

La *Reine de la Mer* s'offrit deux brèves escales à Zara et Modon pour refaire le plein d'eau. Elle relâcha un peu plus longtemps à La Canée sous la superbe citadelle que les Vénitiens avaient construite depuis que la Crète faisait partie de leur empire colonial.

Fiordalisa apprécia ses délicieuses promenades dans cette jolie ville en attendant la fin de quelques travaux et mises au point effectués sur le gréement par l'arsenal local. Fiordalisa fut très surprise de constater qu'il y avait très peu d'églises en Crête – phénomène étonnant en terre vénitienne – et que toutes les mosquées étaient surmontées d'une croix – phénomène encore plus étonnant. Faisant part de sa découverte à Giovanni, celui-ci lui expliqua qu'il n'y avait plus de musulmans en Crète. Plus aucun, depuis qu'un général byzantin, du joli nom de Nicéphore, avait trouvé bon de passer tous les hommes par le fil de l'épée et de vendre les femmes et les enfants – suite à sa reconquête de l'île sur les Arabes, quelques siècles auparavant. Cette performance avait eu deux conséquences : le général devint empereur et son souvenir resta suffisamment vivace pour décourager toute immigration ultérieure. C'est pourquoi les Vénitiens, toujours pratiques, avaient transformé les mosquées devenues inutiles, ce qui revenait beaucoup moins cher que de construire des églises – sans diminuer le moins du monde la ferveur de la foi.

On n'omettait pas, en Crète, de remplir les cales de greco, un vin encore plus apprécié que celui de Campanie – pour tout dire, le meilleur du monde. Après un dernier banquet chez le doge de Crète dans son riche *kastro*, vint le temps d'appareiller pour la dernière étape.

Après un gros coup de vent – assez fréquents au sud de la Crète – le calme s'installa et il fallut sortir les avirons. Enfin, le vent dominant de nord-ouest revint et, bientôt, le phare d'Alexandrie apparut à l'horizon. Ce qui avait été une des sept merveilles du monde était très délabré, mais personne ne se souciait de son triste état. Il n'avait plus que la moitié de sa hauteur originelle. Des trois tours superposées, il ne restait que la première qui était désormais surmontée d'une mosquée. C'en était fini de cette source de lumière qui, pendant des siècles, apportait la nuit venue, une assistance précieuse aux marins. Le *Pharos* avait perdu ses attributs d'aide à la navigation, mais il était devenu le plus haut minaret du monde. Glorifier Allah, éclairer non pas le marin mais le croyant, c'était quand même d'une autre importance !

Giovanni connaissait bien les parages. Refusant l'aide du pilote, il rasa la presqu'île du *Pharos* en évitant les hauts-fonds qui bordaient l'ancien Port royal des Ptolémée et accosta – d'une manière qui faisait honneur aux marins vénitiens – le long du quai surplombé par les hautes et redoutables murailles blanches, vestige supposé de la gloire éternelle du grand Alexandre[54].

Derrière ces murailles, l'Orient commençait.

[54] Faux, bien sûr : il ne restait rien des murs levés par Alexandre et son général Ptolémée. Ces remparts dataient de Saladin.

Un peu d'histoire

Certains évènements mentionnés se sont déroulés un peu plus tard, en 1290, et non sous les règnes respectifs de Lorenzo Tiepolo et de Baybars – en particulier la menace génoise sur le commerce entre l'Égypte, l'Inde et la Chine qui avait provoqué une alliance objective des Vénitiens et des Mamelouks.

Néanmoins, l'importance du commerce avec l'Égypte et d'une façon générale avec les musulmans était, depuis longtemps, une donnée permanente de la politique de Venise au Moyen Âge. L'Église y était, bien sûr, officiellement opposée – croisades obligent – et les menaces d'excommunication perpétuellement proférées. Mais les Vénitiens étaient orfèvres en matière d'arrangements avec le Ciel. Et ils « s'arrangeaient » évidemment encore plus facilement lorsque le pape était vénal – ce qui était loin d'être rare. Ils étaient bons chrétiens, certes, mais pas au point d'accepter de devenir pauvres. La lettre d'Innocent IV au prédécesseur de Lorenzo Tiepolo – merveilleuse, si l'on peut dire – démontre le cynisme politique des marchands vénitiens et leur intelligente utilisation de l'infaillibilité pontificale. Voilà ce qu'un pape osait écrire au doge depuis sa résidence d'Assise:

« Quoique notre vénérable frère l'abbé Tusculane, légat du siège apostolique, ait pris la décision d'interdire sous peine d'excommunication que des marchandises soient apportées aux Sarrasins et parce qu'il n'en résulte cependant – à ce qu'on affirme – aucun préjudice pour quiconque et qu'il s'en suit une grande perte pour vous, Nous, attentifs à la pureté de la foi et à l'ardeur d'une dévotion sincère par lesquelles vous vous êtes rendus dignes de la bienveillance et de la faveur particulière du Siège apostolique, par l'autorité des présentes nous vous accordons, nonobstant cette interdiction, le droit de traverser par mer ou par terre avec vos marchandises, tant que ce sera le bon plaisir de notre vouloir, et si l'évêque porte à cause de cela une sentence d'excommunication, celle-ci ne donnera lieu à aucune poursuite pendant cette même durée. »

Cette lettre montre parfaitement que le pape sait se montrer compréhensif vis-à-vis de ceux qui « se sont rendu dignes de la bienveillance du Siège apostolique ».

Quant à vendre, non seulement des marchandises, mais aussi des armes aux « infidèles », aux « ennemis de la vraie foi », c'était évidemment encore plus intolérable mais suffisamment fréquent pour que Clément V se crût obligé de rappeler cette évidence. Ce pape français, le premier à Avignon, était intelligent ou, ce qui revient au même, très souple dans ses convictions : il décida donc, en 1307, qu'il suffisait d'une grosse somme d'argent ou la promesse de léguer sa fortune au Saint-Siège pour obtenir une « dispense ». Cette excellente idée fit beaucoup de bienheureux : les papes dont le patrimoine s'arrondissait et les marchands qui, moyennant une modeste ponction sur leurs bénéfices, pouvaient tranquillement continuer leur activité – interdite, donc très lucrative – sans risquer les tourments de l'enfer.

Rien de nouveau sous le soleil : aujourd'hui, les banquiers, même lorsqu'ils sont suspectés de permettre des mouvements financiers douteux, ne vont plus en prison ; on les laisse exercer ce qu'ils appellent « leur métier de banquier » puisque, comme le disait Innocent IV, il n'y a «aucun préjudice pour quiconque »... et plein d'avantages pour les trafiquants, les escrocs ou les politiciens, ce qui fait beaucoup d'heureux.

L'idée du « canal de Suez » peut paraître anachronique mais l'éventualité d'un tel projet avait été sérieusement évoquée par le Sénat de Venise, bien des siècles avant Ferdinand de Lesseps.

Le « canal des Pharaons », lui, a bien existé mais il fut surtout utilisé par les Ptolémée et les Romains. Les Arabes le laissèrent plus ou moins à l'abandon, malgré les efforts de Saladin pour en faire une voie d'approvisionnement des villes saintes d'Arabie. Jusqu'à son comblement décidé par le calife al-Mansour pour punir les habitants de Médine révoltés contre sa tyrannie.

L'expédition lancée pour explorer les côtes de l'Afrique en vue de trouver un passage vers l'océan Indien, eut lieu un peu plus tard et l'escadre, disparue sans laisser la moindre trace, n'était pas vénitienne mais... génoise. Les deux cités maritimes savaient – grâce aux géographes arabes – que les océans Atlantique et Indien communiquaient. Il fallut néanmoins attendre la fin du XVe siècle pour qu'un Européen, le Portugais Bartolomeu Dias, réussisse à contourner le cap de Bonne-Espérance.

L'incroyable épopée de Renaud de Châtillon est véridique : la Providence protégea longtemps ce féroce croisé mais, selon un chroniqueur de l'époque, « il finit par exaspérer Dieu » – ou plus vraisemblablement Allah car il fut décapité de la main même de Saladin.

13 - LA PORTE DE L'ORIENT

Eh bien non ! Ce n'était pas encore l'Orient.

Le port de l'Est, le seul autorisé aux étrangers, était encombré de navires vénitiens et on aurait pu se croire en Dalmatie ou à Bari. L'agitation qui y régnait était semblable à celle des grands ports d'Europe. Les odeurs mêlées – épices, chanvre, goudron, bois moisi et vase – n'avaient rien d'original. Un peu plus fortes, peut-être sous le soleil d'Égypte ? Bien sûr, les douaniers portaient turbans et pantalons bouffants mais ils agissaient comme leurs confrères d'Occident : ils invoquaient des règlements obscurs censés entraîner de lourdes taxes, méthode universelle pour inciter l'arrivant à de larges libéralités préventives. Seule différence : des fonctionnaires du port montèrent à bord de la *Reine* pour confisquer, selon l'usage local, les vergues et les timons – méthode infaillible pour s'assurer que le navire ne pourrait appareiller en catimini sans s'acquitter de toutes les taxes réglementaires …et moins réglementaires. Giovanni s'y opposa formellement. Venise acceptait de se plier à cette forme de prise d'otage pour ses navires marchands mais en aucun cas pour un bâtiment militaire en mission diplomatique. Il y eut beaucoup de palabres – comme toujours lorsqu'il s'agit d'un point d'honneur. Les Égyptiens firent valoir qu'une autre galère militaire, présente dans le port, s'était livrée de bonne grâce à la loi alexandrine. Giovanni s'aperçut alors de la présence d'une galère aux armes du roi de Naples et de Sicile. En bon Vénitien habitué à considérer Alexandrie comme un comptoir quasi réservé, il ne put s'empêcher de ressentir quelque irritation devant cette intrusion intempestive. Il aurait admis, à la grande rigueur, que ce fût une nef marchande. Mais pourquoi diable Charles d'Anjou avait-il envoyé une de ses galères en Égypte ? Il s'occuperait plus tard de trouver une réponse à cette agaçante question. Au demeurant, ce n'était pas une raison pour que, lui, accepte la confiscation de ses vergues. Face à la détermination de Giovanni, les fonctionnaires du port hésitèrent à faire intervenir la soldatesque, surtout lorsque le fils du doge déclina ses lettres de noblesse en brandissant un traité qui rappelait les devoirs réciproques de Venise et de l'Égypte en matière de droit maritime. Ce document était écrit en latin et en arabe et commençait par « Au nom de Jésus et de Mahomet ». Ce double parrainage parut suffisamment convaincant pour mettre fin aux tracasseries administratives. Surtout lorsque Giovanni glissa dans la main de l'incontournable « émir du port » une bourse bien remplie de dinars. Comme dit le Coran « Dieu facilite », mais un gentil *bakchich*, ça a toujours aidé Dieu à faciliter.

Nicolo Rosetti, le consul de Venise en Égypte, eut alors l'autorisation de monter à bord. Il salua très respectueusement le fils du doge et Fiordalisa puis, dans l'ordre protocolaire, l'aumônier, le capitaine en second, le maître d'équipage, le chef des arbalétriers, le maître-pilote, le chef de nage, l'intendant, le maître gabier, le notaire et le chirurgien barbier. Tout en devisant de tout et de rien comme c'est la règle après une longue traversée alors que souvenirs, images et questions en trop grand nombre s'entremêlent d'une manière encore confuse, la petite troupe, bientôt suivie du reste de l'équipage, se dirigea vers le *fondouk*, le comptoir vénitien. Ils étaient encadrés par une maréchaussée enturbannée et surarmée affectée à la surveillance du port. C'était appréciable dans cette cohue invraisemblable de marins, de préposés aux amarres, de portefaix, de scribes, de courtiers et de marchands en tout genre. Respectueux du statut d'extraterritorialité conféré au comptoir, les vigiles s'arrêtèrent à la porte de l'enceinte. Fiordalisa, qui était la seule à venir pour la première fois à Alexandrie, s'étonna de découvrir que le fondouk était une véritable petite ville avec des maisons cossues, un four à pain, un hospice, une vaste taverne, et, bien évidemment, une église dont l'immense clocher « à la vénitienne » semblait un peu prétentieux dans sa volonté évidente de rivaliser avec les minarets avoisinants. La seule différence avec une ville italienne « classique », c'était le grand nombre et la taille des entrepôts qui attestaient l'importance du commerce avec Alexandrie, « le marché des deux mondes », « la ville où vont des hommes de partout »[55]. Fiordalisa aurait pu s'étonner aussi qu'une si petite communauté eût un bordel d'une telle magnificence. Évidemment, pour éviter toute question délicate, Nicolo Rosetti avait pris soin de faire un petit détour pour éviter de passer devant ce bel édifice bien utile pour maintenir la paix – dans le village et à l'extérieur. Avec ces marins avides de débauches orientales, il valait mieux assouvir, dans le fondouk même, leur libido affamée par de trop nombreux jours de mer : on évitait ainsi des problèmes avec les autorités de la ville – c'est-à-dire, en définitive,

[55] Comme le disait joliment, au XIIe siècle déjà, l'archevêque Guillaume de Tyr, historien des royaumes latins au temps des croisades.

des taxes, encore des taxes – et on gardait ainsi les bénéfices du lupanar pour la République. Toujours le bon sens vénitien.

Comme il se doit en pareille circonstance, tout commença par un festin. À l'auberge pour l'équipage ; chez le consul pour les « honorables personnalités ». L'épouse du consul, copte de fort belle allure comme on dit des femmes bien en chair, avec sa carrure de cariatide propre aux orientales trop adonnées aux loukoums, leur fit les honneurs de la résidence, un petit palais sans prétention mais d'une délicate élégance, mélange très réussi des styles mauresque et byzantin.

Le raffinement des mets, savant mariage des cuisines à la mode – de Byzance et de Bagdad – constitua, pour tous ceux qui venaient de débarquer, la meilleure évidence de leur arrivée en Orient. Les convives se délectaient, mais Fiordalisa plus encore que tout autre car beaucoup de plats lui rappelaient la cuisine de la cour de Palerme où l'influence arabe sur les Normands de Sicile était restée très vivace. Un petit nuage de nostalgie fit irruption dans sa conscience, raccourci fugitif de souvenirs entrelacés : sa mère, son frère Manfred, le son rafraîchissant des fontaines, les pastillas et les pâtes d'amande. Sa belle jeunesse, tout simplement…

Un grand rire général – un bon mot du consul, probablement – la ramena brusquement au présent. Le consul racontait sa vie mouvementée. Il avait été marchand à Byzance à la belle époque où Venise régnait de facto sur l'empire latin d'Orient.

Il avait été chassé lors de la reprise de la ville par les Grecs et leur général bien nommé, Alexis Strategopoulos, dont la stratégie avait été, somme toute, plutôt simpliste : sachant les remparts imprenables, il avait fait creuser un tunnel pour passer dessous. Depuis le cheval de Troie, ces Grecs pervers ont toujours aimé utiliser des méthodes sournoises – assez efficaces, hélas.

Nicolo Rosetti avait réussi à fuir suffisamment vite pour échapper à la vengeance des Grecs qui avaient gardé en mémoire le sac de Constantinople, l'horrible bain de sang perpétré, au nom du Christ, par les croisés au début du siècle. Il s'était réfugié, sans un sou, en Crète où il était devenu secrétaire du gouverneur de cette belle colonie vénitienne.

Puis il s'était installé à Alexandrie où il avait fait fortune en revendant aux marchands vénitiens de la thériaque[56] si prisée en Occident. Riche et marié à Sophia, nièce du patriarche de l'Église copte et fille d'un haut fonctionnaire du sultan, il était bien introduit dans tous les cercles du pouvoir mamelouk – à Alexandrie comme au Caire. Maintenant retiré des affaires, il utilisait sa faconde et ses bonnes relations à aplanir les maintes difficultés qui ne manquaient pas, malgré l'abondance des bakchichs en tout genre, de surgir entre les marchands vénitiens et les autorités égyptiennes.

Rosetti était beau parleur et, comme tout consul qui se respecte, aussi mondain qu'intarissable. Après l'historique de sa carrière, dont il était visiblement très fier, il poursuivit avec gourmandise sur son sujet favori : l'Égypte, sa géographie, son histoire, ses dirigeants. En général, vous n'avez rien à faire de ce genre de cours magistral qu'on affectionne dans les ambassades et les consulats. Mais dans les circonstances présentes d'une mission délicate, Giovanni tenait à tout savoir de la

---

[56] Cette « potion magique », inventée par les Grecs, avait des vertus thérapeutiques qui justifiaient son prix très élevé – peu étonnant compte tenu de sa très forte teneur en opium.

situation politique du pays avant de rencontrer le terrible Baybars dont la réputation de cruauté avait largement dépassé le monde musulman – « la bête sanguinaire et horrible venue d'Égypte », comme l'avait écrit le pape Clément.

Rosetti s'efforçât de démentir cette mauvaise réputation du sultan :

– Baybars, al-Malik al-Zahir Rukn al-Din al-Salih al-Baybars al-Bundukdâri comme on l'appelle ici[57], est un souverain dur, mais juste. Il est très aimé de son peuple. N'oubliez pas qu'il est le héros de l'Islam : c'est lui qui avait vaincu, à Mansourah, l'armée des Francs et fait prisonnier Louis, le roi de France. C'est encore lui qui, à Ayn Jalut, a infligé aux Mongols la première défaite de leur histoire. Évidemment quand il se plait à s'honorer du titre de «champion de la foi, exterminateur des Chrétiens et des Mongols», cela nous irrite un peu, mais ce n'est que de la communication politique à usage du petit peuple. Vous verrez, c'est un homme affable et bienveillant. Évidemment, il vaut mieux éviter de se mettre en travers de ses volontés.

Giovanni ne put s'empêcher de couper la parole au consul.

– En effet. Les deux sultans qu'il a assassinés de sa propre main, parait-il, pour arriver au pouvoir ont dû, probablement, se mettre en travers des volontés de votre gentil Baybars.

– Oui, bien sûr ! Ça peut paraître un peu barbare. Mais, vous savez…Il faut prendre en compte les coutumes des Mamelouks. Leur très dure formation

---

[57] C'est-à-dire, tout simplement : « le prince magnifique, l'arbalétrier, mamelouk de Salih, devenu le seigneur Tigre autant que Pilier de la foi ». Ouf !

militaire ne les prédestine pas à devenir des enfants de chœur. Trop souvent, la Providence les met devant une alternative simpliste : tuer ou être tué. Avant de vous parler de Baybars, il faut peut-être que je vous explique ce qu'est un Mamelouk.

Giovanni connaissait assez bien la *furusiyya*, cette formation globale – art équestre, maniement des armes, techniques de siège, acquisition d'une endurance à toute épreuve, stratégie militaire et Coran mêlés – qui transformait un jeune esclave, chrétien le plus souvent, en un combattant d'une efficacité exceptionnelle… et bon musulman.

Il suggéra au consul de revenir à son unique centre d'intérêt : Baybars. Devant la mine dépitée du consul, Fiordalisa demanda à Giovanni de ne pas la priver d'une meilleure connaissance de ces étranges Mamelouks. Curiosité bien normale compte tenu des atrocités perpétuées par ces brutes sanguinaires – rapportées par les anciens croisés avec juste ce qu'il fallait d'exagération pour faire frissonner les dames d'Occident dans leurs donjons et pleurer les enfants dans les chaumières aussi sûrement que le grand méchant loup. Un catalogue d'horreurs qui justifiait bien le paiement de la « contribution » au financement des croisades contre les vilains musulmans.

Rosetti, partagé entre le respect qu'il devait au fils du doge et le devoir de ne pas décevoir une si jolie femme, hésitait [58] sur la conduite à tenir mais, finalement, l'envie de pérorer balaya toute perplexité.

---

[58] L'hésitation ou l'art de peser éternellement le pour et le contre ont été, de tout temps, une vertu majeure de tout diplomate de bon aloi.

– Eh bien... Mamelouk, dans leur dialecte turc, signifie « chose possédée ». Vers l'âge de dix ans, ils ont été achetés par des marchands d'esclaves dans les régions du Caucase et revendus à de riches émirs ou aux sultans. Ces jeunes sauvages des steppes sont véritablement « dressés » pour constituer les troupes d'élite et, pour les meilleurs, entrer dans leur garde personnelle. Depuis longtemps, les sultans kurdes[59] qui régnaient sur la Syrie, l'Arabie et l'Égypte ne faisaient confiance qu'à leurs Mamelouks pour les protéger des ennemis…et surtout de leurs amis. Ces esclaves passent leur jeunesse à s'entraîner dans tous les domaines de l'art militaire et ils subissent une éducation religieuse intense qui en fait des fanatiques défenseurs de l'Islam. Les Arabes, amollis par leur civilisation trop raffinée, ont bien besoin de leurs Mamelouks car, devenus peu enclins à faire la guerre, ils préfèrent acheter leur tranquillité en dépensant beaucoup d'argent pour s'offrir de vrais professionnels du combat. D'ailleurs, ils sont tellement persuadés que le luxe de leur vie émousse les corps et délite le courage que les enfants des Mamelouks ne peuvent eux-mêmes, parce que nés dans l'opulence, devenir des Mamelouks.

L'ennui pour les califes et sultans arabes, c'est que ces Mamelouks, comme cela arrive bien souvent, avaient réalisé que leur appartenance au premier cercle du pouvoir comme rempart ultime du chef bien aimé, c'était bien, mais que le pouvoir tout court, c'était encore mieux. D'autant plus qu'il était fort simple de le prendre : il suffisait de trucider le sultan bien-aimé.

---

[59] De la dynastie ayyûbide dont le fondateur fut Saladin, né à Tikrit…comme « notre » Saddam Hussein qui ne manquait jamais une occasion de s'identifier à son illustre prédécesseur.

Hélas, c'était tellement simple que, pour celui qui était devenu sultan à la place du sultan, il fallait dissuader les autres Mamelouks d'avoir des idées aussi subversives, ce qui était évidemment beaucoup moins facile compte tenu de ce sentiment très répandu qu'on appelle l'ambition – c'est-à-dire la propension naturelle des êtres humains à penser qu'ils feraient de meilleurs chefs que le chef.

Cette dissuasion prenait des formes diverses.

Pour les émirs les plus jeunes, toujours épris de gloire, il suffisait de les envoyer faire la guerre ; pendant ce temps là, ils s'occupaient d'occire des ennemis – ce qui était toujours bon à prendre. Vivants, ils oubliaient assez vite, dans l'ivresse renouvelée des victoires, de penser au trône. Encore moins dans la honte des défaites. Morts, ils oubliaient définitivement.

Pour les vieux, l'ambition était en général moins vive mais, par précaution, on les occupait en leur offrant de belles esclaves ou bien, si leur libido s'était un peu émoussée avec le temps, on flattait leur soif de considération avec des « robes d'honneur »[60]. Cela ne coûtait rien et conduisait au même résultat.

Mais, en ce qui concernait les hommes mûrs, les désintéresser était plus difficile : il fallait leur donner des fiefs et de l'or. Encore et encore. Mais c'était toujours moins que le pouvoir suprême et la fortune incommensurable du sultan. Rien d'étonnant, donc, si survenait, à un moment ou à un autre, un ambitieux

[60] Équivalent de notre légion d'honneur, la robe d'honneur avait été inventée par les empereurs grecs, et avait été adoptée, comme souvent en ce qui concernait les modes de Byzance, par les sultans arabes.

pour découvrir cette évidence. Un ambitieux doublé, hélas, d'un expert en maniement du sabre.

Giovanni manifesta son impatience :

– Bon…Bien...Mais, maintenant, parlez-nous de Baybars.

– Mais, je vous parlais de Baybars. Il ne fut pas le premier Mamelouk de l'histoire à devenir sultan. Mais il va être le premier Mamelouk à éliminer un sultan arabe. Pas pour prendre le pouvoir, d'ailleurs. Rappelez-vous, c'était il y a presque vingt ans, lors de la terrible croisade menée par Louis de France. Le vieux sultan al-Salih, malade, avait fini par mourir. Non sans élégance au demeurant, puisque, la veille, il avait fait porter à Marguerite de Provence, la femme de son ennemi, de superbes vêtements et un berceau d'or pour Jean Tristan qu'elle venait de mettre au monde à Damiette alors que son cher Louis était prisonnier des Mamelouks. La belle esclave préférée du sultan, Shajar al-Durr, avait caché la maladie de son seigneur et maître pour ne pas démoraliser les troupes égyptiennes qui tentaient de repousser l'invasion des Francs. C'est elle qui choisit Baybars comme chef de la cavalerie égyptienne en attendant le retour de l'héritier du sultan, Touran Shah, qui était en Syrie. Et c'est Baybars lui-même qui fit prisonnier Louis de France et qui assistera à l'humiliante négociation du roi avec Touran Shah. Mais Louis n'avait jamais su que, pendant sa captivité, après le drame qui s'était abattu sur lui, ses troupes et toute la Chrétienté, un autre coup de tonnerre avait éclaté. Sur l'Islam, cette fois ! Le nouveau sultan, cultivé et raffiné mais alcoolique et débauché, n'était pas à la hauteur de la situation. Touran Shah ne régnera que deux mois. Il sera le dernier sultan de la longue dynastie des Ayyubides. Les Mamelouks, Baybars en tête, le suppriment et décident que le nouveau sultan...sera une sultane. Ainsi, la belle esclave Shajar al-Durr, « l'arbre de perles », pouvait continuer à régner sur l'Égypte comme elle l'avait fait, avec un remarquable à-propos et un talent politique évident, pendant la maladie de son époux cacochyme.

Fiordalisa interrompit le consul avec un brin d'irritation :

– Cela a l'air de vous étonner qu'une femme puisse diriger l'Égypte ? Cléopâtre l'avait fait avant elle.

– Certes, mais depuis la conquête arabe, jamais femme n'avait régné sur ce pays...ou sur un autre pays de l'Islam, d'ailleurs. Ce fut un énorme scandale, une immense clameur de réprobation. Le calife de Bagdad poussa des hurlements et envoya aux Mamelouks un message sarcastique et blessant : «S 'il n'y a pas d'homme au Caire digne d'être sultan d'Égypte, dites le moi, nous pouvons vous en envoyer un. Ne connaissez-vous pas le hadith qui dit : un peuple qui confie le gouvernement de son État à une femme ne trouvera jamais son salut ?» En Égypte aussi, l'idée d'avoir une femme pour sultan passait assez mal. Le fait d'entendre prononcer le sermon du vendredi à la grande mosquée al-Azhar, au nom d'une femme – fait sans précédent depuis l'avènement du Prophète – indisposait beaucoup de fidèles. Des intégristes qui avaient probablement oublié que le nom de cette mosquée était pourtant féminin – celui de la fille préférée de Mahomet.

Sophia, la femme du Consul, ajouta comme si sa remarque expliquait tout :

– Shajar al-Durr était évidemment très belle.

Adressant un large sourire à Fiordalisa, Rosetti, suspectant derrière la remarque de sa moitié un soupçon de rivalité entre l'Orient et l'Occident, ne put s'empêcher d'apporter une petite correction diplomatico-sirupeuse :

– Évidemment, ceux qui disaient de Shajar « aucune femme ne l'égalait par la beauté, aucun homme par la force de caractère » n'avaient pas eu la chance, noble dame, d'avoir pu vous connaître. Mais il est certain qu'elle avait su ensorceler tous les hommes qui l'avaient approchée. Ses yeux de jais, sa longue chevelure noire aussi douce que la soie, ses fins sourcils en croissant de lune, la sensualité de sa bouche faisaient, et font encore, les délices des conteurs. Mais son regard plus acéré que la lame d'un poignard était révélateur d'une intelligence et d'une volonté hors du commun. Comprenant très vite qu'il était inutile de braver calife, cadis et ulémas, elle épousa un Mamelouk et prétendit abdiquer en faveur de son cher et nouvel époux.

– Baybars, bien sûr ?

– Eh bien non ! Shajar, la belle circassienne, avait été vendue au sultan al-Salih en même temps que trois futurs célèbres Mamelouks – Baybars, Aqtay et Aybak – et il s'était créé entre les quatre un lien de complicité très fort. Mais Shajar savait parfaitement juger les hommes et peser la force de leur ambition. Avec Baybars, c'eût été la fin de son règne. Le rude colosse, avec sa taie sur l'œil, faisait sans doute un peu peur. Celui qui se vantait de pouvoir briser une colonne vertébrale d'une seule main, il valait mieux l'avoir comme garde du corps que comme époux. L'heureux élu fut donc Aybak, suffisamment malléable, pensait-elle, pour lui permettre d'exercer le pouvoir comme par le passé. Le seul changement : c'était désormais au nom d'Aybak que, dans toutes les mosquées, le sermon du vendredi était prononcé, ce qui ne sembla pas affecter Shajar outre mesure – ni le gouvernement de l'Égypte, d'ailleurs. Cadis, ulémas et tous ceux qui connaissaient le Coran par cœur, à l'endroit et à l'envers, virent plusieurs signes qui prouvaient qu'Allah était satisfait ; les autres n'avaient aucune raison de ne pas le croire.

Malheureusement, en ayant choisi Aybak comme époux – désormais sultan en titre – elle attisait la jalousie des deux autres membres du quatuor. La belle façade de l'alliance indéfectible de la bande des quatre ne tarda pas à se lézarder. Aqtay, fort d'une victoire sans appel sur le sultan de Syrie qui avait osé refuser toute allégeance à l'Égypte – et fraîchement auréolé de son mariage prestigieux avec une petite-fille du grand Saladin – laissait entendre qu'il aurait fait un bien meilleur sultan qu'un Aybak, simple « laquais » de la belle Shajar. Aqtay n'eut pas le loisir de le laisser entendre très longtemps : Aybak, fort de son nouveau pouvoir, demanda à son Mamelouk de confiance, Qutuz, de le débarrasser de ce prétentieux. Quelques jours plus tard, on retrouva la tête ensanglantée d'Aqtay au pied des murs de la citadelle du Caire. Baybars décida sagement de fuir l'Égypte en attendant des jours meilleurs pour venger son ami.

Fiordalisa se risqua à faire un commentaire :

– C'est horrible, votre histoire. Est-ce bien raisonnable de vouloir construire une alliance avec ces fauves ?

– Ah ! Madame, vous n'avez encore rien vu ! Aybak, la voie libre de tout rival potentiel, eut la prétention de ne pas se contenter de son titre de sultan mais de régner véritablement. Il entreprit de rogner, d'une manière souvent maladroite, certains privilèges de la sultane, l'accusant par ailleurs de tenir caché un immense trésor. Cette perpétuelle guérilla cristallisait la méfiance grandissante de la « reine d'Égypte ». Aybak en vint à faire une faute politique majeure : il annonça à la très jalouse Shajar son intention de prendre une seconde femme. Il avait signé son arrêt de mort. Alors qu'il prenait un bain après avoir honoré son épouse qui l'avait accueilli avec une prévenance inhabituelle, il périt sous le fer de spadassins à la solde de la sultane. On dit que Shajar, prise d'un tardif remords ou de la résurgence subite d'une bulle d'amour, tenta – trop tard – d'arrêter les tueurs. Elle s'efforça, sans plus de succès, de déguiser le forfait en accident. L'implacable Qutuz, pour venger son maître, livra la belle sultane à des harpies en furie qui la firent périr à coups de sabots, jetèrent son corps dans les douves de la Citadelle, au grand bonheur des chiens errants. Telle fut la triste fin de « l'arbre de perles », la seule sultane à avoir jamais régné sur une terre d'islam. Aussitôt, Qutuz fit crucifier tous les fidèles de Shajar. C'était une façon peu élégante, certes, mais radicale de simplifier les problèmes de succession et de réduire considérablement tout risque de vengeance préjudiciable à la nécessaire stabilité du pouvoir – comme disent ceux qui le détiennent. L'alignement parfait des multiples croix et des corps sanguinolents tout au long de la grande avenue qui mène à la citadelle eut, au-delà du bel effet dramatique, un incontestable pouvoir didactique. Cela n'empêcha pas le peuple de gronder car nombreux étaient ceux qui étaient restés très attachés à la belle Shajar. Qutuz jugea qu'un semblant de légalité serait de nature à faire revenir le calme. Au lieu de prendre le pouvoir, il adouba un jeune fils qu'Aybak avait eu avant son mariage avec Shajar. Ali devint ainsi, à quatorze ans, le nouveau sultan…sous la très ferme régence de Qutuz.

Giovanni tenta, une fois de plus, de limiter la logorrhée du brave consul :

– Non seulement votre histoire est horrible, mais elle est bien compliquée. On s'y perd dans tous vos Mamelouks. Venons-en au fait : comment Baybars prend-t-il le pouvoir ?

– J'y viens ! J'y viens, Monseigneur…

Peu de temps après la prise de pouvoir par Qutuz, un évènement considérable va ébranler notre monde, Occident et Orient tout à la fois : le déferlement des Mongols. En Europe, on connaît bien l'histoire : ils arrivent, de massacres en massacres, jusqu'aux portes de Vienne et aux rives de l'Adriatique sans subir de résistance sérieuse. Par miracle, ils refluent soudain vers l'Asie pour, dit-on, participer à l'élection du nouveau Grand khan. En Orient, au contraire, ils s'incrustent. La prise de Bagdad et l'assassinat du calife par Hulagu, le petit-fils de Gengis Khan, sont vécus comme un abominable cataclysme. L'opulente capitale de l'Islam, l'Irak et la Perse dans les mains des barbares, c'était un cauchemar invraisemblable. Hélas, le déferlement des hordes de réfugiés apeurés démontra que l'invraisemblable était malheureusement bien réel. Bientôt la Syrie fut envahie et l'Égypte d'autant plus menacée que grandissait le risque d'une alliance des Mongols avec les Chrétiens des États latins de Palestine. Qutuz était sanguinaire, mais il savait assumer ses responsabilités. Face au danger qui menaçait l'Égypte, il renvoya le jeune Ali dans un oubli qu'il n'aurait jamais du quitter, se déclara sultan et appela à une réconciliation générale des Mamelouks. Pour arrêter les Mongols, pour sauver l'Islam, aucun brave ne devait manquer à l'appel. Même Baybars sembla oublier sa haine de Qutuz, celui qui avait assassiné Aqtay, son ami, et Shajar, sa sultane adorée. Depuis l'émirat de Karak qu'il s'était forgé en Syrie aux dépens de roitelets arabes, de Templiers et d'Hospitaliers qui avaient cru pouvoir lui résister, il vint, à bride abattue, ranger ses troupes sous la bannière de Qutuz. Après quelques escarmouches avec les Tartares, vint le grand jour, à Ayn Jalut, du choc entre l'Islam et l'Empire Mongol. Qutuz avait placé…

Giovanni, craignant sans doute que le consul ne se lance dans un cours de stratégie militaire ou dans une description épique de cette mémorable bataille, s'interposa avec vigueur :

– Nous connaissons cette bataille qui a stoppé net l'élan de ces sinistres Mongols, sauvé l'Islam et probablement l'Occident. Et nous savons que Baybars, à la tête de sa redoutable cavalerie, fut l'artisan incontestable de la victoire. Les Mongols refluèrent vers la Perse. Ils venaient de subir leur première défaite depuis l'avènement de Gengis Khan.

Rosetti, vaincu par la volonté manifeste de Giovanni d'écourter son cours d'histoire, fit mine d'oublier qu'il n'avait pas terminé sa chronique de la prise de pouvoir de Baybars et pria les convives de bien vouloir quitter la table. Il se dit qu'il trouverait bien l'occasion de reprendre le fil de cet épisode de la vie du « Tigre ».

Mais Fiordalisa, par curiosité ou pour faire plaisir au consul, ainsi que le prêtre, avide d'en savoir toujours plus sur les atrocités dont les musulmans pouvaient être capables, se firent pressants :

– Vous ne pouvez pas vous arrêter là ! Nous voulons savoir comment Baybars prend, enfin, le pouvoir.

Avec un regard oblique vers Giovanni et un bref sourire en forme d'excuse – prétendument contraint mais qui, en fait, cachait mal sa joie, Rosetti prit la mine attristée de ceux qui consentent, pour la bonne cause, à se sacrifier dans un dernier et immense effort :

– Oh ! ce ne sera plus très long. Ce sera même très rapide. Qutuz et Baybars, en route pour le Caire, revenaient tout auréolés de l'éclatante victoire qui avait sauvé l'Islam. Le sultan en titre savourait déjà la réception triomphale que le bon peuple du Caire allait bientôt lui offrir. Mais, un soir où Qutuz se reposait de la longue chevauchée de la journée, Baybars vint lui rendre visite sous sa tente. Il était évident pour Qutuz que c'était un signe d'allégeance ou de remerciement pour le don d'une esclave d'une exceptionnelle beauté. En effet, Baybars se pencha pour lui baiser la main. C'était le signe convenu. Pendant qu'il tenait la main de Qutuz, d'une manière très ferme tout à coup, les complices de Baybars mirent fin au très court règne de ce sultan. Celui du « Tigre » allait durer longtemps. Vous voyez, la première fois que Baybars a tué un sultan – cet incapable de Touran Shah – ce n'était pas par intérêt personnel mais, à l'évidence, pour le bien de l'Égypte. La deuxième fois, il avait quelques excuses. Les mauvaises langues disaient qu'il avait tué Qutuz parce ce dernier avait refusé de lui donner le sultanat de Syrie, pourtant promis en cas de victoire. Ce déni de justice constituait pourtant une belle circonstance atténuante. Mais Baybars craignait que les Égyptiens ne voient dans ce meurtre que la conséquence d'un dépit, sentiment méprisable et peu valorisant pour un « pilier de la foi ». Il fit vite comprendre au petit peuple – à ceux du moins qui ne l'avaient pas compris spontanément – que Baybars, loin d'avoir agi par intérêt, n'avait jamais été que l'instrument de la justice divine : il avait vengé Shajar. Les conteurs, sur les places de marché et les imams, dans toutes les mosquées, – tous les faiseurs d'opinion, en quelque sorte – furent priés de rappeler cette évidence : « Quand Allah veut une chose, rien ne peut l'empêcher. »

Fiordalisa fit un commentaire laconique :

– Quelle histoire ! On croirait une tragédie grecque.

Comme Fiordalisa était la seule dans l'assistance à savoir ce qu'était une tragédie antique, ce commentaire ne suscita qu'un lourd silence. Mais Giovanni, vraisemblablement pour couper court à d'éventuelles et vaseuses considérations de Rosetti quant à l'influence de la Providence sur ce bas monde et l'Histoire, lança au consul une question comminatoire :

– Bon, nous savons tout sur la prise de pouvoir de Baybars. Je suppose que vous nous servirez bientôt la suite de l'histoire – les premières années de son règne. Il serait bon que je connaisse un peu mieux la situation de l'Islam en général et de ce pays en particulier avant toute discussion avec Baybars. Mais, d'abord, quand vais-je être reçu par ce redoutable sultan ?

– Ah ! Monseigneur, je comprends bien votre impatience, mais…ici, il n'est pas d'usage de brusquer les choses. J'ai fait porter un message à l'émir d'Alexandrie pour lui annoncer votre arrivée – il la connaissait parfaitement, évidemment – et lui demander une audience. Il sait que votre ambassade est considérée par le sultan comme de la plus haute importance ce qui explique que j'ai déjà eu sa réponse.

– Alors ? Quand ?

– Demain, Monseigneur !

– Bravo ! Parfait !

– Oh ! Monseigneur, ne vous emballez pas…En vérité, il a dit « Demain, inch' Allah ». En Orient, cela veut dire « demain, peut-être ». Mais c'est toujours mieux que « Inch' Allah » tout court qui veut souvent dire… « jamais ». Je pense que l'émir a transmis en haut lieu l'annonce de votre arrivée et qu'il attendra des instructions de Baybars avant de vous recevoir et de vous donner le sauf-conduit nécessaire pour aller au Caire.

– Mais alors, nous allons moisir longtemps ici, en attendant le retour de son messager ! Je sais bien que vous n'allez pas manquer d'histoires pour nous faire passer le temps mais, tant que la guerre sévit entre Venise et Gênes, je ne veux pas priver trop longtemps la République de ma belle *Reine de la Mer*. Je ne peux pas m'attarder en Égypte alors que Venise a besoin de tous ses marins.

– Mais non, Monseigneur, l'ordre du sultan parviendra très vite à Alexandrie. Baybars, dès sa prise de pouvoir a mis sur pied un remarquable réseau de relais de poste avec des chevaux frais toutes les sept lieues. Des instructions données par Baybars au Caire arrivent en moins de quatre jours à Damas. Entre le Caire et Alexandrie, c'est encore plus rapide car ils utilisent des pigeons voyageurs. Je n'aurai donc pas l'occasion de vous raconter beaucoup d'histoires. À mon avis, nous serons reçus demain, après-demain au plus tard. En attendant, l'émir m'a fait savoir qu'il enverrait son intendant pour vous faire visiter la ville.

Le lendemain matin en effet, un élégant personnage s'annonça à l'entrée du fondouk, se proposant de faire découvrir Iskanderiyya[61] aux hôtes du consul. Les nobles vénitiens, sous le regard vigilant d'une trentaine de Mamelouks de la garde personnelle de l'émir, franchirent la porte de la Conquête, imposante ouverture dans les belles et hautes murailles blanches

[61] C'est-à-dire « La ville d'Iskander », du nom arabe d'Alexandre.

qui séparaient le port de la ville. Soudain, ils se retrouvèrent dans des rues étroites, sales et non pavées qui ne ressemblaient guère aux descriptions de la somptueuse Alexandrie des Ptolémée. Malgré les sabres bien mis en évidence par la garde mamelouke, il était difficile de se frayer un chemin dans ces rues incroyablement encombrées de portefaix, d'ânes et de chariots surchargés au-delà du raisonnable.

Fiordalisa, dont c'était le premier contact avec l'Islam, fut surprise par la violence des cris, la densité brutale de la foule, le poids des odeurs. À Palerme, Naples ou Venise, elle n'avait jamais ressenti ce déferlement stupéfiant du genre humain et l'angoisse irrépressible qu'il déclenchait. Autre surprise, le bâton semblait le moyen de communication universel : la moitié des passants, les mieux habillés, tapait sur l'autre moitié, ceux qui étaient vêtus de guenilles[62]. Ce qui, à l'inverse, ne la changeait pas de Palerme avec ses deux cent cinquante églises et ses trois cents mosquées, c'était l'invraisemblable mélange des croix sur les coupoles des églises et des croissants sur les minarets des mosquées, preuve manifeste d'une belle tolérance. Les Arabes auraient-ils été, au lendemain de leur conquête, aussi conciliants avec les chrétiens que les Normands en Sicile avec les musulmans ? Oui, selon Rosetti, mais les Coptes devaient s'acquitter d'un impôt un peu plus élevé que les musulmans ce qui, évidemment, avait entraîné un grand nombre de conversions[63].

---

[62] Comme le remarquera quelques siècles plus tard Gustave Flaubert à qui l'on doit cette pertinente observation.

[63] Pour diminuer ses impôts, il est quand même plus facile de changer de religion plutôt que d'avoir à s'expatrier en Suisse ou en Belgique.

Rosetti reconnut que, de temps à autre, la situation des chrétiens était plus difficile quand les Mamelouks devenaient nerveux lors de l'arrivée d'une nouvelle vague de croisés.

Ils visitèrent ce qui restait des ruines de l'antique Alexandrie, c'est-à-dire bien peu de choses : les aiguilles de Cléopâtre[64], la colonne de Pompée et les vingt bâtiments du collège d'Aristote, là même où le précepteur du grand Alexandre avait transmis son immense savoir à ses nombreux disciples venu du monde entier.

Fiordalisa fut déçue d'apprendre qu'on ne savait même plus où avait été édifiée la fameuse bibliothèque d'Alexandrie, ce temple de la science qui avait fait, avec ses sept cent mille rouleaux de papyrus, la gloire du monde grec. Aucune trace, non plus, du mythique tombeau d'Alexandre.

Rapidement, les honorables visiteurs montrèrent quelque lassitude vis-à-vis des évocations du passé et ne se sentaient plus d'humeur à écouter de longs discours sur ces vestiges très abîmés[65].

Mais, sur le chemin du retour, ils furent éblouis par l'ingéniosité des machines hydrauliques. Rosetti leur expliqua qu'il ne pleuvait jamais à Alexandrie. Il fallait donc profiter de la crue annuelle du Nil. Le « miracle » annuel permettait la mise en eau du canal qui alimentait la ville. Durant cette période bénie, ces fameuses

---

64 Deux obélisques de l'Égypte des pharaons qui n'avaient rien à voir avec Cléopâtre (Ils sont aujourd'hui respectivement à Londres et New York).

65 À cette époque, les « touristes » ne faisaient pas mine de s'intéresser aux ruines antiques, mode relativement récente. Jusqu'au XIXe siècle, une ruine était essentiellement une carrière bien utile pour faire du neuf.

machines hydrauliques actionnées par des bœufs pompaient la précieuse eau : plus de cinquante machines alimentaient, via un réseau souterrain d'aqueducs, les quelques trois cent citernes nécessaires pour subvenir aux besoins de la ville pendant une année, jusqu'à la nouvelle crue.

C'est alors qu'une escouade de Mamelouks fit irruption au grand galop dans un épouvantable nuage de poussière. Un officier sauta prestement à terre et donna très respectueusement un message à l'eunuque. Celui-ci lut le texte à Nicolo Rosetti en lui demandant de bien vouloir le traduire. L'émir d'Alexandrie demandait, poliment mais fermement, à Giovanni et au consul de lui faire l'honneur de venir le voir en son palais le plus vite possible. Rosetti avait fait une traduction *a minima*, en sautant les salamalecs d'usages et les inévitables références à Allah et son Prophète mais Rosetti expliqua à Giovanni qu'il y avait une nuance qui impliquait que « le plus vite possible » voulait dire « immédiatement ». Les deux magnifiques chevaux sans cavalier qu'un Mamelouk tenait par la bride confirmaient que l'invitation ne souffrait aucun retard.

L'entrevue avec l'émir fut, contrairement aux usages, incroyablement brève. Il s'en excusa, exprimant son regret de ne pas être en mesure d'offrir aux éminents *roumis* l'accueil qui convenait à leur rang. Hélas, comme l'indiquait le petit rouleau arrivé par le pigeon voyageur de service, les ordres du sultan étaient, quoique laconiques, parfaitement explicites : le sultan Baybars attendait l'honorable ambassadeur et le consul de la République de Venise avec la plus grande impatience. À cette époque, quand un chef manifestait de l'impatience, on y prêtait attention – et tout particulièrement si le chef s'appelait Baybars.

L'émir annonça qu'une escorte viendrait les prendre à la porte du fondouk, dès le lendemain à l'aube. Il déclara à Giovanni que sa femme était la bienvenue mais qu'il n'était pas souhaitable de faire venir d'autres vénitiens. Par ailleurs, il n'était pas nécessaire de prévoir une escorte puisqu'elle serait fournie par l'émir lui-même. Giovanni comprit parfaitement que, dans les circonstances présentes, les mots « pas souhaitable » et « pas nécessaire » voulaient dire « interdit ».

Le lendemain, après moultes effusions avec ceux qui restaient à Alexandrie, Fiordalisa, Giovanni et Nicolo furent embarqués avec leur escorte – une cinquantaine de Mamelouks – sur un bateau long et fin. La felouque mit à la rame dans le canal de Mahmudiyya qui reliait la ville au Nil. Dans le fleuve, profitant d'un bon vent portant, l'équipage envoya la grand-voile soutenue par une immense vergue. Ils arrivèrent le soir dans la ville de Fouad qui les étonna par la richesse de ses cultures maraîchères, la complexité des machines qui permettaient une irrigation omniprésente et le luxe inattendu de ses demeures. Reçus assez frugalement par le commandant de la garnison militaire, ils embarquèrent de nouveau le lendemain à l'aube, escortés désormais par d'autres Mamelouks, ceux de la garde personnelle du sultan. Le paysage ne variait guère : une bande verte abondamment cultivée de chaque coté du fleuve, miracle végétal au milieu d'un océan de sable rougeâtre où, de temps à autres, quelques bandes de bédouins caracolaient d'une manière menaçante puis s'éparpillaient à la vue, semblait-il, des nombreux Mamelouks présents sur le pont. Sur les berges, on voyait en abondance des sortes de troncs d'arbres recouverts de boue. Mais il arrivait, curieusement, que ces troncs d'arbres se mettent à bouger. C'était la première fois que Fiordalisa voyait des crocodiles. Rosetti lui recommanda de rester le plus loin possible de leurs mâchoires puissantes et de ne jamais oublier que ces corps, en apparence indolents, étaient capables d'une vitesse et d'une agilité stupéfiantes.

Ils arrivèrent enfin en vue du Caire, immense ville soudain embrasée par le soleil couchant.

La felouque glissa doucement, se faufilant dans une indescriptible nuée d'embarcations aux formes souvent surprenantes et vint s'amarrer dans le vieux port d'al-Maqs, le long d'un ponton passablement vermoulu. Sur la berge, attendait un régiment de Mamelouks montés sur de petits mais superbes chevaux blancs parfaitement alignés et décorés de soieries multicolores. L'éclat des fers de lance et des sabres montrait néanmoins que la fonction du régiment ne se limitait pas à l'esthétique.

Du port, on apercevait l'immense citadelle qui surplombait la ville. Depuis sa construction par Saladin, cette immense bâtisse était le centre du gouvernement et de l'administration des sultans. Mais, pour Giovanni et Fiordalisa, une seule image, quelque peu angoissante, s'imposait à l'esprit : c'était le repaire du Tigre.

Un peu d'histoire

Rien, dans ce chapitre, qui ne soit strictement conforme à l'histoire étonnante de ces Mamelouks, esclaves devenus sultans, et du plus célèbre d'entre eux, Baybars.

Sa réputation de cruauté n'était pas usurpée. Il n'est pas faux de dire, comme René Grousset[66] : « Par le meurtre et le légitimisme religieux combinés, Baybars devint maître de l'empire musulman. » Mais cette façon de prendre le pouvoir n'était pas une innovation !

Mais il faut reconnaître que Baybars était un stratège génial et un administrateur hors pair. Le gouvernement centralisé agissait avec efficacité et célérité grâce à un étonnant réseau de communication : relais de poste (probablement copiés sur les Chinois) et pigeons voyageurs. En France, il faudra attendre Louis XI pour en avoir une pâle copie à très petite échelle…et sans les pigeons.

Malgré sa posture de « Pilier de l'islam », il fit toujours preuve d'une grande tolérance. Les chrétiens coptes – ou les juifs – dont beaucoup officiaient dans les plus hautes charges de l'administration, n'eurent jamais de problèmes et ils eurent toujours la plus grande liberté de construire églises et…clochers arborant la croix (en fait, plutôt des coupoles, selon l'héritage grec). À comparer avec les vociférations qui agitent aujourd'hui le « très tolérant » peuple français, héritier des Lumières, lorsqu'il s'agit d'ériger un minaret sur notre sol.

---

[66] Auteur de la volumineuse *Histoire des Croisades.*

La tolérance des musulmans, à cette époque du moins, n'était pas un vain mot. Alors que l'Inquisition vivait en Europe ses plus belles heures de gloire, les sultans fatimides du Caire décrétaient : « Nous devons déployer le manteau de la justice et de la bienveillance et embrasser dans notre miséricorde et notre affection les différentes communautés religieuses et comprendre les musulmans et les non musulmans en leur offrant tout ce qu'ils peuvent espérer dans la voie de la tranquillité et de la sécurité »[67].

En revanche, Baybars avait peu d'estime pour les croisés qu'il considérait comme des brigands plus préoccupés de rançonner les caravanes que de défendre leur religion et ses Lieux saints. Et assez lâches pour ne pas lever le petit doigt lorsqu'il avait, test cruel et machiavélique, détruit le symbole le plus précieux de la Chrétienté : l'Église de la Nativité. Il fit ce commentaire sans appel : « L'église de Nazareth était le plus célèbre des édifices consacré au culte des chrétiens, là où, d'après ce qu'ils prétendent, leur religion a pris naissance. Je l'ai détruit sans qu'aucun des Francs ne tentât de le défendre. » Les croisés, selon ce qu'avait écrit un Templier à ce sujet, avaient apparemment une autre analyse : « Il semble que Dieu veuille soutenir les Mamelouks. Ils ont détruit l'église de la Nativité et Jésus ne fait rien. Si quelqu'un veut combattre les Mamelouks, il est fou car Jésus dort et ne les combat plus. »

À vrai dire, Baybars n'était pas le seul à ne pas porter dans son cœur les croisés très chrétiens qui, en effet, n'ont jamais reçu le moindre support de la part de leurs

---

[67] Belle sagesse antique que devraient retrouver les « sultans » contemporains.

coreligionnaires des Églises chrétiennes orientales présentes en Palestine

Pas beaucoup d'estime, non plus, pour notre Saint Louis. Baybars avait, d'après les chroniqueurs arabes, apostrophé son prisonnier d'une manière véritablement injurieuse : « Tu as abandonné tes soldats dans la plaine d'Égypte. Que reste-t-il des soixante-dix mille qui t'accompagnaient ? » À dire vrai, Louis avait sans doute mérité ce jugement féroce pour avoir envoyé au sultan, juste après le succès initial de son débarquement, une lettre bien peu chrétienne et d'une regrettable vantardise : « Nous avons chassé les vôtres comme un troupeau de bovins. Nous avons tué les hommes, réduit leurs femmes au veuvage ; nous emmenons en captivité leurs filles et leurs garçons. » Paroles de saint !

Au demeurant, Baybars gardera toujours, malgré ses incontestables qualités, l'image d'un despote brutal, sans pitié, sans scrupules, cruel et menteur, pour qui tous les moyens étaient bons pour arriver à ses fins. C'est évidemment l'image qui avait été véhiculée par les croisés qui, sans avoir à beaucoup forcer le trait, espéraient apitoyer suffisamment l'Occident pour justifier l'aide qu'ils en attendaient. Pendant longtemps, les historiens occidentaux se sont contentés d'étudier les chroniqueurs latins qui insistaient, bien sûr, sur les atrocités commises par les musulmans. Sur l'échelle de l'horreur, les croisés n'étaient pas en reste. Il suffit de voir ce qu'ils ont fait subir aux chrétiens de Byzance pour imaginer le sort des « infidèles » en Palestine ou en Syrie. Comme le disait un commentateur arabe : « Ce qu'on nous raconte de leurs forfaits fit presque rompre nos cœurs. »

Le problème, pour la vérité historique, est qu'il est toujours difficile de peindre un guerrier de son camp sous les traits d'un bourreau, a fortiori quand ce guerrier vient défendre le tombeau du Christ.

Il aura fallu attendre Claude Cahen pour que l'Occident s'intéresse au point de vue de l'Islam dans sa vision des croisades. Comme le disait ce grand historien avec un humour peu charitable, en parlant de Grousset : « Il n'y a pas si longtemps que de *bonnes* Croisades ont fait accueillir leur auteur sous la Coupole. »

Pour les musulmans, Baybars est évidemment un héros, défenseur infatigable de l'Islam, le personnage quasi légendaire du « Roman de Baybars », même si certains historiens arabes de l'époque nuancent leur jugement : « Les fastes glorieux du souverain effaceront devant l'histoire les perfidies de l'officier. »

Petit détail pour finir. Je n'ai pas trouvé le nom du consul de Venise de l'époque. Cependant, si je l'ai baptisé Rosetti, c'est un petit clin d'œil à l'histoire : quelques siècles plus tard, Bonaparte fera appel, pendant la campagne d'Égypte au consul de Venise, un certain…Nicolo Rosetti, pour parlementer avec Murad Bey, le chef de l'armée mamelouke.

14 - DANS LES GRIFFES DU TIGRE

Deux palefrois de belle race attendaient Giovanni et Rosetti. À côté, une litière richement décorée était manifestement destinée à Fiordalisa. Il y eut un flottement lorsqu'elle dédaigna la litière et exigea un cheval. Ce n'était visiblement pas la coutume. L'officier qui commandait le régiment tenta de transiger en offrant un dromadaire surmonté d'un magnifique palanquin doré mais Fiordalisa, pourtant naturellement curieuse, n'était guère tentée d'expérimenter cet étrange moyen de transport. De guère lasse, devant le refus obstiné de Fiordalisa, un garde fit venir un troisième palefroi mais, délicate attention, plus court au garrot. Aussitôt, Fiordalisa, à la grande stupeur de l'assistance releva sa tunique, laissant apparaître un élégant pantalon de soie rose que la femme du consul lui avait offert, et, prévenant l'aide que l'officier s'apprêtait à lui apporter, enfourcha prestement son joli cheval dans un bel élan parfaitement contrôlé. La grâce du mouvement fut appréciée à sa juste valeur par ces fiers Mamelouks dont la légende disait que, dans leurs lointaines steppes, ils étaient nés sur leur destrier.

La nuit commençait à tomber. La troupe s'élança au petit galop, d'abord au milieu de jardins et de lacs où les habitants du Caire venaient rechercher la fraîcheur toute relative du Nil, puis, à partir de la Bab al-Bahr, à travers des zones de plus en plus urbanisées. Au passage du Khalig, le grand canal qui longeait le Nil, l'officier fit mettre au pas. Ils entrèrent dans une grande rue bordée d'échoppes dont les lampes, réglementaires, éclairaient en un contre-jour fantomatique les silhouettes des nombreux badauds toujours friands de voir passer la garde du sultan et ses chevaux aux caparaçons chamarrés. Les odeurs étaient puissantes et surprenantes pour un odorat d'Occidental : mélange peu familier de viande grillée, d'épices, de fleur d'oranger, de fumée et de crottin – sur fond de poussière. Au dessus, dans le ciel déjà noir, le mont Muqattam rougeoyait encore sous l'impact des derniers rayons du soleil, tandis que la pénombre enveloppait rapidement les murs crénelés de la Citadelle qui n'en paraissait que plus redoutable. Nicolo Rosetti expliqua à Fiordalisa et Giovanni qu'ils ne seraient pas logés là-haut dans le palais de Baybars mais dans Al-Qâhira[68], la cité fondée par les califes fatimides venus du Maghreb qui, trois siècles plus tôt, avaient conquis l'Égypte. Détail amusant, fit remarquer Nicolo, Al-Qâhira le nom arabe de la ville qu'on appelait Babylone en Occident voulait dire la Dominante, le même qualificatif dont Venise aimait à se parer.

Peu après, ils mirent pied à terre sur l'esplanade Bayn al-Qasrayn, éclairée comme en plein jour par une incroyable quantité de torches dont les flammes crépitaient en se mêlant à de lourds tourbillons de fumée dans une âcre odeur de suif brûlé. Malgré le discours rassurant de Nicolo, le décor ne manquait pas d'être inquiétant pour Fiordalisa, plongée trop brusquement dans l'inconnu de ce monde nouveau.

Les trois Vénitiens furent conduits avec une courtoisie un peu distante, mais assurément très

---

[68] D'où le nom « Le Caire ».

respectueuse, jusqu'à un petit palais richement décoré de mosaïques, le Dar al- Wizara, qui servait à loger les hôtes de marque du sultan.

Sitôt franchie la porte pourvue de lourds vantaux, ils furent saisis par la soudaine fraîcheur et les délicates senteurs de parfum qui faisaient agréablement oublier la moiteur de la rue et ses fortes odeurs. Accueillis par un grand eunuque noir dont la raideur, l'attitude très protocolaire et le cérémonial un peu compassé révélaient une grande habitude de la fréquentation des puissants, les visiteurs s'étonnèrent de constater que ce haut dignitaire s'exprimait dans un latin parfait. Malgré l'aiguillon de la curiosité, personne n'osa poser de question sur le pourquoi de ce talent – bienvenu au demeurant.

Un dîner fut servi dans leurs chambres par des esclaves nubiens très stylés mais affublés d'immenses turbans et de costumes bouffants et bariolés, un peu ridicules. Le décor était somptueux : où que se portât le regard, ce n'étaient que dorures, colonnes orgueilleuses aux chapiteaux finement sculptés, minutie extravagante des entrelacs des moucharabiehs, tentures de soie où les fils d'or rehaussaient l'éclat de couleurs dont la diversité et la délicatesse défiaient l'imagination. On voyait tout de suite, à travers ce luxe ostentatoire, que Baybars – le *soudan* d'Égypte, comme on l'appelait en Occident – était invraisemblablement riche…et très attaché à l'idée que personne ne puisse en douter.

La qualité du dîner fut à la hauteur de l'environnement malgré l'absence de fourchettes – manquement au savoir-vivre qu'on ne rencontrait plus que dans des pays encore un peu barbares comme la France ou la Germanie. Surprenant en pays musulman, on leur offrit, délicate attention, un vin délicieux quoique fort capiteux. En fait, le culte de Bacchus, malgré l'interdit du Coran, était pratiqué, gaiement voire excessivement, par les dignitaires et sultans ayyoubides ou mamelouks. Rarement en public, évidemment[69].

La conjonction du décor féerique, des mets aux épices subtils, du vin quelque peu grisant, de la douceur envoûtante d'un luth lointain et des effluves de lourds parfums effaça toute l'angoisse précédemment accumulée.

Sous le charme de l'Orient, Fiordalisa et Giovanni vécurent une nuit passionnée. Une nuit si passionnée que Fiordalisa ne put s'empêcher d'avoir une pensée, fugitive certes mais incontestablement attendrie, pour Charles d'Anjou qui lui en avait fait connaître beaucoup et dont le souvenir, fougue et caresses mêlées, restait vivace.

Le lendemain, leurs yeux à peine éveillés furent éblouis par un paysage enchanteur : une cour intérieure entièrement pavée de mosaïques chatoyantes aux motifs si incroyablement enchevêtrés qu'ils défiaient la géométrie. Les orangers et citronniers exhalaient leurs senteurs ; les nombreuses fontaines, leur musique et leur fraîcheur. L'architecture de ce palais affichait parfaitement son unique dessein : offrir, en abondance, calme et sérénité.

Ils n'eurent malheureusement pas le temps de s'enivrer longtemps de l'atmosphère quasi surnaturelle qui baignait cette fort jolie copie du paradis. L'eunuque,

[69] Cela n'a guère changé avec les émirs de notre temps. L'hypocrisie en moins : ce n'est plus dans le secret de leur palais, mais, très ouvertement, dans les palaces londoniens ou de la Riviera. Ne jetons pas la pierre : de la même façon, le péché d'adultère est très mal vu dans la Bible mais il est pourtant assez pratiqué par les chrétiens. Nul n'est parfait !

dans son beau latin un peu suranné, vint les saluer avec la courtoisie la plus déférente mais, avec une fermeté qui ne souffrait aucunement la contradiction, il annonça que l'heure était venue de partir pour la Citadelle. Il était évident que le « Seigneur Tigre » ne devait pas apprécier qu'on le fît attendre. Sur la Bayn al-Qasrayn, l'escorte de Mamelouks les salua sabre au clair avec des cris de bêtes fauves qui devaient faire partie du protocole réservé aux hôtes de marque mais donnaient surtout la chair de poule. Attendaient aussi la litière et le chameau au riche palanquin, sans plus de succès que sur les berges du Nil.

La troupe s'ébranla en direction de la Citadelle dans l'avenue de la Qasaba qui passait entre les deux anciens palais des sultans fatimides dont l'un avait été transformé en un gigantesque hôpital qui ne manquait pas d'émerveiller les visiteurs car il n'en existait pas d'équivalent dans tout l'Occident. Après la porte Zuwayla, l'escadron de Mamelouks défila dans Chari al-Azam. Bordée de nombreux *souks* et de caravansérails, cette grande artère qui traversait Le Caire, était toute encombrée de marchands, de flâneurs, de porteurs de tout et de n'importe quoi, de baladins et de bateleurs, d'ânes croulants sous des charges défiant les lois de la pesanteur et des inévitables dromadaires qui assuraient, avec leur inimitable démarche guindée, le service de l'eau. Le cortège passa devant le marché aux esclaves, dix fois plus grand que celui de Venise : beaucoup de noirs nubiens mais plus encore de chrétiens, probables victimes des coups de force menés par Baybars sur la Palestine ou l'Arménie. Quelle que fût la couleur de leur peau, ils affichaient le même regard apeuré de chiens battus. C'était avec mauvaise conscience qu'on détournait les yeux, mais, grâce à Dieu, les images tristes s'estompent assez vite et, en définitive, on était obligé de reconnaître que les esclaves, c'était bien pratique et qu'il serait trop difficile, malgré le devoir de charité chrétienne, de s'en passer.

En dépit du bruit des tambours et des stridences des trompettes, signes éternels du droit de priorité des officiels sur le peuple et ses petites activités – toujours réputées sans importance – et malgré les moulinets menaçants des sabres, de plus en plus nerveux, il était bien difficile de se frayer un chemin à travers la foule dense et la poussière qui ne l'était pas moins.

Les nobles roumis, l'eunuque et leur escorte arrivèrent enfin au pied de la Citadelle. Les chevaux furent abandonnés aux laquais des écuries de Rumayla et le soleil était déjà haut lorsqu'il fallut monter le grand escalier qui menait à la belle Bab al-Mudarraj[70]. Quelques marches plus tard, assez nombreuses néanmoins pour que le souffle en pâtisse, Fiordalisa, Giovanni et Nicolo foulaient le sol de cette Citadelle mythique, heureux de retrouver enfin le calme, après la violence du vacarme de la rue. Ils furent accueillis par le Grand vizir avec une solennité quelque peu pompeuse dont il était difficile de savoir si elle était due à la reconnaissance de l'importance de leur mission ou à la rigueur habituelle du protocole.

Malgré les aléas de la circulation, les visiteurs étaient arrivés en avance et le vizir leur annonça que le très grand Al-Malik al-Zahir Rukn al-Din al-Salih al-Baybars al-Bundukdâri – Qu'Allah le garde en son affection ! –

[70] Porte de… l'escalier, bien sûr ! On peut être étonné de la platitude des noms de lieux mais on ne pouvait leur donner des noms de saints (l'islam n'en a pas) ni des noms d'hommes célèbres (au XIIIe siècle, on n'avait pas encore eu cette brillante idée pour leur éviter un triste oubli).

n'avait pas fini de rendre la justice. Il leur proposa donc de se joindre à la foule qui assistait à l'audience. Ils furent extrêmement surpris de découvrir que le sultan Baybars, le maître de l'Islam, le vainqueur des Mongols, le « Tigre » que tout l'Occident craignait, était assis, non pas sur un trône digne de sa puissance, mais sur un ridicule petit banc de bois. L'eunuque remarqua leur surprise et précisa que le petit banc signifiait que le sultan n'était pas là dans l'exercice du pouvoir mais, très humblement et conformément aux enseignements du Coran, au service de la justice due à son peuple. En fin connaisseur, Giovanni admira cette très belle invention de communication politique.

Ce jour là, il y avait foule car on jugeait une affaire qui avait enflammé, des moindres *fellahs* aux plus grands dignitaires, toute la population du Caire. Devant Baybars, se tenait une très jolie femme du nom de Gaziya, les seins nus, ce qui n'avait rien de surprenant en Égypte, mais le visage découvert, marque évidente de dépravation et d'infamie[71]. Elle comparaissait, selon les explications de l'eunuque, pour avoir servi d'appât à des passants en quête de plaisirs prohibés mais qui n'avaient trouvé, au bout du compte, que la seule émotion de se voir détroussés par un gang bien organisé avant d'être proprement trucidés. Un nombre inhabituel de cadavres retrouvés dans les eaux du Nil avait alerté les services du préfet du Caire qui avaient fini par découvrir l'horrible machination. Pour les membres masculins du gang, l'affaire avait été, faute de circonstances atténuantes, vite classée : ils avaient été empalés et leurs corps, exposés pour l'exemple, firent les délices de la curiosité des

---

[71] Les règles de pudeur et de bienséance changent volontiers dans le temps et selon la latitude.

badauds et de la voracité des vautours. Mais pour la belle Gaziya, le verdict était plus délicat. Elle prétendait, en effet, qu'elle avait été, sous peine de mort, forcée par le méchant gang à attirer les pauvres proies. Comme elle le faisait remarquer, ce n'était pas sa faute si Allah avait bien voulu la parer de charmes irrésistibles – ce qui était difficilement contestable. Elle insinuait aussi que si ces braves passants n'avaient pas cédé à une libido peu vertueuse, prêts à tromper leurs femmes en venant à Bab al-Luq, le quartier chaud du Caire, ils ne se seraient pas retrouvés dans le Nil. C'était, là aussi, difficilement contestable. Baybars, toujours sensible aux jolies femmes, était enclin à l'acquitter au bénéfice du doute, imaginant peut-être que Gaziya n'aurait pas déparé son harem. Mais il y eu un immense tollé chez les cadis. À la grande déception de Fiordalisa, l'eunuque renonça soudain à traduire, car la discussion sombra rapidement dans un océan d'arguties juridiques que seuls les spécialistes du droit coranique pouvaient espérer comprendre. En l'occurrence, c'était encore plus difficile qu'on ne pouvait l'imaginer car chacun des quatre cadis était dépositaire d'une interprétation particulière du droit : le rite shaféite, le malékite, le hanafite et le hanbalite. Fiordalisa se souvenait des terribles joutes juridiques qui ne manquaient pas de se développer en Occident malgré la précieuse unicité du droit romain et imaginait volontiers que rendre la justice en Égypte relevait de l'impossible. Et pourtant, les cadis réussirent, in fine, à se mettre d'accord. Fiordalisa ne savait pas encore que, quelque soit le code en vigueur, une femme est toujours, lorsqu'elle est trop belle, coupable devant les gardiens de la morale, surtout quand ceux-ci s'appuient sur les enseignements sacrés de la religion. Néanmoins, Gaziya eut de la chance car elle bénéficia, en fait, de circonstances atténuantes. Certes, elle fut condamnée à mort, mais par lapidation, ce qui, au dire des spécialistes, est nettement moins douloureux que le supplice du pal et, de toutes manières, plus rapide.

Fiordalisa, imaginant que le sultan avait certainement un droit de grâce, en voulut à Baybars de ne pas l'avoir, en dernier ressort, exercé en faveur de cette femme pour laquelle elle avait éprouvé pitié et sympathie. Nicolo Rosetti lui rétorqua que Baybars, bien que tout puissant, était très soucieux de préserver son image de « Pilier de l'islam » et qu'il était très attentif à ne pas heurter de front les cadis, grands faiseurs d'opinion. Rosetti ajouta que Baybars, fin politique, avait même hébergé dans la Citadelle un prétendu calife, successeur autoproclamé de celui qui avait été assassiné par les Mongols. Les ulémas avaient jugé, d'une manière catégorique, que cet obscur personnage était bien un digne descendant du Prophète. Le Caire devenait ainsi la nouvelle capitale de l'Islam. Bien joli coup après cinq siècles de règne sans partage des califes de Bagdad ! Il allait sans dire que ce calife, le nouveau « commandeur des croyants », était sous la stricte tutelle du Tigre et n'avait qu'un rôle décoratif. Décoratif mais primordial pour le petit peuple lorsque le calife, tel une sainte relique, était promené dans les rues du Caire dans le plus grand apparat. Rosetti se souvenait de la première apparition de ce vénérable Al-Mustansir Billah Abbou Al-Qasim dans Le Caire en liesse, reçu en grande pompe par un Baybars jouant admirablement la plus parfaite humilité. Le consul ajouta qu'il avait trouvé moins drôle d'avoir été obligé avec toute la communauté chrétienne de défiler dans le cortège du calife en chantant l'Évangile, tandis que les juifs devaient psalmodier le Pentateuque. Baybars avait sûrement pensé, avec sa perversité habituelle, qu'Allah apprécierait pleinement le comique de la situation.

L'audience terminée, le Tigre passa devant les visiteurs sans le moindre regard. Il était immense et visiblement très musclé. Il se dégageait de lui une impression de puissance sauvage mais aussi de dignité, renforcée par une démarche majestueuse empreinte d'une grande solennité. L'éclat bleu pale, presque argenté, de son regard invitait à un prudent respect. De plus près, la vue de la taie qui lui barrait l'œil droit transformait invariablement le respect en crainte. L'émir qui, le premier, avait acheté Baybars avait dû s'en séparer à la demande de sa femme qui « avait vu le mal dans ses yeux ». L'ego de Baybars souffrit beaucoup d'avoir été revendu quarante dinars seulement alors que la cote d'un bon Mamelouk atteignait souvent les mille dinars. Ce fut une très bonne affaire pour le sultan Al-Salih qui l'avait racheté ; une bien moins bonne, évidemment, pour son fils Touran Shah qui, comme on l'a vu, mourut de la main de ce Mamelouk bon marché mais dont le sabre était néanmoins terriblement efficace.

Soudain – il n'était pas loin de midi – monta la mélopée d'un muezzin.

Immédiatement, comme une multitude d'échos plaintifs, des voix enflèrent de tous cotés appelant les fidèles à la prière. L'eunuque annonça qu'il faudrait attendre encore une petite demi-heure avant l'entrevue avec le sultan qui, bon musulman évidemment, ne transigeait jamais avec les obligations de la prière. Il n'y avait que trois exceptions où, d'après l'eunuque, Allah acceptait un léger différé : une bataille, la chasse et les parties de polo. L'arrivée d'une ambassade, quelque fût son importance, n'entrait pas dans le champ des dérogations.

Pour éviter une attente sous le soleil de midi, le vizir pria les Vénitiens de venir admirer la grande bibliothèque située dans le palais du calife. Ils n'avaient jamais rien vu de pareil en Occident : dix-huit mille livres rangés en bon ordre ornaient les murs de plusieurs immenses salles. Et, dans ce curieux pays, par suite d'une idée proprement aberrante et inexplicable, ces livres étaient à la disposition de tout un chacun ! Après une visite du puits de Yusuf[72] qui permettait par un ingénieux mécanisme d'alimenter la citadelle en eau, Fiordalisa, Giovanni et Nicolo furent enfin introduits dans la salle du trône.

Là, plus de petit banc et pas la moindre humilité. Baybars trônait en majesté sous une immense voûte recouverte d'un camaïeu de mosaïques bleues. Une superbe calligraphie, dont les délicats caractères – noir et or – semblaient danser, faisait tout le tour de la coupole. Il n'était pas besoin de traduction pour imaginer que ces versets étaient à la gloire d'Allah, du Prophète et de leur meilleur serviteur sur terre, le Seigneur Tigre.

Le trône lui-même n'avait rien de clinquant. Ce n'était qu'un fauteuil d'ébène, certes très haut et joliment incrusté d'ivoire et de perles mais, pensa Fiordalisa, bien modeste en comparaison du trône en or massif des Hohenstaufen. En fait la splendeur de la voûte, le riche dais de brocart qui surplombait le trône, le premier cercle parfait des émirs qui l'entouraient, le cercle plus grand mais non moins parfait des

[72] Ce puits avait, selon la Bible, été construit par Joseph, le Grand vizir de Pharaon.

Mamelouks de la garde personnelle qui veillaient et surveillaient, la main sur le pommeau de leur sabre, composaient une scène fantastique dont tous les éléments désignaient sans équivoque un point focal, centre de l'univers, où tous les regards devaient converger : le « Maître de l'Islam ». Un chroniqueur de l'époque, probablement un tantinet hâbleur, avait dit de ce décor qu'il était « susceptible d'hypnotiser et, même, d'être… bénéfique aux aveugles ».

Giovanni, malgré l'assurance que procurent une haute naissance et l'habitude de côtoyer les grands et les puissants, se sentit soudain envahi par une sourde inquiétude à l'idée d'avoir à affronter le « champion de la foi, exterminateur des Chrétiens et des Mongols », comme Baybars, sans fausse modestie, se désignait lui-même. Mais au moment où il pensait que l'émir du palais allait le convier à venir saluer le sultan, il eu la surprise de voir ce haut dignitaire s'approcher de deux personnes, habillées à l'italienne, qui se tenaient un peu plus loin et qu'il n'avait pas remarquées de prime abord dans la foule compacte des courtisans. Alors que Giovanni se sentait partagé entre le plaisir d'un petit sursis et l'irritation de voir le sultan ne pas accorder la préséance à l'ambassade de la puissante République, Fiordalisa ne put s'empêcher de s'écrier :

– Mais c'est…Mais c'est Barral !

Elle ajouta aussitôt :

– Et il est accompagné de Guillaume de Faronville ! Si le roi de Sicile envoie son plus fidèle adjoint et son ministre des affaires étrangères, il s'agit évidemment d'une affaire de la plus haute importance.

Cette ambassade expliquait la présence dans le port d'Alexandrie de la galère aux armes de Naples mais ne diminuait en rien la perplexité de Giovanni. Que pouvait bien manigancer Charles d'Anjou ?

Giovanni pensa tout haut :

– Il n'y a qu'une seule réponse plausible : le roi de Naples et de Sicile prétend souhaiter l'alliance de Venise dans ses visées orientales mais, en fait, il ne cherche qu'à accaparer le marché des épices et nous évincer d'Alexandrie. Ce plan est le fruit pervers de l'ambition démesurée du terrible Capétien !

– Je ne crois pas que ce soit la bonne explication, rétorqua Fiordalisa. Le roi Charles ne peut mettre en péril son projet de conquête de Byzance, objet de tous ses désirs. Il a besoin, pour réaliser son rêve le plus cher, de la flotte vénitienne. Celle du royaume de Naples, pour imposante qu'elle soit, aurait du mal à neutraliser, seule, les escadres des Grecs et de leur allié génois.

Nicolo Rosetti approuva, ajoutant :

– Je suis persuadé que Baybars, face à la menace de l'alliance des Mongols et des Génois, aura plus confiance en la puissance maritime de Venise. Il ne prendra pas le risque de se passer de nous !

C'étaient paroles de bon sens, mais Giovanni restait anxieux…

– En tous les cas, une chose est sûre : à voir le sourire de Baybars, ce que lui racontent les Angevins semble beaucoup lui plaire. Moi, cela ne me plait pas du tout. Et la longueur de l'entretien ne me dit rien qui vaille.

Enfin, les envoyés de Charles se retirèrent, après force courbettes, la mine visiblement réjouie. À l'évidence, ils avaient toutes raisons d'être satisfaits de leur ambassade auprès du maître de l'Islam.

Ce fut au tour des Vénitiens d'être conviés à approcher du Tigre. L'émir du palais les invita à s'asseoir sur les petits poufs placés au pied du trône L'entrevue débuta plutôt mal : jetant à peine un regard à Giovanni et Nicolo, Baybars fixa Fiordalisa avec une insistance qui la mit mal à l'aise tant elle eut l'impression d'être évaluée comme une pouliche livrée aux enchères. Certes, elle était flattée de susciter des formules aussi jolies que « belle comme la pleine lune qui se lève dans la nuit sombre » ou « grâce et regard velouté de la gazelle » mais le sourire carnassier de Baybars démentait la délicatesse du vocabulaire. Ce sourire lui confirma, s'il en était besoin, que sa beauté était appréciée à sa juste valeur mais elle ne pouvait se résoudre à considérer cet hommage trop direct comme une bonne nouvelle.

Après des paroles de bienvenue très convenues, les échanges de cadeaux et les banalités d'usage, on entra dans le vif du sujet. Baybars ne parlait pas très bien l'arabe et utilisait le dialecte turc en usage chez les Mamelouks. Au demeurant, la traduction en latin était parfaitement assurée par un interprète juif – comme c'était souvent le cas dans l'administration mamelouke.

Rapidement Giovanni dut admettre que ses pressentiments étaient malheureusement fondés : la position de Venise n'était pas aussi forte que Fiordalisa et Nicolo le pensaient. En effet Baybars fit aussitôt comprendre que, fort de ce que lui avait rapporté ses espions, il savait déjà que Venise n'avait pas de solution crédible pour envoyer une escadre dans l'océan Indien. Giovanni fut obligé de reconnaître que le sultan avait de très bons espions ou que, même si c'était bien difficile à concevoir, il avait réussi à corrompre quelques sénateurs de la République. Oui, c'était la triste vérité : Venise ne pouvait aider Baybars à déjouer le piège mortel que constituait l'alliance des Génois et des Mongols dans l'Indien. Il fallait se résoudre à en subir l'horrible conséquence : la route des épices coupée et son dramatique corollaire, la ruine inexorable de Venise... dans le sillage de celle de l'Égypte.

Appuyant son propos d'un grand rire sardonique, Baybars déclara que si Venise n'avait pas de solution, c'était bien regrettable mais que, fort heureusement, le royaume de Naples et de Sicile en avait une et que leur ambassade ici présente était venue la lui proposer. Le visage de Giovanni se décomposa sur le champ : ce qu'il avait craint – les Angevins prenant la place des Vénitiens à Alexandrie – devenait plausible si Naples offrait la solution que Venise ne pouvait apporter.

La flotte du royaume de Naples n'avait aucunement, pas plus que la vénitienne, la capacité d'être opérationnelle dans l'Indien. Qu'est-ce que les envoyés de Charles d'Anjou avaient pu proposer qui puisse séduire Baybars ?

Giovanni n'eut pas à s'interroger longtemps car Baybars, contrairement aux habitudes de la diplomatie, se fit un plaisir de dévoiler aux Vénitiens la proposition que les ambassadeurs du roi de Sicile venaient de lui présenter.

Ils avaient posé comme principe, après force considérations géopolitiques, que la menace mongole devait être combattue avec la plus grande énergie. Puisque les Mongols, fidèles à la mission prétendument divine de Gengis Khan, voulaient asservir le monde, les peuples qui refusaient leur joug devaient s'unir pour leur livrer une lutte sans merci. Au lieu de subir, il fallait châtier leur arrogance et punir ceux qui avaient décidé, par lâcheté ou par cupidité, de s'entendre avec eux – comme les Byzantins ou les Génois. C'est pourquoi Charles d'Anjou proposait à Baybars une triple alliance entre l'Égypte, Venise et le Royaume de Naples contre les Mongols, Byzance et les Génois. Certes, la Sicile avait, depuis les Normands, une longue tradition de relations privilégiées avec l'Égypte. Certes, le très chrétien Charles, malgré les interdits de principe de la papauté, n'avait rien changé à la bonne habitude de ses prédécesseurs de vendre, fort cher, des denrées stratégiques à l'ennemi officiel. Mais oser proposer une alliance en bonne et due forme entre le soutien officiel de la papauté et le maître de l'Islam, grand pourfendeur de chrétiens, apparaîtrait inévitablement comme l'œuvre d'un dément ou, pire, d'un suppôt de Satan !

Baybars n'était pas dupe des effets de manche d'un Charles se posant en champion de la civilisation, apanage de la Chrétienté et de l'Islam – les « peuples du Livre » – face au déferlement des hordes barbares. Baybars ne doutait pas que, plus prosaïquement, Charles cherchait, à travers cette alliance, l'assurance que l'Égypte ne s'opposerait pas à sa conquête de l'empire byzantin. Plus important encore, Charles craignait, à la suite de quelques mariages diplomatiques entre des princesses mongoles et des dignitaires byzantins, que les nouveaux maîtres de la Perse ne se portent au secours des Grecs. Le fait de savoir Baybars et son armée de Mamelouks – la seule qu'ils craignaient depuis leur première et seule défaite – aux cotés du roi de Naples et de Sicile serait suffisamment dissuasif pour écarter la menace d'une intervention des Mongols.

Mais Baybars était pragmatique : malgré sa mémorable victoire d'Ayn Jalout qui avait stoppé le déferlement Mongol, il se gardait bien de sous-estimer les « loups des steppes ». Malgré leur résignation apparente, il valait mieux avoir Charles d'Anjou avec soi que contre soi, dans l'hypothèse d'un réveil possible de l'ambition dominatrice des fils de Gengis Khan.

Baybars avait donc donné son accord aux Angevins. Il avait bien précisé, cependant, que cette alliance ne devait, en aucun cas, l'obliger à modifier sa politique dans les États latins de Palestine : il était de son devoir de défenseur de l'islam de rejeter à la mer ces croisés qui n'étaient que des colons cupides, en particulier tous ces ordres, Templiers, Hospitaliers, Teutoniques. Il ne pouvait laisser sévir ces prétendus soldats du Christ assez stupides pour piller les caravanes arabes alors qu'il eut été plus intelligent de faire comme lui : prélever un droit de passage. Il ajouta que ces « bons chrétiens » avaient un sens très particulier de la morale : ils avaient refusé un échange de prisonniers, préférant voir leur coreligionnaires moisir dans les geôles égyptiennes plutôt que d'avoir à se priver de la main d'œuvre gratuite de leurs captifs musulmans.

Mais surtout, argument suprême pour chasser ces vilains *franj*, Baybars craignait de les voir s'allier avec les Mongols contre les Mamelouks.

Les Vénitiens se dirent, in petto, que le risque était bien minime. L'exemple de Bohémond d'Antioche – qui avait tenté l'expérience de l'alliance avec les Mongols – était on ne peut plus dissuasif : sa belle ville rasée et dix sept mille personnes passées au fil de l'épée. De la même façon, l'Arménie, qui avait osé avoir la même mauvaise idée dans le choix de son camp, avait quasiment disparu de la carte suite à l'expédition punitive de Baybars[73].

Ils évitèrent néanmoins toutes remarques à ce sujet, suggérant seulement qu'il était de l'intérêt de tous de maintenir quelques comptoirs côtiers qui, comme Saint

---

[73] L'Arménie, qui était, à cette époque, un royaume chrétien très prospère ne s'en relèvera jamais.

Jean d'Acre, facilitaient incontestablement le commerce. Baybars leur promit de préserver ces enclaves chrétiennes, assurément bien utiles à la prospérité commune.

Reprenant sa narration de la discussion avec les envoyés de Charles, Baybars avait confié aux Vénitiens qu'il s'était étonné que la France ne soit pas citée dans ce projet de coalition anti-mongole. Il ne portait pas une grande estime pour Louis qu'il avait bien connu lorsque le roi de France était son prisonnier – un esprit fin mais « artificieux », selon lui – mais il paraissait incontestable que la France aurait apporté du poids à la coalition. Barral avait répondu, un peu gêné, que Louis espérait toujours, dans un funeste aveuglement, convertir les Mongols à la foi chrétienne et qu'il se refusait donc à les combattre. Baybars avait rétorqué qu'il pensait plutôt que Louis se préoccupait exclusivement de sa nouvelle croisade. Devant la mine embarrassée des ambassadeurs de Charles, il les avait aussitôt rassuré en affirmant qu'il n'ignorait pas que le roi de Naples et de Sicile avait refusé d'y participer. Il avait ajouté que, de toute manière, cette expédition ne lui déplaisait pas, bien au contraire, car il savait déjà qu'elle visait, non pas l'Égypte comme la précédente, mais Tunis et son Bey. Cela lui convenait parfaitement. En effet, Baybars haïssait ce minable chef de pirates, ce prétentieux qui osait soutenir que son ascendance lui valait d'être un meilleur prétendant au Califat que celui que Baybars avait intronisé au Caire. Les Angevins avaient pu constater, eux aussi, que Baybars avait un remarquable réseau d'espions, car bien peu de gens savaient à cette époque que l'objectif de la croisade de Louis était une victoire sur le faible bey de Tunis et non la délivrance des Lieux saints.

Évidemment, ce fut pour Giovanni, Fiordalisa et Nicolo une surprenante révélation. Mais leur étonnement fit place à la stupéfaction lorsque Baybars leur révéla la proposition insolite des Angevins pour renforcer, à défaut d'une présence de la France, ce projet de front commun contre les Mongols. Charles d' Anjou, fort de ses discussions stratégiques avec ses chers géographes arabes, proposait audacieusement d'inclure dans l'alliance les Chinois qui luttaient pied à pied contre les envahisseurs Mongols.

Les Vénitiens, sidérés, s'exclamèrent d'une manière parfaitement synchrone:

– Les Chinois ???

Les Occidentaux ne connaissaient pas grand-chose des Chinois sinon qu'ils produisaient ce tissu si parfait qu'on appelait la soie – ce qui était vrai – et qu'ils étaient dirigés par un empereur chrétien qui se faisait appeler le « Prêtre Jean » – ce qui n'était qu'une légende. Elle avait été inventée par un moine allemand qui avait façonné une prétendue lettre du maître de la Chine à l'empereur de Byzance.

– Oui, les Chinois – les Serres, comme vous les appelez[74] – poursuivit Baybars. J'aurais dû y penser car ce sont les seuls qui ont une marine puissante et apte à intervenir contre les Génois dans l'Océan Indien. Eux aussi ont un intérêt vital à préserver le lien maritime avec l'Occident depuis que les Mongols leur ont coupé la très lucrative Route de la Soie, la voie terrestre que les caravanes utilisaient pour exporter leur précieux tissu.

Giovanni trouvait tout cela très étonnant, voire farfelu, mais il y avait au moins, dans ces élucubrations

[74] De cette ancienne appellation, est resté le mot « sériciculture », l'élevage des vers à soie.

stratégiques un sujet de satisfaction : Baybars ne semblait pas remettre en cause le précieux monopole de fait des Vénitiens à Alexandrie. C'était le principal… à condition bien sûr que les Mongols et ces satanés Génois ne mettent pas la main sur la route des épices. Si ces Chinois et leurs vaisseaux constituaient la seule solution, pourquoi pas ? Mais comment impliquer ce peuple lointain dans la stratégie commune ?

– Seigneur Baybars, comment comptez vous convaincre les Chinois d'intervenir ? Ils ne nous connaissent pas plus qu'on ne les connaît.

– C'est très simple : il suffit d'aller leur en parler. Il ne fait aucun doute qu'ils seront séduits par une alliance contre leur pire ennemi. Les envoyés du roi de Sicile m'ont expressément demandé d'organiser cette expédition, puisque seuls les arabes connaissent la route des Indes et de l'Orient.

Giovanni tenta timidement :

– Aller en Chine ? Plus loin que l'Inde ?

– Mais oui, les navires des *karimis*, nos grands commerçants, font tous les ans la route des Indes pour rapporter ces précieux épices qui, depuis des siècles, assurent la fortune de l'Égypte. Dans le passé, beaucoup d'entre eux poussaient jusqu'en Chine pour rapporter la soie si prisée et leurs fines porcelaines. Comme le faisaient déjà les Romains lorsqu'ils régnaient sur notre terre. Aujourd'hui ils chargent tous ces trésors dans les ports indiens où ils sont apportés par les commerçants chinois. Mais nos marins de la mer Rouge connaissent parfaitement la route de la Chine. Contrairement à vous, Occidentaux, nous avons, et depuis bien longtemps, des relations avec les Chinois. D'ailleurs, dans un de leurs grands ports du Sud qu'ils appellent Guangzhou, il y a une nombreuse colonie arabe installée près des entrepôts dans un vaste quartier où, grâce à Allah tout puissant, fleurissent les minarets. Cela facilite le commerce. Donc, oui, vous l'avez bien compris, il nous faut entreprendre cette ambassade auprès de l'empereur de Chine pour le convaincre d'adhérer à notre alliance contre ces ignobles loups des steppes sans foi ni loi. Je suppose que vous êtes d'accord pour y participer ?

Giovanni pensa que Baybars ne manquait décidemment pas d'aplomb pour fustiger ces hordes de cavaliers qui avaient submergé le monde – du moins jusqu'au coup d'arrêt qu'il leur avait infligé. Certes, il était bien le sauveur de l'Islam – et, de ce fait, probablement, de la Chrétienté – mais avait-il déjà oublié qu'il était lui-même un enfant de la steppe avant d'avoir été la proie d'un marchand d'esclave ? Par un étrange mais fabuleux destin, le jeune loup était devenu un tigre féroce ; l'esclave, le maître de l'Islam. Etait-ce bien l'intérêt de la Chrétienté de s'allier avec ce Baybars qui avait déjà assassiné deux sultans pour arriver à ses fins ? Giovanni était cependant obligé de reconnaître que Dieu avait bien permis l'avènement de ce tyran. Dans quel but ? Pour renvoyer les Mongols en enfer ou pour permettre aux Vénitiens de chasser de nouveau de Byzance les grecs hérétiques ? Les deux à la fois, probablement…

Baybars, visiblement habitué à voir ses interlocuteurs approuver immédiatement ses suggestions, lâcha sur un ton soudain impatient :

– Alors cette ambassade en Chine, c'est oui ?

– Seigneur Tigre, c'est une décision importante. Je ne puis accepter votre proposition – très intéressante au demeurant – sans en référer au Sénat. Même mon père, le doge, ne pourrait prendre une telle décision sans consulter les *Pregadi*. Et par ailleurs…

Furieux, Baybars, se soulevant de son trône pour mieux fixer Giovanni de son regard d'acier où la terrible taie semblait trembler de colère, hurla :

– Jeune homme, je me moque totalement des stupides procédures vénitiennes. Nous n'avons pas le temps d'ergoter. Sachez que les envoyés de Charles d'Anjou m'ont tout de suite donné leur accord pour organiser immédiatement l'expédition en Chine. Évidemment, ils approuvent cette ambassade auprès de l'empereur de Chine puisque c'est une idée de leur seigneur Charles. Mais, en plus, ils n'ont pas hésité à me confirmer qu'ils étaient parfaitement disposés, si je le voulais bien, à y participer personnellement. Compte tenu de leur rang, leur présence donnera beaucoup de poids à notre délégation. De mon coté, je désignerai deux représentants de toute confiance. Soyez donc bien persuadé, jeune homme, qu'il n'est plus temps de retourner à Venise Le marché que je mets entre vos mains est très simple : ou bien vous me dites immédiatement que la République de Venise approuve cette ambassade et qu'elle vous désigne comme son éminent représentant, assisté éventuellement de son consul en Égypte ; ou bien, perdant un temps précieux, vous retournez dans votre cité pour palabrer avec vos sénateurs. Dans cette dernière hypothèse, vous pourrez leur annoncer, par la même occasion, que je mets fin au monopole dont jouit Venise à Alexandrie. Les Angevins ou les Aragonais seront enchantés de vous remplacer et de profiter de la rente de situation dont jouissent tous vos proches et vos grands commerçants.

Giovanni savait penser vite dès qu'il s'agissait des intérêts fondamentaux de la République. Il comprit qu'il était dans les griffes du Tigre et qu'il n'était d'aucune utilité de protester contre les manières cavalières, peu diplomatiques mais incontestablement efficaces, de ce redoutable tyran. Un tyran qui était devenu désormais, par la force du destin, un incontournable allié.

– Seigneur Tigre, tout bien réfléchi, je dois admettre que vous avez raison : il faut agir vite. L'intérêt vital de nos nations l'exige...Votre grande sagesse m'ouvre les yeux…Oui, ce sera un grand honneur pour moi de participer à cette ambassade de la plus haute importance pour l'avenir de nos peuples.

Un peu d'histoire

La visite du Caire constituait toujours un choc pour les rares *roumis* qui y passèrent au XIIIe siècle : à cette époque, la capitale des Mamelouks était presque trois fois plus peuplée que Paris – la plus grande ville d'Europe, pourtant – et la richesse de ses marchés paraissait insolente. On y trouvait de tout : épices du monde entier et plantes médicinales très prisées en Occident, soieries de grand luxe, perles, pierres précieuses et, même, porcelaines et curiosités chinoises. Autre sujet de surprise : il était possible, la nuit, de s'y promener sans risque alors que Paris avait, à juste titre, une réputation de coupe-gorge.

Dans ce chapitre, j'ai fait quelques petites entorses à la chronologie (mais à la chronologie seulement).

La construction de galères par les Génois pour couper la route des épices et ruiner ainsi l'Égypte et Venise est une réalité historique : sept cent chrétiens travaillaient sur le chantier localisé dans le golfe Persique. Mais cet épisode de la guerre entre Mongols et Égyptiens et entre leurs alliés respectifs Génois et Vénitiens se produira une vingtaine d'année plus tard et non sous le règne de Baybars.

Les contacts entre Charles d'Anjou et les souverains mamelouks furent bien réels et constants, malgré les interdits du Saint-Siège. Ils s'inséraient dans la grande tradition des relations entre le royaume de Sicile et l'Égypte : en 1143, depuis un siècle déjà, un traité de commerce avait été signé entre Roger II, le souverain normand de Sicile, et les sultans du Caire.

Même si les faits historiques cités ci-dessous sont quelque peu postérieurs à la date supposée des ambassades évoquées dans ce chapitre, ils témoignent de la réelle continuité de ces liens privilégiés :

– En 1272, le prestige de Charles est tel qu'il peut décider de mettre fin à la croisade d'Édouard 1er d'Angleterre en signant avec Baybars la paix de Césarée qui sauvegardait Acre (pour le commerce) et la route de Nazareth (pour la religion).

– En 1281, une ambassade de Qalawun (successeur de Baybars) se rend auprès de Charles d'Anjou : le sultan mamelouk cherche une alliance contre le Mongol Abaga, khan de Perse. L'ambassade est raccompagnée au Caire par… Guillaume de Faronville, chancelier du royaume de Naples mais on n'en sait, semble-t-il, pas plus.

L'existence, en 1269, d'ambassades de Naples et de Venise auprès de Baybars n'est pas avérée mais l'hypothèse de relations fréquentes, éventuellement secrètes, est vraisemblable. De même une alliance entre Naples, Venise et les Mamelouks contre Gênes, Byzance et les Mongols est objectivement plausible, compte tenu du contexte géopolitique.

Et notre Saint Louis ? Pas de données historiques sûres mais ce qui est probable : il réprouve les visées de son frère Charles sur Byzance ; il espère que les Mongols vont se convertir au christianisme ; il n'a pas oublié l'humiliation que lui a fait subir Baybars lors de sa croisade d'Égypte ; il obtient l'aide des Génois pour son imminente croisade de Tunis mais, à contrario, essuie le refus insolent des Vénitiens d'y faire participer leur flotte. On peut imaginer que Louis n'aurait pas trouvé déplaisant que la route des épices fut coupée, châtiment divin infligé à la triple alliance de l'ignoble

Baybars, des mercantiles Vénitiens et de son trop turbulent frère (de surcroît coupable de son peu d'enthousiasme vis-à-vis de sa croisade vers Tunis). Cependant, on voit mal Louis aller jusqu'à aider les cruels Mongol et les Grecs hérétiques[75].

L'idée de l'expédition visant à associer la Chine à cette alliance est, évidemment, pure invention. Mais quelques remarques en forme d'excuses à propos de ce qui pourrait passer pour des divagations …

Au XIIIe siècle, l'Occident ne connaît pas grand-chose de l'Empire du Milieu. Les envoyés du pape et du roi de France – André de Longjumeau et Guillaume de Rubrouck – ne font qu'effleurer le Nord de l'empire chinois qui est déjà sous le joug des Mongols. Les Chinois de la dynastie Song ont été repoussés vers le Sud où l'empereur de Chine résiste encore à l'agression des Mongols.

Contrairement à l'Europe, l'Égypte entretenait des relations très anciennes avec l'empire des « fils du Ciel ». Les anciens Romains, déjà, importaient de la soie chinoise (à la grande fureur de Sénèque pour qui la transparence des robes de soie était un outrage à la pudeur et leur succès un terrible fardeau pour la balance commerciale). À l'époque des Mamelouks, les commerçants arabes ne s'aventurent plus jusqu'en Chine, mais le commerce n'en diminue pas pour autant : ils rencontrent leurs homologues chinois dans les ports de l'Inde. On s'échange or, corail et esclaves noirs

[75] En fait, à la décharge de Louis, ces vilains orthodoxes lui avaient affirmé que leur plus cher désir était de se convertir au catholicisme. Depuis Ulysse et ses ruses jusqu'aux dernières falsifications budgétaires, les Grecs ont beaucoup menti… mais on les croit encore. Au nom, je suppose, des icônes sacrées de notre civilisation : Platon, Phidias ou Euclide.

contre soie, épices, plantes médicinales et porcelaines. Ce que l'Europe, toujours égocentrique, va appeler grande « découverte » – c'est-à-dire l'arrivée en Inde, deux siècles plus tard, de Vasco de Gama – est, pour le monde arabe, la destination d'une traversée de routine, à défaut d'être paisible.

La Sicile, grâce à ses géographes arabes qui connaissent les routes de l'Inde et de la Chine empruntées par leurs coreligionnaires égyptiens, est sans doute le seul endroit en Europe où l'on sait localiser ces pays. Il semble parfaitement probable, par ailleurs, que Charles d'Anjou, à la suite du voyage de Guillaume de Rubrouck décidé par son frère Louis, ait pu avoir une connaissance de la guerre terrible que se livraient Mongols et Chinois. Qu'il ait proposé à Baybars d'associer l'empereur de Chine à leur lutte commune contre les Mongols n'est donc pas insensé, même si cette idée relève de l'invention.

Par ailleurs, Barral des Baux ne pouvait pas participer à une mission auprès de Baybars en 1269 pour la bonne raison… qu'il était mort. L'histoire considère, en effet, comme probable qu'il a perdu la vie au siège de Lucera… sous le prétexte qu'on n'entend plus parler de lui après ce siège. Pourquoi ne pas avancer qu'on a perdu sa trace parce qu'il est parti en Égypte, qu'il a fait partie de cette ambassade secrète en Chine et qu'il n'est jamais, comme on le verra, revenu à Naples ? L'avantage du roman sur les livres d'histoire, c'est qu'on peut ressusciter les morts – et d'autant mieux que, en l'occurrence, l'histoire n'a aucune preuve de ce qu'elle avance.

15 - AUX MAINS DES BÉDOUINS

Baybars avait chargé Jamal Ibn Wasil d'organiser l'expédition vers la Chine et de le représenter auprès de ce lointain empereur qui se disait « Fils du Ciel ». Pour le « Pilier de l'islam », c'était bien fâcheux d'être obligé de rechercher l'alliance d'un monarque qui non seulement refusait la loi du Prophète mais osait afficher, aux yeux de tous, son insolence en s'affublant d'un titre aussi ridicule. Avec les roumis, c'était plus facile : ils croyaient en un Dieu, unique et tout puissant – même s'ils acceptaient, ultime sacrilège, cette idée invraisemblable que celui qu'ils appelaient Jésus, le prophète Issa, était son fils.

De toute manière, lorsque la politique l'exige, il faut bien faire quelques concessions aux principes sacrés. Allah connaît la difficulté qu'ont les monarques à diriger les peuples et a toujours pardonné ces petits manquements à la religion – petits et momentanés, en principe – qu'impose la raison d'État : on ne peut pas toujours choisir ses alliés en fonction de leur religion.

Jamal Ibn Wasil avait aussi la mission de prendre soin des ambassadeurs angevins et vénitiens – désormais placés sous sa haute et vigilante protection.

Homme de confiance du Seigneur Tigre, il ne faisait donc pas partie des « proches » émirs dont Baybars se méfiait jour et nuit – à juste titre, car ils étaient tous, par définition, autant de Baybars en puissance, c'est-à-dire prompts à l'assassinat. En effet, Ibn Wasil n'était pas mamelouk mais arabe. Au demeurant, la loyauté n'était pas sa seule qualité : il avait aussi une longue expérience de la diplomatie.

Il avait d'ailleurs rappelé à Fiordalisa qu'il l'avait connue toute jeune à la cour de son frère Manfred, presque dix ans auparavant, lorsqu'il avait été envoyé en Sicile pour une mission de routine : proroger l'accord commercial qui existait – depuis bien longtemps, malgré les interdits de la papauté – entre le royaume de Sicile et le sultanat d'Égypte. Fiordalisa se souvenait très bien de l'arrivée d'Ibn Wasil. Pour deux raisons : c'était le premier ambassadeur qui était arrivé avec des girafes comme présent ; le premier aussi qui, délaissant les aspects vulgaires de sa mission, commerce et politique, avait passé le plus clair de son temps à discuter avec son frère de philosophie et de géométrie.

Pour le plus grand bonheur de Fiordalisa, Ibn Wasil, qui avait été, dans sa jeunesse, cadi à Fès et à Grenade, savait parler l'arabe en usage en Sicile et au Maghreb – aussi bien que celui utilisé en Égypte qu'elle avait quelques difficultés à comprendre. Il connaissait donc parfaitement l'Occident pour avoir vécu en Andalousie et tout autant l'Orient pour avoir été envoyé maintes fois comme ambassadeur en Perse, en Ethiopie ou en Inde.

C'était un érudit respecté. Non seulement par le petit peuple pour sa minutieuse connaissance du Coran mais aussi par les intellectuels de l'Islam parce qu'il avait une profonde pratique des œuvres des savants ou philosophes grecs ou arabes – Platon, Aristote et Averroès, en particulier – à une époque où l'Occident les découvrait...pour aussitôt les interdire. Sauf à la cour des rois de Sicile et à l'université de Naples, ce qui permettait à Fiordalisa des discussions passionnées avec ce puits de science.

Fiordalisa avait retrouvé avec un plaisir non dissimulé Barral des Baux, son vieux compagnon à l'indéfectible fidélité. Les relations avec Guillaume de Faronville étaient plus difficiles. Pour ce haut fonctionnaire du royaume de Naples, Fiordalisa avait, en fuyant Charles, trahi celui qui avait eu la bienveillance de laisser la liberté à une « graine de Hohenstaufen ». Barral, qui avait constaté – en le regrettant – la dérive autoritaire de Charles d'Anjou, était plus tolérant : il avait compris l'attitude de sa chère princesse après l'exécution de son jeune neveu. S'il était resté fidèle à l'Angevin et s'il avait été profondément choqué, lui aussi, par la multitude des trahisons, il n'avait pas approuvé pour autant la répression aveugle qui avait suivi la descente de Conradin.

Barral, répondant à une question de Fiordalisa, lui confirma qu'il avait fini par obtenir la reddition de la ville de Lucera. Après un long siège et grâce à un nouveau modèle de catapulte, le trébuchet à contrepoids, il avait mis fin à l'insurrection des archers sarrasins qui s'étaient imprudemment ralliés à Conradin.

Fiordalisa interrogea timidement :

– Je suppose que mon autre neveu, Mansour, le fils que mon frère aîné Conrad avait eu avec une belle odalisque locale, a été, lui aussi, exécuté.

– Bien sûr, comment ne pas pendre haut et court le chef de la rébellion ? Le procès de Mansour fut plutôt rapide : il n'y avait pas la moindre circonstance atténuante pour ce renégat qui avait bafoué les lois de la chevalerie en s'étant révolté contre notre seigneur Charles après lui avoir fait allégeance.

Fiordalisa ne put s'empêcher de verser une petite larme à la mémoire de ce beau et brave Mansour, digne rejeton de la grande lignée des Hohenstaufen à laquelle elle était fière d'appartenir. Elle convint néanmoins que le châtiment était parfaitement mérité[76].

Barral ajouta, comme pour montrer que Charles, dans sa furie répressive, n'avait pas perdu toute mansuétude :

– J'ai cependant convaincu notre seigneur Charles de gracier les archers sarrasins, plaidant le fait qu'ils avaient manifestement été entraînés par l'ascendant maléfique de leur chef. Il eut été dommage de passer par les armes ces excellents archers et de priver de leur talent la défense du royaume.

Barral cacha à Fiordalisa que Charles avait, en échange de cette nécessaire faiblesse, obtenu – pour l'exemple – de pendre tous les habitants chrétiens de Lucera. Chrétiens certes, mais néanmoins traîtres et, de toute manière, beaucoup moins doués pour le tir à l'arc.

Jamal Ibn Wasil avait prévenu ses protégés que le départ de l'expédition ne pouvait avoir lieu avant septembre. Il fallait attendre le début de la mousson du nord-est qui permettait de sortir de la mer Rouge sans trop de difficultés puis de faire voile vers l'Inde dans de bonnes conditions.

Ibn Wasil, homme d'expérience, savait parfaitement ce qu'il fallait faire lorsqu'on était investi d'une mission importante. Si on voulait qu'elle échoue, on nommait une commission. Si on visait le succès, on nommait un adjoint, grâce à quoi il était possible de prendre de la

---

[76] Au XIIIe siècle, les traîtres étaient mal vus. Aujourd'hui, deux ou trois traîtrises sont un minimum pour être considéré comme doté d'un zeste de bon sens politique.

hauteur – ou des loisirs, autre façon d'échapper aux contingences immédiates qui nuisent à la réflexion. Ce faisant, si les choses tournaient mal, on pouvait toujours prétendre qu'on était responsable mais pas coupable. C'est ainsi qu'il fit appel à Ibrahim al-Sadat, un jeune diplomate qui, jeune et diplomate, ne savait évidemment rien faire. Cependant, diplômé de la grande université al-Azhar, Ibrahim avait appris le Coran par cœur comme tout étudiant sérieux – mais aussi à se faire d'utiles relations. Il se déchargea donc rapidement de sa lourde responsabilité en confiant à Naïr Ibn Musallam, le plus gros négociant d'Égypte, le soin d'armer un navire propre à conduire l'ambassade de la triple alliance dans les meilleures conditions de sécurité et, autant qu'il fût possible, de confort. Avec Ibn Musallam, dont les agents et les équipages sillonnaient le monde depuis le Maroc jusqu'à l'Inde, on pouvait avoir toute confiance quant à la rigueur de l'organisation, au choix du navire, à la qualité de son armement et à l'expérience de l'équipage. De plus, Naïr Ibn Musallam était le *raïs al-karimiya*, c'est-à-dire le chef de cette association aux statuts et au mode de cooptation très mystérieux des *karimi*[77] Ces grands commerçants internationaux avaient amassé des fortunes indécentes dans l'importation des épices et plantes médicinales des Indes et des Moluques ou des esclaves de Somalie ou du Mali. À ce titre, Musallam ne pouvait rien refuser au maître de l'Islam : les *Karimi*, craignant tous les jours que le terrible Baybars n'ait l'idée d'accaparer, purement et simplement, leur insolent patrimoine, considéraient

[77] Assez comparable, en ce qui concerne la puissance de ses adhérents et son influence politique, à notre contemporaine AFEP (Association française des entreprises privées).

comme un bienfait du Ciel d'être seulement taxés – même lourdement. Quant aux emprunts massifs et de plus en plus fréquents imposés par le pouvoir mamelouk – au nom de la défense de l'Islam, ils les accordaient toujours avec le sourire, feignant de croire que Baybars honorerait ses dettes[78] . De toute manière, à défaut de remboursement, ils recevaient à profusion des robes d'honneur pour « bienfaits rendus à l'État ». Baybars n'ignorait pas que les riches, quand ils sont vraiment riches, ne recherchent plus que la considération, persuadés que la robe d'honneur était susceptible de masquer la modestie de leurs véritables mérites.

Ibn Wasil approuva entièrement l'action de son adjoint : on pouvait être sûr que, grâce aux *karimi* et à leur *raïs*, tout serait prêt, et parfaitement prêt, lorsque les vents favorables s'établiraient. Libéré des soucis propres à la préparation d'une longue expédition, il proposa aux visiteurs de meubler leur attente en leur montrant quelques points d'intérêt au Caire et alentour.

Ils firent une promenade enchanteresse dans les magnifiques jardins de l'île de Roda. À travers la végétation luxuriante, on apercevait de somptueux palais de dignitaires mamelouks qui montraient, s'il en était besoin, l'insolente richesse de l'Égypte. À la pointe de cette île était installé le nilomètre, pilier de marbre blanc de vingt coudées, instrument essentiel de la vie égyptienne car il permettait d'apprécier la vigueur de la « larme d'Isis » qui, selon une croyance que Mahomet

---

[78] Le racket politique ne date pas du XXIe siècle. C'est toujours le triste sort des grandes fortunes d'en être les victimes – surtout quand elles sont, comme souvent, les fruits guère mérités d'héritages, de rentes de situation ou d'activités assez peu honnêtes. Ce qui rend le racket infiniment plus moral.

n'avait pu éradiquer, déclenchait tous les ans la crue du Nil. Information de la plus haute importance car, selon sa hauteur, c'était l'opulence ou, au dessous de seize coudées, la disette. Dans ce dernier cas, Baybars savait se montrer généreux : il supprimait l'impôt foncier. Mais le nilomètre, au-delà de sa froide fonction d'instrument de mesure et de bouclier fiscal, délivrait une immense charge émotive pour les visiteurs juifs, chrétiens mais aussi musulmans : il marquait très précisément l'endroit où la fille de Pharaon avait sauvé des eaux Moussa – alias Moïse – qui passait par là dans son petit panier de roseaux.

Toujours sous la conduite d'Ibn Wasil, ils allèrent voir les Pyramides. Le vieil érudit leur expliqua que ces immenses monuments avaient été construits par Yusuf – Joseph – lorsque, Grand vizir de Pharaon, il y avait entreposé le blé nécessaire pour nourrir le peuple égyptien pendant les sept années de disette mentionnés par la Bible et le Coran. Ils passèrent, avec une certaine anxiété, près du Sphinx dont l'aspect menaçant justifiait bien le nom que les Arabes lui avaient donné – Abû al-Ahwal, le « Père la Terreur ». Fiordalisa pensait que sa mutilation était due à la crainte qu'il inspirait à la population, Ibn Wasil se permit de la contredire. Si le Sphinx était un peu abîmé, il le devait à la furie des chrétiens. En effet, Théophilus, le fanatique évêque d'Alexandrie, avait cru bon d'appliquer à la lettre l'édit de Théodose, cet empereur qui, fort d'avoir décidé soudain que le christianisme serait désormais la religion d'État de l'Empire romain, avait ordonné de détruire tous les monuments païens, injures à la « vraie foi ».

À propos de christianisme, Ibn Wasil ne pouvait omettre de faire visiter à nos amis un lieu saint que nul roumi n'aurait osé manquer : les « Jardins de la

Métairie ». Ces jardins clos de murs, propriété des sultans, abritaient des arbustes qui produisaient un baume miraculeux que s'arrachaient les chrétiens – coptes ou pèlerins de passage – mais aussi les musulmans. Ses vertus thérapeutiques n'avaient aucune raison d'étonner. En effet, lors de leur fuite en Égypte pour échapper aux foudres du sinistre Hérode, la Sainte Famille avait fait une halte près de cette métairie où Marie avait fait sécher les langes du petit Jésus en les étendant sur ces arbustes. Ces végétaux, soudain resplendissant d'une gloire éternelle, ne pouvaient faire moins que d'aider le genre humain en lui apportant – pour le plus grand profit du patrimoine des sultans mamelouks – ce remède exceptionnel vendu à prix d'or.

Barral, muré dans ses certitudes d'esprit fort, refusa catégoriquement de croire à cette histoire, mais acheta néanmoins quelques fioles du célèbre baume, concédant avec son bon sens habituel : « s'il se pouvait qu'il soit inefficace, il y avait peu de chance qu'il fût nocif. ». Fiordalisa ne manifesta pas d'éventuels doutes, mais trouva l'histoire fort jolie – ce qui méritait bien de dépenser quelques dinars.

Fiordalisa et ses compagnons étaient arrivés trop tard en Égypte pour pouvoir vivre la célébration de l'ouverture du *Khalig*. Dommage, car la mise en eau, dans l'allégresse générale suscitée par la crue du Nil, du grand canal qui traversait Le Caire, donnait lieu à des fêtes somptueuses ! Ils purent néanmoins assister à celles qui étaient données par le sultan, sous le haut patronage du calife, à l'occasion du départ de l'imposante et riche caravane qui transportait chaque année à la Mecque la *kiswa*. Cette étoffe précieuse, soie noire richement brodée de fils d'or, fabriquée traditionnellement en Égypte, était destinée à recouvrir la Kaaba, l'édifice dont un angle contient la pierre noire, le centre sacré de l'islam.

La scène se voulait grandiose et elle l'était. Le sultan, tout de noir vêtu, des bottes jusqu'au turban, se tenait sur un cheval, noir lui aussi, ce qui mettait en valeur l'or de son épée, de ses multiples colliers et de ses éperons. Sous son regard protecteur, le calife, jouant avec toute la conviction nécessaire son personnage de « Commandeur des croyants », bénissait le sultan, sa monture, la caravane, les pèlerins qui l'accompagnaient ainsi que les nombreux régiments chamarrés qui défilaient devant lui sous les acclamations du peuple. Fermant la procession, clou du spectacle, les cavaliers de la garde personnelle du sultan caracolaient sur leurs chevaux blancs dans leur tenue d'apparat – l'éclat mordant des sabres et des cuirasses rivalisant avec le scintillement de la soie jaune et or des uniformes et des oriflammes. La foule était immense : on avait l'impression que toute la population du Caire était venue assister à cette cérémonie qui montrait parfaitement qu'Allah avait bien choisi Baybars comme le maître suprême de l'Islam – ce qu'il était toujours utile de rappeler au bon peuple[79]

Les roumis assistèrent aussi à de nombreuses parties de polo, jeu favori des Mamelouks, activité ludique mais aussi élément essentiel d'un entraînement militaire pratiqué avec une constance et une détermination inaltérables. Ils purent constater que Baybars, malgré sa cinquantaine d'année, avait la fougue et l'agilité d'un

[79] Le défilé militaire n'est pas une invention qui a changé la face du monde mais c'est, depuis ce temps-là, une cérémonie qui a eu pendant longtemps la faveur du petit peuple. Merci aux Mamelouks pour cette brillante idée.

jeune cavalier de vingt ans. Faisant part de leur étonnement à Ibn Wasil, celui-ci répondit simplement que le redouté Tigre s'imposait, depuis toujours, des exercices physiques encore plus difficiles que le polo : traverser le Nil à la nage avec sa cuirasse ou bien participer à des séances de lutte, sport que Baybars affectionnait tout particulièrement parce qu'il gagnait toujours. Les mauvaises langues ajoutaient – tout bas, évidemment – qu'il était incroyablement fort mais que les quelques rares adversaires qui auraient pu avoir la prétention de pouvoir gagner avaient, saine prudence, la sagesse de perdre.

Fiordalisa et ses compagnons eurent, s'il en était besoin, la confirmation de l'exceptionnelle vitalité du sultan, lorsqu'ils furent invités à une partie de chasse. Mis à part les joies du harem qu'il savait apprécier à leur juste valeur, la chasse représentait, avec le polo et la guerre, l'occupation favorite du Seigneur Tigre.

Une partie de chasse du sultan, ce n'était pas une mince affaire : entre les innombrables invités, la Garde royale, les grands émirs et leur garde personnelle, les rabatteurs, les écuyers, les chameliers, les fauconniers, les valets et leur meutes de lévriers, les médecins, cuisiniers, échansons et serviteurs divers, sans compter les indispensables lecteurs du Coran[80] et les multiples messagers chargés de faire circuler sans retard les dernières nouvelles du pays ou les ordres du Maître, plus de cinq mille personnes étaient concernées par l'évènement.

Fiordalisa avait été flattée d'être invitée personnellement par Baybars – à la grande fureur de

---

[80] Comme le disait, avec sagesse, Baybars lui-même : « pas de chasse fructueuse sans l'aide d'Allah, puissant et majestueux ! »

Giovanni qui n'avait pas eu cet honneur – à venir choisir elle-même son cheval dans sa gigantesque écurie qui abritait, au pied de la citadelle, plus de cinq cent destriers, parmi les plus beaux que la race arabe pouvait offrir. Le choix était manifestement trop difficile. Elle s'en remit à Baybars qui, selon la rumeur, connaissait le pedigree et le nom de chacun de ses chevaux. Baybars avait déjà appris par ses Mamelouks que Fiordalisa était une excellente cavalière. Après quelques instants de réflexion, il ordonna à son « émir de l'Écurie royale » d'aller chercher *Latifa* – la gracieuse – une jument à la robe immaculée qui arriva d'un petit pas précieux mais décidé. Baybars recommanda à Fiordalisa de ne pas la juger à son regard mutin de belle frivole.

– Latifa m'a été offerte par l'émir de Damas. Elle a le port hautain des belles de cette cité et elle aime laisser son regard percer sous la crinière – comme une coquette qui lance des œillades furtives derrière son voile. Mais, vous allez le constater bientôt, son galop ressemble au pétillement de brindilles qui s'enflamment. Et son trot est plus doux que le vol d'un tapis de soie.

Fiordalisa ne put s'empêcher d'être surprise par le langage poétique que ce terrible colosse, d'apparence fruste et brutale, employait lorsqu'il parlait de ceux qu'il appelait ses enfants. Elle s'en voulut de répondre platement :

– Merci, Votre Seigneurie. Je suis certaine que je vais apprécier la belle Latifa. Vous avez une immense passion pour les chevaux, n'est ce pas ?

– Je suis un enfant des steppes par la naissance et arabe par l'éducation, deux raisons d'apprécier les meilleurs amis de l'homme, surtout ceux, vifs et agiles, de nos contrées. Ce sont ces destriers incomparables qui nous ont permis d'arrêter les cavaliers mongols.

N'oubliez pas que c'est le fils d'Abraham, Ismaël – qu'Allah garde en son affection notre ancêtre vénéré – qui a su, le premier, domestiquer la plus belle conquête de l'homme. Rappelez-vous les paroles sacrées que le Tout Puissant a mis dans la bouche du Prophète : « Celui qui possède un cheval arabe et l'honore, Allah l'honorera ; celui qui possède un cheval arabe et le méprise, Allah le méprisera. »

À demain, ma très noble et très belle dame. Je suis certain que vous apprécierez notre chasse. Latifa mérite l'excellente cavalière que vous êtes. De même, la fille de feu le grand empereur des roumis, Frédéric, l'ami sincère des musulmans, mérite ma plus belle jument. Si le Prophète revenait sur terre, c'est Latifa qu'il choisirait pour repartir au ciel !

Le premier jour était consacré à la chasse à la gazelle. Elle commença comme une chasse à courre classique où les meutes de lévriers se relayaient pour poursuivre, avec force aboiements, la pauvre bête affolée. Malgré sa vitesse et son endurance, venait le moment où la jolie gazelle, n'en pouvant mais, s'avouait incapable de poursuivre sa fuite éperdue dans les sables du désert. Ne se résignant pas encore à mourir, elle faisait face avec courage aux chiens qui, babines tremblantes, aboyaient à tout rompre. Le poil encore luisant de l'effort intense, l'écume à la bouche, la proie au regard si doux devait s'étonner de constater que les lévriers semblaient la craindre, restant à une prudente distance de ses cornes acérées. À cet instant, elle pensait peut-être que l'espoir était permis. D'autant plus que, voyant arriver au grand galop le sultan et ses émirs, les veneurs ramenaient les chiens, libérant implicitement la gazelle qui reprit aussitôt sa course dans les sables. C'est alors que l'arme fatale entra en scène : le guépard.

Fiordalisa et ses compagnons avaient été stupéfaits de voir que Baybars et ses grands barons portaient tous en croupe ce félin aussi vif que cruel. Signe distinctif de pouvoir ou bien coutume décorative des dignitaires mamelouks ? De toute manière, c'était un spectacle d'une rare beauté de voir ces cavaliers exceptionnels galoper avec leur guépard couché nonchalamment sur la croupe de leur fière monture. Quel plaisir d'assister aux arabesques sauvages de cette trinité indissoluble : cavalier, destrier et guépard !

Tous les seigneurs mamelouks, Baybars en tête, se jetèrent en hurlant à la poursuite du frêle animal qui semblait persévérer dans l'idée que ses multiples crochets et contre-pieds lui vaudraient d'échapper à la mort.

Sa naïveté ne dura guère. Il y eut un ordre rauque et bref : le guépard sauta à terre avec une souplesse qui défiait les lois de la pesanteur et quelques foulées plus tard, déjouant ruses et coups de cornes, il planta ses crocs dans la douce fourrure de la gorge de la gazelle. Elle tomba, agenouillée dans le sable qui buvait son sang, comme si elle s'était soudain mise à prier. Fiordalisa crut voir perler quelques larmes, ce qui déclencha les siennes. Elle demanda, à voix haute, pourquoi Dieu aidait toujours les chasseurs et jamais les pauvres gazelles. Giovanni lui répondit que personne ne savait de quoi Dieu s'occupait. À son humble avis, la chasse ne l'intéressait sûrement pas. On ne pouvait donc pas Lui reprocher le triste sort des gazelles.

Les chasseurs ne perdaient pas leur temps à méditer sur ce genre de questions oiseuses et ils s'étaient déjà élancés en direction de la meute des chiens. En effet, les lévriers avaient repéré et cerné une autre gazelle qui avait eu la mauvaise idée de venir folâtrer par là. La même scène se reproduisait, chacun des émirs lâchant à tour de rôle son féroce guépard. Il fallait bien laisser tous ces précieux félins entretenir un talent que seul un dressage patient et difficile avait permis d'obtenir. À la cinquantième gazelle, Baybars décréta la fin de la chasse, à la grande joie de Fiordalisa, fatiguée de ce jeu cruel malgré l'immense plaisir qu'elle avait éprouvé à galoper avec Latifa dans le décor, grandiose et minimaliste à la fois, du désert égyptien.

La chasse était terminée, mais pas la journée. Comme pour les enterrements, il n'est de bonne chasse sans agapes. C'est une loi universelle que l'odeur de la mort donne faim. Les Mamelouks n'y échappaient pas mais, dans ce registre comme dans beaucoup d'autres, le « prince magnifique » donnait dans la démesure. Le nombre de tentes qui avaient été dressées, leur riche décoration de parements de soie, les épais tapis, les parfums enivrants, la somptueuse vaisselle d'or, la multiplicité et la saveur des mets, la grâce langoureuse des almées et la douceur des chants faisaient plus penser à un palais des Mille et Une Nuits qu'à un campement de chasse.

Au début du moins. Ensuite, avec le *koumis*[81] qui, malgré les préceptes du Coran, coulait à flot, les voix se faisaient grosses, les plaisanteries devenaient grasses, les mouvements des danseuses glissaient dans l'indécence – comme il se doit dans une réunion de solides chasseurs. Hélas, les Occidentaux ne comprenaient plus rien car les traducteurs, de plus en plus imbibés, ne pouvaient plus traduire. L'ennui gagnait et les paupières

---

[81] Boisson chère aux peuples des steppes et aux Mamelouks qui en abusaient – Baybars, le premier – bien qu'elle soit interdite aux musulmans car faite de lait de jument fermenté.

luttaient contre l'assaut conjugué de la fatigue et d'une digestion difficile.

Enfin, Baybars donna le signal de la fin des réjouissances et chacun put regagner sa tente. Bien peu le firent par le plus court chemin qui mène d'un point à un autre mais Allah pardonna à ceux qui titubaient car aucune foudre ne vint troubler la beauté profonde d'un ciel magnifiquement étoilé comme sait en offrir le désert. Il ne restait de la fête que le souvenir envoûtant des accords égrenés par une joueuse de luth dont le talent était tel qu'Ibn Wasil n'avait pas craint d'affirmer : « Même les rochers les plus durs frémissent en l'écoutant. »

Le lendemain, ni lévriers, ni guépards : on chassait le renard et le lièvre. Au faucon. Ce n'était pas nouveau pour Fiordalisa : elle avait souvent accompagné à la chasse son frère Manfred qui excellait dans cet art. Il avait été formé par leur père, grand spécialiste de cette technique orientale qui lui avait été enseignée par les émirs de sa cour de Palerme. Elle suivait donc la chasse avec moins d'attention. S'attachant au plaisir de faire corps avec sa belle Latifa, elle alternait galops, trots enlevés, voltes et changements de pied. Apercevant sur la droite une petite oasis, elle piqua un galop dans sa direction et put, comme elle le pensait, trouver une source pour se désaltérer et faire boire sa jument. Remontant en selle, elle s'apprêtait à rejoindre les chasseurs lorsqu'elle sentit une présence inattendue. En effet, elle vit soudain une quinzaine de cavaliers l'entourer. Leur visage était caché à la manière des Bédouins et Fiordalisa se souvint que Jamal Ibn Wasil avait qualifié de racaille ces habitants du désert, souvent rebelles au pouvoir mamelouk. Il n'y avait pourtant aucune hostilité dans leur attitude et Fiordalisa, retrouvant tout son calme après un bref émoi, demanda aux cavaliers de bien vouloir la laisser passer. Celui qui devait être le chef de la petite troupe sauta alors de son cheval et vint respectueusement baiser la botte de Fiordalisa. Tout cela était bien surprenant mais elle n'avait plus qu'une seule idée en tête : rejoindre au plus vite la chasse et la proximité rassurante de ses compagnons. Piquant des deux, elle tenta de forcer le cercle des cavaliers. Sans succès. Plus de doutes : elle était prisonnière de ces Bédouins. Elle cria – cri ridiculement faible, vibration dérisoire que l'immensité du désert amortit bien vite.

Elle galopa longtemps, flanquée de deux cavaliers qui tenaient les rênes de Latifa et entourée d'une garde extrêmement vigilante. Elle remarqua, à son grand désespoir, que ses ravisseurs empruntaient une piste de sable dur où les sabots ne laissaient guère de traces. Précaution ultime, les deux cavaliers qui fermaient la marche traînaient des feuilles de palmes pour effacer le peu qui en restait.

Quelques haltes bienvenues lui permirent de se désaltérer – plaisir intense, malgré une eau putride et une outre qui dégageait une odeur nauséabonde. Elle tenta d'obtenir une explication quant à la raison de son enlèvement. Hélas, pas la moindre réponse de ses ravisseurs qui, pourtant, ne se départaient pas de leur attitude très respectueuse – par exemple en l'aidant à remonter en selle avec une étonnante délicatesse. Fiordalisa en déduisit, avec soulagement, qu'elle n'avait pas été enlevée pour être violée ou vendue comme esclave. Dans ces cas là, les prévenances ne sont pas de mise. Mais, c'était peut-être pour être offerte à un chef bédouin en manque de femmes, ce qui n'était guère plus réjouissant.

Tout à coup, l'évidence se manifesta, d'une aveuglante clarté : son enlèvement était signé Baybars. C'est au Tigre lui-même qu'elle allait être livrée, dans quelque palais secret où il pourrait, en toute impunité, assouvir un désir qu'il avait ouvertement manifesté. Et personne n'en saurait jamais rien. Elle allait finir ses jours recluse, livrée à l'avidité d'un tyran libidineux. Elle comprenait maintenant pourquoi ses ravisseurs agissaient avec autant d'égards : il importait de prendre le plus grand soin d'un joyau convoité par le Seigneur Tigre.

Pendant ce temps, la chasse avait été enfin interrompue lorsque la disparition de Fiordalisa fut constatée par Barral. Giovanni, en marin qui n'avait jamais vu de chasse au faucon, fasciné par le vol économe et le piqué implacablement précis de ces oiseaux de proie, ne s'était pas aperçu immédiatement de l'absence de Fiordalisa.

Baybars, prétendant que la responsabilité de retrouver Fiordalisa n'incombait qu'à lui-même, refusa l'aide des autres émirs et donna l'ordre aux officiers de la *Halka*, sa garde personnelle, de sillonner les alentours à la recherche de la belle. Giovanni était inquiet mais restait confiant, sachant que les cavaliers mamelouks connaissaient parfaitement le désert et ses pièges : ils allaient très vite retrouver Fiordalisa, qui s'était certainement égarée à l'issue d'un de ces grands galops qu'elle chérissait tant.

Hélas, au bout de trois heures, l'émir qui commandait la Halka se présenta, penaud et craintif, devant Baybars, avouant l'échec des recherches malgré le déploiement de plus de cinq cent cavaliers. Son verdict était clair : Fiordalisa avait été enlevée par des Bédouins rebelles et, à l'évidence, elle était déjà bien loin d'ici. Baybars poussa des hurlements, menaçant des pires foudres d'Allah les Bédouins en général et son émir en particulier. Ce dernier s'éclipsa aussi vite que possible, certes un peu inquiet des éventuels châtiments du Ciel mais, en fait, plutôt rassuré d'avoir échappé au pal – menace tout aussi fatale mais plus concrète et certainement plus immédiate que la punition d'Allah. Nonobstant sa colère, Baybars afficha une grande sérénité quant à l'issue de cet incident. Avec les Bédouins, Fiordalisa ne risquait rien : il suffirait de payer une rançon. Pour une femme, même très belle, le tarif serait raisonnable. En ce qui concernait sa jument Latifa, il serait, hélas, beaucoup plus élevé : les Bédouins était très connaisseurs et ils n'ignoraient rien de l'attachement viscéral que le Seigneur Tigre portait à ses chevaux.

Malgré l'assurance de Baybars – ou peut-être à cause d'elle – Giovanni et Barral ne purent s'empêcher d'avoir quelques soupçons. Pourquoi, en effet, le sultan avait-il refusé l'aide de ses émirs ? Etait-ce possible qu'aucun des Mamelouk ne se soit aperçu de la disparition ? Étaient-ils si fascinés par la chasse qu'ils avaient soudain cessé de couver Fiordalisa de leur regard, bien souvent concupiscent ? Pourquoi Baybars, comme le faisait remarquer Nicolo, n'avait-il pas châtié aussitôt, selon l'usage, un émir qui avait manifestement failli à sa mission ?

Et pourtant, Giovanni et Barral convinrent que la colère de Baybars ne semblait pas feinte. De même, Guillaume de Faronville, fort de sa longue expérience diplomatique, affichait comme une certitude que Baybars, dont on disait qu'il avait mille femmes dans son harem, n'aurait sûrement pas pris le risque de sacrifier à un plaisir sexuel fugace une ambassade de la plus haute importance pour son patrimoine. On dit toujours « l'argent et le sexe »... mais dans cet ordre.

Tout bien réfléchi, il fallait sans doute écarter l'idée que le Tigre aurait pu être l'initiateur de l'enlèvement. Pour plus de sûreté, les roumis manifestèrent leur ferme résolution : il n'était pas question qu'ils apportent leur caution en participant à l'ambassade en Chine, sans information sur le sort de Fiordalisa. Baybars, faisant montre d'une confiance qui ne semblait pas factice, leur demanda seulement un peu de patience : la demande de rançon ne saurait tarder.

Bien loin de là, dans le couchant qui étirait l'ombre des dunes, Fiordalisa et la petite troupe de Bédouins arrivèrent enfin dans un campement surgi de nulle part. Epuisée par une trop longue chevauchée, persuadée désormais qu'elle ne risquait rien, elle n'espérait plus que dormir. Elle refusa la bouillie informe qu'on lui offrit – toujours avec le même respect – pour se jeter avec délices sur un grabat recouvert de peaux de moutons dans une tente du même matériau qui, malgré l'odeur, lui sembla le paradis sur terre. Le lendemain, il fallut, hélas, reprendre la route. À sa grande tristesse, Latifa avait disparu. Fiordalisa fut installée, avec déférence mais néanmoins fermeté, sur un palanquin juché sur un dromadaire. Les Bédouins avaient aussi troqué leurs chevaux pour le « vaisseau du désert ». Fiordalisa put constater, après un fugitif début de mal de mer, que cet invraisemblable attirail constituait un moyen de locomotion plutôt confortable, assurément efficace.

Quelques jours et quelques campements plus tard, la petite troupe escalada une dune un peu plus haute que les autres. Du sommet, on pouvait apercevoir le Nil serpenter au loin en livrant, miracle au milieu des sables rougeâtres, son scintillement surnaturel. Puis, baissant les yeux, elle aperçut soudain un petit joyau d'architecture antique, parfaitement préservé. Ce temple blotti entre les dunes de sables était à l'abri des passants et des regards. Hors du monde.

S'il advenait que ce sanctuaire fût sa prison, pensa Fiordalisa, elle ne serait jamais retrouvée. Elle eut le douloureux pressentiment que ce vestige de l'Égypte ancienne serait son tombeau.

C'était bien vers lui, hélas, que la caravane se dirigeait.

Un peu d'histoire

Là encore, pas d'entorses notables à l'histoire.

Petit détail : Ibn Wasil a bien existé et il a effectivement conduit une ambassade de Baybars en 1261 auprès de Manfred, alors roi de Sicile. Probablement pour informer le fils de Frédéric II que Baybars, qui venait de prendre le pouvoir, voulait maintenir la tradition de bonnes relations entre l'Égypte et la Sicile…malgré les croisades. C'était apparemment pure formalité car Ibn Wasil lui-même écrivit qu'il avait surtout parlé de philosophie et de mathématiques avec Manfred pour lequel il manifestait une réelle admiration. Il est vrai aussi qu'Ibn Wasil eut beaucoup de succès en arrivant en Italie avec des girafes. Pour le reste, cet historien (une des bonnes sources arabes sur les croisades) n'a guère de points communs avec le personnage du roman.

Puisque nous sommes, pour un petit moment encore, en terre d'Islam, il semble utile de dire quelques mots sur ce Coran qui est toujours resté très mal connu dans nos pays chrétiens.

Au XIIIe siècle déjà, alors que sa première traduction avait été réalisée à la demande de Pierre le Vénérable, abbé de Cluny, c'est une version d'un tout autre style qui était connue. Son titre « Le livre de la doctrine du plus vil cochon, Mahomet » et son contenu (qui pourrait faire passer les célèbres caricatures danoises de notre époque pour de la pâle tisane) montre que la désinformation sur le Coran est une vieille tradition. Chaque siècle a apporté sa couche de diabolisation du prophète des musulmans. Cela va sans discontinuer de

« lubrique, blasphémateur, bestial » au XIIe siècle à « sa vie permettait de l'identifier avec le diable : le tableau luxurieux de son paradis montre aisément que le Prophète était un suppôt de Satan » dans un dictionnaire de théologie catholique du… début du XXe siècle.

Il est vrai que la vie de Mahomet – conforme à son « monde », en fait – avec ses nombreuses femmes, sa sensualité ostensible, ses razzias vengeresses fournissait matière à qui voulait décrédibiliser son message. Un message pas toujours limpide, il est vrai, même s'il faut nuancer le jugement lapidaire de Voltaire : « Le Coran, livre inintelligible qui fait frémir le sens commun à chaque page. »

Au demeurant, le manque de clarté, qui autorise toutes les interprétations et exégèses, qui permet d'esquiver adroitement la pénible intrusion de la logique, a toujours été la marque commune des livres « sacrés ». C'est sans doute ce qui fait leur charme…et leur succès.

Par ailleurs, les chrétiens ou les juifs qui font l'effort de le lire sont toujours surpris de constater les multiples références du Coran à la Bible. Pour Mahomet, le premier musulman n'est autre qu'Abraham – alias Ibrahim – à qui l'ange Gabriel a donné la « pierre noire »[82]. De même, la grande fête du monde musulman – l'Aïd-el-Kebir – a lieu en souvenir du sacrifice « inachevé » du même Abraham (dans cette cérémonie du souvenir, Dieu ne sauve hélas jamais l'agneau). Une différence, néanmoins : dans la Bible, c'est Isaac, fils de Sara, qui allait être sacrifié ; dans le Coran, c'est Ismaël,

---

82 À l'origine, il parait qu'elle était blanche mais elle est devenue noire à force d'absorber les péchés des hommes.

le fils adultérin d'Agar, la servante égyptienne d'Abraham.

Gabriel-Jibril, Moïse-Moussa, Joseph-Yussuf (le vizir de Pharaon, pas notre gentil charpentier), Marie-Myriam, Jésus-Issa, sont très présents dans le Coran. L'histoire de Marie, en particulier, y est donnée avec beaucoup plus de détails – et il faut bien le dire, de chaleur et de tendresse – que dans les Évangiles. Sans doute à cause de l'influence sur Mahomet des Églises chrétiennes d'Orient qui avaient développé le culte de Marie sur la base des évangiles apocryphes. Donc hors de l'orthodoxie officielle de l'Église catholique qui avait toujours montré peu d'estime pour les femmes au point de leur interdire la voie du sacerdoce.

16 - LE PHALLUS D'OSIRIS

Arrivés à l'ombre du temple, tous mirent pied à terre et les Bédouins, faisant cercle autour de Fiordalisa, l'entraînèrent sur le parvis.

C'est alors que l'immense porte centrale, flanquée de monumentales statues à tête d'oiseaux, s'ouvrit d'un mouvement étonnamment lent. Un géant noir, très beau, le crâne rasé, habillé d'une tunique de lin d'un blanc éclatant rehaussé par l'or d'une fine ceinture, s'avança vers Fiordalisa d'un pas mesuré et majestueux. Il leva la main droite qui tenait une curieuse croix en or surmontée d'une anse[83]. Aussitôt, les Bédouins s'agenouillèrent face contre terre. Fiordalisa se sentait hypnotisée par le regard scrutateur du géant qui la détaillait minutieusement. Décontenancée par l'étrangeté de la scène, elle hésitait sur attitude à adopter. Plus insolite encore, l'étrange colosse, apparemment satisfait des résultats de son observation, se jeta soudain aux pieds de Fiordalisa en baisant sa robe. Il prononça alors, d'une belle voix grave, une phrase incompréhensible dans un latin qui semblait pourtant parfaitement maîtrisé :

– Ô Isis, notre mère à tous, sois bénie entre toutes les femmes !

---

[83] La croix ansée, le hiéroglyphe *ankh* – la vie – est le signe omniprésent de la mythologie égyptienne. C'est aussi, comme par hasard, la croix de l'Église chrétienne copte.

Fiordalisa ne cherchait plus à comprendre mais elle savait que, malheureusement, elle n'était pas la proie d'un mauvais rêve qui allait se dissoudre rapidement. Elle était une proie tout court. De qui ? De quoi ? Impossible de l'imaginer. Une chose était sûre : elle n'avait pas le pouvoir de forcer le destin. Accepter les évènements en attendant des jours meilleurs restait la seule attitude de bon sens.

Elle se laissa entraîner à l'intérieur du temple jusqu'au pied d'un immense trône de basalte poli. Les murs et le plafond, soutenu par de larges colonnes dorées, étaient couverts de peintures chatoyantes d'une saisissante beauté : félins bondissants ou oiseaux multicolores aux ailes déployées qui semblaient prêts à s'envoler ; mais aussi personnages inquiétants à tête de rapaces, de taureaux ou de béliers. Et, à l'infini, les mêmes caractères mystérieux déjà vus sur tous les temples de l'Égypte ancienne qui formaient probablement une écriture, malheureusement incompréhensible.

Elle fut conduite par une cohorte de très belles jeunes filles, toutes de blanc vêtues, dans un vestibule où la pénombre et la forte odeur d'encens créaient une atmosphère anxiogène. Les jeunes filles se mirent à déshabiller Fiordalisa avec un respect qui n'excluait pas la douceur des caresses. Après avoir enduit tout son corps d'une huile aromatique, elles lui firent endosser un accoutrement bien curieux, une longue tunique blanche faite de petites bandelettes juxtaposées et serrée à la taille par une lourde ceinture en or massif qui représentait un serpent. Elles posèrent sur sa tête un étrange diadème représentant un disque d'argent entouré de deux cornes et mirent dans ses mains un sceptre en or qui ressemblait à un fouet et la même croix ansée que celle que tenait le grand noir sur le parvis du temple. Fiordalisa chercha à engager la conversation, mais l'arabe n'eut pas plus de succès que le latin : les jeunes filles restèrent figées dans leur beau mais inexpressif sourire.

Revenue dans la grande salle du temple, elle se jeta avec véhémence sur le colosse noir en exigeant de comprendre la raison de sa présence dans ce temple, affublée de ce déguisement exotique. Au fur et à mesure des bribes d'information qu'il voulut bien lui distiller dans son latin très classique, Fiordalisa put lever quelques voiles de l'épais mystère dans lequel la fatalité l'avait plongée.

Il s'appelait Ousir Kem-Our et il était le représentant sur terre du grand Osiris, divinité suprême et premier pharaon de l'Égypte. Il expliqua, comme si c'était une évidence, que le divin Osiris avait enseigné aux premiers hommes l'agriculture et la pêche ; sa sœur et femme Isis, le tissage, la médecine et la magie. Malgré l'avènement sur les terres d'Égypte de trois religions impures – la grecque, la chrétienne et la musulmane – le culte d'Isis et Osiris avait été pieusement conservé avec une ferveur qui ne faiblissait pas. Cette religion, qui avait vécu beaucoup plus longtemps que ces nouvelles et pâles copies qui, toutes, se prétendaient « vraies », allait bientôt l'emporter sur l'obscurantisme dans lequel le monde était momentanément plongé. Rien d'étonnant d'après lui, grand prêtre d'Osiris, puisque la foi et la vérité finissent toujours par triompher des mensonges véhiculés par les forces du mal. Fiordalisa apprit que le nom d'Ousir Kem-Our était fort approprié car, en égyptien ancien, il signifiait tout simplement « le grand noir », appellation sous laquelle le maître de l'univers était connu avant que les Grecs ne l'appellent Osiris lorsqu'ils lui firent une place dans leur panthéon pourtant déjà bien achalandé[84].

Fiordalisa adorait les merveilleuses et invraisemblables histoires qui tissent la trame de toute religion. Elle s'était réjouie de découvrir celle d'Isis qui avait réussi, au prix d'une quête admirable, à rassembler les restes épars du corps de son époux sauvagement assassiné par son frère. Seth était plus abominable encore que notre Caïn, puisqu'il ne s'était pas contenté de tuer Osiris mais l'avait découpé en quatorze morceaux. Fiordalisa ne put obtenir une explication convaincante sur le pourquoi d'un détail insolite. En effet, Isis n'en avait trouvé que treize seulement : malgré tous ses efforts, le phallus manquait, malencontreusement avalé, disait-on, par un poisson. Fort heureusement, Isis n'était pas à court d'idées : elle fabriqua un phallus en argile et Osiris, enfin reconstitué, put regagner le monde des vivants. En très bonne forme apparemment, puisque Horus, leur fils, naquit peu de temps après.

En réponse à ses interrogations sur les performances du phallus d'argile, Ousir lui laissa entendre qu'Isis avait montré aux hommes que l'amour pouvait vaincre la mort. Il avait conclu par cette affirmation, probablement indiscutable pour lui :

– Isis est tout ce qui a été, tout ce qui est, tout ce qui sera.

Hélas pour Fiordalisa, cette belle histoire ne dissipait aucunement le mystère du pourquoi de sa présence dans

---

84 Les Grecs avaient beaucoup de bon sens : ils adoptaient facilement les dieux des autres : ça pouvait toujours servir. Un « pari de Pascal multiple », en quelque sorte. Et très « rassembleur », comme on dit en politique.

ce temple ignoré du reste du monde. Enhardie par la prévenante gentillesse de ce beau et grand prêtre, néanmoins geôlier, elle se décida à renouveler plus explicitement la question qui lui importait plus que les mystères de l'Égypte ancienne : pourquoi ce rapt ?

Ousir Kem-Our fut manifestement surpris par la question .

– Mais ce n'est pas un rapt ! Nous vous avons ramenée dans votre temple. Vous étiez partie retrouver votre époux dans sa constellation d'Orion mais votre retour sur la terre était annoncé par les astres.

– Mon retour sur terre ? Mon époux dans la constellation d'Orion ? Il chasse avec le sultan et il doit affreusement s'inquiéter…

– Oubliez votre courte vie terrestre. Nous vous attendons depuis trop longtemps. Louanges à Osiris qui vous a envoyé, Ô belle Isis, soulager le monde et ses pauvres mortels…

– Vous… Vous me prenez pour Isis ? Vous êtes complètement fous ! Je suis Fiordalisa, fille de Frédéric de Hohenstaufen… le grand empereur Frédéric II… Vous connaissez ?

– Non, nous ne connaissons pas votre père terrestre. Si grand soit-il, il est un nain à côté de vos parents célestes : Geb, la Terre, et Nout, le Ciel.

– Mais pourquoi serais-je l'Isis que vous attendez ?

– Isis revient périodiquement sur terre. Les dernières fois, elle était noire. Elle est souvent apparue aux quatre coins du monde. En Occident, on dit que c'est la « vierge noire ». Ils savent bien que la mère du Christ n'était pas noire mais ces peuples frustres ignoraient Isis : toute apparition était supposée être celle de Marie. Mais en Égypte, de génération en génération, il se transmettait qu'Isis, un jour, reviendrait sur terre. Cette fois-ci, non pas d'une manière fugitive, mais pour l'éternité.

– Cela ne me dit toujours pas pourquoi vous croyez que je suis cette Isis-là ?

– Parce qu'il était écrit que l'Isis éternelle ne serait pas noire mais blanche avec une chevelure d'or et qu'on la retrouverait, le moment venu, dans le désert, caracolant sur un cheval blanc. Et ce jour béni est justement arrivé, comme il était prévu, accompagné par une conjonction très particulière des planètes par rapport à la constellation d'Orion, la demeure de notre vénéré Osiris. Le doute n'est pas possible ! Vous êtes bien notre Isis, plus belle que les plus belles et si longtemps attendue.

– C'est absolument invraisemblable. Vous êtes victimes d'une inimaginable démence !

– Ô Isis, fasse que, par Osiris et Horus réunis, tu te libères bien vite de ta gangue terrestre et que la foi envahisse de nouveau ton esprit et ton cœur. Grâce à toi, les hommes ont toujours eu, depuis que le monde existe, un lien avec le Ciel pour intercéder en leur faveur. D'après les chrétiens, les hommes ont dû attendre des millénaires pour avoir enfin leur messie ; ce n'est pas crédible et c'est une injure pour tous ceux qui ont eu le malheur de naître avant leur Christ. Les juifs l'attendent toujours, ce qui est inutilement triste ; les musulmans refusent l'idée de messie, ce qui est encore plus triste. Nous, tes adorateurs, les *illuminati* à qui tu as donné la connaissance, nous sommes les dépositaires de la Vérité Heureuse. Ô Isis, toi l'éternelle, grâce à ton retour sur notre pauvre terre, ton culte va enfin resplendir et les *illuminati* vont triompher partout de l'obscurantisme que le vil Seth a jeté sur les peuples !

Fiordalisa cessa d'argumenter. Cela ne servait à rien. Elle était prisonnière d'une secte de fanatiques illuminés, les bien nommés. Les chances d'être retrouvée dans ce temple trop secret paraissaient minces mais ce n'était pas une raison de perdre espoir. Au moins, à défaut de liberté, elle n'avait rien à craindre de ses geôliers. Bien sûr, c'était fastidieux de rester assise sur son immense trône de basalte des heures durant alors que, sous la conduite vigilante du grand prêtre, ses adorateurs, beaucoup plus nombreux qu'elle ne l'avait initialement imaginé, psalmodiaient d'interminables incantations dans une langue incompréhensible aux accents étranges. Résignée à vivre, le mieux possible, les contraintes du sort, elle se surprit à entrer de plus en plus dans son rôle de déesse adorée, dans le jeu des rites – insolites voire ridicules, comme le sont toujours ceux des religions « des autres ». Elle s'amusait de la naïveté des fidèles qui appelaient miracles les tours de prestidigitation d'Ousir dont les talents de magicien étaient effectivement exceptionnels : le changement de l'eau en vin, en particulier avait toujours un franc succès[85]
.

Cependant, passée la satisfaction initiale d'être un objet d'adoration, Fiordalisa convint assez rapidement que le métier de déesse était un peu monotone.

Un jour pourtant, elle éprouva une immense émotion. Le grand prêtre vint la trouver en lui annonçant que c'était la pleine lune et que, cette nuit-là, il devait, en tant que représentant d'Osiris sur terre, s'unir à elle. Ousir Kem-Our était beau et fort, mais

---

[85] Cette vile copie du miracle du Christ était, en effet, un rite avéré du culte d'Isis. Pour les mauvaises langues, au contraire, c'est bien l'original compte tenu de l'ancienneté de ce culte.

Fiordalisa exprima d'une manière très claire qu'elle n'était absolument pas consentante. Malgré l'abstinence qu'elle vivait depuis plus de deux semaines, sa fierté de jolie femme lui commandait, avant de se donner, d'exiger un minimum raisonnable de formes et de temps. Ousir, victime d'une libido impétueuse ou de son adhésion profonde aux exigences du culte – des deux, probablement – expliqua gravement à Fiordalisa que l'union d'Isis et d'Osiris – ou, à défaut, de son représentant sur terre – devait se réaliser à chaque pleine lune pour que la crue du Nil puisse, chaque année, irriguer la sainte terre d'Égypte. Fiordalisa, face à l'attitude déterminée du grand prêtre, admit qu'il était inutile de résister aux impératifs du calendrier lunaire.

À sa grande surprise, l'étreinte « sacrée » se passa en public sur une sorte d'autel très froid en obsidienne, entouré d'une vingtaine de couples formés d'un prêtre et d'une prêtresse se tenant par la main. Ce « public » ne la gêna guère car, rapidement, chacun ne se préoccupait plus que de ses propres ébats.

La chaleur d'Ousir lui fit vite oublier le froid de la pierre. L'environnement disparut, dissous dans les ondes d'un plaisir intense : les caresses du colosse étaient étonnamment douces et son sexe pouvait pleinement revendiquer une flatteuse comparaison avec le phallus d'Osiris, si vanté par les Égyptiens et, plus tard, par les Grecs et les Romains.

Les jours se succédaient, longs et monotones. Fiordalisa était partagée entre l'envie de recouvrer la liberté et le désir de voir la pleine lune revenir. Elle n'eut pas à choisir.

Un beau matin, de grands cris retentirent au milieu d'un brouhaha général. Sur la crête des dunes qui entouraient le temple était aligné un nombre incalculable de Mamelouks, sabre au clair. Leur chef descendait calmement en direction du sanctuaire, escorté d'une petite troupe d'archers qui avançaient l'arc bandé. Il s'avança jusqu'au parvis du temple et hurla qu'il laisserait la vie sauve à tous les membres de la secte à condition que Fiordalisa lui soit livrée, saine et sauve. Ousir Kem-Our connaissait parfaitement la propension au mensonge que Baybars avait développée chez ses Mamelouks selon le solide principe que « la fin justifie les moyens ». Il ne crut pas un seul instant qu'il aurait la vie sauve. Il enserra brusquement Fiordalisa en la menaçant d'un long poignard, joliment ciselé mais aussi, hélas, très acéré. Visiblement, elle était passée du statut de déesse à celui d'otage.

Sa fierté en souffrit un instant mais ce fut un sentiment bien éphémère, rapidement remplacé par la peur lorsqu'elle ressentit la pression du poignard – suffisamment forte pour qu'apparaisse, sur sa tunique, une petite tache de sang. Le chef mamelouk réitéra sa proposition. Ousir répondit que lui laisser le libre passage était la seule solution pour retrouver vivante la femme qu'ils étaient venus chercher. Joignant le geste à la parole, il appuya un peu plus sur le poignard. Fiordalisa ne put réprimer un petit cri. Elle ferma les yeux. Soudain, elle ressentit un choc sourd et pensa que la mort frappait.

La mort, oui, mais pas la sienne : le grand prêtre d'Isis s'était écroulé lourdement, une flèche en plein cœur. Elle ne put s'empêcher de verser une larme sur le corps immobile d'Ousir avant de remercier ses libérateurs et féliciter l'artiste en archerie qui avait réussi à foudroyer son geôlier sans la blesser.

Fiordalisa retrouva avec beaucoup d'émotion Giovanni et ses compagnons. Elle leur raconta sa rocambolesque mésaventure, en omettant soigneusement toute allusion aux particularités des nuits de pleine lune. Giovanni lui expliqua que Baybars, sans doute vexé de l'affront que sa toute puissance avait subi, avait remué ciel et terre pour la retrouver. Sans succès. La promesse d'une grosse récompense, plus efficace, avait alléché un jeune prêtre d'Isis dont la foi était sans doute vacillante : il avait expliqué le pourquoi de la disparition de Fiordalisa et révélé l'emplacement du temple secret où se réunissaient les adorateurs d'Isis depuis qu'ils avaient été chassés du temple de Philae quelques siècles auparavant. Ce prêtre avait apparemment sous estimé l'éternel pouvoir d'Osiris dont la vengeance fut immédiate : il ne toucha jamais la récompense annoncée et n'eut pas le temps de se plaindre car il fut décapité illico. Le Trésor public y gagna ; la morale aussi, car la délation ne mérite jamais récompense. Les autres adorateurs d'Isis eurent la vie sauve, comme promis. Le fait qu'ils aient été, hommes et femmes, vendus comme esclaves – cher car ils étaient beaux – n'était peut-être pas charitable mais, au moins, les caisses de l'État y trouvèrent, là aussi, avantage.

Tout à la joie de retrouver sa moitié saine et sauve, Giovanni était arrivé à la conclusion que Fiordalisa devait renoncer à poursuivre plus longtemps une telle aventure. Cette péripétie prouvait, s'il en était besoin, qu'il n'était pas souhaitable que sa bien-aimée participât à cette ambassade lointaine et affrontât les dangers d'une longue traversée dans des mers inconnues. Barral et Nicolo appuyèrent le point de vue de Giovanni. Fiordalisa rétorqua que l'océan Indien n'était inconnu que pour les Occidentaux ; pas pour les Arabes qui le sillonnaient depuis des siècles. C'était exact, concéda

Ibn Wasil, mais le savoir ancestral des pilotes n'empêchait pas la dure réalité : beaucoup de navires ne revenaient jamais. Guillaume de Faronville lâcha, de la façon hautaine dont il avait quelques difficultés à se départir, que la discussion n'avait pas lieu d'être : danger ou pas, la présence d'une femme dans une ambassade sérieuse n'était guère convenable. Le seul résultat de cet argument fut que Fiordalisa entra dans une colère folle : traitant le distingué diplomate d'ignoble phallocrate, elle affirma, haut et clair, que si elle était renvoyée à Venise, Giovanni ne la reverrait plus jamais.

La discussion s'arrêta là et cette question du retour éventuel de Fiordalisa ne fut plus jamais évoquée.

Un peu d'histoire

Prière de ne pas prendre à la lettre ce qui est dit du culte d'Isis et de pardonner les quelques libertés prises dans la description des rites par rapport à la réalité historique, au demeurant mouvante et souvent confuse.

Quelques réflexions, néanmoins.

Le culte d'Isis et la mythologie grecque, sont jugés par les chrétiens, les juifs et les musulmans – convaincus de l'évidente supériorité du monothéisme – comme d'aimables plaisanteries alors qu'elles ont attiré des masses de fidèles pendant beaucoup plus longtemps que le christianisme ou l'islam (30 siècles pour Isis et Osiris !). Le culte d'Isis dépassa largement les frontières de l'Égypte : il eut en Grèce puis à Rome beaucoup de succès : il était même le culte officiel à Pompéi au moment de la disparition de la ville sous les cendres du Vésuve. À Paris, l'église Saint Germain des Prés fut construite sur l'emplacement d'un temple d'Isis et certains prétendent qu'une grande statue de la Vierge, qui y fut présente jusqu'au Xe siècle, était en fait une statue de la déesse, protectrice des « parisis » et réputée fondatrice de Lutèce.

Après avoir été persécutés par les chrétiens, forts de l'édit de Théodose qui décrétait que le christianisme était la seule « religio licita » et interdisait toutes les autres religions qualifiées ipso facto de « superstitio »[86], les adorateurs d'Isis ont été chassés de leur dernier

[86] Les temps avaient changé, Dieu aussi : pour Pline le Jeune, le christianisme était « une superstition déraisonnable et sans mesure ».

temple au VIe siècle (celui de Philae, devenu une église copte jusqu'au XIIe siècle, et heureusement sauvé des eaux lors de la construction du barrage d'Assouan).

Entre-temps, le culte d'Isis avait été momentanément supprimé à Rome, sous Tibère, pour mœurs impudiques. On imagine aisément de folles bacchanales, prétexte à des orgies conduisant aux pires crimes. En fait, d'après l'historien Flavius Josèphe, cette interdiction du culte d'Isis fut proclamée à la suite d'une « affaire » qui ne manque pas de sel et qu'il serait dommage de passer sous silence – même si la modestie de son caractère licencieux peut générer quelques regrets.

Une romaine divinement belle, Paulina, était une fervente adepte d'Isis. Et par ailleurs, « à l'âge où les femmes s'adonnent le plus à la coquetterie », comme le dit Flavius, elle était, vis-à-vis de son mari, d'une exemplaire fidélité. À la grande tristesse d'un jeune chevalier éperdu d'amour et de désir, Decius Mundus. Ce dernier, à bout d'arguments, proposa même deux cent milles sesterces à la belle en échange d'une seule nuit de ses faveurs. À la suite du refus méprisant de Paulina (d'autant plus facile, d'après l'historien, qu'elle était très riche !), Decius entreprit une longue grève de la faim. Sa servante, Ida, craignant pour la vie de son maître, imagina un invraisemblable stratagème. Elle lui demanda cinquante mille sesterces qu'elle utilisa pour convaincre les prêtres du temple d'Isis de persuader l'inaccessible Paulina de s'offrir… à Anubis. La belle fut très touchée – au point de s'en vanter auprès de ses amies – d'avoir été choisie entre toutes par celui qui guide les morts dans l'au-delà. On ne sait si le jeune chevalier s'était affublé d'une tête de chacal, mais il est avéré qu'il passa une nuit d'extase dans le temple où l'avait attendue la pieuse Paulina, victime de sa foi indéfectible. La fidèle d'Isis aurait pu prétendre que, puisque c'était avec Anubis, c'était pour la bonne cause et l'affaire aurait pu en rester là. Decius Mundus, hélas, de façon bien peu courtoise, raconta ses ébats avec force détails. Le mari, encore plus vexé que Paulina, était suffisamment introduit dans le premier cercle du pouvoir pour obtenir de l'empereur Tibère qu'il condamne les prêtres corrompus et la perfide servante à une crucifixion bien méritée. Dans la foulée, Tibère décida l'interdiction du culte d'Isis et la destruction du temple. Le jeune chevalier, déclaré victime de son amour trop ardent, ne fut condamné qu'à l'exil. Les témoignages étaient accablants mais il fut probablement sauvé grâce à un bon avocat spécialiste du « vice de forme ».

Ce fait divers constitua une véritable affaire d'État qui a passionné son époque. En effet, Flavius Josèphe y consacre plus de cinquante lignes alors qu'il n'écrit même pas dix lignes sur Jésus dont il parle juste après sa longue description des malheurs de la belle Paulina.

Dans ce rare texte historique à propos de Jésus, il mentionne qu'il accomplissait des miracles et qu'il avait « entraîné » (sic) beaucoup de Juifs et de Grecs. Cela montre à l'évidence que les miracles n'impressionnaient guère mais surtout qu''il est bien difficile d'écrire l'histoire de son époque : seul le temps permet de faire la différence entre l'essentiel et l'accessoire car il est incontestable que l'histoire de Jésus allait avoir plus d'importance que celle de Paulina, n'en déplaise à Flavius Josèphe.

17 – CAP SUR LA CHINE

Le retour de la mousson de nord-est approchait et l'ambassade quitta enfin Le Caire, après un dernier long et lourd festin offert par Baybars.

La remontée du Nil jusqu'à Qus prit une quinzaine de jours : un peu à la voile, beaucoup à la rame, par halage lorsque le courant était trop fort. Le paysage dégageait une paisible sérénité, suite continue de villages séparés par des vergers luxuriants. Mais, de temps à autre, apparaissait la sombre silhouette de temples antiques dont la lourde et froide architecture exhalait le mystère et, pour Fiordalisa, un mélange étrange et nostalgique de peur et de désir.

L'émir de Qus accueillit très cérémonieusement les voyageurs dont l'arrivée avait été annoncée, comme il se devait par le pigeon de service du sultan. Qus était la capitale du Saïd, le Sud égyptien. Cette belle oasis entourée d'une multitude de riches jardins était, avant tout, une importante ville de garnison : elle assurait la sécurité du flanc sud de l'empire mamelouk, périodiquement menacé par les escarmouches des Nubiens et de leurs alliés, les Bujas. Ces derniers, des Bédouins insoumis, avaient l'outrecuidance d'attaquer les caravanes qui transportaient les précieuses épices des Indes débarquées à Aydab, le grand port de la mer Rouge. Dawud, le roi des Nubiens, avait même osé narguer Baybars en refusant de payer le *baqt* – le tribut traditionnel d'or et d'esclaves imposé par les souverains d'Égypte en échange de leur mansuétude. Par ailleurs, les Abyssiniens se souvenaient de plus en plus qu'ils étaient chrétiens et menaçaient, disait-on, d'aider leurs frères latins de Palestine en détournant le cours du Nil – cataclysme suprême pour les Égyptiens. L'émir de Qus avait donc fort à faire. Ce n'était pas par hasard que Baybars avait choisi Izz al-Din al-Afram pour ce poste difficile. Il avait toutes les qualités nécessaires : cruel, menteur, intraitable et sans remords. Il gouvernait comme tous ceux qui savent gouverner, c'est-à-dire « une bourse dans une main pour récompenser ceux qui obéissent et, dans l'autre, une épée pour punir ceux qui résistent aux ordres », comme il se plaisait à le dire avec une méritoire franchise. Par ailleurs, il savait cultiver son image de bon musulman et sa piété était si rayonnante que la foule des fidèles qui avait la chance de le côtoyer à la prière du vendredi en était, au dire des témoins, émue jusqu'aux larmes.

Pour autant, ces incontestables qualités n'étaient apparemment pas suffisantes pour gagner l'estime d'Ibn Wasil, qui le détestait cordialement. Cette haine apparaissait clairement à travers les anecdotes que le vieil érudit se plaisait à raconter à ses compagnons de voyage à propos de leur hôte.

Ibn Wasil reconnaissait qu'Izz al-Din était malin : sa colossale fortune obtenue en fort peu de temps. L'originalité de la méthode utilisée en apportait la preuve manifeste.

Il avait massivement acheté des terrains éloignés du centre de la ville et donc très bon marché. Rien de génial, jusque-là : vous êtes potentiellement riche mais vous avez toute chance de mourir avant d'obtenir un retour sur investissement significatif. Dans le meilleur des cas, il faut vous armer d'une exceptionnelle patience. La patience n'était pas une qualité naturelle de l'émir Izz al-Din et il avait imaginé un bien meilleur plan. Il fit édifier une mosquée au milieu de chacun des dix lotissements qu'il avait achetés : la population loua la grande piété de l'émir dont la foi était si profonde qu'il s'imposait de construire des mosquées même dans des lieux où il n'y avait pas de fidèles. Comme prévu, Allah le combla de bienfaits. Dans chaque mosquée nouvellement construite, se succédèrent des miracles plus étonnants les uns que les autres. L'avantage avec les croyants, c'est qu'ils croient : ils se précipitèrent pour acheter les terrains du bon émir – loin de la ville, certes, mais près de mosquées bénies de Dieu – ce qui méritait bien leur prix très élevé[87].

Ibn Wasil, quoique très pieux lui aussi, avait quelques doutes sur ces histoires de miracles. En effet, il raconta une autre histoire qui montrait bien qu'Allah n'avait pas été dupe et que le prétentieux Izz al-Din avait été justement puni de s'être joué, sans le moindre scrupule, de la crédulité du bon peuple.

Un certain Kamil avait réussi à convaincre les gardes de l'émir de lui ménager une entrevue avec leur maître. Il leur avait expliqué qu'il s'apprêtait à offrir à Izz al-Din un présent d'une valeur telle qu'ils seraient sans aucun doute récompensés de leur intelligente initiative. Le jour dit, Kamil arriva accompagné d'un solide esclave qui portait sur son épaule un immense coffre. Kamil, bandit de grand chemin talentueux, avoua à l'émir qu'il avait amassé beaucoup d'argent en détroussant les pèlerins qui se rendaient à La Mecque. Les quarante mille dinars qui étaient dans le coffre constituaient cette fortune

[87] Ce Mamelouk avait – l'histoire lui en sera éternellement reconnaissante – inventé la promotion immobilière.

bien mal acquise. Désormais, pris de remords et redoutant les foudres d'Allah, il ne pouvait plus supporter la vue de ces dinars qui lui faisaient honte. Encore moins les dépenser. Il avait donc décidé de les offrir au très pieux Izz al-Din al-Afram qui saurait sûrement en faire le meilleur usage. Construire quelques mosquées de plus à Qus, par exemple. L'émir acquiesça, félicita chaudement le bandit repenti, l'assurant de sa haute protection et de l'affection d'Allah, et demanda à Kamil comment il pourrait le remercier de son magnifique présent. Kamil fit mine de réfléchir et demanda simplement un petit pécule pour l'aider à repartir du bon pied dans une vie qui serait désormais honnête. Mille dinars seulement feraient l'affaire à condition que ces dinars fussent propres, et non plus volés à des pèlerins. Quelques dinars qu'il oserait utiliser sans crainte d'un châtiment divin. Sans hésiter, Izz al-Din fit remettre à Kamil mille dinars « propres » ou réputés tels.

L'émir de Qus aurait dû savoir qu'Allah réprouve les opérations de blanchiment : lorsque l'intendant d'Izz al-Din découvrit que le coffre ne contenait que de la fausse monnaie sans valeur, Kamil était déjà loin.

Ibn Wasil ne put s'empêcher de conclure son récit par un grand rire vengeur. Il semblait se délecter de cette histoire qui montrait, comme il le soulignait, que l'éternel problème des malins était qu'ils se croyaient intelligents – surtout quand ils avaient fait fortune avec des procédés plutôt ingénieux mais surtout malhonnêtes.

La petite troupe resta trois jours à Qus. Ibn Wasil conseilla à ses compagnons de bien profiter des fastes et de la fraîcheur du palais de l'émir avant d'affronter la longue étendue désertique qui les séparait d'Aydab où les attendait le navire à destination de l'Inde et de la Chine.

La caravane partit de bon matin, non sans faire une halte au bout de la *Shari al-Jamala*, la bien nommée rue des chameliers, devant la maison d'Abou el-Abbas, un vieil ermite qui savait prédire le sort des caravanes. L'ennui, c'est qu'il communiquait ses oracles dans un tel jargon qu'on pouvait en déduire tout et son contraire. Ce n'était pas une raison pour ne pas sacrifier à la tradition ! Après quelques discussions, un consensus sembla s'établir quant au résultat de la consultation : le voyage devrait probablement bien se passer à moins qu'un évènement exceptionnel ne vienne bouleverser le cours naturel des choses. Tous convinrent que cette légère incertitude n'était pas de nature à nécessiter un ajournement du voyage.

Nos voyageurs étaient confortablement installés, chacun dans son *shuqduf*, un palanquin couvert qui protégeait du soleil – mais, hélas, pas du mal de mer ni des mouches. Ils étaient accompagnés d'une cinquantaine de chameliers armés jusqu'aux dents, ce qui montrait que Baybars avait donné des ordres très stricts pour éviter tout incident.

Les étapes se succédaient : Dunquash, Shaghib, Amtan, Al-Ashra… On se demandait pourquoi ces lieux désolés portaient un nom puisqu'on n'y voyait rien qui puisse les distinguer les uns des autres. Rien, mais ils étaient néanmoins nantis d'une ressource essentielle : un peu d'eau, plus ou moins saumâtre, quand, par chance, le puits n'était pas à sec. Les journées s'étiraient dans la fournaise et l'ennui ; les nuits jetaient leur manteau glacial. Il fallait, pour réussir à dormir, s'abstraire des cris abjects des hyènes qui rôdaient autour des campements. Seuls évènements, assez fréquents au demeurant : le croisement d'autres caravanes, lourdement chargées de poivre et bien protégées, elles aussi, par un fort contingent d'hommes en armes.

Après quatorze jours d'enfer, apparut soudain le scintillement éclatant de la mer Rouge puis des maisons d'un blanc aveuglant blotties entre eau et sables. Ils étaient enfin arrivés à Aydab.

À cette époque, au début de la mousson, Aydab était naturellement en effervescence car les derniers préparatifs des grands boutres qui s'apprêtaient à entreprendre le voyage annuel vers l'Inde créaient une agitation soutenue. Cette année, c'était encore pire car, par les hasards du calendrier lunaire, Aydab était envahi de pèlerins qui se rendaient à La Mecque par la voie maritime. À leur nombre s'ajoutaient tous ceux qui vivaient grassement des activités interlopes liées à la naïveté des croyants. Sans compter les nombreux fonctionnaires qui, sous prétexte de les protéger, les taxaient généreusement. Tout au long des appontements, c'était un festival de couleurs : les pèlerins vêtus de blanc, les marins de bleu foncé, les indigènes – les noirs Bujas – drapés dans un sari jaune, les plongeurs de perles avec leur pagne écarlate et les esclaves nubiens, noirs de leur totale nudité.

On assista à de grandes effusions entre Ibn Wasil et Naïr Ibn Musallam, le *raïs* des *karimi*, ces richissimes magnats du commerce des épices. Ibn Wasil remercia chaleureusement Naïr pour avoir accepté d'organiser le voyage vers l'Inde. Son hospitalité fut très appréciée après la dure épreuve de la traversée du désert du Wadah. Le calme et la fraîcheur de son joli palais semblaient un don du Ciel après le vacarme assourdissant qui régnait sur le port. C'était une luxueuse demeure mais, comme il sied à ceux qui vivent dans l'opulence, le raïs pria ses hôtes d'excuser la modestie de son logis. Il venait assez peu souvent à Aydab et il n'avait pas estimé nécessaire d'y édifier une grande maison – comprendre « palais » – comme au Caire, à Louxor ou à Alexandrie.

Après un excellent dîner et une nuit délicieusement réparatrice, l'ambassade au grand complet fut invitée par Ibn Musallam à visiter le navire qui allait leur permettre d'accomplir leur lointaine mission. C'était un boutre de fière allure, long d'environ quatre-vingt coudées. Noir avec un liseré rouge, doté de deux mats qui portaient chacun une immense vergue, il était identique en tous points aux voiliers qui effectuaient le commerce des épices : coque suffisamment fine pour bien remonter au vent et juste assez large pour permettre une charge raisonnable et un confort minimum. Guillaume de Faronville constata avec déplaisir qu'il portait un nom arabe : le *Mektoub*. Arabe et, pire encore, ridicule : quelque chose comme « nos vies sont écrites, c'est notre destin ». Exaspérée par ses récriminations, Fiordalisa lui demanda s'il avait espéré un seul instant qu'il puisse s'appeler le *Saint Marc* ou le *Saint Jacques*.

Pour Giovanni, peu importait le nom. Il constata avec plaisir que les voiles étaient en bon état, la coque récemment calfatée, les œuvres vives radoubées et soigneusement enduites d'une poix de bonne qualité. Le gréement lui était familier[88] mais il fut surpris de voir le boutre équipé d'un gouvernail axial, alors qu'il avait renoncé à utiliser cette « nouveauté » sur sa *Reine des Mers*. Ibn Wasil lui apprit que les marins arabes

[88] Et pour cause, car les voiles dites latines, utilisées par les marins occidentaux, étaient directement inspirées de celles des boutres arabes.

utilisaient depuis très longtemps cette technique qui, d'après lui, avait été inventée par les Chinois.

Lorsqu'ils entrèrent à l'intérieur, ils furent pris à la gorge par une odeur pestilentielle. Giovanni savait que les bordés des boutres de l'océan Indien étaient, étonnamment, non pas cloués sur les membrures, mais cousus avec des lanières en fibre de coco originaires, selon Ibn Wasil, des Laquedives, des îles proche de l'Inde. Pour éviter que ces fibres ne pourrissent, elles étaient enduites de graisse de requin, cause de cette insoutenable puanteur. Fiordalisa, Barral et Faronville remontèrent rapidement à l'air libre, en se demandant s'ils seraient capables de survivre à une traversée qui allait durer plus d'un mois. Fiordalisa avait déjà décidé qu'elle dormirait sur le pont, à la belle étoile.

Giovanni, en marin d'expérience, était resté sous le pont à examiner soigneusement la structure et la coque dans ses moindres recoins. Un détail attira son attention : près de la proue, le bordé était masqué par une plaque de bois qui semblait n'avoir pour seule utilité que la dissimulation. Giovanni n'eut aucune peine à soulever ce vaigrage qui n'avait manifestement pas été posé par un homme de l'art. Il poussa aussitôt un cri de stupéfaction : plusieurs fibres de coco étaient fortement endommagées. Le trait de scie, très visible, montrait incontestablement une volonté criminelle. Il était évident que, sans la découverte de ce sabotage, le bordé du *Mektoub* se serait brusquement ouvert à la première tempête, provoquant un rapide naufrage. Corps et biens.

Ibn Wasil, passé le moment de stupeur, poussa des hurlements, déchaînant sa colère sur Ibn Musallam qu'il accusait d'avoir pêché par légèreté ou désinvolture dans la préparation dont il avait la responsabilité. Il ordonna que le *Mektoub* soit tiré au sec pour être réparé dans les règles de l'art et demanda, au nom du sultan, que le préfet d'Aydab diligente une enquête immédiate pour découvrir l'auteur et la raison de ce vil sabotage.

Le préfet et ses sbires utilisèrent les méthodes expéditives que la civilisation réprouve mais que la police, de tous temps et en tous lieux, sait fort bien utiliser. Ils ne mirent pas longtemps à mener à bien leur enquête. Leur conclusion était sans appel : le sabotage avait été ordonné par Naïr Ibn Musallam lui-même. Le *raïs* des marchands avait été persuadé par ses mandants qu'il devait absolument empêcher cette expédition qui allait permettre aux Occidentaux de découvrir les Indes et la Chine et leur donner ainsi la possibilité de les concurrencer sur la route des épices[89]. Évidemment, tous les *Karimi* étaient coupables mais cela faisait beaucoup de monde et surtout beaucoup de dinars : les condamner à mort aurait eu des conséquences fâcheuses pour l'économie égyptienne. On se contenta donc de les taxer un peu plus lourdement et Naïr Ibn Musallam fut le seul à être décapité. En punissant le chef, la morale était sauve ; en supprimant le plus riche, la défense de l'Islam se voyait gratifiée d'une intéressante « contribution » car l'héritage des condamnés était confisqué par l'État.

Il y eut une autre victime. Ibn Wasil ne pouvait pardonner à son jeune adjoint, Ibrahim al-Sadat, de ne pas avoir eu vent de l'infâme complot qui s'était tramé. Mais, au bénéfice de la jeunesse et de l'inexpérience, sa punition fut légère : il fut envoyé dans un lointain pays

---

[89] Comme tous les grands commerçants, ils se disaient libéraux et partisans de la libre concurrence… mais à condition de pouvoir s'entendre pour l'éviter.

africain, peuplé de sauvages noirs, où il ne se passait rien. Châtiment en apparence modeste mais, en fait, affreuse punition pour un diplomate qui a un tant soit peu d'ambition. À sa place, Ibn Wasil fit appel à un diplomate chevronné, Abraham Ben Yiju, un juif qui connaissait bien l'Inde et qui parlait, en exagérant à peine, toutes les langues du monde.

Par la suite, il n'y eut plus guère d'incidents, à part la remarque désobligeante d'un membre de l'équipage. Il affirmait qu'Allah trouverait sûrement inconvenant la présence d'une femme sur un navire de haute mer. Ibn Majid, le capitaine du Mektoub – le *mu'allim*[90], comme on disait à Aydab – décida illico de le remplacer par un marin moins intégriste.

Plusieurs jours furent nécessaires pour entreposer dans la cale outres d'eau, dattes, raisins secs, fèves, poix chiches et – aliment inconnu des Occidentaux – de nombreux sacs de petits grains blancs et oblongs qui étaient, aux dires d'Ibn Wasil, importés d'Extrême-Orient où ils poussaient en abondance.

Enfin vint le jour de l'embarquement des vivres frais : fruits et légumes verts mais aussi œufs soigneusement recouverts, pour les conserver, d'un mélange de graisse et de sciure.

Le lendemain, jugeant le vent bien établi, le capitaine du *Mektoub* donna l'ordre de départ malgré les récriminations de Faronville qui rappelait qu'il n'était pas dans les usages d'appareiller un vendredi, jour de la crucifixion du Seigneur. Le *mu'allim* affirma qu'il n'avait jamais rien lu de tel dans le Coran. Il n'y avait donc pas lieu de tenir compte de cette ridicule superstition.

---

[90]Le grade le plus élevé (Maître) dans la confrérie des pilotes qui naviguaient dans l'océan Indien.

Tandis que le boutre était halé hors du port par des chaloupes, sous les saluts bruyants des équipages des autres voiliers, le secrétaire du *Mektoub* ouvrit son livre de bord tout neuf dont la couverture noire était illustrée de belles calligraphies dorées. Il consigna ces simples mots : « Nous appareillâmes d'Aydab le 25 Rabi al-Awwal de l'an 668[91], grâce au pouvoir d'Allah, Puissant et Majestueux. »

Il ne restait plus qu'à espérer que le pouvoir d'Allah daigne aider le *Mektoub* et ses passagers à atteindre le lointain Cathay où habitaient ces mystérieux Chinois.

---

[91] C'est-à-dire, comme chacun sait, le 22 novembre 1269 de notre calendrier grégorien. Mais oui, c'était bien un vendredi !

Un peu d'histoire

On pourrait s'étonner qu'un ambassadeur de Baybars, « Pilier de la foi », prenne un juif pour le seconder dans une mission importante. En fait, rien d'extraordinaire : il y avait beaucoup de chrétiens et de juifs dans l'administration du sultan – meilleure preuve de la tolérance qui régnait alors en Islam. Époque bien révolue !

Contrairement à l'usage en Europe, les juifs n'étaient pas employés dans le domaine financier (dévolu plutôt aux chrétiens) mais dans celui des relations internationales où leur talent de polyglotte faisait merveille. Leur nombre et leur niveau hiérarchique ne manquaient pas d'attiser les jalousies comme en atteste ce cri d'un Égyptien « de souche », sujet de Baybars : « Les juifs de notre temps ont satisfait toutes leurs ambitions puisqu'ils sont les maîtres. Ils détiennent gloire et richesse, fournissent conseillers et ministres. Égyptiens, convertissez-vous au judaïsme, puisque le Ciel s'est fait juif. »

Enfin, petit détail : le pèlerinage à La Mecque était une composante importante de la fortune d'Aydab. Il était en effet le port d'embarquement des pèlerins qui avaient choisi la route maritime. Il est vrai cependant (confession à l'usage d'éventuels chicaneurs) que, compte tenu du calendrier lunaire, ces pèlerins ne pouvaient – en 1269, au moment du passage de Fiordalisa – être présents à Aydab : ils étaient déjà partis depuis trois mois.

6657411R00199

Printed in Great Britain
by Amazon.co.uk, Ltd.,
Marston Gate.